色蒂山风云

任洲安 著

战争年代，中国共产党人不畏艰险，为了挽救民族危亡，团结并带领人民群众进行艰苦卓绝的斗争。

山西出版传媒集团　北岳文艺出版社
BEIYUE LITERATURE & ART PUBLISHING HOUSE
·太原·

图书在版编目（CIP）数据

皂幕山风云 / 任洲安著 . -- 太原：北岳文艺出版

社，2024.4

ISBN 978-7-5378-6833-4

Ⅰ . ①皂… Ⅱ . ①任… Ⅲ . ①长篇小说－中国－当代

Ⅳ . ① I247.5

中国国家版本馆 CIP 数据核字 (2024) 第 055033 号

皂幕山风云

ZAOMU SHAN FENGYUN

任洲安 / 著

//

出品人

郭文礼

选题策划

韩玉峰

责任编辑

汪恒江

助理编辑

金国安

书籍设计

百悦兰棠

BAIYUE LANTANG

印装监制

郭 勇

内页插图

康 宁

书名题字

李国联

出版发行：山西出版传媒集团·北岳文艺出版社

地址：山西省太原市并州南路 57 号 邮编：030012

电话：0351-5628696（发行部） 0351-5628688（总编室）

传真：0351-5628680

经销商：新华书店

印刷装订：廊坊市海涛印刷有限公司

开本：787mm×1092mm 1/16

字数：296 千字

印张：19.25

版次：2024 年 4 月第 1 版

印次：2024 年 4 月河北第 1 次印刷

书号：ISBN 978-7-5378-6833-4

定价：88.00 元

楔子　数家珍　鹤山地物华天宝
　　　逢国难　盘洞村陡听惊雷

话说珠江三角洲边缘，离省城广州不远，与南海、顺德等县只一江之隔，有一方不大不小的水土。说它不大不小，是此地"东西地广九十里，南北袤百一十里"，且清雍正十年（1732）前，无论什么样的地理版图几乎不可见。然至雍正十年始，这一方水土竟设置了一个新县。

历史上每置新县，通常需由皇帝赐予新名。雍正皇帝大约喜欢带"山"字的县名，比如此前雍正二年（1724），江苏新置了一县，因城南有小山而"县以山名"，把新添的县叫宝山县。到了雍正十年，此地置县，因城西有小山，名鹤山，雍正帝又将鹤山拿来做了新县的县名，曰：鹤山县。

鹤山虽是个新置小县，却并不妨碍它成了我和我许许多多的父老乡亲们的故乡。

在过去了的年代，我的先人和众多的本县居民，在这片土地上活动，由大处说，不外乎春种秋收，由小处说，不外乎油盐酱醋。除此之外，一定还有为数不少的、为人知或不为人知的，轰轰烈烈，又或者隐藏不露的悲欢离合。更为主要的，是他们生性勤勉淳朴，与世无争。他们的勤劳与智慧，在鹤山演绎出许许多多的故事，在鹤山这块热土上描绘出了一幅幅美丽的画卷。

鹤山地处皂幕山。皂幕山横旦数百里地，地跨新（兴）开（平）高（明）

鹤（山）四县，就像一只大蜘蛛。它众多的山脉就像这只大蜘蛛的脚爪，把鹤山的山水紧紧地攥住。

说鹤山是个小县，是因为这一县之地，不外方圆百里，有关注鹤山县的历史学家考证过，建县之初，连丁带口亦不过九千九百九十九人，离过万尚差一人。不过且慢，各位切勿小看了这个小县，鹤山县紧挨珠江主流之西江，又地近省、港、澳，与其他县份相比，先就得了交通和信息之便。

首先，此地濒临珠江，山水相宜，近半地方属典型的岭南水乡地带，地肥水美，尽得富庶之名。鹤山县无论丘陵，还是山地，远处青翠满目，近来茶果飘香，县域虽小，当地产的烟、茶、粉葛、竹笋等特产却在很长一段时期内驰名全国。

烟草最初是外国的东西，听说此物最危害健康，所以有人把它叫作"妖草"。不过这妖草究竟从什么地方，从什么时候传入鹤山，至今没有一个确定的说法。相传世界上第一个烟草广告是一幅吸烟图，上面画着一个印第安人半裸着躺在山野间一块巨石上，手指粗大如芭蕉扇，两指中间夹住一根燃着的香烟，正"吧嗒吧嗒"地吞云吐雾。

人心情不好时抽一支，高兴之余又会抽一支，依在下愚昧之见，烟草舒缓身心确有其效。所以，这就造成了这样的奇怪现象：一方面大多数人认同吸烟危害健康；另一方面，此物已拥有数亿受众，而"后来者"仍源源不断。

烟民评价鹤山烟叶"叶色红亮、肉厚味浓、香醇馥郁、久贮更佳"。因历史上鹤山烟叶很是出名，国内甚至南洋不少烟厂生产的香烟包装盒上印上"精选正宗鹤山优质烟叶"字样，以此显示其品质之上乘，鹤山烟叶也因此风行海内外。

因受"吸烟危害健康"口号的影响，许多公共区域禁止吸烟，所以关于烟的内容，在下不多说了。不过鹤山历史上因烟而富是事实，据那时一部《鹤山县志》称："举目一望，所见者皆烟作，不植烟者几稀矣。"

清末民初"鹤山县以产烟驰名，产品远销欧美、南洋，每年出口在百万金（白银）以上"。一个县因所产烟叶而富，作为一种地方土特产，鹤山烟叶的确有过辉煌的岁月。时至今日，人们提起烟叶，大多数人特别是上了年纪的烟民，则言必称鹤山，在下啰唆几句亦在情理之中。

鹤山一县凭烟兴县，鹤山烟享誉海内外，当初如此辉煌，如今竟变得寂寂无闻，对此，在下百思不得其解，白得了"老烟民""老烟叶"这双重称号了。

鹤山烟由辉煌而式微，想来个中缘由定是很微妙很复杂了。需知道此确有点"高深"的学问，恐怕非得请来一两位至少在国内，甚至国际上什么权威杂志上发表过论文的硕士生，乃至博士生，好生请教人家，并提供尽可能准确、详尽的资料，让人家沉下心来做个课题，列出个一二三四逐项小标题，仔细地研究，这才说得清楚。

鹤山烟虽然早已式微，但对于种植烟，从播种移栽、浇水除草、除虫施肥、培土掐顶，从摘除多余的枝芽，到收摘烟叶、晒制、分级等诸项劳作当中的辛苦在下深有体会。

再说说鹤山茶叶。这里从元明始种茶，这本没什么值得骄傲的，但鹤山的茶，就把周边的茶比下去了。鹤山因此竖起了一块响当当的"茶乡"招牌，不说其他，单是当地所产"鹤山银针"就曾经驰名海内外。据闻很长一段时间，鹤山一县出口的茶叶竟占了全省茶叶出口总量的十之八九。

印度在英属时期，曾悄悄派人收购我们的茶叶、茶籽和茶苗，带回国内种植和研究，欲撼动中国茶叶在世界市场的霸主地位。鹤山的这片小小的茶叶，同样也惊动了日本鬼子，招来了嫉妒与公然破坏。1925年，日本奸商在美英展示机械制茶工艺，恶意诬陷中国茶手工制作不卫生，破坏中国茶的声誉。单单造谣中伤中国茶也就罢了，日本鬼子发动的那场几乎令我亡国灭种的侵略战争，才是我们世代永远不能忘记的民族恨。

鹤山与隔江相望的沦陷地区相比，少不了日寇的狂轰滥炸。鬼子占据西江的红白两座炮楼，隔江不间断炮轰鹤山，沙坪、龙口等墟镇被数度焚烧。周围南番、中山及顺德数县相继沦陷。

沦陷区大批难民涌入沙坪墟。顺德、中山两县的国民政府顾不得落入虎口的民众，怀揣着印信，把政府迁至鹤山南岗附近的田下、禾合村"继续领导抗战"。小县城一时间竟出现了一县三府的奇怪现象。

1941 至 1942 年间，英国人"大只擂擂，不敌一锤"，在缅甸战场与日军没经过几回合，就一再撤退，滇缅公路受到日军攻击，使国际上援助中国抗战的大量物资运输不畅。

面对日寇的入侵，无论是政府抑或人民，都义无反顾地选择了抵抗。一条从香港出发绕过沦陷区，再从国统区经陆路连接广西，最终到达重庆的一条重要通道被开辟出来了。这是当时除了滇缅公路之外，又一条中国抗战的"生命线"。这条"生命线"即经过鹤山，达战时的陪都重庆。

日本人到哪里了，会不会打到我们村，这些事每个人都不能置身事外，乡亲们中间有胆大的四处打听，并做些评论，胆小的不敢主动去打听，但还是想听这方面的消息，虽然听的时候禁不住双腿发抖。可此事到了五谷的跟前，却成了无关痛痒的小事。这家伙不以为然："天天说日本鬼子，说了这么久，想来这个鬼子就是想做'大王眼'（鹤山人通常指霸道的人），老子倒想看看他长得什么模样，做得做不得'大王眼'？"

有人反驳他："你没去过沙坪墟，没去过古劳墟，上个月日本鬼子由石岩头上岸，那发瘟由九江开炮，炮弹飞过'古劳大海'，把个古劳墟炸得一塌糊涂，大火烧了大半个墟，烧毁百余间的店铺。"

五谷这数月的确没去沙坪墟，更没去古劳，听说日本鬼子把沙坪墟炸得稀烂。日本人的炮弹还落到渡口墟，一发炮弹正中墟上老鬼暖家的木匠工场，整个墟市顷刻之间化成了大火海。

五谷认为沙坪墟、渡口墟是水乡人家，钱多，损失几间店子房子而已，人没什么事就万幸了，值得大惊小怪？

盘洞村，除了重重叠叠的大山，再没一条可以称之为路的路。不是近来一拨拨逃难的人涌了来，山外真没几个人知道盘洞这样的小山村。五谷不相信日本人会惦记这里，并找到大山里来。即使日本人真的找得到盘洞村，也进不来。盘洞村不同于别处，一块人形的巨大山石，矗立在两山夹着的小溪一岸。你知道那大石叫什么来着？叫将军！不是五谷吓唬你，知道"将军守水口"吗？那块大石头任谁见了，都认为它就像一名威武的将军守护在那里。贼人胆敢进峡谷来犯盘洞村的话，他必定先身死。

你别不信，这是前朝风水先生的凿凿之言。有几个例证：许久以前，一伙强人往那桥村打劫，打包财物劫持人质，光天化日之下大摇大摆返回高明县，沿途不时开枪壮声威。行至"将军守水口"，扬言借道盘洞村，威吓我的父老乡亲。这伙强人一路吆喝，弄得鸡飞狗跳。巡守山口的大葵哥见了哪受得了这个，向迳口下随手一枪，哈，为首的贼人即时就爆了头……

你看看，因为证据确凿充分，足以证实风水先生的预言，五谷对此深信不疑。另外，除了"将军守水口"，最最重要的，盘洞人还有菩萨保佑，洪圣广利菩萨，是盘洞人的守护神。

五谷前一阵子去邻村禄迳，见到十来个城里来的年轻人，说是第四战区宣传队的。那伙年轻人走街串巷，逢人拉扯着告诉人家，日本鬼子从东北一路杀戮百姓，奸淫妇女，铁了心要灭亡中国，如今已占据了我们大半的国土。省政府都撤到粤北韶关去了，三水河口、番禺市桥、顺德大良，还有本县龙口墟对面的南海九江，几乎所有乡下墟镇都横行着日本兵。

宣传队鼓动乡民奋起抗战，号召人们参军参战，保卫家园，否则即会亡国灭种。这些城里来的年轻人就是会说，五谷听人说得性起，当场也很激愤，不过后来再想，以为这还是与他关系不大。

五谷父母早亡，没给他留下一斗几升的薄地，除了几件简单的削木屐工具，只有一间土坯墙茅草盖顶的房子了。

老话说靠山吃山。盘洞村周围都是山，满山遍野的大树就长在那里，只要你有力气，随便放倒一棵，一段段劈成木柴，就可以挑到龙口上换粮。也有乡民把树木烧成炭，卖给用木炭焙饼者，或者要用木炭的养蚕人家。锯断一棵合抱粗的古松，可以削成许多双上好木屐，十担八担的可以卖更多钱。

五谷就不明白了，他"靠山"靠得如此辛苦。"吃山"更让他来气，大山能吃？怎么吃？除了冬春逮几只斑鸠鸟鹧鸪鸟轻松点之外，削屐、烧炭、采草药，哪样不把人快累死了！

有钱人梦里头也多是发家致富的好事。就像鬼婆悠和纸蟀昌，就仗着祖上遗下的几丘半水半旱的小田块，还有紧贴在猪蝴脊大石壁下长了近百年的小茶园，这俩家伙就活得比村里许多人都滋润。正所谓"富贵心头涌"，鬼婆悠和纸蟀昌每年光是卖给烟贩子的"烟把"（按规格压扎好的干烟叶，每件约重120斤），就有五六件之多。还有，两家卖茶青给鹤仔尾茶贩子马骝先的收入，也不在少数。

虽然吃穿不愁，纸蟀昌、鬼婆悠还是逐日里三更半夜吆喝着全家男女，在山坡上干得大汗淋漓。五谷心想："怪不得人家能发了家，实在是富贵心头涌哩。"

穷人家任你不睡不歇，又可以干什么？你没地，有劲无处使，天生是忍饥挨饿的命。看起来大耳哥的口头禅"食少唻（少吃饭）瞓多觉（多睡觉）"最实在。五谷把这记得牢牢的，人也慢慢成了嘴馋身子懒，连干活都感觉格外地辛苦和劳累的懒汉了。

人更多时候讲运气，五谷羡慕新哥，那家伙原来也跟五谷一样，穷得不相上下。可自从新哥的堂妹嫁给了五乡村"大炮仗"的独生子，新哥就像一棵寄生的野藤子，顺势攀上了堂妹的公公"大炮仗"，于是"发了"。

"大炮仗"那厮脸无四两肉，一副奸猾模样儿，可人家是南岗墟上正儿八经的市镇长（市场管理）。况且，那家伙又溺爱他那独生子，无论新哥那堂妹，还是堂妹夫说甚事，在"大炮仗"那里无有不成。

凭了这一层的关系，新哥就在南岗墟上，开了一间"新记"木屐店，做了小老板。新记后面的天井有一间小货仓，可以塞下数不尽的木屐，你说这得赚多少钱？一句话，新哥比一般小老板阔气。

除了深山老林，盘洞村四周遍山生长着各种草药。采惯草药的人，半天工夫就可以采回来一大担，挑到墟市，不用摆摊叫卖，直接交给开草药档的李济堂李医生，钱就到手了。当然，采药人翻山越岭，日晒雨淋，比种几亩薄地要辛苦得多，好在这活儿来钱快，不至于挨饿。

五谷是本故事头一个出场的人物，五谷、五谷地叫了小半天了，在下竟还不甚清楚，五谷究竟是他的本名还是诨名。听说他出生时正遇上秋收，他母亲想到人靠吃五谷为生，于是，五谷就成了他的大名。那时的乡下人取名字随意，叫阿猪阿狗的就不少，且常常还会有多个人重名。

旧时盘洞村盘姓人不算多，同宗却有三处来源，分别是高明、顺德还有本县龙口。至于五谷的先人由哪里迁徙至此，他父亲都说不清楚，更遑论五谷本人了。

不独姓盘的说不清楚他们先人是什么时候迁徙至此建村生活，其余如任姓冯姓李姓温姓等等，几乎都不曾注意过自己的先人，于什么时候从什么地方来此定居，并成了地地道道的盘洞人。

管他呢，五谷是地道的盘洞人这一点毋庸置疑，其余都是小事。

近些年占据五谷大半心思的是如何努力，用什么办法娶得一位能做他老婆的女人回来，这是一件大事。

不过想归想，就他这条件，几乎没有哪家的女儿能看得上，甚至寡妇人家都未必看得上他。他企盼从山外逃难而来的某个寡妇能相得中他，这成了他迫切的希望。

说到娶亲这一层，这家伙自认为比别人胜一筹。听说过"近水楼台先得月"吗？在这里悄悄地告诉各位，五谷与媒婆有着实实在在的亲戚关系。

那位亲戚是个神婆兼作媒婆，大名灵巧，娘家乃邻村禄迳村。据说二十多年前她先嫁与南海县的同乡，可过不多久就遭男家"退婚"了，然后又嫁与邻近的朗石村诨名"旧衫"的男人，做了人家的三婚老婆，算来也有十多年了。

此女大名灵巧，名字倒是优雅至极，无论是谁未见其人先就以为这一定是个心灵手巧、水灵灵的姑娘不是？但等见过她本人，方知此女与名字竟相去甚远。首先心不灵，手更不巧，身材臃肿五大三粗。从后面看过去，谁都不敢说这是女人的身板，因此无论当她面还是背后，人皆呼她肥婆灵巧。

此女活动范围离不开星光村、朗石村，最远至禄迳。她坐着神婆的位子，以鬼魂的名义骗乡亲们几个钱。除此之外，还不时与水廖村朗哥、西三洞聋维等男女媒人勾搭在一起，稳稳地做她的媒婆。

俗话说不做媒人三代好。可这个灵巧凭借她说大话的本事，在这个行当做得风生水起，很让她挣来一份不错的收入。比如大一哥，讨到一位来自新兴天露山因为嘴馋被人赶出家门的女人，这桩亲正是灵巧做的媒。还是这个灵巧，解决了斗鸡眼豆腐卓多年的难题，把一个有轻微残疾的女人，"运动"上了豆腐卓那破旧的竹片床上。

还有，合水蛇塘村牛贩子宋喜做生意路过三水县，入住西南墟某客栈，挂搭上了一名带着个三四岁小女孩的中年女人。牛贩子不知用的什么手段，竟让那女人完全信任他，把个破旧"袱皮"（包袱）往腋下一掖，一只手牵着小女孩，跟着宋喜过河渡江，长途跋涉来到了山里"找门口"来了。可惜五谷晓得有如此好事那会儿已经晚了，通过灵巧的运作，那中年女人已经嫁与杉洞村某户人家了。

这个肥婆灵巧遇上这便宜"好货"，竟然没想到把人直接领到五谷跟前，让杉洞村人白白捡个大便宜。这事着实让五谷心生怨气。

五谷心里憋得难受，跑到牛耳冈上，呆呆地坐着生了老半天闷气。当然也不忘背山迎风，心底下把那肥婆灵巧好一通咒骂："好你个肥婆灵巧，狗眼看人低的老虔婆，正宗幡烛灯笼——照远不照近。亏老子喊了你这多年表姑子，没半点亲戚的情谊。老子从今往后求都不求你，等老子有了钱，去佛山讨个娇娇女回屋里，再看看你有多好的下场。"

也是，喊了二十多年表姑子的老虔婆，按说对五谷的婚事她应该很上心才是，不过这老虔婆三天两头摇着破葵扇（鹤山人通常以"大葵扇"隐喻做媒的人），打她表侄的门前经过，愣是装作看不见，这正是五谷心底下咒骂她的原因。

不过气归气，气完了能怎样？泄泄愤罢了。现实是五谷的确不像有讨得回来并且养得起"娇娇女"的命。那些咒骂媒婆、不求灵巧表姑子的话，大约就跟小黄狗靠着喂猪槽发誓一样——当不得真。

天刚蒙蒙亮，五谷跑到六鳝坑口那个小水潭，捉得几条斤多重浑身花点的鲶鱼，用小树枝串起，提着鱼往朗石村探望他表姑子去了。

五谷到了表姑子家，道："表……表……姑了，早。本……本来……惦记着……表姑子，可总……总不……得空，今天过……过……来看看，表姑子……可好？"

话说这灵巧老虔婆，宁愿照顾外人却视亲戚如路人，这当然应该谴责。但常言道"人在屋檐下不得不低头"。五谷放下身段，亲到朗石村，诚心看望这位表姑子。

"啊，我的表侄儿哩，不上山干活，大好天气却有空来探望表姑子？"

五谷结巴，说了老半天，大致意思如下：表姑子好些天没经过我家巷口了，想必近来忙着吃人家喜酒，忘了表侄。我却不敢忘了表姑，六鳝坑水潭几条花身鲶鱼天天翻水花，如今捉了几条，孝敬表姑子来了。

"表侄心里还真有我呢，客气什么？来，一大早地上门来，表姑子我还没烧得开水哩，来来来，别只顾站着，坐，坐。说说，找表姑子有甚事？坐下说。"

"也没……甚……要紧的……的事。"五谷稍作停顿道："表……表姑子，不……不是替大一哥、豆……豆腐卓，做大媒吗？"这家伙喜欢自称老子，在那里老了半天忽然觉得不妥。"老，我……我……想劳烦……表姑子，替我……'运动'下，也'运动'个……女人。"

肥婆灵巧没等他说完，笑着打断五谷的话道："哎哟，我以为表侄儿为什么来了呢？原来是想女人了，这是好事，表姑子太想帮你'运动'了。只是，只是讨老婆是人生大事，要花不少钱的。"说至此，肥婆灵巧露出了她那本来面目："钱呀，你有吗？"

"多……"五谷把钱字省略了。"就……就不能……看……看在……亲戚份……份上？我……没钱。表姑子，难道不……晓得？能免……能减……一点，行吗？"

"你没讨过老婆，相亲问媒、访家世、送八字、合年庚，当中三媒六聘地说一千回。你也明白，不花钱，人家女儿就白白回你屋跟你上床！"

肥婆灵巧正色道："不说聘礼少不了花银子，光是媒人的'利是'就必不可少。表侄子不要误会，表姑子赚谁的钱也不能赚你的，谁让我们是亲戚！你知不知道，我跟你那死鬼妈，是同一个外公嫡嫡亲的表姐妹。"

为了让五谷打退堂鼓，肥婆灵巧继续道："你不知道，想要'运动'一个女人，手续多了，你表姑子就算有通天的本事，也不是一个人可以拉得动这功劳的。比如鹤山城那边，有女人想嫁人了，首先是鹤山城的大鸡六收到消息，他告诉了烟屎永，或者朗哥，又由烟屎永或者朗哥两个，再一递一递地传。老娘我这边负责物色有谁个男人合适，然后再'运动'回鹤山城，中间经过几多的手续，要跑几多腿，这你很难想象。"

肥婆灵巧继续说道："这中间许多的辛苦，表姑子这边自然为你白白出力，可别的人呢，鹤山城那边大鸡六、南岗墟那边烟屎永，还有朗哥，他们与你非亲非故，人家凭什么与你白白卖气力？"

"讨山外逃难来的女人也要钱？"五谷暗想道："都说'补锅黄泥搽，做媒靠大话'，中间哪有用多少钱的事，分明是老虔婆不肯帮忙。"

乘兴而来败兴而归，五谷心里老大的不爽。好在有句老话说"退一步海阔天空"。五谷想，讨不起老婆，老子不讨了，你能耐我个鸟何？单着也死不了人，人家都说，一人吃饱全家不饿就是这理。

说起不饿，盘洞村人没有谁不饿。近来又添上日本人打到哪里了这样的消息，真是又饿又烦，可恶的小日本子坏透了。比如驻扎在九江、河清的日本鬼子侵犯了古劳、沙坪墟等地墟市；禄迳的更夫队改成了自卫队，还把队伍拉出去，打算配合国军抗战，到了墨村，听说日本鬼子退了才作罢。

听说国军的一个师，加上那什么"挺进纵队"，还有本县自卫大队与敌人鏖战竟日，双方死伤八十余人，重创了犯境日寇。

"日本鬼子果然杀过来了！"

五谷惊呼起来。过了一阵子，这家伙又自我安慰道："自卫队不是还没到古劳吗，怎知日本人退了？只怕是胆小怕事的人尽说胡话哩。"

消息究竟是真是假，此事需要作个证实，五谷认为，很有必要去一趟古劳墟，把事情弄明白了。等他把衣服口袋翻了个遍，最终没翻出一个铜钱来。"没钱怎么去？进晏店吃一碗牛肉粉仔总要吧！"

如果不是天气炎热，上山去割一担勾敏藤顺便挑去卖了，那样也像赶墟的样子。"还是先问问大贵哥吧。"大贵哥是村里有数的见过世面的人，除了才哥，五谷只信任大贵哥了。

日本人还没占省城那阵，大贵哥在戏院做"带位"，属顶尖的好工作。据去过省城的人回来说，大贵哥人可好啦，但凡村里有人去省城，没有不去找大贵哥的，而大贵哥也是没有不对村里人招呼妥当的。大贵哥有一回为了救人，充当临时医生，托他五谷采药，使他有了唯一一次去省城的机会，还受到大贵哥的热心招待。

在下必须先做一个声明，内容如下：除了大贵哥，五谷是盘洞村真真正正看过"映画"戏，并且认识这行当的第一人。

日本人还没打来的那阵，大贵哥工友的亲戚患了一种乡下人叫作"大热症"的急病。省城医院治不了，大贵哥自告奋勇要治那工友亲戚的病，从省城十万火急"寄声"回村，让五谷采二三十味草药去省城送药。大贵哥说了，他已向工友打了包票，一定能治好。

收到大贵哥托五谷采摘草药的消息，五谷喜出望外，不敢怠慢，半天就采齐了"铁包金""崩大碗""倒扣草""榕树须"等，二三十种治大热症的草药。另外还自作主张多采了诸如"石蟾蜍""南蛇簕""鬼羽箭"等十多味与治大热症毫不相干，但他能想得起来又恰恰见着的草药。

别人问他，不治大热症的草药，你也采了送去？这呆子一本正经回答人家：光你晓得不相干？我这是给大贵哥多送些草药。省城里难见草药，大贵哥既然做得先生（医生），现时用不着，总有用得着的时候。

"合兴渡"从上游石岩头下来，驶近古劳的江面，摆渡兼做接驳的小艇把五谷载往江心，上了合兴渡，一路急奔朝省城广州而去。

大贵哥工作的永汉大戏院，离大沙头码头很近。五谷如今正在南海河清与古劳之间的江面上，这呆子一次远门也没出过，要求大贵哥一定来接船，否则他一定会"荡失路"。

客船与古劳摆渡的小艇有天壤之别，合兴渡是驳船，有小火轮拉，根本就不用人力，也无须撑篙、摇桨之类。这样的客船还快得离谱，不是亲眼见着，任他五谷想十天八夜也想不出来，是什么力量拖得动那船。

不用说那船坐着舒坦，首先是这船够大只。别笑话，我们乡下人把一艘船就叫一只船。桑洲开去省城的合兴渡有多大只？五谷上船补的是统舱票，客人在船上可以随处走动，而且没有人理会他随船转过来走过去。

妈呀，这是船吗？四等舱，不过是一排排的座凳，足可以坐得下百多人。上面还有一层，不知搭船的客人要出多少"水脚"（船票），所有旅客都有一铺狭窄的小卧床。还有，渡船经过甘竹滩，经过莲花山……咳，太多的风光也说不尽了。

五谷头一次出门，而且还是远门，算是大开眼界了。

不知谁说起过，蛇头岗村一哥刘最小的儿子，还有一个是高坪村的人，两个人在合兴渡上做伙计。五谷一路不歇嘴，问那客船上茶房伙计："你你是……一哥刘……那小儿子？这船，什么……时候，可以到……到省城？"

伙计没承认也没否认是一哥刘的儿子。不过还是回答了五谷的问题："早着呢，看见白鹅潭就到了。"

"我我这是……头一——遭出……远门，最……最怕……，荡失路。"

乡亲乡里的，麻烦人家上心，千万别让船跑过了头。除了船上伙计，五谷差不多问遍了所有人，见着白鹅潭没？他的确担心船驶过了头。机器船不用伙计去撑，还不格外大方？轻轻松松就"赠送"几十里水路给你，那时可怎生往回走？

船过甘竹滩，五谷就一直站在船舷张望，伙计劝了许多回，让他回自己座位上。他哪里肯听？心里暗暗地道："想骗我落（下）船下，你还嫩些。"

平心而论，五谷不笨。一看到江岸一带外国建筑，他就晓得，此必是早就听说过的白鹅潭无疑。不需要再问船上伙计，问多了人家烦。他断定这一定就是省城，而且大贵哥打工的戏院肯定也在这附近。说来说去，他就怕这机器船气力猛跑过了头，跑出省城那就惨了。大贵哥到码头若见不着他，这才是天大的事。

五谷"噔噔噔"地跑下船舱，拖着大包小包的草药从底舱钻到甲板上，向岸上张望着，眼睛都不敢眨一下，生怕客船跑过了头。

很快，他发现这机器船其实也如乡下人耕田养的牛，吆喝几声，让它快则快，让它慢便慢，听话着哩。望见那船刚才还飞快，什么时候听见传来"叮叮当当"一轮钟声，客船立马慢下了下来，在江心打了老大的一个"白鸽转"之后稳稳当当地靠上了大沙头码头。嘿，五谷虚惊一场。

旅客挤到船舷一边，争先恐后生怕登岸落后了。客船上的水手也忙着撑篙抛缆拖跳板，为客船"埋头"（靠岸）紧张地准备着。

大贵哥果然好眼力，在岸上就看见了背着大包小包草药的五谷。挤在旅客中间的五谷跌跌撞撞，像山里人为了采摘一棵草药，而拼命踏倒眼前夹杂着荆棘的山草一样。

最爽的还是大贵哥这份工作，天天看戏不花钱。戏院里做广东大戏便看广东大戏，做"映画"戏（电影）便看映画戏，遇上好的映画戏，还可以"一条气"不歇，连着看几场呢。更让人过瘾的就是每逢新映画戏上映，戏院必先放映一两场，使放映员先对新映画戏有个了解，称作"试画"。试画的观众只限戏院的工作人员，也有戏院员工的家属或者亲朋好友之类。

你说说，这要多走运才看得到试画。五谷去省城给大贵哥送药，竟也让他遇上了试画。

让人感觉美中不足的是，五谷根本就看不明白试画里究竟讲什么？唉，乡下人又偏偏哪壶不开提哪壶，总纠缠着要他讲讲试画的情形。

"五谷，你给大伙讲讲省城，还有试画。"人们不止一次要他说说那次去省城的见闻，尤其试画一节。

村里大榕树下"新闻"多，五谷总想要说好这事，可惜总说不好。毕竟映画是新鲜事，岂能轻易说得清楚。这事终究成了乡下人，尤其是五谷一个无法弥补的遗憾。

接下来，故事就由抗战前后说起。故事中陆续出场的个人物大多数是土生土长的盘洞人。因故事中的人物大多来自盘洞村，所以在下要对盘洞村先做个简单的介绍。

盘洞村早先叫盘垌村、盘溪村，是皂幕山区的一个普通到不能再普通的村子。有人曾试图考证盘洞村得名的始末，煞有介事地说盘洞村地处深山密林，巴掌大的天，竹帽般大的地。晴朗天气，人见着太阳的时候已近中午了；若是阴雨天气，天地间雨雾缭绕，十步开外连自家房子也瞧不见，乡亲们如在洞中生活。

盘洞村不是单单一个自然村，这村名还包括附近七八个小山村，分别是小陈村、新村、旧村、小村仔、新村仔、马岭村、朗石村及大坪村等。

盘洞村由七八个小山村组成，够多的了，不过，老少加在一起还不足七百口。老辈人说，除了盘洞村之外，这里还有个村叫作药迳。

据说盘洞村开村距今有五六百年了。开村之初，盘洞村人口比现在少得多，不过居民的姓氏却有二十多个。后来有的家族成了绝户，到如今留下来的，还有十个姓氏呢。

盘洞只是一处小小村落，前面说过，它同时有几个名字。这些名字不知道是否由哪位风水先生所起。我猜测，这些名字的由来是因为两条山溪灌溉中间一片田垌，于是盘洞最初的村名叫作盘垌、盘溪。

俗话说，一方水土养一方人，小时候听父辈说，我们任姓家族有一本转抄的族谱，记载着我的先人来自江浙一带。有说因为做官，有说因为逃难，总之各有原因，无意或有意，参与中国历史上某个时期众多民众的迁徙，成了盘溪或者盘垌村最初的居民之一。据传我的先人于宋元之际先在广东番禺做官军的教头，然后落户于此。我最大的疑问是，盘洞村这样一处穷乡僻壤的所在，有什么吸引我的先人——一个官军教头，做那乐居夷而忘故土的"笨虫"，看上这穷乡僻壤并在此开村呢？

原来，我的先人们相信：就因为村前的猪嬷脊山和"大岗石顶"，两座山之间形成的隘口竟似一处"城门"，城门口由"将军"为村民"站岗"，牢牢守护村民平安，在此定居至少安全。除了"将军"守在隘口，附近还有一处"仙人播米"。

这里有个小小的声明：在下的家乡竟有三五个村名，一处小小的村落，这种情况恐怕不多见。为了叙述的方便与统一，在下将在本故事中提及我的家乡，将统一使用盘洞村。

盘洞村可以开居成村，正占了它地处偏僻的优势，穷乡僻壤适合躲避兵灾战祸。抗战期间盘洞村收留难民达四千多人次。盘洞村贫穷闭塞，但比起遭受战乱的危险，盘洞村则明显比山外幸运。阿咩哥、大一哥等几名老光棍，竟也"因祸得福"，都讨得逃难女人做老婆，成功"脱单"。当然这有姻缘天定的成分，但也因遇上这种环境。

这样的环境是好还是不好，五谷觉得无关紧要，但从大一哥他们因此而讨了老婆这事来看，他心里还真有那么几分希望呢。多来几拨逃难女人，让他也碰碰运气。他有点心急，心里暗想，年龄相貌可以不计，是女的就行。

既如此，五谷是否如愿讨得个老婆？欲知后事如何，且听下回分解。

第一回　卖草药　水乡行来探虚实
　　　　苦挣扎　生死线上强求存

　　五谷正想着娶亲这事，忽而就有"走难"的女人来了，并且嫁给大一哥、阿咩哥等几名老光棍，这让五谷很受鼓舞。

　　从卅堡茶亭到"狗嘴"，再到疏萝坑口，人称"阴阳界"的山道上，一波波逃难的人群络绎不绝。他们当中不管是谁，都没有目的地随着人流向前走，只是从疲惫到惊恐，又或者由惊恐到疲惫的交替中艰难西进，不少人走着走着就倒在了山道上再没起来。

　　狗嘴对面一丛簕竹底下，半跪半卧着一个满脸惊恐，浑身滚烫的小女孩。没人关心她跟着谁，从什么地方来到这里。小女孩可能与双亲走失，甚至是被她的亲人遗弃在此。她声嘶力竭地大哭过，喊叫过，如今再没气力去哭去喊了。小姑娘的亲人早就没了影，汗水和泪水流过她的脸颊，留下了满脸污秽与悲伤。

　　大贵哥从省城回来有些日子了，五谷只想问问他，日本人是不是打到省城了。到了巷子口才想起，大贵哥已经死了四五天了。他饿倒在去南岗墟借粮的路上，尸首也进不了村，就埋在了路边。

　　"日本鬼子连我们省城也占了，总该消停一下吧！怎么还不满足，真要过江打到古劳、沙坪来了？"三人讲四样，都仕说打仗，尽是些坏消息，听得人耳朵都起茧子了。五谷怀疑当中有些是"旧闻",甚至假新闻。

五谷认为,打仗嘛,跟捉狐狸(打猎)没什么两样,响几声"铁仔"(枪)而已,不值得过分地害怕。这家伙心里痒痒,想去古劳或者沙坪探探虚实,看看是否真的打仗了。五谷未见过日本人,他很想知道,胆敢跑别人家里撒野的日本鬼子究竟长什么凶恶模样,三头六臂?又扛什么样的铁仔?

这些问题必须弄清楚,否则村里有人问起来,支支吾吾就不好了。当然,如果日本兵真来了,而且他又能"运气"(走运)点儿,遇上个落单的日本兵,抢得一支铁仔回来,这样不但完美,更是一件让乡亲们惊掉下巴的大新闻。

说走就走,五谷决定明天去古劳墟,还有围墩的渡口墟。他想:"围墩人养猪,多用牛敏藤喂猪驱虫。老子何不顺便挑一担牛敏藤去卖了,挣两个散钱。"

盘洞村山上多草药,当中有种嫩绿柔润的半藤半树开着扎眼小黄花的植物,有人叫它勾敏,我的乡亲们大多叫它牛敏藤。牛敏藤有剧毒,人若误服,几乎无一能救活,所以山外不少人称它断肠草。

牛敏藤有它独特的用处,养猪人家,定期用牛敏藤一小扎煲水喂猪,驱虫长膘的效果堪称一流。古劳、围墩是典型的鱼塘桑基,乡人少耕田地,大多从事种桑养蚕、养鱼养猪。

说干就干,五谷头天就采割回一大担牛敏藤,打算明天就出山。到地方卖了,然后探听打仗的消息。如果探听到实在的消息,他就能在大眼哥大一哥们面前显摆一阵子啦。

盘洞河九曲十三弯流淌了不止千万年,我的父老乡亲们沿着盘洞河,踩踏出一条与小河平行,用以联系外面世界的小路,这条小路至少存在数百年了。

月当下弦,半夜里起身的五谷,挑着两大捆牛敏藤,已走了近两个时辰。五谷虽有一身的蛮力,但毕竟路长腿短,浑身上下已大汗淋漓了。偏偏这牛敏藤又是草药中最压秤的一种,五谷挑着过了几段弯路,百十斤的担子越来越沉，他不停歇脚换肩，竟把两边肩膀压麻压肿了。

五谷起身时没一点食物下肚，肚子"咕咕"叫，脚步也不稳了。这家伙把肩头一缩，身子朝旁边那么一闪，两捆草药"呼啦"一声，重重地搁在小道上。五谷满头大汗，打算歇歇再走。

四周静悄悄的，五谷坐在担子上，大滴汗珠从脸上顺着颈脖往下流，滴落在草药上，发出"滴滴答答"声。他张开嘴"嘘嘘嘘"地喘粗气。他拉下肩上的搭布胡乱擦了擦脸上的汗水，抬了抬头，就着灰蒙蒙的月影，看见一段矮矮的堤基，他知道已走到墨村了。

隔着堤基，他已看见墟市上那家没有名号的小茶居。鹤山人习惯早睡早起，这个时候茶居应是人声嘈杂茶客满满了。

"还歇什么？趁早把草药卖了，进茶居来个'一盅两件'，先填饱了肚子。"看这记性，卖牛敏藤只是捎带，早来的目的是探虚实，寻日本人"影迹"。看他是否长得三头六臂，掖什么样的铁仔？

"牛……牛……敏藤哩……牛……敏……藤……卖。"

五谷在堤基脚下就吆喝起来，待他迈上堤基，望见茶居狭窄的板门开了一大半，里面灯光与往时一般昏暗，只是没了往时熙熙攘攘的声色。影影绰绰不多几个茶客，稀稀落落的说话声，透过蒸包子弥漫开来的水蒸气，消失在灰暗的夜空里。五谷把草药担子放在茶居对面的空地，眼睛盯着茶居那被熏得乌黑的门。

时候尚早，他伸出右手，拍拍对襟衫的两只口袋，下意识地摸出来一只装粗烟丝的旧蜡油盒子，想卷一根烟，但终于没卷，又把蜡油盒子放回了口袋里。

有人从茶居出来，五谷见了连忙站起身，不失时机地高声喝道："有……牛敏……藤卖……"那人走到跟前，见了草药担子，称赞道："多靓多鲜嫩的牛敏藤，'洞里'出来的？"

山外特别是古劳、围墩一带的人喜欢自称"海佬"，称山里人为"洞佬"。五谷道："不……不是……'里头洞'，能……能有……这……好的……树仔草？"

"还是你们洞里好，日本鬼子的飞机炸不到，走难也往你们洞里走哩。"

"这……这个……还用得着，你来……说？"

五谷确有点得意，心里道："前些日子有几拨山外人，大凡跟村里的人沾点亲，拖男带女直奔了来，对久不来往的亲戚说日本鬼子的飞机飞来好几回，一来就扔炸弹，实在可恶。"

"人都走难去了，怪不得墟市如此清冷啦。"五谷想："这家伙还能淡定"叹茶"，难道他不知道日本人扔了炸弹？哦，老子晓得了，只怕他山里头没亲戚，或是也如老子一样，是个一人吃饱全家不饿的'一支公'（一个人）。"

五谷问那人："日……本……仔，扔炸……炸弹……你……你不怕？为……什么，不……走难去？难道……你……也是一支公？"

"唉，提起来皆是伤心事。自家没一升半斗的田地，一家人全靠'山顶'（因村庄民居多在半山以上，故又称山顶）小茶园卖茶为生，家无隔夜之粮。"

说着，茶客又长叹一声，顿了顿继续说道："日本鬼子在'对面海'（江对面）飞过来扔炸弹，把古劳墟、渡口墟都炸烂烧光了。兵荒马乱的，凡有点办法有个去处的，谁不走？走难走难，你以为游山玩水吗？是逃命！如我等人家，要钱没钱，只是等死之人，看着人家走难，也敢学人家走难？只怕这边离乡，那边就陈尸荒野了。"

五谷暗暗地想道："大清早的，以为是个买草药的，怎知道偏偏遇着个'口水多过茶'的啰唆客。"遂打断那茶客的话，问人家道："家，家里养猪吗？买……几扎……牛敏藤，回……去喂喂猪。我……藤嫩，药力够……驱虫快。"

"家里两三只猪还没长成就卖了，若养猪，还真得跟你买几把呢。"

"买……回去，什么时候都……用得……得着。"

"东西再好也是毒药，不养猪谁碰它？万一误用了那可不得了。"说着话，茶客又补了一句，"还需回家去为老母亲熬药呢，愿老哥生意好，小弟先走了。"

聊了老半天，费了那多的"口水花"，原以为这家伙会买些牛敏藤回去，哪知道这家伙没养猪，这不表错情了吗？五谷冲那人的后背暗暗地骂道："真是个'搞搞震无帮衬'的家伙。"高声朝人家背后骂了起来："不……买药，跟……老子……聊什么？吃……吃饱了，撑的！"

五谷对着空荡荡的墟市，盯着一担牛敏藤发了半天呆。心里骂道："日本仔还没打过来嘛，走什么难？唉，哪怕有人买那么三几斤牛敏藤去，也不至于让老子连一顿'晏仔'的钱都没着落。"

太阳懒洋洋地从东方冒出来，把光明晃晃地泻在大地。

肚子"咕咕"叫得让人难受，五谷老大不情愿地挑起担子，沿凹凸不平的土坎向堤顶上走，忽听得古劳墟那边响起一阵紧似一阵的"嗡嗡"声。他没想是日本人的飞机，故也没有理会，依旧埋头顺着堤基深一脚浅一脚，往桑桥市走去。

"呜——轰隆……"

爆炸声一阵紧似一阵，把五谷吓了一跳，担子从肩上滑下掉在了地上。他侧着身子斜眼往爆炸声响处望去，见着古劳墟头顶两只如"大禾螟"（一种昆虫）似的飞机，发出嗡嗡怪叫，贴近榕树梢蹿过来飞过去。所过之处，榕树枝干"噼里啪啦"应声而断。五谷下意识叫一声："不……得了，日本仔……落'炸弹仔'了！"

五谷认识炸弹。原来，我们乡下"捉狐狸"，除了用索子、线炮布置陷阱之外，有时还把抹了猪油的"炸弹仔"丢在山中小道旁的草丛里，单等诸如山猪一类的野兽闻到香味咬食，把猎物炸翻。五谷不但熟悉"炸弹仔"，也实实在在用过这东西。

不过眼前所见可不是炸弹仔，五谷根本就没见过这阵仗，数丈开外"大禾蜢"掠过之处，扔下几颗大炸弹，河涌、鱼塘，霎时间掀起来足有两丈高低的巨大水柱。五谷吓得脸色发白两腿不听使唤，只把脑袋埋在两捆牛敏藤中喘粗气。

事后有人问他："你真见过日本仔飞机扔炸弹来着？"

五谷不无骄傲地反问人家："怎……怎么……会不见？"

那人又追问扔了多少颗，五谷本来想回答扔了很多颗，但后来还是决定不正面回应，只反问那人道："老子……没数你说……多少……颗？"

出山走了一趟，亲眼见着日本人的飞机扔炸弹，这发瘟的果然打到我们家门口来了。

五谷又听说一队学生哥从省城山长水远地跑到禄迳村来了。五谷至此终于明白："日本仔占了省城，占了省城的大学，学生哥们忿忿不平，从省城来到乡下，想"搞人"（宣传鼓动人）抵抗日本仔。"

真是的，五谷不识日本仔是一群什么样的人，早前他还不相信，隔着我们这里山长水远的，日本仔凭什么要穿州过省来欺负人？最初，他以为日本仔就是明火执仗"打脚骨"（劫匪）的贼，抢人一点钱财罢了。直到亲眼见了一大批挑"杨梅担"的无辜百姓包括我那个嫁往茶洞村的堂姐，死于日本仔飞机空袭之下，五谷终于相信，日本仔的确是"恶爷"、强盗、魔鬼。

我堂姐死于日寇轰炸，那会儿在下还没出生，是父亲和伯父等人时时提起此事，在下因此得以谨记。

由鹤山通重庆的通道，是从禄迳到杨梅墟、高要肇庆，最终经广西到达大西南的重庆。当中走难的、走私的、经商的、抬轿的、挑担做苦力的，甚至还有做"鼠摸"（小偷）的由东及西，不分昼夜川流不息。无数人在通道上讨生活，以至于禄迳村那条叫作狗嘴的狭长山谷，旬日之间变得异常热闹起来了。

盘洞河流经朗石村，穿过一个开阔的缓坡，连接着狗嘴。狗嘴是一处半河畔半沟谷的狭长地带，由东向西从卅堡茶亭伸延至此。这里原先有大片过人深的野草，多毒蛇和野黄蜂，乡民无事绝不靠近此地，够得上"人迹罕至"。

令人想不到的是，络绎不绝走难的人，一夜之间竟踏平野草，踩断荆棘，硬生生踩踏出一条路来了。

最早发现这里面商机的是禄迳人，起初有人去狗嘴摆个茶水摊，挣一两角钱，也方便了行人，后来多了几家卖饭的"晏店"，霎时间这里成了通道中重要的一段。因为茶寮与晏店，山谷里生意兴旺起来，不计茶水担或者茶寮，这里光晏店就有二三十家之多。有人走动便会有生意，盘洞村那几年许多人靠这条通道讨生活。不过，更多人是做挑货一类的苦力，他们每日里由狗嘴到杨梅墟、高明城甚至要到高要的回龙、陌土。

我的堂姐那时已嫁与外村，自然也跟他们村里人一道做这苦力活。人们把这些苦力叫"杨梅担仔"，很多时候直称作"担仔"。

堂姐名叫杏莲，是在下伯父的大女儿。先时咱爷爷兄弟多，自然比许多人贫穷。伯父把此女养至五六岁时，家里断炊的时候居多，有时连野菜稀粥也无以为继，不得不把我那堂姐卖与十多里外新屋仔村一个叫银婆的女人做了养女。

都说"卖仔不摸头"，我那杏莲姐自卖与新屋仔做了银婆的养女之后，按规矩伯父伯母同杏莲是不能再相见的，伯父一家每每想念女儿，唯有垂泪。过后暗暗为她祝福，希望银婆勿要虐待了小姑娘。

人总希望出门遇贵人不是？伯父在"龙鬼烨"铁仔铺干活。有一天碰见莲塘村的崩鸡俅来铺子定制铁仔。那崩鸡俅因此得知伯父乃大名鼎鼎龙鬼烨的亲外甥，遂介绍伯父到线鸡坪牛贩子矮仔均家做赶牛仔。伯父每日随牛贩子矮仔均屁股后头四乡买牛，待矮仔均做成生意了，随接过矮仔均手中牛绳，矮仔均说赶入栏（屠宰场）即赶入栏，说赶回家短养数日，也就是赶回村里。伯父终日跟在矮仔均屁股后，赶不赶牛都有脚力钱，伯父家日子逐渐没先前艰难了。

勿论墟市抑或乡下，也勿论买主或者卖主，但凡牵涉牛的买卖，都有一伙——各位听清楚了，是一伙，少的时候三两个，多的时候十多人，或蹲或站，或围成一圈替买卖双方"做中"（中介），这些人称作"牛中"。

牛市上每一头牛的买卖，如果没有牛中的参与，是绝对做不成的。牛中们围上来"拍牛"，勿论买主或卖主都不能拒绝。

这伙人靠嘴吃饭，在买家这边说此牛如何的好如何的靓，买到就是赚到，无论多少钱都怂恿你买下这牛。等到"拍"完了买家这边，再转到卖家那一边，以"弹"（贬损）为主，比如这牛如何如何的长相差，先是"前锋"不锋，"尾䏶"不像䏶，耕田拉不起半边犁，连小孩的力气都不如。甚至此牛哪里哪里，全身上下都有"仇限"，轻则害主家破财、失物，重则令主家官司纠缠、牢狱刑克祸殃无常，甚至勾连地府。一句话，此牛一日不可留，脱手要快，亏钱事小，人命可关天，孰轻孰重老板要掂量。

牛中拍牛，通常是"见者有份"，即使参与者全程没说一句话，又或者仅仅用脚踩了一下牛绳，也照分中介费。

乡下人买卖双方都信任乃至依赖牛中，很难想象，整个交易没有牛中插一杠，任何一个老板两三个墟期未必买得成一头牛，更难把一头"仇限"牛脱得了手。交易双方明明面贴着面，而讨价还价却非通过牛中不可。

在乡下，牛等大畜生的交易，外人一般听不懂更看不明白。首先牛市上讨价还价用手势，且牛中还时常代买卖双方以行业内的"标准"动作，在衣袖里双方手搭手完成交易。牛行上有许多行话，比如向对方喊"前根"，即代表出价或要价拾元，喊"抓根"即五十元，"勾根"即九十元等等。在牛市做牛中的基本都是同一帮人，每拍一只牛都是临时拼凑在一起，并无"准入门槛"。收取的中介费通常当着买卖双方的面就分了。至于"赶牛仔"，因为跟随牛中屁股后头转，是牛中的随从，是不能做牛中的。牛市上的买卖跟赶牛仔没有一毛钱的关系，所以赶牛仔很少与牛中搭讪，更不知道墟场上生意为什么都要牛中横插一杠子。

与其他赶牛仔不同，没赶几天的牛，伯父认识了牛市上安仔哥、哪吒哥、生鬼精、高脒筹、矮仔钟、卷毛威哥与三角眼眉等一大帮牛中。尤其重要的，伯父得安仔哥、三角眼眉等相熟牛中的指点，竟也学会了"相牛"。

老话说，天有不测风云，人有霎时满身银。由于熟络交易场，又会相牛，伯父从此"水鬼升了城隍"，打工仔炒了老板，拿的仍是赶牛鞭，但此赶牛鞭已不同彼赶牛鞭了。伯父自做了牛贩子，场上接过卖主递过来的牵牛绳，转身即以主家身份吩咐跟在身后的赶牛人了。

如此说来，那个崩鸡俟，成了伯父一生遇到的最最重要的贵人。因崩鸡俟这一层，伯父最终做了牛贩子，并且做得"风生水起"。按如今时髦的说法，伯父赚到了人生第一桶金。

某日天擦黑，一家人正在听伯父说些墟场上买卖牛只的新闻，忽然我的杏莲姐进了家门，扑过去哭着喊爹娘。伯父伯母大大吃了一惊，问杏莲姐怎么一个人回来了？

原来是说书人的七叔公到凤尾岗卖烟叶，傍晚回村路过新屋仔村，恰让杏莲姐在村边见了，她就偷偷尾随七叔公一路回村来了。

伯母搂着女儿问了一声："银婆晓得你回家来吗？"杏莲哭喊道："女儿死也不回去了！"伯母怯怯地问："养母待你怎样？"

堂姐撩起衣服，身上新伤旧疤历历在目，不消说，我那杏莲姐在银婆家受尽了虐待。

有话则长无话则短。伯父做了牛贩子，依生意场上的例规，买再多的牛也无须即时结账，省下许多"入货"本钱。伯父身上时常很有些钱银，说话也变得有底气了。

伯父头天晓得女儿受虐待，转天就往新屋仔村找银婆，这个女人很难缠，伯父首先向她赔尽不是，当然，重要的还是赔了那女人许多的利息，否则我那杏莲姐是赎不回来的。杏莲姐自此不能说无忧无虑，但总算脱了苦海，不几年便长成大姑娘了。

日本仔来了，伯父的生意大不如前，堂姐十六岁那年，伯父把她嫁与茶洞村李家，想着也是完了一件大事。却哪里知道堂姐这一嫁过去，还不到一年的光景，就被日本仔飞机炸死了，连尸首也找不全。

我堂姐如何死于日本仔飞机轰炸？欲知后事如何，且听下回分解。

第二回　隐土屋　野猪光遁情惹祸　入墟场　苦杏莲揽活亡身

上回说到我的杏莲姐不堪养母虐待，尾随七叔公回了村，伯父赔了大笔利息把女儿赎回，自此一家方得团聚。

没过几年，日寇打到家门口了，南（海）、番（禺）、中（山）、顺（德）周边县相继沦陷。鹤山一县未落入敌手，但县内工人失业、农民破产，又有邻近大批难民涌入，致使经济瘫痪、治安恶化、民不聊生。

别处不说，我的父老乡亲们日子本来就苦，盘洞村数百口人，自流灌溉的水田有一千六百余亩。田地虽多，但绝大多数为山外那些富户"死地主"所有。我的乡亲们除了佃耕死地主的田，交纳很重的田租之外，就只有上山烧炭、挖"树仔头"（采药）、打雀鸟、"捉狐狸"，甚至一家几人到富裕人家当长工，做半家奴式的"耕仔"。

前几年，五谷就去高明县云勇村做过"看牛仔"。才哥是村里公认的最能挑重担的人，曾经一担挑过二百四十多斤松柴去龙口墟上卖。即使这样的"大力士"，早年也因欠债，不得不全家去西三洞富裕人家做过两年多耕仔。

日寇一来，乡亲们的生活更难了，即使你想出苦力干苦工，却又有谁请你干？乡亲们"有力做到无力，无力做到乞食，乞食做到死直"。盘洞村那时候就有十多户人家绝户了。在下后来才知道，一个不过数十人的星光村，在抗战期间竟有四户人家成了绝户。

伯父的生意因日寇入侵而愈发难做，雪上加霜的是，他雇请的伙计大懵球，赶牛经过"烂涩湖"时遭了贼，几头黄牛被抢个精光。经过这一件事，伯父足有一年多不敢出去做生意。

杏莲姐刚满十六岁便嫁给邻村一李姓贫苦人家为妻，可怜堂姐还是个孩子，过早地承受了本不该由她这个年纪挑起的重担。

俗话说天无绝人之路。那条始于沙坪墟，经狗嘴到杨梅，直通广西的杨梅路，的确为禄迳周边百姓提供了生存的机会。杨梅路上经商、走私、做苦力的人像蚂蚁一般，来去匆匆昼夜不绝。

一担担糖、纱布、洋油，甚至伪装成一般商品的硫黄、桐油等货物，成千上万担经过狗嘴去往各地。杏莲姐回娘家说，茶洞村不知几多人每日就靠做挑夫换米粮。不过，最初的一段日子里乡亲们还是不屑，或者说不敢走杨梅路。

孙十嫂牙尖嘴利，人们背后都叫她"算死草"。此女生性多疑，只怕就是狐狸托生的，听说茶洞村许多人饿得没法，去做"担仔"勉强可以度日。这女人当街就警告，宁可"食少啀，瞓多觉"（宁少吃点，多睡会儿），千万别去做担仔。她煞有介事地道："什么担仔，哪有这大只'蛤蟆'随街跳？不知大家伙儿听说不曾，凤尾岗的崩鸡富，挑一担纸扎蜡烛往肇庆，刚挑到鹿尾塘，忽然人就晕倒了再没起来，这事千真万确。这还不止，龙鬼田伙新的舅爷仔替人担货过迳，经过水雷队设的关卡被截住了。货主不敢露面，关卡硬说他走私，连人带货被扣了，伙新那舅爷仔到现在也不知生死。"

难怪山外人早些年还讪笑我的乡亲们"多见山底蛇，少见公路车"。我的乡亲们一向胆子小，见识少，没人干过的事绝不敢想。

许多年前有人抱着拼死的心，数次起意想去佛山、省城等大城市去打工挣钱，就因为野猪光这个前车之鉴，终于没能走出去。

那位问了，野猪光是谁？在卜道：勿急，野猪光姓张名巨光，诨名野猪光。生于本村，乡人皆直呼其诨名，多忘其本名。

野猪光过去从没离开过家乡半步，只因为那次父子两个吵架吵得实在凶，事后这家伙离家出走了。

村里人敢去外面"捞世界"，野猪光算第一人。他离乡数月，有乡亲传其在单水口帮人放鸭子，此后再没了消息。乡人都以为他在外头饿死了或沦为"乞依"（乞丐）。后来听人说他去了澳门。大约应了行行出状元这句老话，这家伙出息大了，在一家铺名叫"椰果"的糖水铺，做了首席开椰子大师傅。

据说一只椰子拿在他手，就这么往上一抛，还没等椰子落下来，那家伙已知椰子长得老抑或嫩，多汁或少汁，且能报出此椰几斤几两，比秤还准。接着一凿一剥一锯一挖，一只椰子早收拾妥了。啧啧啧，还真是大师级别。

吃惊了吧？你以为人家剥橘子剥柚子呀，是椰子！若不是那时村里家家户户一直都用椰壳子做的"水升"（水勺），乡亲们还真不知道世界上还有种叫椰子的美味果子。

唉，本来前途无量的家伙，竟栽在贪色上面。

话说野猪光当了"开椰师傅"，这里本应牵涉那家伙如何与其父吵翻，又如何离村，如何去得澳门，以及如何成为开椰师傅等诸多细节。好在这只是些过程，此正合大多数的盘洞乡亲只重结果而不问过程的习惯，总之野猪光成了开椰师傅，这才是正题。

凡进店顾客要喝椰汁，吃椰蓉椰丝做的包子、点心，都非经野猪光"开椰"不可。据闻不少顾客就为了一睹那家伙开椰的精彩，还有人从香港来店消费。如此一来，原本并不出名的糖水铺变得门庭若市，也顺带把椰果的招牌变得异常响亮。

椰果的老板一下子发了，就因为遇上野猪光这么个开椰师傅，否则那店永远也成不了气候。老板从此对野猪光另眼相看倚为股肱。甚至打算把他招做上门女婿呢。

野猪光乃聪明通透的家伙，他岂不知老板的用意？于是他把乡下有妻有子一事对老板隐瞒得严实，反趁老板有意无意地放任，频频引诱、撩拨老板那千金小姐。都说色胆包天，野猪光不久就让那小姐有了身孕。

"你做的好事，可这事该如何是好？"小姐含羞向他讨主意，这家伙哄那小姐道："无有怕，老子会负责。"心里却怪那小姐太好生养，暗暗地道："妈的，这女的看着得馋死人，不晓得她比母猪还能生，碰碰就上身，真烦人。"

听说妓寨里妓女生不出小孩，是因为服食了水银，野猪光不无惋惜道："早前咋没听人说过这方子？若早知道的话，老子那时就该弄些水银哄小姐吃了。"

野猪光天生色心，然终是无胆匪类，敢做却不敢当。须知那时女人的名声乃重大之事，眼见老板千金的肚子一天天隆起来，知道早晚是个祸端。

"不知老板要怎样处置我呢？哪有个妥妥的办法，避过这麻烦呢？"

野猪光想起当年和父亲的争吵，父亲嘲讽他道："我若换作你，还不如弄个蚬壳（蚌壳）捂鼻子死了的好。"野猪光冲他老子道："弄蚬壳捂鼻子死的那个该是你，我为什么要死？"

那次父子吵架过后，野猪光沿着后巷一路吼道："死，老子也要死到外面去。"村里人听了，任谁都以为这家伙不过是"屙屁吓牛"——说说而已。后来果真不见了野猪光在村里"蒲头"，也再没听见他们父子吵架的高嗓门，乡亲们这才相信，这家伙竟然来真的。

老板未觉蒙羞，小姐还揣着梦想，不过在下相信，这事就如一张纸包着一团火，待包不住时，老板不拆了他野猪光浑身筋骨才怪呢。

三十六计走为上计，野猪光当即祭起了一走了之的法宝。某日午后，终于悄无声息地逃离了糖水铺。唉，本来计划好了逃回乡下，不料走时逃得慌张，以至于只带走那套开椰"家生"（工具），漏掉了压在席子下的积蓄。想转回去带出一些银钱，却终究没那"狗胆"。

澳门四面都是海，身上仅有的一点钱还买不起一张"船飞"（船票）。"打路"（走路）回不了乡下，野猪光抓过那包开椰的刀啊凿啊什么的，狠狠地朝墙根摔过去，骂道："往后再无机会开椰了，要这累人的家什何用！"

离开糖水铺，野猪光躲在妈阁庙附近一间四面用蚝壳叠墙的废弃小屋里，焦虑到不行。

鸡公耀自称鹤山楼冲人，是野猪光来澳门结识的老乡。那家伙天生一副贱相，看他那额角、那眼尾、那下巴，说他不是"鬼头仔"（小人），谁信？野猪光甚至怀疑，正是这家伙忌妒他跟老板千金的关系。那家伙暗暗地道："老板若真立心收拾我，他有成千种办法找得到这里来。而且，鸡公耀很可能已经把我家住盘洞村这样的重要信息告诉老板了。"

一想起这些就后脊骨阵阵发凉，唉，当初就不该结识鸡公耀，现在的野猪光后悔死了。

澳门不大，不过要逃离澳门则非搭船不可。野猪光本来思量着傍晚去某一条冷巷，截得个把独行的过路人，抢劫点钱买船飞。不过到出门的时候才记起来，以往自己从没做过这勾当，怕弄出个"大头佛"（大麻烦）来不能收拾而作罢。

野猪光决定去海边碰碰运气，看能不能骗一艘渔人小艇载他回香山或者新会，然后回鹤山就容易了。说干就干，他看了看天色，野猪光不敢久留，伸手扯过那片遮挡门口的破旧竹笪，欲去海边。

无巧不成书，野猪光正待跨出门口，突然有人顺着移开的竹笪从外面一步跨了进来，与他撞了个满怀。野猪光当即吓得魂飞魄散，"哇"的一声身子后仰，重重地跌了一跤。

来人却有备而来，俯身拉野猪光的手，同时惊问道："这不是妹夫光仔吗？难不成跟我妹吵了架，跑这里躲避来了？"

咦，什么人声音如此温柔？野猪光稍稍回过神抬头一望，见是个容颜俊俏的少妇，顿时惊愕地反问道："你说什么，我怎么听不明白呢？"

"妹夫果然一表人才，不怪我那妹子迷上你了，连我这大姨子都心动了。"

少妇樱桃小口未讲先笑，软语撩人，野猪光早酥了半截身子，只是还不敢造次，小心翼翼地道："哪个是你妹子？你又是谁的大姨子？"

少妇羞答答地道："杜娟子是我妹子，你说说，我是谁的大姨子？"

"妹子？"

少妇称杜娟子是她妹子，如此说来她是杜娟子的姐姐了。野猪光不禁纳闷："老板只有杜娟子一个女儿，从没听说他还有另外一个女儿，忽然出来个杜娟子的姐姐，这是什么情形？"

那厮转念一想道："这女人既认得我，又自称是杜娟子她姐，难道她是老板侄女？咳，总之是老板至亲，至少与老板一家有关系。而且这女人还长了个'狗'鼻子，老子藏身这么隐秘之处，居然让她轻易找上门来了。"

野猪光此刻觉得后脊骨发麻。他计划逃跑，那贼眼骨碌碌转了几圈，忽然瞥见外面海滩上几条影子在晃悠，鬼才信他们是闲来无聊来这晃荡的，他断定，这是老板派来准备收拾他的人，内心暗暗叫一声苦，顿时打消了夺门而逃的念头。

"你我素昧平生，只不知姐姐找我为了何事？"

"呵呵，妹夫不辞而别，可怜我那妹子为见你不着，数天来茶饭不思，昼夜无眠，整个人变做个霜打的梨花，伯父一屋子人为她愁死了。"顿了顿，女子又问野猪光道："小女子这里有句话，想问问妹夫，你放着娇妻不宠，到此干甚来了？"

"唔……啊……"野猪光平日牙尖嘴利，此刻却耷拉着脑袋哼哼唧唧。见他窘态，少妇"噗"的一声笑，嗲声嗲气地道："哦，莫不是妹夫风流倜傥，又喜欢上了外面哪位姐姐，到此约会来了？"

这女人既是杜娟子的姐姐，野猪光认定她是为了杜娟子的名声而来。然则这女人对他毫无责备，反嗲声嗲气口口声声喊妹夫，说话之间或明或暗不掩饰暧昧，令他以为自己遇着了桃花乡里出不来的好运。竟对那女子起了非分之想，浪声浪气地挑逗那女子道："说到约会这一层，小可梦里都想哩，只是不曾约到。小可听人常说'相请不如偶遇'，姐姐今日或者不为约会而来，然则外人见了，以为是姐姐专来此赴约！"

说话间，野猪光不忘再向那女子抛了个媚眼。女子听了野猪光的话非但不恼，反而打蛇随棍上，不再假装矜持，露骨直白地道："公子果然是手掌心里长毛——十足老手了。唯小女子丑陋，怕是入不得公子慧眼哩。"边说话，那腰身软软地倒向野猪光怀中。

野猪光这家伙还真以为自己连续行狗屎运，妥妥地跌落桃花乡，令说书的不由得想起乡亲们去野地里下套"装狐狸"的情景。

那位忍不住问了："说书的，你说这女人给野猪光下套？"说书的道："具体说，是杜老板下的，而且还是个特大的套！"

话说椰果老板杜贵伙，人称杜鬼火，大半生经商，略积下些家财，视独生女杜娟子如掌上明珠。数年前回新会黄粱祭祖，返程在镇街上候渡，恰遇野猪光拖着病体行乞街头，乃探其家事来历，那厮见有人问他，随口应道孤身一个。

不知杜鬼火动了恻隐之心，还是为了自己一点私念，邀野猪光随他回了澳门，先安置在铺子里做伙计，买卖之余又教他学些炒菜等闲杂功夫。

有个南洋水客从一艘大船上卸下一大堆椰子，堆积在码头一两个月，总不见来处理，想是忘记了那货，天长日久地沤了许多。杜老板朝夕瞅没人搬几只，不多久把一堆椰子偷没了。

野猪光初见不识此为何物，拿过来又抛又砸又剥，又撕又锯刀砍斧劈。还真是搞笑，一大堆椰子让他砍砸完了，那家伙居然成了开椰师傅。

杜鬼火把一粒蒜子想得比酒坛子口还要大，见野猪光孤身一人，更无家室，若收他为养子，把女儿许配于他，杜家香火岂不是有人继承了吗？

　　野猪光垂涎老板千金亦非一朝一夕，只因忌惮老板未敢下手罢了。正好杜老板起了招婿入赘的念头，这就如鲜鱼往猫嘴里送，野猪光仗着老板睁一只眼闭一只眼，早晚黏着小姐不肯松手。如此不出三旬两月，杜小姐即喜酸厌食，终日懒洋洋软绵绵呵欠连连。杜主母自然紧张异常，把个老郎中请来为小姐诊脉。老郎中右手三指刚搭在小姐手腕上，杜主母迫不及待地问道："我女儿这般症状，先生以为是什么病症？"

　　老郎中道："恭喜了，小姐无病，这是有喜了。"走时留下了安胎的方子。

　　女儿有身孕是好事，杜家将嫁女更是喜事，杜主母自然眉飞色舞，然杜老板却不敢马虎，瞅个空，约了野猪光的老乡鸡公耀到茶居饮茶，先说些闲话，接着直奔主题，对其准女婿来了一次"婚前调查"。

　　有句俗语叫"不作死便不会死"堪称经典，也兼说中了杜鬼火。鸡公耀对杜老板所问回答得颇认真，可惜答案模棱两可，还有的前后矛盾，令人生疑。比如单凭野猪光讲一口"老契话"（鹤山方言），即可印证此人肯定是鹤山人氏，具体来自哪乡哪村，鸡公耀想了半天，记起野猪光曾说过，他似乎生于一个叫什么青岗村，还是别的什么名字的乡村，稍后迁居"老猴洞"。

　　对野猪光的家乡，鸡公耀当时随便听过便了，至今已记不清了。至于他家中人口，野猪光对他说过，一次与其父吵架至翻了脸，回屋里又着女人数落，一气之下离家来到澳门。

　　关于本次访谈，杜老板嘱咐鸡公耀："此事要保密，这里讲这里就了，一定勿使光仔晓得。"鸡公耀鸡啄米般点头道："这个一定，一定，老板无须虑得，即使刀斧架脖子，小可也不敢泄露半句。"

　　好个鸡公耀，当着杜老板的面连声诺诺，原来却是个"两头蛇"。转身就来找野猪光，把杜老板何时约他饮茶，如何向他查访野猪光等等从头至尾学说了一遍。末了，连杜老板嘱咐他一定勿使光仔晓得这句原话，也一字不漏地说与野猪光了。

鸡公耀这一说，野猪光岂不知纸包不住火？他暗想道："小姐肚子日渐隆起，是将出人命的大事。若肯做他杜老板的女婿当然皆大欢喜，不过难保鸡公耀这厮不会到处去说，万一传回到村中，那母老虎闹将起来，不把我剪皮拆骨才是怪事呢。罢罢罢，三十六计走为上计。"

都说是福不是祸是祸躲不过。野猪光藏身陋屋已如惊弓之鸟，恰好又遇着自称杜娟子姐姐的女人找上门来，先是把他吓了个半死，到后则来了个大反转，与他成就了一番云雨。把他乐得摇头晃脑，感叹道："谁说'好蛤'不在路边跳，老子就在路边逮到两只'好蛤'。"

唉，好一个不知生死的家伙，他怀里这女人哪里是什么杜娟子的姐姐，不过是杜老板特地从老家雇来的麻风婆罢了。当然，工价有点高是肯定的，老板要求：务必把麻风病传染给野猪光。

乡亲们对此有很精辟的总结：做人勿"百厌"（调皮），野猪光就因为百厌才"生疯"（得麻风病）。

野猪光生于宣统年间。在下无缘亲睹其样貌，关于其传闻，还是阿咩哥转述给在下的"二手新闻"。乡亲们有野猪光这"前车之鉴"，还有"好蛤不在路边跳"这样的见地，一段时间里他们宁可饿肚子，也不走杨梅路。

野猪光的结局仍觉稍远，说最近的，还是邻村与在下同姓不同宗的豆皮球，他自称在国军部队都做到"炮长"了——在下孤陋寡闻，实在不知国军部队中有炮长这一职位。豆皮球因双脚溃烂而回乡，不知看过多少医生，连名声在外，最拿手治损手烂脚，乡下人尊他"神医"的大眼元，出尽了"八宝"也无力回天，豆皮球终不治而死。最令盘洞人恐慌的，是豆皮球生前曾经怀疑，队伍驻防肇庆那段时间，可能遭到日本鬼子施放毒气弹而染病。巧合的还有，星光村矮仔牛那俩侄子，就因为替牛贩子赶牛路过肇庆，回来不久也是双脚溃烂，流水流脓至看见白骨，最终也死了。

　　肇庆乃杨梅路上一个重要的站点，我的乡亲们不能不顾忌。如此一来，初时提起杨梅路，盘洞人的确是恐惧多过兴趣。

　　起初盘洞村我的乡亲们还没哪个敢走杨梅路，后来实在饿急了，见成百上千的人在这条路上"揾食"，有胆子大的试着走了几回啥事没有，大伙便一拥而上，都挤到杨梅路上去了。

　　乡下一直把添丁加口看作是天大的喜事。堂姐婚后没一年即有了孩子，不过说实在的，添丁加口没给堂姐一家带来喜悦，小孩来得不是时候。产后不久的堂姐，天见拂晓即丢下婴儿，跟随他们村的男人女人们去狗嘴，挑起艰难的杨梅担。

　　那日适值杨梅"墟日"，堂姐与他们村里的人刚到狗嘴，七八担货物搁在小道旁，没见着挑夫，只两个人守着，可能是连夜挑来的，货主正急着找"接担"的挑夫。那货每担约百斤以上，堂姐摸了摸，挺沉的，挑不动，想来是些走私货。大概是桐油、硫黄、煤油或者棉纱，堂姐不理会这些，只要能挑得动。

　　村里人陆续接货走了，她还在那里等，希望可以等到轻点的货。左等右等过了一个多时辰，天已近晌午，太阳火辣辣晒得人直冒汗，却再不见有货担子过来。堂姐正焦急张望，忽见卅堡茶亭方向有担子过来，挑夫把担子搁在新荣哥的晏店侧边，走了，留下货主四顾张望。

　　堂姐过去看了，是两只捆扎得方正的旧布包，迎上前去问货主道："先生有货去哪？要雇担吗？"

　　货主瞪圆了眼睛，惊讶地望一望堂姐道："一担故衣（旧衣服），也不很重，去高要回龙墟，只是小姑娘你挑得动挑不动？"

　　货主见我堂姐瘦弱，通身上下都不够六七十斤的人，不大相信她能挑得起货担长途跋涉。

　　"挑不动还怎么出来挑货担呢？老板放心，我走惯了，挑得动。"

　　太阳老高了，堂姐晓得狗嘴到回龙至少八十里，拂晓即行，到了地方也要天擦黑。堂姐不敢接到回龙那么远的活，不为别的，只因家中婴儿需要喂奶，傍晚必须回去。于是应那货主道："不过如今已近'晏昼'（晌午）了，谁也不能一站到埗，我最多挑到岑水，到了岑水，老板再找别的担仔，我就担这一段，行吗？"

事实上，那时杨梅路上的挑夫，也的确少有一站挑到底的，大都是一站接着一站，中途随时换人。货主说："行，到了我再找人接担。"

在家上山砍柴惯了，两包故衣还不及一担生柴重，堂姐挑起来就如挑着两只灯笼。想着早点把货挑到地方，于是大步走着，越走越快。那货主在后面一路小跑，气喘吁吁还是跟不上，怕我堂姐"走货"，不时喊着我堂姐："小姑娘，山路难行，慢点，勿走太快了，小心摔倒。"

过了狗嘴，前面是一段长沟谷，堂姐应声道："晓得了，没事。"那时感觉担子逐渐变得有点儿沉，放慢脚步悠悠走着。见货主仍在后头紧赶，堂姐暗暗地道："怕我摔倒？你什么心思我晓得，其实你比我还着急呢，只是你'行不起'（走不快），又怕我走了你的货。"的确，那时候故衣值钱，老板担心担仔走货很平常。

狗嘴到杨梅，中间隔着一座山，人说一支烟的工夫就到了，最难走的就疏萝坑那几步路。说这话的是"站着说话不腰疼"，我敢说他一定没挑过杨梅担。山道忽上忽下七拐八拐的，还不时有荆棘横在路上，人在上面走，即使小心翼翼，也是轻者被荆棘的倒钩扯破衣衫，重则划破皮肉。

堂姐挑着两包故衣越走越吃力，中间歇了一回，等挑到杨梅墟上已是正午了。那时挑夫或者轿夫大多会选择在墟上打尖歇脚，其间有老板会包"担仔"们一顿"晏仔"，谓之"打赏"，堂姐自然也想着老板的打赏。

堂姐把货挑到杨梅墟正赶上饭点。墟镇内外杨梅河沿岸老树底下，还有三五十丈长短的墟街，到处都是担仔。

生活艰难，狗肉却便宜。墟上老旧茶居以卖狗肉为主，"闲日"宰杀几只，"墟日"则多到十来二十只，因地处杨梅路上，生意出奇得好。

杨梅人宰狗先把狗打晕，再吊起来等它断气。那日逢杨梅墟日，专业"帮墟"的伙计癫痫头自然来帮墟，别看这货满头癫痫，却为人忠厚老实热情和蔼，人反觉他癫痫得可爱。癫痫头每逢墟日必早早到茶居，边走边卷一支"老生切"，点着叼着，穿过大堂行到紧挨后厨的杀狗棚子，随即不紧不慢，有条不紊地祭起他的帮墟"三板斧"：刷锅添水，抱柴引火，吊杀狗。

癫痫头满嘴黑牙，这同他烟瘾大还爱嚼两口槟榔有关。不计劈打狗头，单单往树了上吊十来只狗的工夫，他一直不停歇地吞云吐雾。把狗吊齐整，癫痫头腰还来不及伸一伸直，手便摸裤腰带上的槟榔袋子，想嚼两颗。不过今回却嚼不成，事关那日灶膛火特别旺，一大锅水开许久了。癫痫头连忙车转身，噼里啪啦地从树上解下刚吊上去的狗，又往锅里冲了几瓢凉水，来不及理会狗是否都彻底断了气，乒乒乓乓一轮响，都扔到灶前沙灰地上，开始烫狗刮毛了。

并非说书的啰唆，癫痫头那家伙手脚的确麻利，一眨眼间打整好了几只狗了。

咳，都说最恼人是路上走着走着遇上绝头巷，话说着说着被人打了岔，干活到一半儿遇上别的事。癫痫头那么能干一个人，那么好的人缘，就因为他那不识大体又毫无主见的老婆，也不看他活儿正忙就急火火地跑了来，为了她姐姐来借钱。当妹的不想借，又不好意思明着跟姐说，算计着要癫痫头回家替她做无钱可借的伪证。

那女人来时，癫痫头蹲在地上手执一只花斑狗正在刮毛，被老婆扯起身，连向别的伙计交代一声的机会也没有，即被女人硬生生拖着往家夫了。留下一堆打整干净的、未烫过的，还有那只刚刮了半身毛的十几二十只待宰的狗，横七竖八地丢在那里。

不能判定断了气，或者只是吊晕了的狗，堆在那里没人管顾，湿漉漉地丢在地上。当中有一只大黑狗已经烫刮干净，光溜溜的竟还没死，又慢慢缓过气来眨眨眼醒了。那畜生缓过气，痛得边嗷嗷惨叫边挣扎。

癞痢头做事也难免疏漏。除了那只通身刮光了毛的没死，旁边刮了大半身子的花斑狗居然也未断气，大约浑身正火辣辣难受，恰被旁边那光身狗四蹄乱蹬，以为受到攻击，张嘴乱咬，正咬着光身狗一条腿，咔嚓一声，很可能把光身狗那腿都咬断了。这下子可不得了，光身狗惨叫着，"呼"一声平地里弹起来，致死而复生的狗当街狠斗了起来。

狗的惨叫先惊动了河堤上的担仔，随后更惊动了墟场内外的人。挑夫们见两只狗当街打架，初以为平常，很快就看出不对。有人现场发挥，令人不得不服地解说道："这是茶居今早宰的两只狗。你不见着吗？那黑狗吊晕了还没来得及宰，又返活过来了。刮了半边皮毛的那一只，可是上锅烫过又刮整过，结果还是没整死……"

不怪国人好奇，两只劏不死的狗，居然还可以当街狠斗，本身就堪称怪事。人们把现场围得水泄不通。说起来荒唐，围观的人群，仅仅为了看狗打架，以致日寇两架飞机什么时候窜到了头顶也毫无觉察。

"轰轰隆……"人们正越看越带劲，亢奋的时刻，一颗炸弹落突然在人群中间，爆炸中血肉伴着尘土四面飞散，数十无辜百姓鲜活的生命顷刻变做鬼魂，当中就有我那堂姐。各位，那场面竟多惨烈？欲知后事如何，且听下回分解。

第三回　苦抬轿　忍气迁就腌尖客
涉山涧　冒险强登百步梯

　　上回讲到杨梅墟上两只刮涮过的狗"返生"并当街狠斗，双方极尽凶狠，互相咬着不放。先由茶居的厨房打到街市，继而打到堤基上，后来双双咬着滚落杨梅河去了，偌大的河滩顿时变成了斗狗场。

　　此乃绝对是杨梅开墟百年都不曾遇着的奇事，堪称百年不遇。墟场内外男女长幼，一时都涌向河滩，赶去看那场百年不遇的狗打架。任谁都不曾料到，皆因一点好奇心就招来杀身之祸。

　　原来，那时江对面南（海）番（禺）顺（德）已沦陷。一队日寇盘踞南海九江的河清，占领着红白两个炮楼，不时向隔江的古劳、桑洲等沿江墟镇打炮，伤我军民。沙堤机场的敌机三天两头飞过江，不是侦察就是空袭，凡墟镇不遗漏，严重威胁乡民生命安全。

　　就在前一日上午，敌机从沙堤机场起飞，由三水县西南附近窜过西江，掠过高明城头，沿高明东北部平原，打了个大大的"白鸽转"（盘旋），最后在桑洲码头扔了两颗炸弹，炸翻了高明河上几艘小船。

　　只隔了一日，敌机又从沙堤机场起飞，窜到高明同鹤山交界附近，顺皂幕山一路往北，气势汹汹地向杨梅冲去。两架飞机一前一后，从杨梅河上空飞过，所过之处飞沙走石，野勒竹被吹得摇摆不定，折断不少。

墟场上所有人注意力都集中到两只狗身上，人们激动、亢奋，忘记了一切，不时发出阵阵尖叫。隔着老远，飞机上的鬼子应该能看到河滩上的人群。可恶的日本鬼子往人群里扔炸弹，制造了那场杨梅开墟以来最惨烈的灾难。

"轰隆，隆……"

爆炸把所有人吓得呆若木鸡，以至于不知道逃避。一连串炸弹落到河滩上，弹片夹着乱石、泥沙四散飞射，击向人群。人体残肢炸上半空，落下来挂在高大茂密的勒竹枝丫上，献血染红了河滩……

可怜我那苦命的堂姐还是个孩子，抛下她三个月大的儿子，倒在了宛如地狱一般的杨梅路上，死于鬼子屠刀之下。

我说过一千回了，我的乡亲们见识少。早年去安南，据说在西堤两岸（越南西贡）开过照相馆，近两三年才回来的光头广说："这辈子谁没'走'（逃）过'兵公'（兵灾）、'贼公'（土匪）？兵公来，咱走（跑），兵去我还，贼去我回，最多也就一两日'货仔'（时间）。日本仔的确可恶，不过也还是兵公，山长水远地跑来寻趁，我看他总不过想抢些米粮钱财，抢过了，难不成他还赖着不走？"

光头广见过省城下来的学生，面对面听这些后生讲抗日道理。光头广学着省城来的学生说："'国家兴亡匹夫有责'。日本仔不过踞东瀛海岛，弹丸之地而已。如果哪天日本仔真打到本县，我就第一个掖着'铁仔'，跟那帮省城来的学生打小日本去。"

乡亲们听光头广这么说，成百上千的人走杨梅路，做挑夫苦苦求生的我的乡亲中不少人总还心存顾虑，认为山外不太平，等政府打走了日本仔再说。直至大贵哥那样去过省城可谓有大见识的人，都饿死在了路上，更别说这一生没出过山的乡民了。乡民牛精明一家有四个儿子，家中早断了炊，来年的稻种也吃下了肚，天天挖"黄狗头"（野蕨类）、"冷饭头"（土茯苓）回去煮了吃。如此一两个月，全家竟死绝了。

相比杨梅路上的"不平静"，盘洞村有几十人都是饿死的，乡亲们实无他法，有人试探着到狗嘴走杨梅路。

阿咩哥早年逃壮丁，据说也曾"穿州过省"，一直逃至浔州府，在桂平地界干过两年的农场工。阿咩哥没老婆。据他本人说，在两年多时间里，曾经有那么十来二十回，经受过农场主恭蒲女儿要同他私奔"返东"（往广东）的诱惑。阿咩哥捏着嗓子学农场主千金的话语说："我就想知道咩哥几时返东哩？"

面对恭蒲女儿一次次的诱惑，阿咩哥总是想，恭蒲女儿一定被生疯佬刚刚"那样"过。他晚年告诉说书的道："人家如花似玉的小姐会真喜欢你？我不信。"阿咩哥甚至认为，这事也有可能是恭蒲指使女儿做局，图赖他拐带妇女，然后逼他替恭蒲做一辈子工人。

闲话少说言归正传。话说杨梅路已经热闹了好几个月了，不少人也意识到与其等着饿死，还不如去杨梅路上搏一搏。阿咩哥去"考察"过几回，轿夫就在晏店门口揽活，有客就走。到陡坡窄道还可以让客人下轿走几步，过了险段再上轿，不似做挑夫挑百十斤担子翻山过坳一路下死气力。抬客虽然不轻松，但至少比做挑夫要多挣两个辛苦钱。阿咩哥打算做轿夫。

不过，欲做轿夫必先要有一乘轿子，上哪里去弄一乘轿子？

茶洞村人弯弯绕是阿咩哥嫡亲姑姑的大儿子。此人也如一般乡下人勤劳肯干、忠厚老实，就有一点近乎古怪的爱好，总喜欢"捡垃圾"。比如人家丢弃不要的破旧犁耙、烂床板甚至破秧盘，别人不要的，只要他见了就一定往家里搬。别人少不了问他："搬回家中有甚用？"他总说："这个还能用，扔了可惜，总会用得上。"把许多废弃物搬回家，两间狭窄的小土屋，甚至堆放柴草的"草屋"，都堆得密密实实，连下脚的地方都没有。

阿咩哥想到老表弯弯绕，自言自语道："看我这记性，只道是没材料做轿子，怎么就想不起弯弯绕老表呢？明大上他家看看，有什么破旧杉木板拣几张回来，做四面壁板，最好有两根桄榔木做轿杠，没有也无所谓，上山砍两根杂树条，或者干脆用两根竹杠，轿子就有了。"

说干就干，阿咩哥起了个大早，急急脚不消半个时辰，来到村口大榕树下，顺着鱼塘边走过去，有段狭窄的巷子，尽头就是老表弯弯绕的堂屋了。乡下人早起惯了，阿咩哥差不多小跑着穿过窄巷子，怕万一弯弯绕那家伙下田地干活，甚至出门到杨梅或永宁墟去了，那时岂不白白费时费候等他到晌午？

在巷子口，看见有个人肩头上扛着一只竹戽斗，不紧不慢地迎面走来。阿咩哥认得正是弯弯绕，忙隔空打招呼道："老表，扛只戽斗，去哪儿？"

弯弯绕认出阿咩哥，答道："老表来得正合时，再晚点儿得摸门钉了。"

"就怕来晚了见不着你，耽误事，大清早就赶着过来了。你这是要下田？"

弯弯绕道："小河边上那块沙底地靠着水边，却一年到头难灌得上水。今春大旱，一日不戽水，第二日那地就开裂了。这样一块田地，耕着吧，没见过好收成，不耕又不舍。今个老表你若晚点到，我就到田里去了。"

两人回到堂屋坐定，阿咩哥把前来找几块废旧杉木料的想法，刚说得两句，弯弯绕已晓得他的来意，打断阿咩哥道："狗嘴每日有许多客人雇轿子，老表也想去狗嘴'搵食'，来我这里找木料做轿子？"

阿咩哥道："老表果然聪明，我刚说了开头你就晓得后面。我就是想做顶轿子抬客去。"弯弯绕道："你这家伙也是无事不登三宝殿，做轿子便想到我这儿找木料来了。"

阿咩哥"嘿嘿"两声干笑，很难分得出是不好意思的干笑，或者根本就是最平常不过的表情。弯弯绕继续卖关子道："老表今天怕要失望了……"阿咩哥有点儿紧张道："老表这里会没有合适的旧木料？我不信。"

弯弯绕道："我这里的确没有做轿子的料，却有现成的轿子。"

阿咩哥乍一听乐了，不过即刻又不信了："怎会有现成的轿子，逗我。"

弯弯绕正色道："你是三岁孩童，值得我逗你哄你？"

阿咩哥被弯弯绕这关子卖得心头痒痒的。心想，说不定这家伙什么时候真有一乘轿子呢。遂催弯弯绕道："你这家伙就没一句正经话，给我说句实在的，这轿子是怎么个来历？"

弯弯绕道："等你看过轿子，觉得还可以，再说。"

轿子放在草屋好几年了。于是，俩老表去了草屋。

推开柴门，弯弯绕站在草垛前说开了："没'走日本仔'前一年，白云坑新村大炮存讨'新抱'（儿媳妇），女方是'山顶'（盘洞、禄逐多称葵根山为山顶）姓黄家女儿，那姑娘长得白白净净水水灵灵苗苗条条，可漂亮了。"

阿咩哥打断弯弯绕道："总不让我看轿子，倒说人讨什么新抱来了，别人家讨新抱关你甚事，难道大炮存还订了你的轿子接新娘来着？"

"倒不是他订了我的轿子，反是我捡了他们家接新娘的轿子。"

"你是说人家接过新娘，然后把轿子扔了？"

弯弯绕道："你别打岔。"

原来，白云坑新村位于葵根山南麓，一个只有百十户人家的小村子。最初这里只有几间晒谷子、晒烟叶的小草寮，后来才发展成了小村落，比葵根山顶种茶兴村晚了许多。小村落临河靠山，冬暖夏凉，土肥水美。人们春种秋收，辛勤耕作，可得温饱。

大炮存有数亩佃耕田，养了一头四六牙的黄牛牯。在附近这一块排不上大耕家，倒还算得上自给自足一类。因为时常上山顶放牧、砍柴的缘故，大炮存认识葵根山的人。他逢人必提，他有多少多少山顶的朋友。后来也是山顶人做媒，大炮存与山顶人做了儿女亲家。

弯弯绕说："大炮存爱面子，又好摆阔，刚提出择日娶新抱就放出声气，今回讨新抱必大摆筵席三天。亲戚朋友、发小故旧自不必说，族中兄弟姐妹，以及邻里左右皆在邀请之列。"

不巧的是，这边喜筵正要开席，那边接亲却出了意外。

阿咩哥听人说过"王老虎抢亲"的故事，想那大炮存讨新抱惊动四邻，引来匪贼劫夺乃至抢亲，实在很有可能，遂也紧张了道："难道有人抢亲？"

"抢亲倒不是，这事一要怪那个该死的媒婆，二要怪两个毛手毛脚的轿夫，就因为这三人，送亲到半路硬生生出了意外。"

轿夫乃葵根山本地人，抬一乘花轿从山顶一路直下，山路尽管不那么好走，但对于常年在山上劳作的人来说，实属平常。送亲的花轿差不多快到了山脚叫什么坑的一面陡坡前，两个轿夫正强打精神小心翼翼地行走，却因为那个让谁都想掴她两巴掌的媒婆突然大叫道："停、停、停，有重要的话漏了未说，就在此停轿，老身还需吩咐新娘几句。"

轿夫听媒婆这一声喊，即时就卸了肩，哪知道花轿正搁在陡坡上，结果连人带轿子从上往下滚，把一乘新花轿摔成了一堆散木板。所幸新娘没伤筋动骨，只受了点皮外伤。

阿咩哥把从弯弯绕家挑回来的散木板放在门前，东拼西凑弄了半天还是一堆散木板，不知从何处下手。于是想到了五谷，五谷家有几件割刀、刨凿等工具。

五谷正在家睡懒觉，阿咩哥边走边隔门喊道："五谷在家吗？"五谷答道："在在……在呢。"

"最近都做什么'功夫'（工作）？"阿咩哥推开门，见五谷还赖在床上。"太阳还没'落冈'（下山），大白天的你这家伙睡什么懒觉？"

"妈的，生……草药……没人……要。烧炭吧，才哥……那……那朋友也不来收……收炭，想……'捉狐狸'，没'铁仔'……"

"你家还有吃的，干不干活无所谓。"

"早……早'吊罉'（断粮）了。若果，不……不是在，云宁墟，担了……"

五谷不说了，左顾右盼着，把脑袋凑近阿咩哥耳朵，说话声变得像苍蝇飞过一般轻，生怕谁听了去。五谷告诉阿咩哥，就在两个月前，因为想证实日本人到底打到古劳墟来了没有，他专程去了趟围墩的桑桥墟市。

五谷的牛敏藤，一扎也卖不出，气得五谷连藤带扁担弃在了堤围脚下。

五谷天不亮起来走了半天路，水也不曾喝得一口，无奈只好往回走。经过云宁墟大胆锡那棺材铺子门口那阵，浑身冒冷汗，差点就晕死了。他看见铺子门敞着，五谷直奔后头大胆锡的睡处，直接看见床边堆着的番薯。那时不管它三七二十一，拿起来夹生着就嚼了五六条，又在"闸仔"里点起一堆火，"乒乒乓乓"丢了一半番薯入火里煨着，边煨边吃，番薯还没煨熟，那肚子已经吃得快撑爆了。

这家伙告诉阿咩哥，全凭带回来那几十斤小番薯，否则："今晚……能……能不能……见着你，还两……两说呢。"

阿咩哥邀五谷，两个搭伙干苦力。无须细讲，两人把轿子拼凑钉稳了。

轿子弄出来了，头晚上两人商定，第二日鸡鸣即起，抬起那乘破旧轿子，直向狗嘴而去。

村里到狗嘴就一小截子路，一支烟的工夫就到了。两人到了狗嘴，下弦月正高高悬在当空，天色灰蒙蒙的，以为来早了，细看才见路上一拨拨行色匆匆的人，自西向东，或由东往西，熙熙攘攘不知要往哪里去。晏店门前的阴暗处摆着几乘空轿子，轿夫就在不远处蹲着，原来别人早到了。

山外人还说我的父老乡亲"少见公路车，多见山底蛇"，其实我们的阿咩哥也穿过州，也过过省。即便如此，我们的阿咩哥还是没见识过杨梅路。

杨梅路上雇轿子有各式人等，做轿夫就须有研究。比如，穿着灰布长衫，头戴毡帽，腰扎白布水带，或着薯莨短打上装，下着万字纱阔腿长裤，走路不紧也不慢，面露些许笑容，这类人十有八九是惯走江湖的老板。当然啦，有时某个黑道大哥也扮作老板，但这类人物大多满面横肉长相凶狠；来自大城市，穿一袭士林蓝布长衫，头戴礼帽，足蹬三节皮鞋，鼻尖上搁一副茶墨镜，不论冷暖皆手执一把纸折扇，装作斯文，但绝对掩盖不了盛气凌人的本质，此类人多是政府官员。当然，间或也有走难的阔人。

有那么几个虽在走难途中，仍不忘穿金戴银，浓妆艳抹，扭捏着自以为很吸引人的腰身，以招摇为要，这一类一看就知是有钱人太太。当然，也有那么一两个例外，虽无浓妆艳抹，但涂了厚厚一层防晒霜之类，怕是半辈子都不曾遭遇过毒日头，把本来娇嫩的脸蛋变得粗糙。这些人，八九成是来自省城或其他大城市的交际花。不过大多是二三流，甚至是四五流的。

不就是抬轿子吗？五谷阿哞哥没有必要，也没心思猜测客人的真正身份。能做的就是把客人一路照顾好，安全送到杨梅墟或者更远的高要新桥、莲塘、回龙、陌土等墟镇，能换些买米钱就行。

阿哞哥认得英菊婆娘家侄子侧头，这家伙以往跟纯哥去高要地方做牛中，如今生意没了，也只好做轿夫。那家伙见阿哞哥轿杠上吊着布袋子，问道："布袋子装什么好东西？"

阿哞哥道："除了几粒'晏仔'，还有什么好东西？"其实布袋子里装的不过几条番薯，阿哞哥爱面子，把番薯说成晏仔。

"哈哈……你两个来做轿夫不是？"侧头讪笑着，觉得不可思议，走过来细细声道："带晏仔来做轿夫？难道你们不识得，做轿夫一路上饮茶灌水、晏仔饭餐，不都有老板打赏？"

阿哞哥们刚出来搵食，头一回晓得杨梅路有此潜规则。听说有老板打赏饭餐，五谷暗喜道："有钱人坐得起轿子，打赏轿夫亦是平常。往后天天有老板打赏，再不愁饿了。阿哞哥精明，跟他做轿夫算是跟对了。"

头单生意接着个往高要富湾的客，不远也不近，正合适，价钱尚满意。二人刚招呼那客人上轿，还没来得及等人坐稳，现学别的轿夫把轿帘子一甩，喝一声"起轿"，概不问客人坐着舒不舒服，抬起来就跑。

前面望见杨梅墟了，五谷在后面冲轿子里客人大声招呼道："先……先生，到……到杨梅墟了。"客人听说，撩起那道花布帘子应声道："好。"

那时乡村墟镇上的茶居晏店一般上午十点半左右开市。五谷有意提醒客人道："老……板，要……打尖，歇下不？"那客依旧应一声："好。"

"妈的，只一味识地说好。"五谷只道遇着个一毛不拔的铁公鸡。心底下暗暗骂道："侧头明明说坐轿的老板要打赏轿夫嘛，暗着明着两次提醒他，除了应一声好，怎么就不表示要打赏老子？"

阿咩哥个子矮，走在前头，有意把轿往饭店门前抬。到了，放下轿子说道："老板哩，从狗嘴到这里已经饿紧了，再不扒两粒'晏仔'，我们都没气力了。老板若不饿，也请下轿歇歇，我们得吃了晏再走。"

客人道："我晓得我晓得，皇帝还不遣饿兵呢，二位抬得辛苦，吃饱肚子很应该。"五谷听说，马上接口道："老……板，您打赏？"

客人下了轿子，弹了几下长衫前襟。说道："时候尚早，我只想稍歇片刻，就不陪二位用餐了，至于二位饮茶灌水，食晏所有，由我埋单就是。"

"看看，果然侧头说得不错。"

两个人满心欢喜，不管饭菜可不可口，狼吞虎咽地放开了肚皮，狠狠吃了入冬以来第一顿饱饭。饭毕，打着饱嗝出得饭店，复抬起客人急急脚上了崇步围，一路往富湾匆匆而去。

抬轿子这勾当，阿咩哥和五谷也做月余了。回想头一日作轿夫，"出山"即顺风顺水，五谷认定轿夫是世界上最好的"功夫"（工作）。

乡亲们有句口头禅叫"未讲人工先看吃用"，先不说挣不挣钱，每日有老板打赏晏仔，就不挨饿，免了找米下锅的苦恼。除了做轿夫，上哪里找这好的功夫？事实上，那时候乡亲们大部分生计几乎都在杨梅路上。

"春水"起，老天也下起了雨，且连续好些天没有停的意思。狗嘴附近不论地势高低，到处一片泥泞。山道上的青苔吸足了雨水，表面比油还滑。阿咩哥五谷们开不了工，唯有待在家"食谷种"（吃老本）。

与乡亲们等米下锅盼着天晴不同，五谷挣了两个散钱，开不了工有且要紧？正好歇歇，睡几日懒觉。睡醒了去"三六九"（地名）捉几斤小鱼虾，喝两口"坡山双蒸"也不错。提到喝烧酒，五谷对白毛哥来了气：都是乡里乡亲的，赊账怎么啦？老话说，欠得你日子赖不了你的账。白毛哥那小子一点生意头脑都没有，居然在铺子墙壁上写了"无钱勿开口，免得两家嬲"的告白。买两个饼子，也非要人家现钱不可。打那以后，五谷再不去他铺子赊酒了。

雨下得让人讨厌，久违的太阳终于出来了，蒸发着村巷里浅浅的积水。火辣辣的阳光晒得人头脑发胀，皮肤生痛。群山青翠欲滴，百灵鸟躲在林子里可着劲唱。

阿咩哥傍黑时候邀五谷道："歇了这许久，不进只出，挣的也花完了，明日再不开工，怕要吊鐾了。"五谷应阿咩哥道："开……开工。我……没吃……晏仔，许……许久了。"

雨后初晴，长长的狗屎草疯长，无论远近尽是厚厚的野草，哪是小道哪是田地都分不清。五谷与阿咩哥两个早早起来，抬了空轿子，一路晃晃荡荡往狗嘴而去。

朝露顺着湿透了的裤管往下流，阿咩哥大声招呼五谷道："走快点，能遇着个阔老板，做一单比做三单要强哦。"

说话间，两个急急赶脚向前。阿咩哥把五谷扯了个大大的趔趄，地上又湿又滑五谷站不稳，身子往前一倾，头碰上轿子后挡板，"哎哟"一声，重重摔倒在厚厚的狗屎草上。轿杠后头的"横担"正好压着他的颈脖，痛得那家伙嗷嗷叫唤。

听到身后"嘭"的一声，人还没反应过来，阿咩哥肩头一震，窄窄的"横担"贴着脊骨重重地往下刮，后背火辣辣地痛。待他回转身来，轿子也翻侧了，五谷从狗屎草地上躬身站起来。阿咩哥问他道："怎样了，'正话'（刚才）跌了，没事吧？"

五谷没好气地说："还说呢，老子后面，被……你拖……差点，就……跌死……了。"说着，摸了摸额头道："啊，这里……起了……一座……'楼'（两广地方楼、瘤同音，意即摔伤肿起一个疙瘩）呢。"

阿咩哥凑过去仔细看，果真见五谷额头一个疙瘩，擦破了皮，留下一圈瘀血。问他道："痛不？"那家伙道："痛……痛死了。"

二人扶起翻侧的轿子，粗略看看，壁板有些松动，还算好，没摔坏。阿咩哥说："好了，人没事，轿子也没摔坏，咱走吧。"

两人风风火火到了狗嘴，来不及放下轿子，阿咩哥朝路两边来回扫了一眼，恰见一个四十左右，身着浅灰列宁装，胸前别个襟章，一手提小皮箱，一手攥着文明棍。看他行止，五谷认为是个怪客。

阿咩哥小声道："兵公见到戴个襟章的人都不敢检查，此客人九成九是政府方面的人。"阿咩哥见过，一枚襟章当证件用，故而阿咩哥吩咐五谷，千万不可对客人高声大气，更不可粗鲁。

为叙说方便，在下暂且称此人为襟章客好了。襟章客从一家晏店张望着走出来。见了阿咩哥与五谷，即刻晃了晃手中文明棍，像公鹅啼叫一般，朝两人喊道："轿夫——"

五谷倚着轿子，眼光却一直盯着襟章客，只是这家伙素来不善与人主动打招呼罢了。阿咩哥听到有人喊轿夫，连连应声道："来了，来了。"踮着脚一路小跑着过去，客气地问襟章客道："请问先生要去哪里？"

"高要陌土。"好相与的人雇轿子，应该先问轿夫去不去陌土，襟章客语气却冷冰冰的。

阿咩哥知道，陌土乃高要县辖下一个较大的集镇。五谷虽不曾到过，却断定这是个远途的客。

各位，五谷凭哪样断定眼前那客是个长途客？这里有个原因，比喻乡下某人种植作物太多，管理却不到位，往往会说："凭你，就算种到陌土又如何？"当中至少有一个意思，从盘洞村到高要陌土墟，从距离上看还真不近。

轿夫抬客，有生意便做，岂论他去得远近？阿咩哥答应道："去！怎么不去？"五谷也抢着道："别……别说……陌土了，省城……也去得。"

从距离上考虑，这一单比抬到杨梅墟的活要划算许多，事关把客人抬到杨梅墟上已到了午饭时候，轿夫打尖或者"饮茶灌水"，老板通常会打赏，轿夫可以省下一顿饭钱。老板若小气，轿夫也可厚着脸皮讨，甚至指桑骂槐说别个什么人是"新沙盆"，如此含沙射影使老板难堪，那情景即使老大不情愿，也会勉强"打赏"轿夫一餐晏仔了事。

五谷眼尖，议价当中见襟章客手夹一支老刀牌香烟，即刻伸手做了个吸烟的手势，开口道："老……老板，赏支烟？"襟章客白了五谷一眼，虽说不情愿，还是摸摸裤袋，赏了每人一支烟。至于"晏昼"（午饭，也指午时），则先议定了由襟章客打赏。

五谷想道："中午的打赏，一要多点油水，二是价钱勿要太过便宜。"

山道狭窄且弯弯曲曲，一时登高一时向下，除了到处湿滑，路上还不时有一两颗散落的尖碎小石子，走在上面就像通过雷区。

生意本来难做，又生怕有什么闪失，尽管两人一路上小心翼翼，只想着抬好轿子。却偏偏遇着个极不好相与的老板，一路上嫌快嫌慢了不说，襟章客坐在轿子里，屁股不停地摇过来摆过去，一直抱怨颠着他了。

咳，揾食艰难，鬼让你穷！

襟章客坐在轿子里抱怨不断，两人早憋着一肚子气，抬着他过了一段沟谷，前面到了当地人唤作"百步梯"的一道陡峭山梁下。翻过这道山梁就到鹿尾塘，再穿过云下村，跨一步就到杨梅墟了。

此百步梯是疏萝坑半山一道石壁，说高不高，说低不低，此崖壁实在陡峭，轿夫为了安全，一般会要求客人下轿走几步，待上了崖顶再坐。

二人在崖脚放下轿子，正想招呼襟章客，却听那厮从帘子里面伸出个脑袋，神情紧张地问二人道："怎么不走了？"

阿咩哥道："前面要过百步梯了，先生坐着辛苦，我们弟兄抬着辛苦不算，就怕有什么闪失，所以还请先生下来走两步，等到了崖顶再上，好吗？"

哪知襟章客刚听到阿咩哥如此说就不乐意了，手指着二人道："为什么说你们乡下人野蛮？"两轿夫被他说得莫名其妙，阿咩哥道："我们哪里野蛮了？"

"既然我付到陌土的轿金，你二人就得一路抬我到埗，我不下轿。"

阿咩哥提醒襟章客道："先生还未给我们支过辛苦钱呢。"

"哼，先给了钱再坐你的轿子？"襟章客双脚跺得轿底木板"嘭嘭"作响道："都说了乡下佬番（野）蛮，你们还不认，你去问问，入晏店酒楼吃饭，是先埋过单再用餐，还是先吃了再算账？你要我下轿走两步，我偏一步不走，你两个就得全程抬着我。"

听听，这是什么话？山道陡峭，为"稳阵"（稳当、安全）起见，让他下轿走两步而已。襟章客竟诬乡下人野蛮，自认给足了"轿金"，前头就是刀山火海，你也得抬我过去，十足的流氓无赖。真如俗语说的"一样米养百样人"，如此极难与之相与的客人，阿咩哥还是头一遭遇着。

纠缠了许久，不管阿咩哥怎么说，襟章客表示要么坐在轿子里过百步梯，要么不给轿金。阿咩哥其实就怕客人有什么"冬瓜豆腐"（意外），只是不敢说出口。心想道："欲要不抬吧，已抬了他半天岂不白白辛苦了？罢罢罢，辛苦也得顶硬上，鬼叫自己穷嘛。"

乡下人见着陌生人，尤其那种看起来像是有钱的人，有种本能的怯，阿咩哥最终选择了妥协。

阿咩可说着话，弯腰半蹲着脱下"皮底"，对着岩石狠拍打了几下，拍掉沾着的细沙。对襟章客也是对五谷道："先生决不肯下来走，我们也是没法，鬼叫我们穷嘛，顶硬上就是。"

提到皮底，是盘洞村周边，甚至整个鹤山居民进山干活，用作防滑和保护脚板的简易"登山鞋"。皮底用废旧橡胶轮胎裁剪成两块稍阔脚板的胶片，胶片上穿长短两条窄胶条，套着脚面和脚二指，穿着走路可防止荆棘或一般硬物刺伤脚板。皮底经济实用，木屐店山货店都有售卖。

阿咩哥重新穿好皮底，喊一声道："坐好了。起膊——"（两广人叫肩为膊）

五谷自然是"安仔哥学打铁"，师傅指哪打哪的角色，听阿咩哥叫起膊，在后面已经轿杠上肩，单等阿咩哥起步好跟着。

山涧一侧陡坡突起，一块巨大的风化石裸露横亘，把小道压逼在它的脚下。由百步梯从下往上望，只见山涧溪流落差巨大，茂密的灌木夹杂着半人深的野草，底下小溪被遮盖得严严实实，只听得见潺潺水声，看不见溪流。小道另一侧疯长着大片柔软嫩绿的芒草，淹没了深涧下的嶙峋怪石。小道被踩成一道凹槽，成千上万的人从上面踩过，溜滑异常。

阿咩哥长叹道："顶硬上呀，鬼叫你穷！"

褛章客和阿咩哥同属青壮年男人，一个心安理得坐轿子内，另外两人则抬着沉重的轿子，颤颤巍巍地向上登崖。

阿咩哥两个汗流浃背气喘如牛，还不忘断断续续哼着号子，好像可以减轻些许苦累。

八九尺长短的轿杠，过百步梯实在不好转弯，两人虽然格外地小心，轿子还是不时碰撞巨石的突起，撞得人肩膀更加难受。走前头还好些，五谷在后面只看得见两只脚尖，与瞎子差不多，让阿咩哥拖着走，两人的脚步总不协调，一路险象环生。

五谷盯着脚下，小心翼翼地前行。眼前出现一棵被人踩过无数遍的草疙瘩，根下的泥土已经松散，阿咩哥踩着过去了，并向后说了声小心。

五谷嘴里应着，脚已踩上了草疙瘩。意识到踩上去会打滑，这家伙嘴上叫声"弊家伙"（不好），可脚步还是收不住，重重地往草疙瘩上踩了去。唉，和早上跌的那跤一模一样，脚下一歪，"嘭"的一声，脑袋重重地撞到了轿子的后挡板上，随即四脚朝天摔倒了。

阿咩哥听到后面五谷的惊叫，脑袋"嗡"的一声，来不及反应，被两根轿杠拖着，一震一扫连人带轿向着崖底下山涧滚落。

平时未必出过意外，只是今早来的路上，五谷先就"平地跌死狗"，不明不白地摔了一跤，阿咩哥心里已经打了一个结，以为这是不顺的意头，总担心会有什么不测。他后悔，不该把两个钱看成磨盘大，刚才如果坚决拒绝襟章客坐着轿子上百步梯，就不会出这事。唉，还真应了"怕什么偏来什么"这话。

两人自幼成长于大山，终年攀藤附葛伐薪采樵，登峰涉涧围猎打雀，练得铜头铁骨敏若猿猴，很有些应对意外的能力。轿子翻侧的瞬间，轿杠向横里一扫，阿咩哥猝不及防而掼倒。滑落中，他看着五谷似晒场上的"禾碌"（碾子）一样滑向山涧了，脑袋"嗡"一声，本能地叫了一声弊家伙。

好在自己还算沉着，死死扯着一束芒草，终于把身子稳住了。

自己算是解除了危险，阿咩哥带着哭腔："五谷——五谷，先生——先生"地呼喊，却哪里有人回应？想着芒草底下怪石嶙峋，五谷、襟章客这一摔，定然是凶多吉少，就怕是黄鳝上沙滩，不死也一身残了。

阿咩哥想到这不寒而栗。各位，五谷和襟章客是生是死？欲知后事如何，且听下回分解。

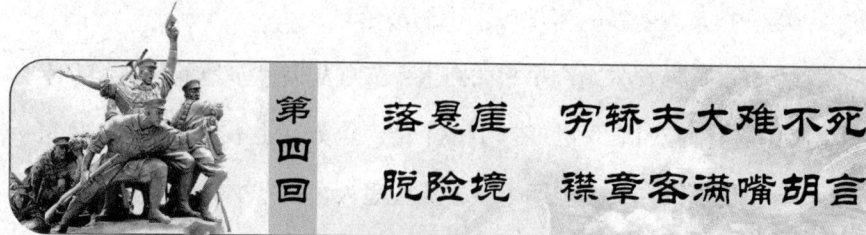

第四回　落悬崖　穷轿夫大难不死
　　　　脱险境　襟章客满嘴胡言

上回讲到阿咩哥、五谷两个因舍不得一点辛苦钱，抬襟章客过百步梯，起轿时就担心有意外。唉，真是怕什么来什么，果然出事了，想着襟章客和五谷，两个受伤怕是百分百免不了。

五谷粗生贱长，受点伤痛轻易死不了。怕便怕那个坐轿的襟章客，看也不似经得起摔打之人，峭壁上滚将下去还不是非死即伤？如果凑巧脑袋撞到山石上，一条小命就交代了。

想到此，阿咩哥不寒而栗，他不敢想，山涧底下怪石嶙峋，纵然撞他不着，人困在轿子内跟掷骰子一样，襟常客经得起这番折腾？断手折脚，头破血流是轻的，能捡回一条小命，那得有多大法力的菩萨保佑。

"五谷——先生——五谷——老板。"

阿咩哥带着哭腔，反复喊五谷、襟章客，再听不到回应，睁大眼睛往下张望。荒野静悄悄，除了传来一两声毛鸡讨厌的叫声，不见两个的影。

大片芒草由上而下，中间有一条宽宽的划痕，滚落的轿子又把划痕冲撞得七零八落。好在芒草厚实柔软，就像张开的一面网，滚落的轿子就像被一张大网兜着，翻侧在那里不曾散。不过顶头已经脱落，轿帘子成了碎布条，后挡板剩下半截子挂着不曾脱落，洞开了一个钻得过人的大窟窿。

阿咩哥跪在破轿子前察看，由顶头看到轿子底，哪见什么襟章客？阿咩哥想，最大的可能是，襟章客从滚落的轿子里甩了出来，轿子被芒草丛卡住，人则滚落山涧底下去了。任他喊破了喉咙，没人回应，阿咩哥心里"咯噔"一声，自言自语道："弊家伙，摔死了。"

芒草长得茂密，厚厚的像一床被子，覆盖着底下的枯枝败叶，好像一个天然生成的芒草棚架子。阿咩哥扯开芒草倒退着钻到底下，半蹲着身子拨开挡在眼前的枯草，半爬半跪往前挪，一面喊："先生——老板，五谷——"

"咩哥，我……我……"

是五谷！这家伙没死！阿咩哥兴奋着，喊道："五谷，你在哪？"

"在……"五谷再次应声了。

芒草丛底部疏疏落落的，不似顶部茂密，不过底下经年的枯草败叶，光线昏暗，一丈开外都难看得清。阿咩哥循声搜索，始终没见着人，再问道："五谷吗，你在哪了？"

"在……在这……"五谷声音颤抖着。

"大声点，在哪里？"

"在……老子痛……痛死……了……"

要不怎说五谷是呆子呢？阿咩哥不知他究竟怎么个情况，喊了半天不应人，忽然应人了，还不忘自称老子。

那家伙中气十足，估计伤得不重，顶多只是刮擦皮外伤。阿咩哥暗暗骂道："这家伙还挺会装。"差点没笑出声，问道："伤到哪里了？站得起来吗？"

五谷答应得倒快："哎哟……疼死人……了……"

锣鼓听音说话听声，听他说话，人大约无碍。阿咩哥松了口气。问五谷道："客人呢，客人在哪，见着客人了吗？"

"什……么客人？襟章……客吗？跌……了。"

"什么，什么？客人跌死了？在哪里，在哪死了？你见着死了？"

"我……还用……见着吗？那人秤……秤砣……一样，碌……落……坑底……无生……啦。"

五谷身子微微蜷着，侧身半卧在一个小土坑底下不停口哼哼着。见阿咩哥爬过来，更高声"哎哟，哎哟，痛死人"地号叫着。五谷手肘擦破了，左脸部一条长长的口子从眼尾直至颧骨，伤口还渗着血水。

叫他翻翻身，那家伙杀猪般号叫着："动动动……痛死了……"

阿咩哥强扳过他的身子，按按肋骨、脊骨、尾龙骨到两腿，甚事没有，阿咩哥放心了。

阿咩哥吩咐五谷道："你在此勿要乱动，最好起身坐着，等我下坑底寻着客人，若还活着，是他造化，我们还需救他出去。"

望着阿咩哥爬过去的后背，五谷自言自语道："咩哥……同……同襟章……客有……有亲？哦……明白，咩哥……寻他……支人工（工钱）……去了。"

"先生，老板，你这是怎么啦？伤着哪了？"

阿咩哥在下方最多数尺远近说话，大约找见襟章客了。五谷自语道："襟章客……还没死？"

阿咩哥离开五谷往下爬，发现了襟章客，见他脑袋埋在胸口，双手撑地，半坐半跪离五谷卧倒的小土坑七八尺，最多不超过一丈。那家伙对着一团枯草疙瘩如泥塑一般。阿咩哥使劲叫道："先生，老板，你怎么了？"襟章客只是不动，再喊，还是一动不动，阿咩哥慌了神，以为襟章客死了。

"死也死成这个样子？"阿咩哥想襟章客死了。

阿咩哥伸手去摸襟章客，感觉不到什么'死风'，反觉襟章客身子还微微颤抖。咳，这家伙没死。阿咩哥狠命抓襟章客的头发，硬拉他抬起头，另一只手去试他的鼻息，感觉尚有一丝微微暖气。

"襟章客不曾死。"襟章客不曾死，阿咩哥恼他，手指戳着他的脊背骂道："妈的，你这发瘟，老子喊破喉咙你不应，以为早摔死你了，哪承想你样事没有，却躲在这里吓老子。”

骂得火起，阿咩哥踢那家伙一脚，呼一声站起，不提防撞到头顶大片芒草层，沙啦一阵响，许多草屑钻进他的领子里，痒痒得让人难受。阿咩哥弓着身子朝襟章客踹了一脚，那家伙应声倒下，抓住他的身体，使劲摇着，又伏在他耳边叫喊着：“先生醒醒，先生醒醒……”

襟章客毫无反应，阿咩哥暗暗焦急：“这家伙遭鬼上身了。”

弄醒一个被鬼迷糊住的人，乡亲们唯一的也是最有效的方法，是不歇气使劲掌掴被迷的人。

阿咩哥抡起巴掌，照襟章客的脸颊可着劲来回扇，一边念念有词道：“小鬼仔听着，张天师在此，限尔速速去也，若还执迷不悟，将尔立时化作云烟……”

说来也怪，襟章客因过度惊吓而昏倒，阿咩哥噼里啪啦一轮掌掴，大约把那家伙打疼了，正想换手再打，襟章客哇一声哭喊着醒转过来，起身顶着厚厚的芒草站着，手脚乱动起来。

襟章客醒了，除了当时穿着的那套列宁装的后摆，被小树枝或者荆棘撕作几片，身上几处小小的刮擦伤之外，其余竟完好无损。

阿咩哥悬着的心终于落了地，捉着那家伙胡乱舞动的双手，问襟章客：“先生没事吧？正话（刚才）多吓人的，好在过去了。”

那位问了：说书的，就你刚才所说，阿咩哥两个抬襟章客过百步梯，从那么陡峭之处摔将下去，若说俩轿夫一年到头都在山里活动，意外之时还可做些化解也就罢了。至于襟章客，我虽未能确定其身份，但绝非劳动人民，先就经不住摔，出事时困在轿子里，非但没有“轿毁人亡”，反而毫发无损，莫不是你胡编乱造吗？

说书的道，那次情形的确如此，还请各位少安毋躁。

原来，当日五谷一脚踩空，滚落山涧不消说，那轿子也失去了平衡，继而翻侧坠落。不过轿子不似人的身体，两根轿杠横伸，轿身也方方正正，跌在芒草层上面，恰如跌落在一张网子上，卡在那里即便再使力量去推，也未必推得动。

各位，晓得为什么轿夫都喜欢桄榔木做的轿杠吗？这里有两句题外话。

桄榔树干高大笔直，所结果实即人们熟知的槟榔。桄榔原属热带植物，本地少有种植，曾有华侨从南洋带回，植于所建别墅庭院近前，虽树高数丈而少见开花，更不结果。唯此木光滑而轻盈，坚实而柔韧，绝对是天底下最适合做轿杠的木料。桄榔木做的轿杠柔韧有度，无论行走什么样的道路，轿杠随轿夫的脚步一张一弛，连带轿子颠上颠下，令抬轿者忘却辛苦，坐轿者倍觉舒适。

再说襟章客，那厮大约是狐狸托生，先是一路上烦躁不安，总怀疑俩轿夫要算计他。到了百步梯前，阿咩哥好意招呼他下轿，话没说得半句，那厮坐在轿子里情绪激动，双膝紧紧夹住那只皮箱绝不下轿子。

阿咩哥与五谷没奈何，战战兢兢地抬着他艰难向上，直至轿子"砰"的一声坠地侧翻，朝底下厚厚的芒草丛滚下去。两根轿杠洞穿厚厚的芒草层，直插到底下的坡地，轿子稳稳地卡在草丛上。如果不是轿子摔脱落了顶子，襟章客也许不会摔出来。阿咩哥把襟章客当作鬼迷了心窍，把他一轮巴掌掴醒，问他伤着不曾，伤到哪里了？

襟章客眨巴着眼睛，喃喃地重复阿咩哥的问话。

突然，那家伙使劲挣脱阿咩哥的手。惊恐问阿咩哥："你是谁？想干什么？"阿咩哥答道："先生不记得了？我，还有他，那个伙计，我们两个轿夫。先生是老板，我们是轿夫，在狗嘴，先生雇我们的轿子去陌土。"

"什么轿夫，山野匹夫，我不去陌土。"

"山野匹夫？什么山野匹夫？"

襟章客说山野匹夫，阿咩哥心里就想，为某人奔波劳碌，酬劳叫车马费，没人叫车轿费，水客叫作巡城马，不叫巡城轿。可见，大地方人称轿为马，一只马叫一匹马，想来轿夫不称马夫而称匹夫，可见匹夫就是轿夫。

阿咩哥应襟章客道："对对对，今天正是我两匹夫抬的先生。"

"你两个由哪里来？为什么要抬我？抬着我去哪里？"

"先生做老板，我们做轿夫，不不，我们做匹夫——老板先生前去陌土墟，在狗嘴晏店，雇我两个山野匹夫，抬老板先生到高要陌土墟。老板先生半路被鬼迷了，这快就忘记了？"

阿咩哥有点得意，轿夫即匹夫，山里轿夫就是山野匹夫，好在我伶俐，许多人连山野匹夫几个字都记不住。

"我被鬼迷了，鬼不迷我，倒先让你们把我迷了，你们究竟想干什么？"

阿咩哥想，这家伙没事就好，轿子破了，再坐不得人，如今不如哄他，顺坑底慢慢地行（走），等到了鹿尾塘，最好可以收回些许辛苦钱，把他"卖"与别的轿夫，就没我们的事了。

"先生，老板，我们一起行出去，替你另换两个匹夫，也不致误了你去陌土。"

襟章客怔怔地若有所思，阿咩哥扭头招呼五谷道："你这家伙就是个荷兰水樽（比喻喜欢坐卧之人），快快起身，该'出坑'（走出疏萝坑）了。"

没找着襟章客那阵，阿咩哥不停地招呼五谷，五谷坚持不答应，原来是为了他失足滚落山涧，怕阿咩哥怪他，装作伤得严重的样子，想博阿咩哥同情而不怪他。阿咩哥决定送襟章客出大路，五谷嘟哝着，老大不情愿地爬起身，反问阿咩哥："轿……轿子扁了，怎抬得人？"

"谁叫你抬人了？"

"轿子，不要了？"

阿咩哥心情本来不好，五谷这一打岔，使他更烦心，没好气地道："要不怎说你没头脑？出了坑，'过'（介绍给别的轿夫）给别人，回来再理会轿子。"

从涧底下走，少不了镰刀开路，五谷取出掖在轿子上的镰刀，见襟章客的皮箱甩落草丛中，上面"挽耳"（提手）也断了，五谷把箱子打回来。阿咩哥示意放下，呆子问道："皮……皮箱，也是……回来……再抬？"阿咩哥道："客人的行李物件，帮他带出坑。"五谷道："无耳皮……皮篓，怎……提？"

"提不了你不能托着走？"五谷这一说，阿咩哥被他逗得笑了起来。"无耳皮篓——靠托"，原来是我们乡下嘲讽、挖苦一些专喜欢巴结、奉承有钱有势的人，这句话算得上我们乡下一句颇具创意的歇后语。

五谷道："许多……藤蔓……兜着，一路……弯腰，才走得。老子……不要了……这破……烂……东西。"

阿咩哥怎不知他什么心思，劝五谷道："东西是客人的物品，不是你的哩。不能挽又不好托，去割一段藤子来，绑好了背着走。"

盘洞村与禄迳交界有一座东西走向的山脉，东西各有一峰，东曰新妇石，西曰牛绳营。两峰之间一段狭长的高山台地，上面众多沟壑，疏萝坑就是其中的一段。沿疏萝坑向北，山下有一块狭长的台地，当地人称作迳口，由此有大路直通高明。

从百步梯到大路边不足一里，台地上面荆棘与荒草丛生，老藤与枯树缠绕，想通过这片荆天棘地不易。好在襟章客不再闹着"一路坐轿，一步也不走"，阿咩哥说先送他出迳口，然后另找轿子抬他往高要，那家伙一声不吭，乖乖地跟在身后。

阿咩哥五谷山里讨食这些年，从沟底走到山口，除了苦累，其余根本就不是个事。当下两个披荆斩棘，轮流开路，又不间断地招呼襟章客，终于领着那家伙走出这片天地。

"先生，那是大路，看见了吗？我们走出来了。"

透过野藤缠绕的空隙，看见大路上有人走动。阿咩哥松了口气，五谷抬手狠抹了一把额头的汗并随手一甩，草丛里发出"刷刷"的响声。

早上轿子上肩，五谷一路上就嘀咕：襟章客瘦骨嶙峋的，最多也就六七十斤，怎么轿子竟如坐着两个人一般重？"阿咩哥让他背起这"无耳皮箧"时他才搞清楚，原来皮箱竟比襟章客还重。

抬了这么个腌臜客，害我们轿子摔烂了还没挣着钱，这十足够倒霉了，摔落悬崖是他自找的，五谷不明白，阿咩哥为什么还是坚持要送这发瘟的到大路？咳，坏便坏在这些都习惯了的，一直以来不管与谁搭档，也不管什么活儿，只要他五谷参与的活动，都只有乖乖听别人作主，从来没人重视他五谷的主张。

五谷无可奈何背起皮箧跟着阿咩哥和襟章客正艰难攀援，忽然阿咩哥说快到迳口了，五谷如释重负，也来不及喘一口粗气，就把皮箧卸了，闭着眼望襟章客前面狠狠一甩。正是这么一甩，他又差点儿惹上了事。

五谷好甩不甩，皮箧正好甩在襟章客的痛脚上。

咳，五谷啊五谷，无论做什么事总是毛手毛脚冒冒失失，要不乡亲们怎么称他作呆子？那时襟章客被皮箧砸中，当场痛得他嗷嗷惨叫。

襟章客一个劲地呻吟，阿咩哥拉他起来，看他鞋子不知什么时候已不见了，只套着袜子，血水透过袜子渗出来，糊了整个脚板。阿咩哥小心扯下客人的袜子，又掏出烟袋子抓了一撮粗烟丝，按在那厮的伤口上，发现他又疼得晕过去了。阿咩哥白了五谷一眼，埋怨道："我说你家伙做事怎么就这么粗鲁，这下好了，人没摔伤，单让你一皮箧砸得人手损脚肿。"

五谷不服气地反辩道："你……以为老……子……有意的？你晓……那皮箧……有多……重？再……再说吧，他人……是泥……泥捏……的吗？"

"砸伤了人你还有理了？"

阿咩哥怪五谷毛手毛脚，五谷反怪襟章客那皮箧沉重。阿咩哥本来就怀疑那皮箧，加上五谷反复嚷嚷着，阿咩哥想道："这般沉重，里面究竟装了什么？"

传说讼师陈梦吉原属新会人，现在则属本县凌村，故此陈讼师实乃在下同乡。民间流传着他的故事，当然啦，当中属无聊的居多。

据传有俩轿夫一次背后议论陈梦吉，无意间得罪了此公，偏偏遇着此讼棍记仇。一旦，陈梦吉用包袱裹着十多块瓦砖，重金雇这两个的的轿。两轿夫不知是计，还以为接着一单好生意，抬着陈梦吉一路欢天喜地地小跑。半路上陈要下轿，领着俩轿夫入一茶居，把包袱重重置桌上，表示他大把钱财，轿夫想吃什么菜，可以狠狠地点。

菜上桌，三人吃到一半，大老板嘱轿夫替他看紧了那包袱，他去方便。这俩轿夫本不认得陈梦吉，想是这位大老板对他两个信任，这多银两放心由他两个不相熟的人守着，心里高兴，竞相点下许多酒菜，把一张饭桌都放满了。直到半天不见老板回来，终因那顿大餐"坐饭监"，俩轿夫这才明白："咱俩被陈梦吉耍了。"

阿咩哥早前一路上感觉襟章客身子像铁打的，原来是皮箧重了。

莲岗村的大炮贵，就兑过一大堆铜钱回去，骗母亲说他发达了。阿咩哥想道："莫非襟章客也充大头鬼，皮箧里装满铜钱，欲带回去骗家人？"

且不提五谷冒冒失失，把襟章客砸得鲜血淋漓。阿咩哥想，沉重的皮箧，还有襟章客，都要人背起来才走得。一个半死不活的"猪仔"，欲卖给下一段的轿夫，怕没人会接这活。

襟章客失忆了，连路也走不了，阿咩哥埋怨五谷，他不知道的是，襟章客从百步梯摔下去失忆了，全赖五谷这一掼，又奇迹般把人砸清醒，恢复了记忆，他两个当时还不知道。

当日襟章客所带的皮箧，里面当真满满装着白花花的银元。至于这家伙带这么多的银钱竟是为了什么？这事过去许多年后，有次说书的问阿咩哥："襟章客整皮箱的银元，那得价值多少的巨款？"阿咩哥道："从来没深究过那些银两有多少，不是自家东西，管人家那多干什么？"

阿咩哥没交代，说书的不好乱发挥。只道那时治安恶劣，襟章客身揣巨款行走，冒着很大风险。更见阿咩哥五谷穿着破烂，襟章客先就认为他两个绝非好人，自然就把他们与贼想到一块了。

襟章客回想，雇轿子议价之初，就感觉俩轿夫四目放光，连他抽什么牌子的香烟也辨得清清楚楚，当即迫他"打赏"，他当时就很不高兴，欲不坐此轿，令人焦躁的是，左等右等总不见有别的轿子来。

"坐谁的轿子不是坐？"阿咩哥邀襟章客道："我说先生老板，你看看前，看看后，除了我们，哪还有别的轿子？可见抬轿人少坐轿人多，时候不早了，越等越偓，今日只怕再没轿子过来了。再迟疑我们也走了，先生恐怕得在狗嘴过夜哩。"

有活干就好，两人这些日子一直在吃谷种，自然急着想接一单活计，客人好不好相与有甚要紧？说不得两个强装笑容，说了许多着调与不着调的话，目的就是要人家上轿，哪怕这个襟章客正是个极不好相与的客人。

如今弄出个大头佛，不晓得行衰运的是襟章客还是我们，早上真不该接这客。阿咩哥也后悔。

阿咩哥说："这回真真正正是'生蛤陀死蛤啦'（活人被死人拖累），先把他背到大路上再做打算吧。"五谷跟阿咩哥搭档，自然是"安仔哥学打铁，师傅打哪我打哪"的角色，阿咩哥说如此，五谷就一手搭着襟章客使劲一拉，不管人疼也不疼，一扯一甩，早把那客抛上了后背，边开步走着，边对阿咩哥道："我来……背他，你……你陀稳了皮噏（皮箧）。"

五谷木来就是个粗人，把人搁在背上，襟章客两条受伤的腿脚晃晃悠悠，不时被伸出地面的枯藤绊着，痛得他撕心裂肺地惨叫。那五谷冲襟章客不耐烦地道："不……不识好歹的……东西，有人背着……还嫌……嫌弃！"

说话间已经走出沟谷快上大路了，前面迳口一过就是鹿尾塘，杨梅也就在望了。几个过往的担仔挑着重货匆匆走过，望都没望他三个一眼。阿咩哥放下皮箱，欲帮五谷一把，也想看看有没有空轿子，最好把襟章客"卖"了。

阿咩哥伸手去扶襟章客，那厮突然啊的一声惊叫，把两人吓了一跳。阿咩哥想，大概又碰着襟章客的痛处了。嘴上说："小心着，小心……"任阿咩哥怎么想都想不到，襟章客这一叫喊，竟几乎要了他两人的性命。

那位紧张了，问道：大道平坦，人来人往，有甚要人性命祸事？

原来，当初襟章客带了整箱银元坐轿，看俩轿夫本来穿得破烂，其中一个还邋邋遢遢，遂把好人当了贼，一路上防着俩轿夫谋他的银钱。以至于来到百步梯前，阿咩哥让他下轿走几步，襟章客怕下得轿来，两个轿夫抬着他一大箱银元跑了，于是抱定主意决不下轿。

本来就如惊弓之鸟，结果连人带轿从崖上摔下去，襟章客连惊带吓一时失忆了。也好在遇着毛手毛脚的五谷，这家伙随便一掼那破皮箱，再次把襟章客砸醒，痛楚竟也会使人恢复了记忆。

五谷背着他从沟底下走，襟章客望望他们，总想不明白，二人为什么要挟持他？那家伙的眼睛直勾勾望着那只摔破了的皮箱，忽然想起来："呀，那是我的箱子，里面装满了银元，什么时候落入贼人手上了？"襟章客这一惊非同小可，若非阿咩哥挟着他的腋下，那厮怕已瘫坐在地了。

襟章客本是个刻薄之人，想来也诡计多端，他望着那只随意丢在草地上的皮箱，条件反射般惊叫一声，过后很快意识到自己失态了，望着刚刚经过面前的担仔的背影，队伍已过了山坳的迳口，没有人救得他了。

在下说过一千遍了，那时杨梅路上人来人往，前面刚过了几条货担，后面又来了一队。襟章客等到一队担仔走到近前，突然放开喉咙大喊大叫起来。

"救命，救命啊！"

众担仔重担压肩长途跋涉，只顾着埋头走路，见三人在路旁，却不曾理会他甚事，冷不防听有人大喊救命，直如晴天响起一声惊雷，有人惊得停了脚步。

担仔当中有胆子大的，有仗着人多可保不怕的，也有平日就恨那劫匪的，还有一两个平日喜欢掺和是非，逞凶逞强的，听得人喊救命，即刻卸下肩上担子，握着扁担睁眼四顾。

担仔们见除了喊救命的男子，另外两人在一旁或站或坐，神态尽显疲惫之外，再无第四个人，不像有性命交关的事情。想必劫匪已逃去，留下三个被劫的在此呼天抢地嚎叫而已。

那一两个总喜欢掺和是非者见此却不甘心，问三人道："你等因何被劫，可曾伤着，劫匪逃向哪里了？"

襟章客指着阿咩哥五谷两人大喊道："就这两个贼人，劫钱财，还要杀我！"

众人见他三个破衫烂裤，且身上隐隐有伤痕，想来三人必是一名苦主两名贼人。显见两个贼人正劫夺这汉子钱财，刚才已经历过一番打斗。因一时信了襟章客，呼的一声紧紧围了上来。向阿咩哥五谷吆喝道："大胆贼人，大路上作案伤人。大家伙合起力来，先扫断了他狗腿。"

一伙人仗着人多势众，说话间一顿乱棍舞得呼呼风响，乒乒乓乓地向着两人乱捅乱劈起来。

阿咩哥与五谷只为抬这襟章客挣三两个辛苦钱，无论如何都想不到，竟抬出来一场无妄之灾，且逃无可逃避无可避，唯有"揽住（捂住）头壳听棍落"啦。这般情势，换了别人只怕不被打死先已被吓死了，二人性命究竟如何？欲知后事如何，且听下回分解。

第五回　求清白　以寡敌众伤同类
　　　　　　燃星火　减租减息度春荒

上回讲了阿咩哥五谷背着襟章客和他的皮箱出了疏萝坑，到了迳口前，阿咩哥叹口气道："今日是打不着狐狸惹了一身骚，以后宁可饿肚皮，也千万别抬刻薄客。"

只想着将襟章客"卖"与下一段的阿咩哥，没注意到扒在五谷脊背上的襟章客，看到装着他全部身家性命的皮篋，竟恢复了记忆。

不过，襟章客想的是，眼前两个轿夫以抬轿为名劫夺为实，为了谋他钱财，于山道陡坡故意失足，造成意外的假象，劫了财还想杀人灭口。好在道上人来人往，两人阴谋才没有得逞。襟章客吓得浑身上下冷汗淋漓。

襟章客是个老江湖，他以为阿咩哥五谷劫夺他的银元，下一步很可能就要结果他的性命。这家伙所以一直装作失忆的样子，是要等待逃命的机会。

当一队担仔经过时，襟章客以为机会来了，乘此大喊大叫，救他一命。

那时各江货物皆经此流转，造就了杨梅路上的畸形繁荣，密集的商旅给了劫匪窃贼，甚至某些铤而走险者足够的诱惑。他们或啸聚山坳，或一两人守着路旁，公然劫夺商旅。众担仔对此类鼠窃狗盗，自然恨到骨子里，怪便怪捉他不着，今日恰遇着两个，又岂肯放虎归山？

果然，担仔们听襟章客大喊救命，皆把阿咩哥两个认作劫匪。见他两个势单，对付起来还不是手到擒来之事。于是人人用力，毫不畏缩。众担仔高举着扁担，把阿咩哥五谷团团困在中间，不问情由只顾得吆喝着向二人狠劈过来。

老话说，羊多也会咬死狗，担仔人多势众，且不说人人手执扁担，围攻阿咩哥五谷两个赤手空拳的轿夫，正所谓独臂难敌众拳，任他有牛魔王一般气力，遇着这般险恶局势，只怕未被打死先就被吓死了。

果真如此结局倒也属正常。说书的刚说这一句，那位即急了道：说书的是个讲大话不眨眼的，十几二十个担仔一人一扁担下去，你的阿咩哥五谷若非孙猴子转世，还不立时成了齑粉，还能逢凶化吉遇难成祥？

说书的道，那位勿要打岔，须知此一情节，确是阿咩哥晚年时亲口告诉在下，此次遭遇中，阿咩哥原本也想过先抢一根扁担在手，任凭他再多的担仔也不可能近得两人之身。实际上两人也的确毫发未损，众担仔根本就没讨着便宜。

原来，众担仔抢上前之初，阿咩哥更不敢儿戏，不过一见了众担仔操扁担那架势，已知对面一伙不过乡下耕田掘地，挑担荷锄之辈，这类种田人力气倒是有，看上去也"大只擂擂"，但论与人交手则全无章法，又无技巧，更"不敌一锤"。如此，阿咩哥先已松了口气。至于五谷，这家伙什么时候都是"安仔哥打铁"师傅打哪里我打哪里的角色，打架罢了，阿咩哥不怕，老子怕什么？

阿咩哥向众担仔抱拳道："各位勿要鲁莽了，我们实是杨梅路上抬轿的轿夫，不是什么劫匪。各位看我俩有甚不妥之处，还请包涵一二，慢慢说话。"

那位说了，听说过乱棍打死老师傅的话，两人的对手再不济，亦有那么多担仔，各人又拼了命地向前，你那个阿咩哥五谷不死也得脱层皮，却怎生逃脱得？

说书的道：各位有所不知，过去盘洞地瘠人穷，多受外人欺负，故我的乡亲尚武成风，虽没有武师级那样人物，有几度"散手"的还是大有人在。而且还有极个别心术不正者，想着一夜暴富，恃着一点功夫，偶尔逞强去做过些犯法勾当，这种人被人称作"捞仔"。

阿咩哥自幼就跟着大葵哥练功，并得大葵哥真传，把一套没有名目的拳脚练得出神入化，还自创了如"仙鹤飞升""白鹤探沙洲""仙鹤拍翅""鹤爪鸿泥"等几招自命名很实用的散手。因为阿咩哥"能打"，捞仔不止一次怂恿他去高明地方"发市"，无奈阿咩哥却对此不屑一顾。至于他能打的名声，则源于前年他和五谷二人去南岗墟"趁墟"，在墟场仗义为瓜种卫的儿媳解围，后来二人在回村的路上同几个无赖斗得天昏地暗而出名。

南岗墟上卖菜秧的瓜种卫，老辈人没几个不认识他的，这瓜种卫卖了几十年的菜种，老了挑不动菜种担子了，初时是他的"新抱"（儿媳妇）接手，还增加了鸡笼、粪箕之类篾货，至于后来还做不做这买卖则不得而知。

都是种庄稼，山里山外却不一样，端午前后山外人都忙夏收了，而大山里日照不足，盘洞的早稻才灌浆，离收割还早呢。

端午节闲得慌，阿咩哥邀五谷道："五谷呀，过些日子收早稻连着插晚稻，那时候怕要忙得不可开交哩，明日南岗墟"墟日"，我们去转转，买几斤碎杂咸鱼，农忙就有咸口菜了。"五谷道："老子……就想去南岗墟，吃一碗……牛肉粉仔。"

农忙时节，与以往时候相比，五月初四南岗墟墟日也不见得有多热闹。

两人尚在墟场外，就听见有阴阳怪气的嬉笑声传来。五谷眼尖，发现墟场一个孤零零的竹篾档口前，胡乱摆着斗箩、市篮、鸡笼等几件竹篾货，后面三四个男人正调戏一年轻农妇。不消说，这几个家伙正是那时候经常在乡村小集镇上惹是生非、打架斗殴，还偷人钱包的泼皮无赖。

泼皮无赖把农妇围住，农妇欲躲避，泼皮无赖张开双臂阻拦，内中有个阴阳怪气地道："你污了我哥们的眼，会'有排'（意为很长一段时间）不顺，柚子叶烧水都难洗干净，你要给污眼'利是'。"为首的无赖更夸张："老子连裤子也烂了，你得赔我裤子。"

农妇又气又羞，以手捂眼，嘤嘤啜泣，除了"死佬，死佬"地骂，再不说话。阿咩哥以为不过是买卖纠纷，言词不合而争吵罢了。见农妇只哭不说话，还以为那女人理亏，没打算理会。五谷却偏偏是天生好奇的家伙，遇上这个，那是一定要看看的。他不着急去光顾客家人的牛肉粉仔，拉着阿咩哥，想弄清楚了这是甚事。回到村就有料实打实把今天的"新闻"讲几番。

因为五谷坚持，阿咩哥便停了下来。泼皮乃墟市上出了名的混混，见有人驻足围观，更是肆无忌惮，反诬瓜种卫新抱当街"咸湿"，污了他们几个的眼睛，要她给污眼"利是"。

领头那泼皮浑名"掘尾蛇"，他也格外话多，从他断断续续的话语中，五谷、阿咩还是弄清了此事的来龙去脉。原来，那时人没有"反季节"蔬菜的概念，更别提种植技术了，大多数人秋收后"围园种菜，到了夏初就"罢园"了。农历四五月无菜种可卖，瓜种卫转而编竹篾，他儿媳也就摆起了竹器摊档。

也是合该有事，初四南岗墟墟日本来不见热闹，竹器档更显得冷清，瓜种卫新抱拖过矮凳子坐在货堆后面，无神地望着那堆竹篾货发呆。

掘尾蛇走近竹篾档，操起鹅调问瓜种卫媳妇："哎，鸡笼子什么价钱？"

"大的一吊钱，中等八百文。"

听到有人要买货，女人一边回答一边抬头。可这一抬头不打紧，竟像见着毒蛇一般，一声惊叫，忙不迭双手捂眼，整个脑袋埋进了前胸再不敢抬起来。

"哥哥没听清楚呢，再说一遍。"

"死佬'咸湿'，不卖了。"瓜种卫新抱说话那阵，脑袋埋得更深了。

"先别骂我。"掘尾蛇淫声浪气地道："哥哥本是正人君子，只是见了姐姐穿成这样，也就有样学样，不信，先看看你自己裤裆。"

唉，原来这个女人太粗心了，大早上挑货担来墟上卖，大约路上不小心，崩裂了裤裆，而自己一点都不晓得。直到墟上把竹篾货摆好，坐在矮凳子上候客。恰被掘尾蛇几个泼皮无赖见了，比偷到人家一个钱包还要高兴，乘此机会调戏、侮辱这卖竹篾的女人一番。

掘尾蛇有意把穿着的芸纱裤子从裤裆处撕破，装模作样地问价。瓜种卫儿媳以为有买卖，说着话扭头一看，见掘尾蛇那般恶心站在对面，顿时吓得花容失色，骂几句"咸湿"，脑袋早埋没进胸前，再不敢看。

都说乡下人见到狗打架都围观，见泼皮围着竹篾档起哄，围观的人何止几十个？掘尾蛇见了，恬不知耻地道："这女人摆个竹篾货档却不做买卖，把裤裆裂开个大口坐着。我问她买只鸡笼子，她却责骂我几个'咸湿'，因此我要她赔污眼'利是'，难道不应该吗？"

阿咩哥初时并未掺和这事，见瓜种卫媳妇一味掩面哭泣，又见那泼皮得意扬扬，终忍不住当众揭掘尾蛇的丑。"光天化日之下，你几个做得太出格了"边说，伸手一把扯着那厮的裤头。

掘尾蛇是南岗墟人见人怕的泼皮无赖，今日忽然遭人揭其丑，那脸早挂不住了。见阿咩哥出手，这家伙以为要打他，欲要躲闪，哪晓得阿咩哥已揪着他的裤头，那厮用力一挣，只听得"哧啦"一声，人倒是挣脱了，好好的芸纱裤子的一条裤腿从上而下撕开做了两半。

掘尾蛇一条腿套着裤腿，另一条腿挂着布片，在那里嗷嗷叫着，引得众人哄堂大笑，几个女人见了忙不迭地转身，不敢再看。

阿咩哥把手上的烂布片朝掘尾蛇脸上狠狠甩过去，那家伙本能地跳过一边躲避，却不偏不倚地一脚踩中那半边烂裤子，随即跟跄数步站也不稳，"啪"的一声重重地摔倒在地，跌了个鼻青脸肿。阿咩哥高声向众人道："大家瞧一瞧这几个泼皮，把自家裤裆扯破，就为了调戏这位嫂子。"

掘尾蛇原以为墟场上人称他们一伙为"恶爷"，当然，也的确不曾见有哪个不怕他的。可恨今日这两个生面孔令他"阴沟里翻船"，在家门口出尽洋相。

　　这厮咽不下这口恶气，又见平日里称兄道弟的同伙，看着自己被人打了，别说上来帮架，连过来个人拉他起来都没有。怪不得人常说"有酒有肉多兄弟，急难何曾见一人"了。掘尾蛇恶狠狠地骂道："眼睁睁看老子被人欺负，你几个还是兄弟吗？"

　　掘尾蛇的三两个同伙，因吃准了乡下人普遍怕事，平日里对他们滋事寻衅而避之则吉的态度，使其更有恃无恐。今日见阿咩哥五谷两个也敢管起他们的闲事，实在是开天辟地第一回，哪里还敢乱动？掘尾蛇见此也无可奈何，自己爬起身。一手挽着半边裤头一手捂着下身，口里说："你等着你等着……"钻出人群跑了。

　　泼皮落荒而逃。有人提醒阿咩哥道："今日这位兄弟令'恶爷'出丑，解气是固然解气了，不过那恶爷决不肯放过你的，这位兄弟还需防着他才好。"阿咩哥道："谢谢提醒，不过我却不怕他。"

　　当下各人散了，阿咩哥欲安慰瓜种卫媳妇几句，才发现她人也不知什么时候不见了，留下个无人守着的竹篾货摊子。时候不早了，两人墟上转了一遭，当然啦，五谷少不了要吃一碗牛肉粉仔。然后两个再不去想刚才那一场不愉快了，他们并不知道，一场恶斗正等待着他们。

　　掘尾蛇一伙泼皮不肯善罢甘休，纠集了自诩"武林中人"的几个酒肉朋友，在半路上等他们趁墟归来，非要置二人死地不可。不过此是后话，暂且按下不表。

　　再回到杨梅路，那口阿咩哥五谷两个，因襟章客大喊救命，被人当作"贼公"，扬言要打要杀。面对众担仔"势凶夹狼"，虽则丝毫不惧，但毕竟是杨梅路上搵食的苦人家，打斗起来，无论伤了哪个都是烦心事儿。

　　阿咩哥向众人抱拳作揖道："我们是盘洞村人，众位若不信，可以到村里打听我阿咩是什么人？"当中有人高声道："说你两个是劫匪，如今人证物证俱在，谁还听你狡辩？伙计们，打——"话音刚落，众人"嗨"一声，手起扁担落，乒乒乓乓地向二人身上劈将过去。

说时迟那时快，阿咩哥早避过众人扁担，抢步上前，想逮个机会缴了众人手上扁担。五谷已抢得一根扁担在手，从背面噼里啪啦与人斗开了，且那家伙发起狠来不是开玩笑，一根扁担下死力气连续劈刺，担仔们哪曾见过如此阵仗？阿咩哥连连喝住那五谷："勿要伤人，勿要伤人。"有两个跑得慢的，还是被五谷那扁担戳中，已伤身倒地了。

听见阿咩哥猛喝，五谷收了扁担，骂众人道："都说……说了，叫你……不要打，你偏……想打，老子……给你……挠痒……"

五谷伤了人，阿咩哥稍一迟疑，不提防被人照头照脑劈将下来，欲要躲避，还是慢了一拍，肩头已受了一扁担。

阿咩哥忍着痛，反手夺那担仔手上扁担。五谷见了，不顾命地扑上前，拳脚交加打得那人满地里打滚。

众担仔早吓蒙了，面面相觑待着不敢动了。若不是阿咩哥制止，只怕五谷真会把人打死。唉，为什么有人就那么鲁莽呢？

襟章客先不去说他，众担仔也如无脑一般，想也该想到，哪里有贼人劫了钱财还不快快逃去，反要拖着被劫的人，在人来人往的路上歇脚？

众人偏信了襟章客一面之词，阿咩哥反复表明身份，他就是不听。十几二十几个人当中，倘若有一人冷静点，好好说话，何至于大动干戈伤了身体呢？

经过此事，五谷再不去抬轿子了，阿咩哥劝过他几回，那家伙却死也不肯干这营生了。四嫂也过来劝道："不管什么活总得找点干的去嘛，天天睡大觉哪来吃的？"

是的，该干什么呢？

果狸丁专以打雀鸟为生，五谷可羡慕死了，那家伙运气好，更让人妒忌。你有所不知，果狸丁是发温鹤的外孙，一杆长火铳是他外公最重要遗产，让他给继承了。

关于发瘟鹤那支火铳的来历，有如下的故事：

发瘟鹤年轻的时候，一次去"趁"杨梅墟，回来走到叫作地木坳的地方时，身后有人气咻咻地赶了上来。发瘟鹤还没反应过来，来人不由分说把一支长火铳塞到他手上，要发瘟鹤暂且替他扛着，说完即逃去无踪影。

发瘟鹤呆呆地不知如何是好，已听得疏萝坑底喊杀声此起彼伏，直至喊声越来越近，发瘟鹤才慌了。把火铳慌忙往草丛中一丢，即有人追了过来，问他见着贼人不曾，发瘟鹤没言语，只随手往山上一指，人家竟信了。

发瘟鹤白得了一支长火铳。后来发瘟鹤死了，果狸丁的大舅父是出了名的胆小，不喜欢玩铁仔。果狸丁就把火铳扛回家了。

五谷最爱枪，修铁仔聋鬼烨有枪卖，连焊铜焊锡的补锅匠洪记，也说有铁仔卖。可惜，五谷连看一下的机会都没有。为啥？一百元钱一支"大头六火"（短枪），"七九"步枪还要贵些，那时节饭也吃不饱，谁凑得起一百元？

盘洞村的大泡和兄弟姐妹十多个，但活下来的只他一人，父母呼其阿九。乡亲们则多呼他大泡和，这家伙生得矮矮矬矬，油腻腻的脸膛满是麻子，平塌塌的鼻梁还有斜视的双目，看着令人生厌。

这家伙打小就讨厌庄稼活儿，总说长大了"打脚骨"（打劫）当捞家。大人问他："你怕耕田，将来何以为生？"那厮回答道："笨蛋才耕田。"大人说他"大泡和果然聪明，长大了做老板？"那厮反问别人道："有哪一样作捞仔揾钱的？"

某日，这家伙上五谷家来了，还没落座就说道："你想吃饱饭吗？"

五谷反应得比大泡和还要快。忙答道："做梦……都想……吃，可惜……老子……这大了……了，没吃……吃过，一餐饱……饭……呢。"

"只要你想，老子包你日日能撑破肚皮。"

"有……钱人，天天……山珍海……海味，老子……难哩。什么……

行当……这好……好捞的？难……不成，让老……子……去……做鼠……鼠摸？"

"鼠摸名声不好。"大泡和大大咧咧地道："老子就做明的。疏萝坑、猛风坳、马口坳等通往高明的小道都可。出门在外多少总有几个钱在身，老子'陀'一杆'短火仔'，凭你一声吆喝，哪个敢不乖乖留下买路钱！"

"打，打脚骨？"

"敢不敢？"

"有……有什么……不敢，老子……铁仔，想……也是……白想。"五谷其实不敢干这勾当，却又怕这个大泡和说他胆小如鼠，没有铁仔是最好的借口。大泡和却说："铁仔不过是件器具而已，没铁仔有镰仔（镰刀）也可，生意做得成了，还怕没钱添器具？"

"你……说的……容……没器具……干不成……这活。"，

大泡和不耐烦，骂骂咧咧地道："我是看你同乡共水的份上才邀你一起发财，看你也不像要发达的。算了算了，老子从今往后再不邀你。"

大泡和说到做到，邀五谷不成，这厮单枪匹马"出山"，据传这厮时而挎一柄钩镰，时而手攥短木棒，做起了正儿八经的"响马"。只是没过多久却不再去了。起因不复杂，原因是那时人还小，想着力不如人，只是在五谷跟前说了大话，只好日日去到疏萝坑，蹲在路边看着经过的客人，回来跟五谷说今天打脚骨来着，只是没遇着有钱的客商而已。

许久以后，听说大泡和趁众人专注听新闻，一下子偷了侯调一大块鸦片烟，然后就没再见过这家伙了。有人说在新兴县见到过他，可能到那边做"耕仔"（长工）去了。五谷渐渐地连这人的模样也忘记了。不过此乃后话，暂且按下不表。

闲话少说言归正传。五谷不抬轿许久了，四嫂说他："什么活儿都不干，天天就晓得睡觉，难道就等天上掉馅饼？"五谷没好气地呛四嫂："明天正式

开工。"那家伙把镰刀磨得雪亮，上山采回来一大担山草药，天放亮就起程，直直地挑到墟上李济棠的草药铺子，想换几个买米钱。到了跟前才看清楚，草药铺子关着门，推了几下，杉木门板摇摇欲坠，鬼影都不曾见一个。

喊了几声，邻居告诉他，两个月前日本仔飞机还没投炸弹，草药铺子就关张了。李先生也走了多时，听说回罗定老家去了。咳，该死的日本鬼子，山长水远地跑来害人，大担山草药挑下山已经不易，还要到墟上，白送都没人要。早些时候去维墩卖断肠草，也是扔进了"古劳大海"。妈的，老子走衰运。五谷咬牙切齿地骂了日本人一通，顺带在心里也把四嫂埋怨一遍："四嫂也真是的，总多管闲事，好像老子吃她用她的，天天催老子找事干。"

趁墟的人都走清光了，墟口真神潭边上的补锅摊子也收了，这回五谷还像上回一样，狠狠地把草药担子高高举起过了头，连扁担带药扔向真神潭里去了。

才哥来了，刚敲了下门，五谷在屋里吼道："不干……不干了，想干……找别……人，老子……正烦。"

"好你个五谷，跟谁怄气了，发那么大火，谁得罪你了？"

"哦……是……才哥，我……以为……阿咩哥，那……衰公……没人……跟他……搭档，总来叫……老子。不干了。"

"就因为同担仔打架？"

是的，跟阿咩哥去抬轿有老板打赏晏仔，这的确比做挑夫好，做轿夫基本不饿饭，这是事实。唉，全因为那个该死的襟章客，五谷跟阿咩哥翻了脸。

当日也好在有惊无险，当然啦，先是担仔们敌不过两人，才让阿咩哥和五谷"有话好好说"。后来晓得误会了，又迁怒襟章客误导了众人，转而帮着他两人迫襟章客支付疏萝坑一段的辛苦钱，还要他赔偿跌烂了的轿子。

这一段当然成了村前大榕树头的"新闻"，知道的人说五谷两个是一等一的呆子。斗鸡六说，这不止应了"忠忠直直终须乞食"这老话吗？慢说那个什么襟章客带了整皮箧的'银纸'，又是个得罪人多的角色，遇上我做轿夫，老子就不挣他那两文小钱，等到百步梯前，随便把他倒落那个'簕林'（荆棘丛），让他半天爬不出来才爽。"

懵眼耀也数落五谷："你两个也算得上天底下最蠢的笨蛋了，亏你五谷还说敢掹铁仔上猛风坳打脚骨。见着那个什么客满皮箧黄金不敢要，反为了两文辛苦费，跟人家讲什么'莺举'（废话）。依老子的话，在疏萝坑就该借意把轿子弄翻了，然后'鼠了'（盗窃）他的皮箧，这年头任他本事再大，上哪追你去？"

还有那个谁在背后说，眼睛乌黑色，银子白花花。他两个怕是天底下最蠢人。我若拾得那皮箱的钱，老子一定叫上锡哥，第一时间去佛山媒人馆，随人家要多少钱，要求就一条：人要最靓的。讨个娇娇女回来，如今还用得着搂着个烂棉胎（被絮）？

人们多说他两个蠢，阿咩哥怎么想五谷不知道，五谷倒真有点儿后悔。不抬轿子了，挖草药没处卖、烧炭没人收，五谷为此苦恼透了。说才哥往肇庆贩冲菜还不错，只可惜他连一担冲菜的本钱也凑不起。

正烦得不行，才哥串门来了，说从新会棠下往肇庆贩冲菜，中间论的只是力气和能吃苦。至于本钱，一担菜才几文钱，才哥说可以替五谷先垫着。

我们乡下说的冲菜是一种咸菜，广州人叫它大头菜，新会荷塘一带最多，产地更属正宗。两广地区有很大的市场，多经棠下销往粤西乃至广西各地。

杨梅路上讨生活，从棠下往肇庆贩冲菜，可以说是最辛苦最累人的活。五谷兴冲冲地跟着才哥到了棠下，两个把一担冲菜挑起来赶紧往回走，经由禄洞过南岗墟，当中五六十里全是山路，扁担压得肩头紫黑，又酸又痛很不好受。待把担子挑回盘洞村时已过半夜，人家早就睡醒头觉了。

咳，这是什么世道？人活得比牲口还不如。才哥五谷贩冲菜，把担子挑回盘洞村，赶紧弄点野菜或者芋头之类，填饱肚子再次上路。对了，还得装满一葫芦老茶骨泡的水，有番薯芋头也得带上几只，免得半路入"晏店"又要另外多花钱。

杨梅往肇庆有两条路可走：一是经高要县的回龙、陌土直达；另一条则由高明的人和（又称大沙）到高要富湾、金利，然后改走水路。当然啦，走水路比走陆路轻松些，不过挣的脚力钱自然也少些。

菜从棠下挑到肇庆，肩头上压的担子通常是司马秤八十斤，差不多现在一百市斤还多，单程至少要走一百七八十里，那辛苦不难想象。不过比起抬轿子，时常受爱挑剔的客人骂，还有阔太太们的闲气，更倒霉的，有时遇着坐霸王轿的"恶爷"，不但讨不到脚力钱，还要遭他一顿打骂要好些儿。

贩冲菜苦是苦些儿，倒很少受人欺负，即使那些设关卡打着查缉走私，而实行勒索的国民党军警，也晓得没油水而懒得盘查这些苦力们。

路上遇到大一哥几回，他就知道贩菜还可以，也想贩菜来着，可是连一担冲菜这样的小本也凑不齐，唯有拖一根扁担替人挑货，专做苦脚力的营生。

大一哥爱贪小便宜。有一次，他由高要县新桥墟挑一担"帽榔"往沙坪墟，走到疏萝坑，那家伙竟把人家整担帽榔走了单。

那位，你道帽榔是个什么东西？就是编织竹篾帽子的半成品。那东西吃又吃不得，用也用不上，除了织竹帽子的，一担帽榔丢在路上绝没人会要。那货主也是"当衰"，哪里晓得遇上了一个极可能修炼过千年的"贼精"，连一担毫无用处的帽榔也贪，光天化日之下走了单。

说的是大一哥挑着帽榔走进疏萝坑，中途回头望过好多次，再不见老板跟着，这家伙就把一担帽榔挑回家来了。当然啦，帽榔没有用，放在他家柴草堆上风吹日晒沤了几年，后来再没人注意了。

乡下人有句俗话，叫"打铜吃铜，打铁吃铁"。杨梅路上做苦活卖气力，当中贪小便宜者未必仅大一哥一人。比如做挑夫遇上油糖百货、煤油甚至硫黄、棉纱布匹、桐油等禁运的私货，除了有背景的政府官员之类，一般老板是不敢跟着货走的，跟挑担的人约好下一站到哪交货，这就给了挑货人机会。

担仔有时把货挑回村里，有时干脆就在疏萝坑半路上下手，从挑着的货担里偷得些货物。比如担桐油或者煤油，半路上把铁罐钻穿一个小孔，倒出些桐油或煤油，然后再灌进去差不多重，晒干的细沙，弄点肥皂之类把凿开的小孔抹平。那时经过的货物多是一手转一手，很少有货主发现被人中途动过手脚。

才哥有时既不去贩菜，又不见他在村里，不知跑什么地方去了，五谷很是怀疑。才哥除了耕田、烧炭之外，可能还另外有一些生意的门道，只是他不肯让人晓得罢了。前些天，才哥没去贩菜，又不声不响地不见了踪影，不知干啥去了。

路上也见着大一哥几次，其实他不很抗拒跟五谷做伴，才哥不在村那几天，五谷还是跟大一哥去做过几天的担仔，并且学得大一哥一招偷油的"散手"。晓得做挑夫有这便利，五谷心动了，跟才哥说："我……说才……哥哩，贩菜……那辛苦……我不想……干了。"才哥问他道："不贩菜了你想干什么？"五谷回答道："想……想跟……大一哥……做担仔……哩。"

才哥怎不晓得五谷心里怎么想？要他千万勿起贪念，说道："你见过哪个贪小便宜的发达了？做人要老实、诚恳才是。"

五谷怕看才哥的眼神。这家伙很想做挑夫去偷油，却又不敢不听才哥的。当然，才哥一两句话，也不大可能息了这家伙贪小便宜的心思，他之所以听才哥话，是因为才哥带他做生意，不让他太挨饿。也因为才哥时时教育和提醒他。村里人也说，五谷好像没以前那般呆头呆脑、吊儿郎当，也不懒了。

一直没去贩菜，又不见才哥好几天，五谷想才哥撇下他又去做什么生意去了。后来才哥悄悄告诉他，皂幕山里有一支"老八"的队伍（鹤山邻近一带对共产党及其领导的八路军称为老八），名字很响亮，叫作人民抗日游击队。这支队伍分散活动的时候就叫武工队。他们每到一村就宣传、发动和号召群众坚持抗日，很得当地人的拥护。

国民党顽固派消极抗日，却反共猖獗，时常骚扰甚至袭击抗日人民武装和抗日根据地。武工队与顽固派进行坚决的斗争，关心群众疾苦，好几次攻打了敌人的区、乡公所，开仓分粮。

听说分粮，五谷很兴奋，他饿得都要熬不下去了。不过兴奋归兴奋，五谷老大地不解：近几年偶尔听人提起老八打区、乡公所，这是他们自己的生意，为什么要分给别人？他问才哥："还……分粮？都……分给……谁了？"

才哥告诉五谷，这支队伍是共产党领导的人民武装。一心为打击新鹤一带的日、伪、顽军而战斗。

关于这支队伍，乡亲们并不知情。而且绝大多数人想不到的是，村里早就有老八活动了。

原来，当初在禄迳村出现过，后来又奉命调往粤北集训去了的"第四战区第十二集团军第一〇二战工队"当中有个冯先生。因他不是战工队的人，没有随战工队北上，于春暖花开时节，从禄迳到盘洞村"投亲靠友"来了。

谁也想不到，这个最初"走难"，从邻县投靠亲友来村里，后来做了教书先生的年轻人的真实身份，竟是中共鹤山县委书记冯炳光同志。

淳朴的山里人称冯炳光为冯先生，缘于他在村里做教书先生。

冯炳光于1939年夏吸收了才哥等九人为支部最初的党员，创建了中共盘洞党支部，并担任中共盘洞地下党支部的第一任书记。

中共盘洞党支部最初的党员是支部的骨干，他们与此后入党的党员们成为一个整体。他们在上级党组织的坚强领导下，大力宣传党的抗日主张，实行减租减息，配合部队开辟和巩固敌后抗日游击区和根据地，粉碎顽军对盘洞大大小小"扫荡"，发动青年参军参战，引领几十名青年参加我武装部队，为抗战胜利和人民的解放事业作出了应有的贡献。

说书的有句口头禅：花开两朵各表一枝。话说中共盘洞党支部建立不久，时间来到了1941年，那是惨绝人寰的一年。

竹子开花是恶兆。果然，持续的大旱令农作物颗粒无收，令多少人家无米可炊，锅底朝天。人走着走着就晕倒路旁，饿死在了山道上，不少人想把儿女卖了，替他们寻条活路，却找不到买家。

牛牯升没有儿女，打起了屋里女人的主意，对他老婆说："我们饿不了几天了，与其坐着等死，不如投靠我的亲姑姑去，小时候姑姑最疼我了。"

女人有点意外，问男人道："我嫁到你家已好些年了，从没听你提起有个亲姑，她嫁在哪里？这个时候去投靠，只怕人家还顾不了自己呢！"

"我姑姑嫁到肇庆，家境甚好，她儿子即我老表，又最孝顺母亲。因姑夫过世，之后两家走动少了，我没向你提过这一层罢了。"

女人问男人道："肇庆在哪里？"男人答道："肇庆就是肇庆，就在肇庆。"

"你说怎么办就怎么办吧，"过了一会儿，女人问牛牯升："什么时候走？"

除了悍妇，男人通常是一家的主心骨。牛牯升说道："我想就这两天吧。"说完，又改了主意："晚一天便多熬一天，还是明天走吧。"

女人包袱里装着自家两件破烂衣服，夫妻二人千辛万苦一路走到肇庆城里。男人对女人说："你在此坐定，千万别走开了，待我找到姑姑住处再来接你。"

女人道："两人一起走更好，何必又要你多走路？"

男人说："你没我走得快，带着你，怕今晚都还未必找得到呢。听话，坐着勿动，我很快回来接你。"

牛牯升把女人安置在七星岩牌坊前的空地坐着，自己回了村。有人聊起村里不见牛牯升那女人有些日子了，斨斗哥当面问过牛牯升："这些天都不见你女人，去哪了？"

牛牯升轻描淡写地答斨斗哥道："趁墟走失了。"

去趁墟？哪里的墟，连人也走失了？很少有人信，但不信又能怎样，谁都自顾不暇。

为帮助群众度过饥荒，党支部筹措资金，由潘哥、根哥等几个党员带着野菜、芋头，拿着艰难筹来数额有限的钱，到粮价稍便宜点的高明新墟、高要陌土等产粮区采购谷米、薯类，回村分给无米下锅的困难群众。

群众对此千恩万谢，地下党支部趁此成立"平粜会"，平抑米价，打击了那些囤积居奇、哄抬粮价的奸商，保护群众利益，获得群众的拥护。后来，又在平粜会的基础上创建了农民合作社。那时党员身份不能公开，但通过大量实际工作，他们已成为父老乡亲们的主心骨。

同五谷贩菜的日子，才哥对他讲了很多道理，大至穷人为什么穷，小至如何遵守乡规民约，为什么要实行减租减息，怎样防止"挑耕"等。对他不间断的宣传和教育，有意识地启发他的阶级觉悟。

山外有人说我们村是"老八窦"（窝），五谷问才哥："盘洞村……有老八，在哪？为何……我总……没……见着？"才哥说："老八干事秘密，即使见了，我们也不认识。不过，我有个朋友知道老八。"

盘洞村地处皂幕山区，人少地多，全村光是水田就有千多亩。盘洞村里人，有土地的是极少数人，绝大部分水田属山外"死地主"所有。死地主把地租给当地人佃耕，每年收取田租。那时候生产力低下，生产成本高，佃户一年到头辛劳，年成好时尚且不能温饱，歉收之年收成连田租也不够。即便如此，死地主还不时威胁佃户，明年要升多少多少租，否则就要收回另租他人。

1942 年 1 月中共中央发布了《关于抗日根据地土地政策的决定》。

盘洞村地下党支部根据上级组织的指示，以合作社的名义开会，由合作社主任蓝哥主持。合作社领导农民，坚持推行"二五减租"并组织成立了民众自卫队。

某天，有人看到"乡约"门前的墙上贴了一张合作社的告示—— 盘洞村关于减租减息的村规民约。

花鬼明识得几个字，这家伙仔细看了一遍，朗声念了起来。

盘洞村关于减租减息的村规民约：

1. 不准超耕。每人平均一亩六分地，超过者则属超耕。

2. 凡佃耕田超过每人平均数的，要调整至平均数。

3. 任何人不得收回他人现耕田，违者作挑耕论。

4. 调整出来的田由合作社分配给不足平均耕种数的佃户耕种。

5. 减租减息不动摇，坚持到底。动摇者按村规处理。

6. 减租具体数由合作社统一规定，佃户按规定执行，违者按村规处理。

"我们一年到头拼死累活地耕田，田主拿了大头，耕者却忍饥挨饿，早就该出个这样的村规了。"乡亲们围在乡约门前议论纷纷，大赞合作社为了乡亲的利益，出了这样一个村规民约，真是太棒了。不过也有乡亲觉得不可思议。

狗成说："减租减息？田是人家的，耕田交租，交多少租，一直都是田主做主，就没听说过反由耕仔说了作数！"

"只要大家团结起来，谁说不能由耕仔说了作数？"

为防止佃农及超耕者的抵触和对抗，使减租减息运动得以顺利开展，合作社规定村规民约的落实和执行，一并由民众自卫队负责。

村里推行减租减息，纸蟀昌就很不满，这家伙散播谣言，说盘洞村的田实在太远了欲将这里田产悉数送与族中兄弟，等等。

村规民约公布后某日，这家伙借趁墟之机，到山外面他的同姓宗亲那里，添油加醋地攻击减租减息，说合作社限制佃耕田，撺掇族人阻挠减租。

纸蟀昌的反常举动引起了党支部的注意。

那日这家伙起个大早，戴一顶破帽子鬼鬼祟祟出了村。两个自卫队员一路跟踪他到猛风坳，纸蟀昌回头望了望村子的方向，恶狠狠地骂了起来："我呸，老子的田老子的地，租与谁不租与谁，田租多寡由你说了算？"

纸蟀昌有些得意。不提防两个自卫队员追上去拦住他的去路，硬把他绑了押回村。这家伙交代，他已经出去过一趟，承认散播谣言是他与宗族个别人干的。

乡亲们对纸蟀昌破坏减租减息表示了极大的愤慨，合作社警告这家伙："发现你再有勾结外面死地主破坏减租减息，我们一定对你不客气。"纸蟀昌吓得瑟瑟发抖，再不敢搞破坏了。

惩治了纸蟀昌，获得父老乡亲对合作社和自卫队的大力拥护和支持，接下来就是检查和监督落实减租方案了。

合作社按佃耕人均一亩六分田的规定调整田亩时，黄十就不乐意，这家伙平日就有点难相与，以他家耕田少了不够吃为由公然"超耕"，他说："耕多少田割多少谷各人心中有数，我一直都耕这多的田才够吃。我就耕以往一直耕着的田，不多耕也不少耕，谁不让我耕也不行。"

"村规民约由全盘洞人制定，自卫队监督执行，概无例外，你敢不遵守？"

"万物皆有主，你看盘洞周边有哪块不是山外死地主的田地？人家的田人家的地，让谁耕不让谁耕，人家田主不能做主，却反要你合作社自卫队来管人家？"

乡规民约是大伙订的，当初就规定不得违反，谁也不能特殊。不少乡亲你看我，我看他，想看看这事怎样解决。党支部认为必须维护乡规民约的严肃性，通过自卫队坚决处理了黄十，把他多耕的田亩强行划出，又罚了他五担稻谷。

在上级党组织领导下，盘洞村的党员们依靠党支部，形成一个坚强的战斗堡垒，减租减息运动取得了初步胜利。

五谷听才哥的宣传和鼓动多了，产生了要加入老八队伍的冲动。对才哥道："我，是'一支公'（一个人），当今，揾食……艰难，干什么……也是干，你说，老八……武工队……好，就一……定……是个……好……行当。"

才哥说："参加老八，日子虽然苦，不过有大队的战友在一起，大家伙团结友爱，有福同享，有难同当，加入到这样一支队伍里，比干什么都靠谱。"

才哥还想说些什么，五谷也无心听，他想，如果参加老八，是否可以得到一杆"铁仔"？这家伙打断才哥道："老八……能给……一支……铁仔吗？"

才哥说："当兵打仗，没枪可不成。"

那家伙要讨才哥实在的话。说道："才哥……我……真去……当老八，老板……一定……给……一支……铁仔吗？"才哥说老八很穷，队伍里只有少数几支铁仔，多数是大刀木棍，还有就是晒谷场上用的铁禾叉，最好的武器是长火铳和七九步枪了。

五谷问才哥："你是听说，还是……真……识得老……八的……老板？什么……时候介……绍我……去……入伙。"

"天天跟你贩菜，我哪里认得多少人？不过据朋友说，老八是共产党的队伍，共产党为人民谋利益，他们不兴叫老板。他们把像你我这样的贫苦人当成他的老板呢。你若真想参加他们的队伍也不难，我那个朋友认识老八，等哪天我见到朋友，让他打听打听。"

"真的？这……太……好了。"五谷着急去参加老八，"才哥你……我……去见你……朋友，老子……明天……就……上山去……入了伙。"

"加入老八不是做生意，参加老八，目的是把日本鬼子赶出中国去。"

五谷根本不听才哥唠叨，他认定老八是个好行当。他想的是，果狸丁那杆老旧长火铳本来就不值得神气，以后我五谷也"揸枪揾食"，那时候非掖两支回村里来，与更夫队，特别要与果狸丁比个长短高下。

的确如此，你看邻村禄迳，人家村里有个自卫队。那枪，长的有七九，短的驳壳、快掣，随便拿一支出来，不比果狸丁那支生锈铁仔强？

　　盘洞村也有"更夫队"，不过就那几支破"粉枪"（老式火枪），和果狸丁的武器一般无二，只打得死雀鸟的货。老八的队伍就在本县，不让他五谷知道犹可，既然知道了，他五谷不去参加老八才怪呢。

　　这家伙猴急，天天追问才哥，还不去催催那朋友，什么时候送他去老八队伍上。才哥说，已经托过朋友了，人家正留意着，不愁没机会。五谷一听急了，嚷嚷着道："要不，我去找……那朋友，由我亲……问下，他老八……的事。"

　　这一嚷嚷不要紧，才哥赶紧捂住他的嘴巴："说什么呢，怕人不知道？"

　　五谷嚷嚷着道："入伙……老八，又……不是做……贼。"

　　须知道才哥他们那时所干的所有革命工作都须秘密进行，他真担心隔墙有耳，只怕有第三人把两人说的听了去。一旦敌人知道盘洞村有老八活动，这可是天大的事。各位，欲知后事如何，且听下回分解。

第六回　小樵夫　墟市卖柴惊掌柜　愣少年　途中访友失钱财

上回说到才哥带五谷贩菜，其间向他讲过革命道理，有针对性地对他教育，试图启发他提高阶级觉悟。才哥想五谷散漫惯了，不懂也不重视纪律，这样把人送到部队上，也难当个合格的战士。还需对他进行一定的组织纪律教育，待条件成熟了，才能介绍他到革命的队伍上。

五谷如此迫急，天天追着要入伙老八，才哥许久还不大明白当中原因，还以为他有一定的阶级觉悟，后来才知道这家伙入伍的动机，竟是为了可以和果狸丁比铁仔靓。

五谷平日对才哥信任，唯独对入伙老八这事，他又总觉得才哥没放心上，不着紧。不是吗，割早禾那阵就说已经叫朋友打听了，可等到秋收了还没一点儿"影迹"，这家伙甚至怀疑才哥那朋友，是不是真的认识老八。

五谷想道："才哥总说快了快了，就是不见影迹。都说一回生二回熟，既然是朋友，为什么不介绍我认识，等老子亲见了他，当面问问清楚不更好？"五谷以为人过留名雁过留声，老八既是一支队伍，不亮出旗号做些影响，人家谁知道你？才哥那朋友真识得老八尤可，若是个"大炮友"（说谎的），喊他别耽误老子。

五谷口无遮拦，要亲自找才哥那个认识老八的朋友，当口当面地问问清楚。当场就把才哥吓着了，即刻去捂五谷嘴巴，怕被人听了去。五谷不晓得，他身边就有老八，天天带他走杨梅路的才哥，就是冯先生到盘洞村头一批发展的九名中共党员中的一个，并担任了中共盘洞地下党支部宣传委员。

自 1945 年春算起，直至全国解放，才哥都是盘洞地下党支部书记，是正儿八经的老八。

才哥是一名坚定的革命者，坚定不移跟党走，这与他的出身与经历有很大的关系，所以在下要对他做个细细的介绍才是。

人都说才哥的爷爷好命，养了七儿一女，犹七星伴月。老话说：少时众弟兄，大来各房人。七个儿子除了老二被骗"过番"没了消息，其余六人皆生于盘洞老死盘洞。这里要说的是，到了才哥这一代，总共十多名堂兄弟中，有三名早早投身革命。更多的堂兄，也都积极拥护和支持过地下党支部的各项工作。

鹤山人有句俗语，"不怕生坏相，只怕起坏名"，不过在下对此俗语甚是怀疑。事关才哥父亲阿发，人称发仔哥或发仔记。"发"的寓意，显见是希望一生顺风顺水，行运发财，健康长寿，而事实上发仔记一生坎坷至极。

发仔记的女人姓潘，年华二八，是发仔记从佛山媒人馆讨回来的。初回盘洞村时，潘氏愁眉苦脸，心事重重，似受了很大委屈。发仔记问潘氏："议亲时为何只见媒人，还有那个自称是你街坊的女人，而不见你父母？媒人说你是孤儿，嫁人也是自己做主，此事当真？"

听丈夫此一问，潘氏先哭成了泪人儿，半晌不语，把发仔记吓得手足无措，从旁劝她道："你莫哭，我是真不知道你的身世。我问你，若真是你自己主意，你可甘愿作我家女人？"

潘氏还是不言语，只是点了点头。发仔记问潘氏道："若是人拐了你来，谅你也不肯轻易答应嫁人，你真是孤儿，还是有甚苦衷？"

"我不是遭人拐来，嫁人的确是我自己主意。你既不嫌弃，你我就是夫妻了。如今只望你念在夫妻分上……"

发仔记听潘氏先求他念夫妻情分，后吞吞吐吐欲言又止，估计这女人有难处，很可能不是一般的难处。遂问女人道："有什么为难之事？"

"我姐弟三人，除我之外，尚有大元小元两个幼弟，如今无家可归。"

"你姐弟三人？那么大元、小元两个幼弟在哪？"

"这正是我要说与你知的。"

原来，这潘氏祖籍新会潮连，父亲在佛山城里经营一家文房用品店铺。父母加上她姐弟三个，一家五口日子倒也无忧。然天有不测之风云，就半年之前，双亲突然离世，撇下潘氏与俩幼弟。

家中突然遭此变故，犹似天塌了下来，姐弟三人终日悲悲戚戚，犹从天上一下跌落到地狱一般。

所谓福无双至祸不单行，姐弟尚在惊恐彷徨中，店铺又遭族人霸占了。把她三姐弟赶了出来，潘氏带着两个幼弟流落街头，露宿破庙。

到了这般地步，慢说孩子，就算成年人，怕也未必还有勇气活下去。好在这个潘氏虽然年纪轻轻，倒是极有志气一个女子，只想着天无绝人之路，暗暗向父母发誓，哪怕受尽苦难，都要养活两个幼弟。

潘氏把两个兄弟安顿在破庙里，自己去富人家做了"住年妹"。那位问了，说书的你要先做个解释，什么叫"住年妹"，免得我等听得一头雾水。说书的道，请各位少安毋躁，在下自然不能让各位"一头雾水"，马上道个明白。

原来，住年妹是类似丫鬟一类的女子，无非是服侍雇主，或其一家人的起居，受他们差遣。不过与丫鬟相比，住年妹人身不依附主人，还有微薄的工钱，还有很少的自由。

潘氏做了住年妹，才晓得即使再怎么受苦受累，两个幼弟依旧吃不饱。好心的邻居劝她道："说句不中听的，你做住年妹与丫鬟无什么两样，自己尚且不得一餐饱饭，还怎么养人？"潘氏道："父母遗下我三姐弟，如今沦落至此，我也没有法子，有一日便过一日，活便三姐弟一齐活，死便三姐弟死在一起。我若不管不顾两个兄弟，怎对得起死了的双亲？"

"两弟兄有你这样好一个姐姐，是他们的造化。"好心邻居为潘氏所感动："你既立志维护两个弟弟，光靠志气不成，得择一个长远法子。"

邻居还没说完，潘氏已急不可耐，打断邻居道："什么长远法子？"

邻居说："长远的办法是找个人，有个人帮你，或许可以保得你和两个兄弟。"潘氏一下子还不明白，自语道："找个人帮我，谁肯帮我呀？"邻居道："择个乡下家境贫寒，但一定要老实本分的男人嫁过去，也求姐夫收留两个小舅子。小孩子不白吃，可以放个牛看个鸭，不比流落街头的好！"

潘氏只有十四岁，听了邻居的劝说，为了两个兄弟，她以为这不失为保全俩幼弟性命的办法。是的，能保全兄弟，要她干什么都行，潘氏没有犹豫，就这样随发仔记到盘洞村来了。

发仔记那年三十岁，先后讨过两个女人，不过这两个女人命皆不好，早早就过世了。潘氏是他讨回来的第三个女人，发仔记看看这个年纪比自己不止小一半，且还是个孩子的女人，对她怜爱有加，又听她一番诉说，知她这等凄凉的身世，心中更是五味杂陈。

"救人一命胜造七级浮屠，我和两个弟弟已是走投无路了，也只有你能救我两个弟弟，不然我也不愿为难于你。"

"别说这样的话，我是穷人家，还娶过两回亲，你肯嫁给我，便是我的福气。"发仔记动了真感情，对潘氏道："你的难处就是我的难处，两个小舅子流落街头，我做姐夫的不管谁管！"

发仔记情绪激动，正色对潘氏道："两个兄弟在佛山哪里？你发话，我不耽搁，立马去佛山把人接回来。"

正如那邻居所说，丈夫答应收留俩幼弟，潘氏悬着的心一下子放了下来，她对丈夫道："我来此之前，留下少许银钱，托邻居暂时照管。两兄弟目前不致挨饿，难的是无栖身之所，更无御寒之物，倘若我迟迟不能回去，怕他两个有什么意外，那时我也活不了。"

发仔记是个急性子，打断潘氏道："别说那么多了，明天我先找锡哥，锡哥识得佛山地面，今去接你兄弟，还得麻烦人家一遭哦。啊，对了，家里还留着几斤秋茶，去时带上送给你那邻居，谢谢人家看顾你兄弟。"

潘氏破涕而笑道："谢夫君，只不过接兄弟还需我亲自去才成。"

"你一个女人走得那老远的路？即使走得，也不知要走到什么时候，何必自找辛苦？"发仔哥道："你就不用去了，我和锡哥给你把人接回来就好。"

潘氏道："大元小元见不着我，他们不会跟你们回来。"

发仔记道："哦哦，我还真没有想到这一层呢，小舅子不认识我，未必肯跟我回来，还非你亲自去不可。"

发仔记本来打算请锡哥同他一起去接两个小舅子，既然潘氏还得回去才办得妥，那就无须格外麻烦锡哥了。发仔记道："我只走过一次，认不得路，你认得佛山在哪一方吧？"潘氏摇摇头，发仔记继续说道："不然还喊锡哥，咱仨一起去。"潘氏答道："我不晓得去佛山的路，不过这不算个事。老话说，路在口边，况且我还是佛山人呢，咱走一站便问一站，哪会到不了的？再说央人做事得多费钱。"

"这样的话，早走晚走我们两个可以做主，不如我们'漏夜'（连夜）启程，早日接得他两个回来才好。"

"我当然想越快越好啦。"

月朗星稀。发仔记、潘氏两人踏着月光连夜启程，接潘氏兄弟去了。

俗话说"跑死路不对，赶死不合渡"，这话前一句说的是，走了大老远的路，才发觉路走错了，后一句是说紧走慢走赶着过河，到了渡口却眼睁睁看着渡船刚刚离岸。话说发仔记陪潘氏一路辛苦到了佛山，见着原先的邻居。邻居告诉他们，就在几天前，小元被他乡卜一个族叔带回新会乡下，做他继子去了。邻居叹了口气，告诉潘氏："人家是族叔，来接自己侄子，我一个外人，不好干涉的。"

潘氏也是没法，当时谢过邻居，见了大元，两姐弟搂着大哭一场，潘氏发誓："从今往后再不让你离开姐姐了。"

大元来盘洞村投靠姐夫，先替村里富户做了小放牛，日子虽然清贫，然姐弟俩毕竟天天在一起。如此过了两年，发仔记托人把小舅子介绍到南岗墟一家肉铺打工。而这一去，潘氏到死都没再见着她的大元兄弟。不过此乃后话，暂且按下不表。

说到母亲的死，才哥那年刚七岁，弟弟才三岁。起因是鹤仔尾村流行霍乱，很快又传到盘洞村，此病来势汹汹无药可治，病死了很多人。母亲不幸染了那病而撒手人寰。

娘亲大约是半夜里死的，早上弟弟醒了，叫了几声娘，不应，推了下她的身子，似木头一样僵硬一动不动，小家伙爬过娘亲的肚皮下了床。

母亲死了，父亲终日长吁短叹，郁郁寡欢。尽管不知能否为父亲分担些辛苦，才哥也学大人的样子，扛着锄头下田，父子三人苦苦挣扎了数月。某日，才哥整天都没见着弟弟，村里村外四处找没找到，急了回去问父亲，父亲却像没事人一样，直到爷爷上家来，逼父亲去赎回儿子，才哥方晓得，弟弟被父亲卖到葵根山脚下水乡去了。据说父亲带爷爷去了收买弟弟的人家，见着那家住的青砖大屋，那家人又千保证万应承的不会虐待他的孙子，爷爷这才作罢。

东安县人打磨德有手艺，会造开谷壳的"谷磨"，也叫"开朴磨"。打磨德父子一直在附近九村十三乡替人"打磨"为生。不过那时家里有谷磨的一般是大耕家，至少也是人口多或者耗粮多的家庭。即便那些用得起"朴磨"的人家，通常最多请他父子补一两行"磨牙"之类，只是修修补补，从不见谁家造新磨。

某日，打磨德来到村里，父子俩在村口榕树头前放下"家生"（工具），老的坐在凸起的榕树根上，儿子则满村里转，吆喝："打磨——"经过小巷口，小家伙勿论见着谁都招呼道："你家有谷磨吗，要不要修？"

才哥听那半大小子招呼，不禁感叹道："南岗墟旧墟的多指阉鸡，可以蹲在地上半天不动一下，才哥就想多指的腿脚难道与人不同？这家伙倒好，终日穿村过乡行行走走，多轻松，还来钱快，当真是'推糠见米'哩。"自己忽然有了个想法："若我会打磨就好了。"

当然，不管是打磨还是别的什么手艺，老话说"教会徒弟饿死师父"，可见想拜师学艺有多难，要学一门手艺的想法大多是奢望。

老话说，灯裙落地各执手艺。才哥十一岁那年元宵节前难得闲几日，大癸哥来串门，闲聊中说起他家亲戚的亲戚，跟佛山一家打铜铺老板有亲，正好铺子欲招一名'伙头仔'，问发仔记："让阿才出山外闯荡下不好吗？"

鹤山人对伙头仔的定义不严谨，很多时候学徒都被称为伙头仔。才哥问大癸哥道："打铜铺学什么手艺？"大癸哥正色道："学打铜。"

"不是学打铁吗？"

鹤山人有句俗话"打铁食铁打铜食铜"。才哥见过打刀打镰打锅铲，只知道有打铁，从没听说过打铜的行当，不晓得铜盆铜锅，大铜锣是怎样造出来的。

因为大癸哥这一层关系，才哥离开家乡，进了佛山城一家规模极小，很可能是家庭式打铜小作坊做了伙头仔，希望可以学得一门手艺。

在下弄不懂如何用铜做成一件铜器之类技术问题，只看才哥从小就懂事，聪明肯学、肯干不惜气力，在下就以为，才哥日后铁定会成为一等一的大师级铜匠。

可惜的是，因为一次送货不顺利注定才哥做不成一等一的铜匠了。起因是老板让才哥给客户送货，因为他不识字，遇着个路口不知走哪边。才哥把送货单子递给路人，问了几次，后来不小心把送货单了也弄丢了。这下连问人也无从问了，可怜十二三岁的孩子，挑着几十斤的铜货担满城转，走得脚板磨起了几个大血泡，硬是找不到收货客户的住处，连回去的路也忘了。

老板体谅才哥一个乡下孩子，说多送几回就不会"荡失路"了。给他更多送货的活，才哥不知老板总让自己出门送货是何意，于是辞了工回了盘洞村。

"父亲，我回来了。"

见回来的儿子，发仔记脸上露出惊讶，不时不候回来干什么，外出打工的人不是只有年关才有十天半月的假吗？听儿子说是辞工回来的，父亲眼睛瞪得老圆，许久没有言语，表情充满疑惑。心想："小子给人撵回来了？"

儿子说："我要念书。"

"念书？"十多个堂兄弟也没有谁念过什么书，发仔记打断儿子的话，问才哥："干得好好的怎么想起读书来了？我问你，是不是不听话，偷东家财物遭东家赶（撵）回来了？"

才哥道："佛山城从街头到街尾那么多的铺子，还有住户，房子都差不多一个样，找人都靠看门牌。我不识字，门牌也看不懂，时常找不到收货的客人，挑着货担子满街转，回回'荡失路'，早上出去直转到晚上掌灯，愣是摸不着回去的路，老板不责怪，我也不好意思干了。"

"辞就辞了吧，只是我实在无力供你上学，这书咱也念不成。"

"我要读书。"

才哥近乎执着地要求，父亲最后不得不妥协，才哥去本村一个私塾上学了。只是好景不长，只读了半年。因父亲咳嗽不止，身子日渐消瘦，初时以为只是偶感风寒，熬一熬就过去了，日复一日直至后来卧床不起，才晓得已是病入膏肓了，这时才想起去喊郎中，可惜郎中也回天乏术。

父母皆亡，兄弟也早卖与他人，想想父亲在时，父子俩尚能相互扶持。才哥失神地望着熏得墨黑的四面土墙，不禁悲从心中来。

盘洞人很少有手艺，除了耕田种茶，最大的能耐就是削木屐，可惜懂这活儿的只有那么几个人，大多数都是做"卖柴仔"，即砍柴挑到山外的墟市卖。

才哥不削木屐，本来可以成为打铜匠的，就因为总是"荡失路"而做不成。葬罢父亲，也就专做了"卖柴仔"，靠他一双手和浑身的力气，在此后的十多年间重复着饥一顿饱一顿的苦日子。

梅雨连续下了许多天，南岗墟、龙口墟等所有墟市上柴草都涨了不少价。不过卖柴仔们上不了山，砍不到柴，即使冒险上山砍得大半担回来也是湿的，没人要，卖柴仔们大都无米下锅了。

数日前，五谷上山砍倒了一株大大的老松树，只有中间一段能用，不好削木屐的枝枝丫丫随便就弃在那里了。才哥从猪脊山崖下把大堆枝枝丫丫扛了回来，等晒干了好挑去墟市卖。大锦哥路过见了说："咋不劈开挑了去龙口墟上卖了换米？"才哥反问道："你没见又生又湿的，谁人会买生湿柴哩？"

"谁说没人买生湿柴？我就卖过。"大锦哥道："龙口墟上'桂香楼'茶居的炉膛口，大得如烧炭窑口一般，每次把灶火烧旺了，大截大截的生湿柴丢入炉膛，即刻就噼噼啪啪火苗乱窜。桂香楼的炉灶什柴都能烧，只是生湿柴价格低。只要有人挑了去，无论多少的生湿柴桂香楼都给你称了。"

"桂香楼还买生湿柴，我真不知道，不怕他便宜，肯收就好。"

马上就断粮了，再不卖柴就要饿肚子，才哥午后冒着小雨，把那段松木柴锯了劈了堆成一堆。天微微亮的时候，依然下着蒙蒙细雨，遍地泥泞穿不得"皮底"，才哥干脆光着脚板，把柴叠作一担挑起来，往龙口墟市去了。

鹤山建县前，盘洞属新会县古劳都管辖，建县之初，古劳都人口猛增而设镇。此地位于县城出西江的通道上，先是居民生产生活之需，后又因往来客商络绎不绝，建一墟市也就自然而然了。据说龙口河发源于皂幕山深处，河水蜿蜒流淌，有风水师曾一路追踪过，说这是一条游龙。上游是龙尾，下游自然就是龙头了，墟市恰恰建在游龙的嘴上，因名"龙口墟"。

生湿柴本来就重，好在才哥有气力，不过雨天道路泥泞，路上小心翼翼，走起来格外累，感觉担子越来越沉。欲少挑一点，想想都挑了老远了，丢在路边又怕便宜了别人，于是咬咬牙强撑着向前。

还是那句老话：顶硬上呀，鬼叫你穷！伴着两只肩膀火辣辣的痛，才哥终于从西面，也就是人说的"墟尾"进了龙口墟。

沿河而建的墟街百十丈长短，墟街蜿蜒，人在"墟尾"不能一眼望到"墟头"。才哥气喘吁吁地走到拐弯处，就听得桂香楼后厨的打杂伙计招呼道："卖柴的吗？"才哥正吃力，没有搭理。打杂伙计有点不高兴道："以后有柴卖早点挑过来，记得了吗？"才哥还是不开腔，打杂伙计提高嗓门道："早茶市已经收了，好在掌柜还在'埋柜'（记帐），若都走了，我给你过秤也没用。"才哥喘着粗气答道："路远……难，难走……"

"快挑了来，挑了来，净说些没用的。"伙计打手势引才哥往茶居的后门去。

桂香楼后门紧邻龙口河，有一块露天长满杂草的空地，靠墙根层叠摆放着几十只粗陶酒坛，对面随意堆放了不少大片开边松木柴，有干的也有湿的，中间还有几棵没有劈开的松树头。因为露天的缘故，所有柴的表面都湿漉漉的，不少还发霉了。

才哥那担生湿柴实在太重了，从茶居前门穿过直通河边的窄巷，每迈一步都要停下稳一稳，才不致跌倒。才哥艰难地把柴挑到后门空地，成捆和散乱的开边柴高低不平地挡着道，于是肩头一侧，那柴担重重地撞向地面，发出沉闷的响声。

前面伙计忽听身后"嘭"的一声，吓了一跳，本能地车转身，见两捆生湿柴压着底下杂乱的开片木柴和些叉叉丫丫。

伙计刚想发作，见着才哥像个伛偻老人，撑着那根做扁担用的竹杠只顾喘粗气，也就忍了。那家伙伸出长腿抵着一捆柴蹬了几下，想把那柴推翻了，蹬了几下，那柴担纹丝不动。

伙计甩了甩手，似向才哥又似自言自语道："好沉哩。"说着走向门后，出来的时候，手里多了一把木杆秤。

两个费了好大的劲抬起一头，秤得一百二十七斤，伙计初以为看错了，再称，结果还是一样重。伙计不由叹一声道："真大力士呀。"随即拖长嗓门报给里面掌柜："生松柴一百二十七斤。"掌柜重复伙计报数作应。

再称另一头，是一百一十二斤，再报与掌柜，又嘱才哥到柜上收柴款，打杂伙计掩上后门直接离开了茶居。

才哥到了柜上，掌柜的见才哥一人，遂问道："怎么就你一人，还有一个呢？"才哥不知掌柜是何意思，答道："还有哪一个？我不晓得。"掌柜正色道："你一人卖柴，怎会报出两担柴的数？"

才哥回掌柜道："就我一个人，一担柴。"

"前头一百二十七斤，后面一百一十二斤，记的数还在这里。就你一人，却有两担柴的数，这不是怪事吗。"才哥告诉掌柜道："伙计报给你是两个数，但每个数只是一头柴的重，两个数加在一起才是一担柴的重哩，不信，掌柜可亲去复复秤。"

掌柜的果然跟才哥到后面看了，表情充满惊异，随后摘下眼镜，盯着面前这个卖柴仔老半天，突然竖起大拇指赞叹道："了不起了不起，从盘洞挑两百四十斤柴出来，世上竟有担如此重物之人，若非今日亲见，我真是不信，真乃大力士，大力士呀！伙计，沏茶，多拿包点出来，我要请这大力士饮茶。"

等了许久不见动静，掌柜摇了摇头自嘲道："看我这记性。"亲自进后厨把些包点、炸货装满了蒸笼端上来招呼才哥道："慢用，我请你。"

才哥饿得紧了，不过还得问清楚，掌柜是否真请吃。掌柜的笑道："都说了我请你，怕扣你柴钱？"又拿出二钱多碎银交到才哥手上道："这是你卖柴的钱，收好了，等下有吃剩下的你都带回去，晾开来可以吃两天呢。"才哥道："谢过掌柜。"

回村半路经水柳村，此离五乡村不远，反正下雨天没什么活，才哥干脆提着包点折向五乡村探望他妗母去了。

那位问了，才哥什么时候有个妗母？在下道：这还得从他父亲发仔记讨他母亲潘氏说起。

话说当日发仔记陪潘氏千辛万苦走到佛山，即刻见了那个好邻居，邻居说就在两日前，潘氏一个族叔来佛山，说小元已过继给他，接他回潮连老家去了。潘氏闻此双眼一黑，手脚哆嗦着，一股闷气不能排解，身子一歪倒向一边，发仔记急忙把她抱住，不停地喊："老婆醒醒，老婆醒醒……"邻居找来一小瓶什么药油之类，照潘氏太阳穴狠揉起来。

半响，潘氏苏醒转过来，呼唤着小元兄弟，又号啕大哭一场，直悔道："我来晚了，我不能失了小元。我今与大元直接回乡下去，看是哪位叔叔接了小元，找他理论，告他个拐带人口之罪。"

邻居劝她道："潘姐姐勿要激动，此事要三思。他既是你族叔，既然干得这事，怕是有备而来。如今，人他抱回乡下去了，想必此已得到族长首肯。今若回乡找人理论，那些族人看你不过外嫁之女，只怕也多向着你叔叔，所谓相争无好口，相打无好手，万一与他理论不成，那些族人蛮横起来，连大元也扣在乡下，那时岂不更惨？"

潘氏想邻居这几句话倒有几分道理，一时竟没有了主意。发仔记也在旁边劝她道："邻居说的是，你那族叔明知小元兄弟两个，上面还有你这姐姐，即使要过继，按理也应先求得你首肯才是。为什么要抢先接了小元走？是趁你这一段日子不在，他敢做此抢人的勾当，显见是有备而来。我们贸然去找他理论，他一定说你外嫁之女，阻止你带走小元。而且我更怕你族中那些人真如邻居说的，万一惹起他的蛮横，有什么事情他不敢做的？暂且把大元接回去安顿好，下一步再议小元的事，好吗？"发仔记劝潘氏先不要回乡，更别找族人理论。潘氏想了半天无奈作罢。

大元初到盘洞，先替村里富户做过两年小放牛，稍稍年长，发仔记托人荐他到南岗墟一家肉铺当了伙计，每日清晨帮师傅杀猪，打理猪下水，然后挑着猪肉担到墟场附近的五乡村沿途叫卖，风雨不改。

说来这也是缘分，大元每日沿街叫卖，与一老妇日渐熟悉。某日两人在村中榕树下闲聊，老妇问大元道："小兄弟，你年纪小小，逐日挑担走村过巷不辛苦吗？真难为你了。"大元答老妇道："人穷力出罢哩。"

老妇人问起大元家世，大元告诉老妇，自己乃新会人，几年前来盘洞村投靠姐姐，接着把家世和到盘洞村以来的经历，都讲与老妇知。老妇听了不禁唏嘘一番，问大元道："虽你姐弟情深，姐夫亦是大好人，不过，你姐只怕管得你一时，却管不了你一辈子，寄人篱下而终非长策。你可想过，将来怎么办？总不至于一辈子都依赖姐姐吧？"

"将来？我还真不知道怎么办，只是过一天算一天吧。"

原来这老妇人乃本乡水口村人，早年嫁五乡村。新婚不久，丈夫就遭"卖猪仔"的拐骗，被掳出国做华工去了。一个女人熬了二十多年，年轻媳妇已成了老妇。一日，忽然本村地保告知她，墟上某某商铺有她一封书信，需她亲去签收，老妇一颠一颠地走到了墟上，才知丈夫从"金山"（美国三藩市）寄回来书信，说在那里经营一家中餐馆，随信还有一张银码不菲的"侨批"（侨汇单）。守了几十年，总算"守得云开见月明"了。不过，除了书信和侨汇单，再不见人。

老妇直截了当地对大元道："老身有房舍数间，还有些田产，往常日子也算过得去，只是孤单一人。老身常常想，哪日两脚一蹬去了，又不想一番家业累族中子侄相争，故总想于我在世之时，物色一个能延续我家香灯的人。老身斗胆问一句小哥：依目下情景，小哥可愿意到我家来？"不待大元开口，老妇继续说道："只等老身白牛，这些家产都归你了。"

大元沉吟片刻道："这事好虽好，只是此非小事，我不敢擅作主张，得回去问了我姐，她若说可以自然好办，她若不赞成，我也是没法。"

老妇道："这个自然，老身专等小哥消息。"

大元回去说与他姐，潘氏开始不舍，但思虑再三才答应让兄弟去做了那老妇的养子。自此，大元转而专事耕种，不出几年，老妇为他说下一门亲，也算得完满了。

潘氏命苦，不久即死于霍乱。可怜这女人病重之时，还惦记着她的大元兄弟，总担心他在别人家过得不好，不过她的大元兄弟此时已经出国投奔他养父去了。

才哥对舅父没有多大的印象，妗母告诉他："你舅父'过埠'那年你才三四岁，你兄弟还不足一岁，难怪你对他没印象了。"

因妗母时常接济，才哥知道妗母最好。某日，妗母来了，由天气聊到生活，妗母问才哥有什么打算？才哥道："有甚打算，过一日算一日罢了。"

妗母听了长长地叹了口气道："也是，看这情形，凭你一双手，就是叠起床板（不眠不歇）干，怕也没有出头之日哩。"稍歇，妗母又说："你舅父有'银信'（书信和侨汇）回来，说他那边餐馆近几个月生意还不错，想来金山比在家'易揾食'。姑妈姑爷早不在了，兄弟又去了别人家，剩你孤苦伶仃，倒不如你也过埠去，与舅父两个合力，希望将来博得个出头之日。"

大癸哥当年就过埠来着，因为没有熟人带，没门路去金山，结果去了安南。钱没挣到，据说因为安南地方热，回来时连衣服也不多。

金山听名字就让人羡慕，听说那里遍地黄金，大概这是实情，否则舅父不可能时常给妗母寄那么多的银钱回家。要不是舅父去了金山，妗母又哪来这些钱财时常接济自己？

盘洞村实属穷乡僻壤，乡亲们的确难揾食，过埠则是最好的出路。盘洞马岭村盲婆子的儿媳妇有安南亲戚，马岭村人靠着这一层的关系，全村十几年间竟有六成以上男人，东拼西凑甚至卖了家里耕田的小黄牛，先后都去了安南谋生。

金山，顾名思义就是一座遍地金子的山。但不是谁都能去，首先过埠的"水脚"（交通费用）恐怕就不少，才哥想至少要买得起一张"船飞"（船票）吧。

过了春社日，兆吉老婆对才哥说："昨日我回娘家，见着你家妗母了。"才哥问兆吉老婆："可知她身体尚好？"

"她有甚不好？你舅父一个"金山客"，挣得许多钱，你妗母在家不耕田地不养猪，大把钱大把粮，正所谓水旱无忧，吃得好睡得香，身子养得白白胖胖直似蟀仔（蟋蟀）一般，全村最好活的就她了。"

兆吉老婆最后转到正题上来："你妗母托我告诉你，看你什么时候抽空过去一趟，她有话说。"又自个儿猜测道，"想来你舅父又有银信寄回来了。"

南岗墟每十日就有三轮"墟日"，五乡村就在靠近墟场入口不远的小道一侧，才哥趁着墟日，挑了一担足够干的柴，随三三两两去"趁墟"的人出门探望妗母。从路上就望得见妗母家的青砖瓦房，走近见几只鸡在门口啄食，才哥大声招呼道："妗母可在家？"

"阿才吗？"妗母边系一条那个时候几乎所有乡下女人"标配"的黑土布围裙，循声迎了出来，见才哥挑着满满一担柴，赶紧道："哎呀呀，挑这大担柴来，累坏了吧，快快放下。"

不等妗母说话，才哥先问她道："兆吉老婆说她上墟（上一轮墟日）回娘家过来，说妗母'寄声'（捎话）让我来一下，只不知妗母找我有何吩咐？"

妗母叹口气缓缓地说道："我苦命的外甥啊，想你父母早早去了，身后房无一间地无半斗（旧土地单位，二斗约旧制一亩），好在你还是熬了过来。人说你挑二百多斤柴去墟上卖，妗母听着就心酸。"

说到动情处，妗母眼泛泪光，撩起围裙，用裙角擦了擦眼睛，继续说道："你还是个孩子，照这样子你能熬多久？你舅父过埠金山十余年，算是站稳脚跟了。想来那边一定比乡下好，至少人们易揾食，否则你舅父也不可能有这些钱寄回来。上次我说了，就想让你过埠，那样两舅甥互相照应着，多挣些钱，回来买几亩水田，然后讨个老婆，也图个出头之日。叫你过来，就想同你商量下，看你到底想不想过去？"

才哥道："我没什么主意，过一日算一日罢了。"妗母问才哥道："你不想去？"才哥道："大癸哥去过安南，挣没挣钱不说，但起码长了大见识。如果有更好的选择，我还真想出外面闯一回呢，只是我连过埠的水脚都凑不起。"

妗母笑道："我的好外甥哩，看你说的，盘缠不是小数目，凭你凑怕也难凑出来，既然妗母叫你去，又何须你凑盘缠？"

才哥道："平常得妗母接济，外甥心中已是感激不尽了，如今又要你为我花费，外甥却怎好意思？"

妗母说："这些你不消虑，回去好好歇歇养足精神，不要太累了。你舅父有书信寄回，说他有个大概的规划，过了四月初八，你去围墼乡找那个'巡城马'冯叔，他会带你出省城，到了省城，冯叔会带你去省城另外的巡城马那里，由那边的巡城马带你上'金山船'。"

同是入山斩柴人的缘故，才哥识得泥河仔村人马骝，两个人日日见面，几年下来，才哥和马骝成了无话不谈的朋友。想到自己这一去"穿州过省"的，不知哪年月才能回来，以后再没机会见到马骝了。毕竟朋友一场，岂可不辞而别？才哥决定，提前半天起程，绕道泥河仔村与马骝话别。

老朋友忽然来访，得知才哥要过埠的消息，马骝惊得目瞪口呆，半天才反应过来道："你这家伙都到金山'掘金'去了，还会记得起有我个老朋友？"

"我是专门来向你话别的。"

"如果我家有金山客我也不做卖柴仔了。"马骝显得很在行地道："过埠乃穿州过省，路上舟车转动过河渡桨南北西东，出入旅馆饮茶灌水，随便哪一样都得高花费，非随身有足够的钱银不可，你可有？"才哥告诉马骝："舅父有安排，妗母给了我一百银以备不时之需。"

"一百银，哟哟哟，那你不成'百银富翁'了？"

鹤山人说"银"比较笼统，一百银一般指一百个大洋，有时又指一百两的银子，但无论一百大洋或者一百两银子，都是多得让人吃惊的数目。按鹤山当时的物价算，一亩上等水田才值二十大洋，一百大洋完全可以轻轻松松买下一石（五亩）上等水田了。

才哥也真是的，全不知社会险恶，比如这个马骝，不过因上山斩柴与他遇见，互相说过几句斩柴卖柴和生活不易之类的话而已，才哥只知他是泥河仔人，连这家伙真名字叫什么都一无所知，竟就跟他交起朋友来了。

才哥告诉马骝："不知怎的，想起明天就"过番"（出国）了，心里总觉得空落落的，你我毕竟朋友一场，此一去山水相隔，你我朋友怕也再难相见了。今我特来借宿，借此你我今夜聊个通宵。"马骝听了即刻附和道："谁说不是？你我好朋友，就差没有共穿过一条裤子，今天不聊个通宵，实在对不起彼此。"

这马骝本来不是什么好人，听说才哥身怀巨款来投宿，说什么朋友话别，实在是送上门来的买卖罢了。

这家伙当时心花怒放，毫不掩饰露出贪婪且隐隐包藏着凶狠的目光，心底冷笑道："阿才啊阿才，我看你就是个蠢材。过埠便过埠，却偏偏还要跟老子话甚别！真金白银面前谁跟谁是朋友？"马骝这么想，早背过身一双贼眼骨碌碌地转，思量着用个什么手段，可以干净利落谋夺了才哥的钱银。

都说银子白花花，人心黑麻麻。马骝见财起意，这厮已然按捺不住，想手起刀落直砍杀了才哥，不过想到这个盘洞来的卖柴仔力大如牛，自己如螳螂一样身躯，掉水里也沉不了，怕还没等到他"手起"，倒先遭人家向他"刀落"了。马骝记起补锅登许久前讲过一出《水浒传》，心里念道："杀人最好用蒙汗药，只是仓促之间，又上哪里去找那东西？真是的，老子若认得梁山一百单八好汉，哪怕当中最不中用的　个都行，可以轻而易举地弄得些蒙汗药就好。"

　　各位，都说人心隔肚皮，看着马骝好模好样，才哥一直把他认做真可以交心的朋友，过埠前还专来向他辞行，任你想爆了脑袋也想不出来，竟因此惹出一场大祸。只不知马骝想出什么恶毒的计谋，能否陷才哥于死地？欲知后事如何，且听下回分解。

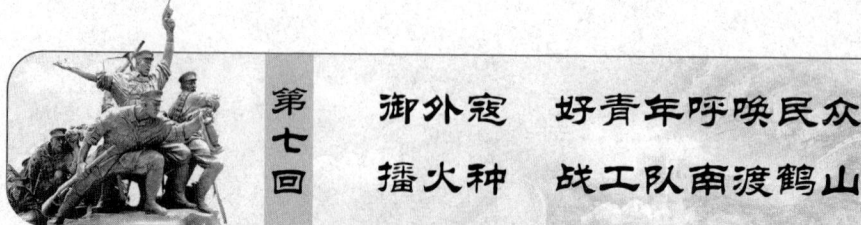

第七回　御外寇　好青年呼唤民众
　　　　播火种　战工队南渡鹤山

　　盘洞人大凡出远门，甚至连去省城也喜欢说"穿州过省"。如此说来，才哥此次过埠金山，用穿州过省恐怕远远说明不了。我的父老乡亲认为上省城明显已经是"穿州过省"了，而对于今番才哥过埠，省城还仅仅是上金山船的码头。这就注定了前头路远岂止千山万水，才哥此番离开盘洞正所谓"君问归期未有期"，实在难说哪天能回来。

　　上回说才哥正往围墅乡访巡城马冯叔联系过埠事宜，路过因都岭，想起与泥河仔村人马骝是自己最铁的朋友，一旦上了金山船，今后朋友相见已遥遥无期，忽而涌起一阵莫名的伤感。半路上才哥决定拐入泥河仔村，探望下这位"卖柴仔"好朋友，至少得跟这位"老铁"做个辞别。

　　泥河仔村在南面因都岭下，一条三尺村道与新屋仔村相连，是附近极小的一个村子。马骝闲日提过他住村子里的方位，才哥可以轻而易举找到他的住处。

　　才哥突然造访，比太阳从西边出来还要让人意外，马骝受宠若惊地道："今天吹的什么风，把你这个贵客吹来了。"

　　这家伙见好友背上挂一个不小的布包袱，以为给他带来礼物，忙不迭招呼才哥走进那间卧室兼作厨房的黄泥糊的小土房。变戏法似的从门角落拎出一张很有些年月的小木凳，用手肘来回擦拭着，嘴上不停招呼才哥道："难得你有心来探我，足证我们才是真正朋友，来来来，来来来，快坐，快坐下。"

才哥还没落座，马骝假装生气的样子道："来就来嘛，还带这么多的东西来，勿客气，勿要客气。"才哥道："哪有什么礼物？这只是我的换洗衣服而已。"马骝很疑惑地道："换洗衣服也带上路，被人赶出族了？"

也真难为马骝这家伙，想到的竟是才哥被人赶出了族。才哥反问马骝道："我一不偷二不抢三不嫖，四不赌五不奸六不淫，谁敢赶我出族！"

马骝大大不解地道："不知朋友此来有甚贵干？"才哥道："我要过埠了，你我数年好朋友，想到此后再难相见，我是特向你辞行来了。"

听才哥说要过埠，马骝就像有人向他脚下扔来一块烧着的炭火，蹦跳起来道："什么什么，你要过埠？"才哥点头道："见我带这么多行李就知道了。"

马骝一惊一乍，两个人有一搭没一搭地胡聊，这家伙晓得，过埠和发财本来就是一个意思。金山在哪一方？不清楚，但应该离这远得不能想象。

马骝确信这位从盘洞来的同行，的的确确随身带有"一百银"来到他面前那阵，这厮惊掉了下巴，继而眨巴着那双死鱼似的白眼，恨不得即时手起刀落，要了才哥性命夺了这财。因虑才哥不好对付，这厮转而想用蒙汗药，但实在不知道上哪去找梁山好汉，跟人家买些来用。

送上门的买卖，就如煮熟了的鸭子，任谁能甘心白白让它飞了？不能，马骝最后横下心来，用酒把才哥灌醉了，然后，咳，这厮决意孤注一掷。说什么车到山前必有路，马骝觉得不对，车怎么能到山前呢，他觉得正确的说法是人到山前必有路。

马骝从灶台抓过一只粗陶黑釉瓦钵，满脸堆笑着道："你我这么久的朋友还没很好聚过，今晚我们开个'二人大食会'，非喝得死醉烂醉不可。"说着转身倒退着礼让才哥："你歇着，你歇着，我去铺子打酒，去去就回，去去就回。"

才哥身上有钱了不是？想着马骝说去买酒，应是赊账者居多，不如我和他一路过去，由我付了酒钱，也免得他为我欠了人家钱。"我们两个一起去吧。"马骝说："我怎不知你去小店就是想出钱买酒？你来探我，又岂可由你来买酒？你还是坐着别动，我打了酒就回。"说完撇下才哥自去了。

一会儿工夫，马骝除了赊来一钵浊酒，腋下还夹着一只大约九成九可能在村边偷来的麻母鸡。直接把装满土烧的粗瓷大钵，向才哥前面推来道："老话怎么说来着？哦，记起来了，是今晚有酒今晚醉，来来来，喝！喝！一定喝他个七晕八糊的。"

才哥只道是朋友好意，绝不承想马骝算计他，勉强抿了几口，酒又苦又辣难以下咽，马骝又不停把酒钵推到面前吆喝道："来来来，喝喝喝！"才哥感觉不喝对不起朋友，唯有硬着头皮又咽了几口，于是浑身燥热，头重脚轻，硬撑着眼皮，望见马骝已变成了一团模糊的影子。

"阿才，阿才。"马骝推了才哥两下，"来来来，喝酒，今晚不醉无归。"看着才哥手上筷子一落，头一歪，"咕咚"一声趴在矮桌子上一动不动。马骝冷笑道："想不到跛子卖的酒好，老子要的就这效果。"不过为了保险起见，这家伙还是从地上执起劈柴刀，单手揪着才哥头发，把才哥整张脸拉起，看着如同死了一般，即使不死，也只怕三天三夜都醒不了。

马骝轻松摘下才哥身上的银袋子，最后还不忘把嘴巴凑近才哥耳边毫无顾忌地道："老子本欲杀你，现在不需要了，不过你记着，如果你还能醒转过来的话，头一件要谢老子不杀之恩。"说完侧身顺着柴门的缝隙闪出去，消失在了茫茫黑夜之中。

直至第二日午后，才哥从昏昏沉沉中微睁开眼，屋子里半明不暗的，白天还是黑夜都分不清，更不知身在何处。只感觉脑袋嗡嗡作响像要爆炸，喉咙又苦又涩，舔舔嘴唇，感觉火辣辣地痛。他努力抬了抬头，颈脖竟像断了一样，脊背更是又酸又疼，好像被人打了一顿似的。想支撑起上半身，感觉浑身骨头像散了架似的，忍着疼痛硬撑了几回，想坐起来却总坐不起。

　　"有人吗，这是哪里？能给一口水吗？"他害怕，叫唤求助，不过没人应，他以为在山里，但狭小空间显然是一处房子内。才哥不停叫唤，希望有人可以听见，只可惜始终没人答应，后来连叫唤的气力都没有了，身子非但撑不起，头又再次耷拉下来。

　　究竟我身在何处？才哥努力回忆，想弄明白自己为什么会到这里来，到这里干什么来了？他想起了马骝，对，才哥想起了马骝，是的，他记得马骝是他的老朋友，可惜此时的马骝只有个面目模糊的影子。但他仍然确信，这个面目模糊的影子就是他的朋友马骝。他要向他求助，至少，他会递给他一杯水。

　　"马骝，马骝——"

　　马骝没有答应，刚才明明见他在，难道他又砍柴去了？才哥想起与他一起入山采樵，一起斩柴烧炭，这些情景都出奇地清晰。他想向马骝求助，希望马骝告诉他这是什么地方，自己为什么到这里来？才哥感觉马骝就在这间屋子里，连给我一口水都吝惜，足证这家伙一点不厚道，难为老子专程过来看他。

　　我是来这里探望他的，才哥慢慢回忆起，他是去围墊乡的半路，专门为向马骝辞别而拐到泥河仔村来了。"哦，钱，我还有钱在身上呢。"才哥记得，来时两个装银子的小布袋是叠在一起缠在腰间的，他下意识往裤头一摸，天呀，钱袋子不见了，连系裤头的布带子都没了。

　　才哥异常紧张，心想："莫不是马骝这家伙开玩笑，藏起我的银袋子，叫他又不答应，想吓我哩。"于是推开黑屋子那扇破门，在高低不平的空地来回走动，高声喊道："马骝——马骝，你在哪呢？"

　　呼喊了一轮，除了狭长沟谷传来空落落的回声外，泥河仔村人听到才哥呼喊马骝，跑了出来问才哥道："你也找马骝，是不是又着了他什么道？"才哥道："我昨日来探望马骝，傍晚喝了几口酒，不想喝醉了，醒来却不见了他，正要找他哩。"村人很惊奇，说道："大凡跟他'行企'（交往）的有哪个个碰得一头血的？你敢跟他行企？"

村民如此说，才哥道："难道马骝不是厚道人？"村民毫不掩饰对马骝的鄙视："说他厚道？你小哥怕要"当衰"（倒霉）了，这家伙小至偷鸡摸狗，大至坑蒙拐骗，把族人和乡邻都连累个够，是泥河仔村人公认的'火秧'，村人怕他如怕瘟疫一样。"

才哥告诉村民，他失了一百银元。乡下人好奇是出了名的，刨根问底道："你怎会有一百银在身？大头银洋还是毫子银，是新还是旧？那多的银钱背着走路会不会很重？"

马骝已不知去向，他的一位族兄道："我们有一个隔了好几代的表兄，与马骝最相投，犹如担子的两头，就差一个谁来挑了。"

他的族兄估计，马骝口袋里没钱便不消提起，若有银钱在身，会像蚂蚁咬得他浑身痒痒。他真有一百银的话，怕是早到了省城那个叫什么湾的地方来着？有记性的即刻就说叫荔枝湾。

"对极了，是荔枝湾，到那里的花艇（妓船）准能找到他。"

才哥始终想不明白，自己一贯清白，怎会交了个如此荒唐的坏蛋朋友？他悔不当初。也是，过埠便一心一意地过埠，怎又想起向马骝辞什么行？如今身上分文不剩，还怎么过埠？

钱没有便没有了，让才哥为难的是回去怎么向姈母交代，想到这，连死的心也有了。就为了这个马骝，如今落得个过埠过不成，回去又无法交代。才哥被逼得走投无路，犟脾气也上来了，决定追到省城，天天只管搜，就不信搜不到这家伙。

村里以前有个叫伊公的曾经在省城开过一间铺子，不过在下估计此事多属误传，事关那时候的父老乡亲，连省城在哪一方都说不清楚。

都说谋事在人成事在天，话说才哥历尽艰辛到省城搜寻马骝，可惜无论如何都不见那厮一丝影迹。为了糊口，才哥只好去长堤做搬运工、三轮车夫、去五仙门电厂抬煤、去花地凉果厂打杂，竟因此成了地地道道省城工人阶级的一分子，这与他日后懂得忧国忧民、追求革命有一定的关系。

抗战期间盘洞村就有老八，那得从战工队向民众进行抗日宣传活动说起。

战工队里有位冯先生，后来战工队撤出，他来到盘洞村"走难"，不久在村里"开盘"教学当教书先生。直到许多年以后，乡亲们才知道，冯先生不仅是教书先生，他还是中共鹤山县特派员、中共鹤山县委书记，是盘洞村革命最初的播火者。

盘洞村四周是重重叠叠的大山，历史上受封建地主的压迫严重，盘洞人生活在水深火热中，群众普遍拥护革命。在革命斗争年代里，这里更是理想的游击活动区域，那时中共中区特委，正是看中了此地适宜开展游击战的地理环境，因而我的家乡成了革命老区，有其必然性。

说必然，还是因为我的家乡地处深山，除父老乡亲们具山区人特有的纯朴之外，还因为地瘠民贫，他世代受封建地主阶级压迫，民风彪悍。他们对国民党的阶级压迫勇于反抗。他们迫切向往、追求革命。

在下记得，一部《鹤山县志》记述了明末清初，一位名李山官七的农民领袖，在朗石村一带发动武装起义，反抗封建压迫，以黑坑山、盘洞及朗石为根据地，与官府对垒，抗租抗税。

冯先生当年从中共西南特委党员培训班结业，到鹤山从事革命活动，于1939年春先后创建了中共盘洞、禄迳和青岗三个党支部。至于冯先生为何选择这里而不是在鹤山、新会之类乡村？这当中看似偶然甚至巧合，实则因为冯先生与我的父老乡亲之间，冥冥中有一种说不清道不明的缘分。

广州沦陷前夕，省城的大学开学不久，形势愈加紧张，负责大学生军训的部队接到撤离的命令，学校也随即宣布停课，安排师生随部队撤往昆明。广州各大学的学生，在党的领导下，成立了广州学生抗敌救亡会等抗日团体，中山大学抗日先锋队就是其中之一。

中山大学抗日先锋队（以下简称抗先队）队员多为文学、法学、哲学等文科院系学生，抗先队曾经到顺德大良、容奇、桂洲以及杏坛等地开展过抗日宣传工作。当时的情况是，理、工、农、医各院系同学当中，相当一部分人准备随部队撤离，而文学、法学等院系的学生，则没多少人愿意随部队撤退。中共党员学生更不愿撤往后方，说日本鬼子都打到家门口了，我们要抗日，上不了前线，我们还可以到农村去，宣传抗日救亡，组织游击队打鬼子。

通过党的统战工作，国民党省党部也想利用进步学生为其服务，同意抗先队利用其番号，全称"第四战区 X 集团军政治部政工队"以下简称"战工队"，下设多个分队。

上级党组织通知不去后方的同学，可以打抗先队的旗号，或者参加战工队，到西江流域的农村去。

恰有同学认识第四战区动员委员会里的人，几个年轻学生找到委员会，要求到乡下工作。委员会的人说，战工队本来要派他们到部队去做政治工作的，因日寇已在大鹏湾登陆，广州也快沦陷了，所以暂时不派了，先撤退。

参加战工队，倒不费什么周章，委员会的人说，单等番号下来就可以了。

领番号还算顺利，委员会当即开了"关防"，即介绍信。并人手发一块四方布块，白底黑边，上印"战时工作队"并任命曾姓同学为队长。按男女队员每人八元的标准发了经费，安排他们到西江沿岸乡下去宣传抗日。

省城方向，不时传来沉闷的炮声。坍塌的建筑物上忽明忽暗，零散的烟雾伴着余火燃烧。一些难民不知从什么地方涌出来，像被惊吓的鸭群，又四散逃去，全无秩序。

队员们无暇顾及这些，到了集合点，队长简短宣布："各人回校收拾自己物品，尽快出发。"众人道："还收拾什么？不过几件衣服罢了，不要了。"

残阳如血，落霞被染成了红色。战工队十多人随逃难的人流一路跌跌撞撞，拥拥挤挤争相出城。与其他逃难者不同的是，这十余名战工队员满怀一腔热血，要去为国家、为民族开辟新的抗日战场！

由城东走入广州，又到城西，经过拥挤不堪的海珠桥，来到了广州西郊的石围塘火车站前。比起他们即将的行程，虽说是刚刚开始，但对于战工队所有队员来说，却已算得上历尽千辛万苦了。

车站候车长廊里，呼唤家人名字的喊叫声、不耐烦的咒骂声、小孩被挤倒在地发出的哭喊声，差点没把长廊震塌了。

站台上停着一长串代替客运的货车厢，车站工作人员提着铁皮话筒反复通知："本站现已停止所有运行列车……"

人们压根就没听闻，或者根本不相信。总想着什么时候列车会突然开走，趴在火车顶上的人硬是不下来。没来得及爬上去的人死死拽着无法关拢的车厢门，后面的人扯着拽在车厢门上人的衣服。另一边有人争吵，后来竟动起手来了，石围塘车站经历了建站以来最不堪的混乱。

扒手趁着混乱无所顾忌地伸出被香烟熏得焦黄的、留着长长指甲的手，将手探向一个在人群中艰难往前挤着的汉子的衣袋，飞快地从里面扯出一只钱包，丢了钱包的汉子一点也没发觉；另一边有个扒手从站里漫不经心地往外走，一双斜眼却盯着坐在墙根下的女人，到了跟前，突然一手夺了女人紧贴身旁的包袱转身就跑，等她反应过来，人早跑得没了影，只留下女人呼天抢地的哭喊。

原想着搭车，出城时没想这会没车了。当然啦，这事难不倒我们的战工队队员们，况且广州距佛山也不远，不知谁说道："没车了，我们还有两条腿，就不信走不到佛山去。"说着话，有人即刻高声反驳道："走路当然可以，问题是认不了路，你识得吗？"

有一名队员朝另一名同学一指说道："这不有现成的向导，林同学不是家住佛山吗，难道不认识回家的路？咱还有什么愁的。"

林同学连忙摆手说："找家住佛山不假，但也只认得城里马路，这里连方向都搞不清，更何况……"

不知道谁拉了另一个队员一下，指着前方铁路说："这有个大大的去往佛山的路标，谁还说不识路？"意思是沿着铁路走。

正当众人七嘴八舌讨论如何步行去佛山时，副队长突然惊叫起来："钱包，钱包！钱包不见了。"

"什么什么？钱包不见了？什么时候，在哪儿弄丢了？"

"刚才我摸过，还在……哎呀，还有关防，夹在钱包里，也不见了。"负责保管关防和经费的副队长语气充满着自责。

"怎么这么不小心，如今却怎么办呢？唉！"

"谁会想到小偷会趁乱？唉……都怪我哩。"

"才晓得小偷趁乱！你是没出过门还是咋的？亏你还念了这多年的书！"

除了战工队的经费，各人或多或少尚有些钱银在身上。所以说，钱并非最重要，最大的问题就是那道关防，是全体队员的身份证明。没了关防，一队人算什么身份，谁信你是战工队？

"别怪这怪那了，钱丢了就丢了，关防才是最大的事。"

"如今之计还是转回去，求委员会的人……"有人提出，趁早转回去，让委员会给再开一张关防。

经过最初的七嘴八舌的讨论，学生们走出车站，肚子早饿了，想买点吃的，商贩们都跑没了影，上哪里买去？一行人或蹲或站，你望着我来我望着你，唉声叹气够了，依旧没能解决问题。

其中一个说道："先转回去，找委员会的人说说，不要求他们补发经费了，就补开一张关防，应该没问题。"另一个说："再开一张关防不成问题，问题是这般艰难出了城，又渴又累还饿肚子，再返回去白白遭半天罪。"

另一个位说道："晓得早晚得再跑这一趟，丢了钱包当初就该马上转回去。如果刚才不嚷嚷着浪费时间，当时就转回去，现在已经回来了。"

　　不能不说，学生们还真是天真得很，他们满以为委员会的人还端坐在办公室，等他们赶回去呢。有人说：“别光说不动，还是趁早走吧。”有人不想去了，问道：“所有人都回去吗？还是派代表……”

　　众人你一言我一语，忽然一位女同学指着广州城的上空大声惊呼道：“同学们看，城里天空……是不是着火了？”众人扭头望去，已见西濠口附近上空大片红光，浓烟不时往上蹿，有人大叫道：“多半是日本鬼子入城里放火来了。”

　　广州已告陷落，日本鬼子到处放火，烧到西濠口了。转回去再开什么关防，显然已不可能了，众人惊愕道：“这可怎么办呢？”

　　有人即刻反驳道：“什么怎么办？日寇就在身后，还顾什么关不关防？咱干脆就到乡下组织游击队打日寇。”

　　“没有关防行不通，人家不信你，到地方咱们怎么开展工作？”

　　曾队长毕竟年龄大些，还算冷静，说道：“争论解决不了问题，我们还需冷静才是。那贼仔（小偷）‘打荷包’，不外乎为了钱，至于其他东西，他一般会丢弃不要，叫作‘卸妆’（卸赃）。一纸公文于他何用？贼仔很可能把关防连同荷包一起丢到哪里了，我们分头找找看，兴许能找回来。”

　　西濠口浓烟弥漫，日寇在城里纵兵焚城和抢掠。有人惊呼道：“日本仔来了——”此一喊不打紧，人们听说日本人来了，无暇辨其是也不是，更不辨南北西东，四散逃命去了。

　　好在车站周围都是大片农田和空旷地带，人一下子都跑散了。空荡荡的地上散落着人们遗弃的行李包裹，也有跑丢了的皮鞋、胶鞋、草鞋甚至木屐。空荡的车站内外，战工队员四顾张望，低头搜索，欲找回那只被贼仔卸赃而随手丢弃的钱包。

　　地上的确有几个丢弃的空钱包，却没有一只是他们的，不过队员们还是把钱包捡起来，逐一打开检查了一遍。

没见着队上的钱包，有人怀疑："我们遇着个'初哥'（初出茅庐）贼仔了。"有人不明其中意思，反问道："你又怎知是个初哥贼仔？"

原来，那时广东市井人群最恨扒手，扒手作案一旦被捉获，便免不了被人打个半死。但凡做这勾当的，他得手后第一件要做的就是卸赃。即除了钱钞，钱包尽快丢弃，以免被抓赃。所谓抓贼抓赃，没有"赃证"，他死不承认，你也没法。

初出道的贼仔窃了钱钞不会即刻卸赃。咳，怎么偏偏让他们遇上个初哥贼仔？

"喂，喂，钱包在这呢。"

"什么什么？"

"找到我们的钱包了。"

"关防呢，我说的是关防，找到关防了吗？"

"在在在，不过，里面只有一张了。"

"真是的，本来就是一张关防，难道钱包里有一叠的关防吗？"

还是女孩子心细，原来整一队人为遍寻不得那一张关防，正在烦躁又无可奈何之际，三个女队员注意到了车站入口一侧，一只被人流挤翻，又踩瘪了的垃圾桶。一个姓苏的女同学说："那边是个压散了的垃圾桶，底下压着些垃圾。"陈同学说："过去看看。"

三个女生走近那个被踢踏散了的垃圾桶前，移开上面几张短木板，垃圾中间正巧有一只制作精细的双层布小包。当然啦，打开那小包，钱早没有了，所幸关防还在。至此，众人都松了口气，当场欢呼起来了。

曾队长接过关防，捧在手中又凑到唇边做了个亲吻的样子，轻轻说道："关防啊关防，你终于回来了。"又高声喊道，"嗨，还真是踏破铁鞋无觅处，得来全不费工夫。"

即时有男同学道："多谢我们的美女，不是美女心细，你会不费工夫？"

"总之，找回关防，一天都光晒。"（"一天都光晒"为粤地方言，意为皆大欢喜）

话说战工队队员找回关防，一番欢喜过后，顺着铁路连夜起程。正所谓"寒初露，霜已降"，其时正是中秋节前后，早晚让人已觉阵阵凉意。队员们野外挨了一夜风霜，至天欲明未明之时，忽见一江秋水静静横于眼前，林同学认得，此河即汾江河，对面就是佛山城了。

佛山自古为岭南重镇，历史上商贾云集工商业发达，同北京、汉口、苏州并称"天下四聚"，更与湖北汉口、江西景德镇、河南朱仙镇并称中国四大名镇。佛山原称南海季华乡，后称佛山。近百年经历过改镇设市，又撤市为镇，但城里居民则一直叫它佛山市。

战工队队员放眼汾江河，以往客运繁忙的码头，如今竟一条船都见不着。向下游寻找也不见人，只发现一间看鸭人的草寮，但早就废弃了。河面上横泊着一只破旧小艇，众人也不管漏也不漏，又撑又摇过了河。

佛山尚算平静，到了林同学家，大伙儿实在太过疲累了，还没来得及落座，都七倒八歪地睡着了，直至黄昏方醒。很快，有大批难民涌入，佛山风声一下子紧张起来，于是大伙决定吃了饭起程。

街上好几家饭店、茶居落闸上锁，人去楼空，即便有一两个胆大的在，亦闭门谢客，无饭食供应。也是，人心惶惶，这时候谁还管什么生意不生意？无论老板还是伙计，逃命要紧。

众人饿着肚子行至城门头，遇一商贩挑着糖水叫卖，想来是石湾乡下小贩，遇着生意不好做，还在转悠。队员们也不管它温热的还是冰凉的，十来个人围着那糖水担，一人一碗，瞬间就扫光了小贩的"货尾"。

厚实的云层遮蔽了下弦残月，星星也不见一颗，天空像被墨染过似的。众人深一脚浅一脚地摸出了城，黑咕隆咚地连方向也分不清，跟在稀稀落落连夜逃难的人后面胡乱行去。

半道上一团黑影在道上一动不动，以为是个走不动的人，队员们朝他喊了几声没回应，摸到近前才发觉，那不过是一棵"树仔头"（小树疙瘩）。

队员们走走停停直至子夜时分，夜风里寒气一阵紧似一阵，让人不时打冷战。前面旷野中乱哄哄一阵嘈杂，上前去了才知道，原来国民党军队在此设卡，要炸桥阻滞日军。士兵拦截过桥人群，把他们都赶到当地一座临时征用的祠堂里。

曾队长出示战工队的关防，与守卡士兵交涉，士兵看了下说："上峰有令，为防奸细混入，不管何人，夜里不许随意走动，更不许通过。"没奈何，战工队一行人只好在那里过夜，苦等天亮。

祠堂里人挤人闹哄哄乱糟糟的，有人哄小孩，有人骂娘，有人抱怨道："佛山马上不保了，此地还能安全？又不放人过去，把人赶来这里，日寇来了正好'一锅烩'才真。"

队员们以为已经走过去很远了，一问人才晓得这里属乐从乡，离佛山城不过十余里，中间隔着一条东平河。

好不容易熬到黎明，想着如果还是拦着不让通行的话，就准备与他们大闹。好在士兵不再为难他们，简单问过几句就放行了。

珠三角地肥水美，人多养蚕，以此为业。田间阡陌，或是河涌两边的小土墩，甚至小山丘，一律长着茂密的桑树。秋风频频扫过，肥大的桑叶发出沙沙声响，手指粗细的嫩枝不停摇曳。

行走在桑林间，让人暂时忘却了烦恼。战工队员们唱起了激荡人心的《大刀进行曲》：

大刀向鬼子们的头上砍去，

全国爱国的同胞们，

抗战的一天来到了，

抗战的一天来到了。

前面有工农的子弟兵，

后面有全国的老百姓，

咱们军民团结勇敢前进。

看准那敌人，

把他消灭！

把他消灭！

大刀向鬼子们的头上砍去！

杀！

队长年长几岁，比队上其他人稍有些经验，说道："我们慢慢地走吧，走长路忌的是开头跑得快，依这个跑法，我们跑不了多远，就没气力再走下去了。"

有话即长无话即短。战工队一路上躲过日寇飞机多少次轰炸，曲曲折折寻路向南，直到第二日傍晚才到了南海县九江镇。经过短暂讨论，大家一致同意在此地开展抗日宣传工作。

找到镇上区公所，有一个肥头大耳的胖子，想必是区长，正领着几个人，慌乱地进进出出，纸片吹得遍地都是，大概准备撤退了。

胖子看见战工队进来，满是疑惑地问队员们要干什么。队长递上关防，说道："我们是四战区战工队，准备在本区开展抗日救亡宣传工作，还望区长大力支持。"

胖子执关防在手，既没看，也等不及听完，说道："什么战工队，我还真以为是什么命令呢。不巧得很，日本人马上就打过来了，我们正忙着撤退，你们倒还有闲心思开展什么抗日宣传工作，向谁宣传？"

"我们就在本处发动群众，组织游击队打鬼子。"

"发动民众，组织游击队？"胖子振振有词地道："呵呵，人说抗日你们也说抗日，日本人你挡得住？他人未到飞机大炮先来了，逃得快或许还有好世界，迟则恐怕小命也不保。你们要搞什么宣传，回你们本处去搞，在我的辖区内不允许你们有任何活动。"

"区长，你这态度不对。"

队员们对胖子很不满，毫不客气对他批评道："作为本区最高长官，负有领导和组织民众抗日、守土之责。而你，日寇还没来就吓破了胆，撇下民众自顾先逃。我们是战区的政治工作队，号召民众抗日是我们的工作，你非但不配合，还阻止我们宣传和发动民众，十足典型的汉奸行为。"

队员说他典型的汉奸行为，胖子火冒三丈，指着队员们骂道："你们信口雌黄，说我是汉奸就是汉奸，我还说你们是汉奸呢！"

队员们针锋相对地顶撞胖子道："大敌当前，你这个一方行政长官闻风而逃，就该治你个临阵脱逃之罪。"

胖子恼羞成怒，下令把一干队员全部赶出门。队员们气炸了，愤怒地踢区公所那门，胖子躲在里面再不理会。队员们无奈，离开时一路回头高声叫骂胖子道："国民党把你们这些人养得脑满肠肥，平日就识得欺负百姓，日本人来了不当汉奸才是怪事。"

冬天日短夜长，出来那阵见太阳还在西方悬着，瞬间不见了，天地间更添了丝丝寒意。战工队出了九江墟，顺着小路无目的地走着，不一会儿到了江边，见江面开阔，风裹挟着江水拍岸声吹得人身上打冷战。肚子也咕咕叫，队员们除了早上吃过一块米糕外，整天都没吃饭，怪不得这般饿了。

今晚该去哪里宿营，这是个问题。"同学们，区公所里的情形大家是知道的，想在这里开展工作会有些困难。"队长说道："前路变得渺茫，现在想征求各位有什么好的意见和建议，也好决定下一步去哪里。"

"依我说我们应该沿江去杏坛、龙江一带，发动群众，组织游击队打游击。"

抗先队成立初期，有同学去过大良、容奇、桂洲和杏坛等地乡下唱歌、演出话剧。"杏坛就在下游，群众知道我们，去那里落脚合适。"

队长道："附近几处乡村离这里不远，而且民众对抗先队认可，到这几个地方开展工作，的确不失为一个好办法。各位还有什么建议，也提出来。"

"我以为，当务之急是先找地方吃饭，然后找地方宿一夜，至于去龙江、杏坛抑或什么地方，明天再议吧。"有人提议返回九江找地方吃了饭再说。

江对面黑乎乎的，只有一两点渔火，背后有一座山的轮廓。一直没说话的温同学扫了大家一眼道："江对面的鹤山县是我的家乡，我的意见是到鹤山。那边有山有水，民风纯朴，更为方便的是我的校友在县政府做事，这对我们开展工作可能更有利。"

众人纷纷说好。只是说起渡江，却没见着有船，有个同学说："还是明天再说吧。"温同学说："这里江面宽阔，一般'过海'的船都在下游沙口，如果大家赞成的话，到沙口找一条小船，渡过江对面就是鹤山县的谷埠，可以租一条小船，个把小时即可直达沙坪墟。"

沙口距九江不过数里，位于西江边，是个只有几座小茅舍的聚落，不是村庄也不算小墟市，只算是过江靠岸的所在。

众人到了沙口，早见着埗头对面浅水区域，一杆长竹篙直接穿插着一条没有篷的小船，摇摇晃晃地浮在江上。小船的尾部吊着一盏"桅尾灯"，发出微弱的光，光影卜有个人跷腿斜坐在小船的横板上。众人喜出望外，朝小船喊道："船家——"

鹤山人对河海指称笼统，甚至把一条小溪流叫作"海"亦无不妥。听到岸上有人喊，船家没动，冷冷地用当地方言问了一声："过海吗？"

众人答道："正要过海。"

　　一位伟人说过："我们共产党人好比种子，人民好比土地。我们到了一个地方，就要同那里的人民结合起来，在人民中间生根开花。"战工队几名年轻的共产党员这一"过海"，就像几颗红色的种子撒在这一片土地上，很快在鹤山西北部的土地上生根发芽，这片土地有了红色基因。

　　至于战工队到了鹤山，如何开展工作？欲知后事如何，且听下回分解。

第八回　建政权　子弟兵旗开得胜
　　　　赴军营　领路人大意中途

　　上回讲到战工队一行，因不满九江那个胖子区长的态度，与他争吵，被其逐出区公所，大家窝着一肚子火离开九江墟。

　　队员们连日长途跋涉，睡眠不足，饮食不均，又受了寒风吹袭，硬撑着身子不至倒下。一行人漫无目的地出墟场直向江边走去，直到肚子"咕咕"叫才想起还没吃晚饭。

　　他们远离组织，不能及时得到上级党组织的指示，遭此变故，不知该何去何从。有人提议到抗先队去过的乡村暂时落脚。温同学说，江对面是他的家乡鹤山县，说鹤山有山有水，适合打游击，而且，鹤山人民在大革命时期就开展过轰轰烈烈的农民运动，有革命经历。那里有一定的群众基础，提议到那里试试。

　　众人听了皆说好，遂一路小跑着去沙口，到了那里，恰遇着一只渡客的小船，好像专门在那里等候众队员似的。

　　渡客的船比一般水乡家庭用的小艇要大，众人上船坐定，船就离开了江岸。此处江面较上游狭窄，水流急，船家奋力摇桨，又加上逆风，小船艰难地前进。

　　战工队一行人来到鹤山县城，找到县长，说明来意。县长姓车，为人圆滑，队员们向他讲明为抗日而来，其心里对此不以为意，嘴上却不表现冷淡，对战工队来鹤山开展工作表示欢迎，安排战工队一行住下来。至于怎样开展工作，不做安排也不过问，由队员们自便。

经过数天的了解，大伙儿认为禄迳一带交通便利，民风淳朴，社情也不复杂，合适开展工作。与县长商量，县长道："战工队认为哪里适合开展工作，政府始终赞成。"

战工队一扫多日烦闷，高高兴兴往禄迳去了。

我说过一千次了，五谷恼才哥干事不长远，今天贩菜还贩得好好的，明天就撂了担挑不干了。扔下五谷一个人闲着"食谷种"。

咳，要不怎说这家伙是呆子？人家才哥出去是为了老八的事。

原来，经过这些年的艰苦抗战，华南已成为全国三大敌后战场之一。

那一时期，日寇进犯粤北，攻占韶关、衡阳等战略要地。驻守粤中的日军利用西江及其支流溯江而上，直扑南宁，妄图迅速攻陷两广，直逼贵阳、重庆。

如此一来，驻粤中日军兵力明显不足，不得不从部分地区撤出，只守沿江的九江、江门、丹水口和肇庆等水陆交通要道上的一些据点。日寇撤出的地方复由沦陷区变成半沦陷区。

西江沿岸为富庶之地，敌伪顽等势力错综复杂，你方唱罢我登台，乱哄哄。当初风闻日寇进犯，早就遁去无踪的那些军长司令等，趁日寇主力撤出，随即打着收复失地的旗号，高呼胜利，带领他们的"敌后游击部队"各据一方，比先前更狠更凶残地奴役和压榨人民。

根据中共中央及广东省临委指示，组建珠江三角洲敌后人民抗日武装纵队，抽调部分干部和战士组成一支五百余人的部队，分成数个分队，由中山分别挺进粤中，宣传和发动群众，开展武装斗争，要在政治上分化、军事上打击，最终彻底粉碎敌伪反共阴谋。

其中一支部队到达鹤山云乡，以宅梧为中心，开辟根据地，建立抗日民主政权。

宅梧位于鹤山西北部，盛产稻米，一直有鹤山粮仓之称。距宅梧以东二十余里的白水古道上，散落着近六十个小村庄和一个小墟市，故名白水乡。

白水乡，地处宅梧与鹤山城之间，属鹤山城区辖下的乡，居民多为客家人，以耕田种茶为业，人民普遍贫穷。白水乡地处皂幕山腹地，战略位置颇为重要。

白水乡驻有一支反动团队，号称"白水乡自卫中队"，百余人枪，日寇初犯县境，其望风而逃，逃到皂幕山深处。仅剩二三十人枪，由张通如胞弟张通甫任中队长。

各位，这个白水乡自卫中队就是原来的更夫队，由一群地痞、懒汉、逃兵拼凑而成，大多是白水乡本地人，人谓之"门口狗"。自卫中队除了鱼肉乡民，就是在通往鹤山、高明、宅梧等要道上筑卡设关，勒收行水（过路费）。

共产党的队伍到达云乡，在此经过数日休整，即按计划向白水乡、宅梧一线进军。张通如张通甫等听说老八进军白水乡，吓得六神无主，手脚发抖慌做一团，如临末日。想要逃走，无奈家口在此，漫说舍不得抛弃那些产业，即使舍得，又能逃往哪里？张通甫在屋内急得团团转。

张通如老奸巨猾，虽慌乱，却心存侥幸，对张通甫道："老弟，不要一听共军就吓破了胆，我认为这伙老八不过是'过路神仙'，他们的目标实乃宅梧而非我白水乡。老弟有所不知，老八打着抗日的旗号，我白水乡哪里有甚日本人？既无日可抗，其目的恐怕就为钱粮而来。"张通如煞有介事道："我白水乡山高林密，沟壑险隘易守难攻，况且俗话说'强龙难压地头蛇'，老八虽有骁勇之名，奈何不是天兵天将，况且远道而来，就输了地利。我们守着几处隘口，一个比一个险要，皆有一夫当关万夫莫开之势，只要用命严防死守，老八再有能耐，亦不能得逞。即便老八侥幸进来，奈何我白水乡虽有些许生产，但毕竟民贫地瘠，缺粮少钱，共军得此亦如得鸡肋而已。"

张通如不过一番胡言乱语，竟让张通甫信心十足，不复惊慌，当场把胸脯拍得"嘭嘭"响，狂妄地叫嚣道："共军不识得二郎神三只眼，不知死活敢来犯我，老子这就上山布阵，老子倒要看看共军的脑壳是铁还是钢做的，敢往老子的枪口上撞！"

白水乡自卫中队占据了小学校，充作其队部，一众喽啰听闻老八马上会打过来，正准备四散逃命，忽见张通甫风风火火地进来，即如老鼠见猫，齐齐惊叫，连手足也无处安放。张通甫冷冷地来回扫了一眼，反问众人道："老子平日待你们如何？"

张通甫话落，有三几人吞吞吐吐地道："张哥待我们不……薄……"

若平时见这般反应，张通甫不捆这些没用的饭桶才怪呢，不过他晓得现在不能发火。他提高嗓门道："我们都是同生死的兄弟，有福同享，有难同当，张某实在没有理由薄待大伙。俗语讲'食君之禄，担君之忧'，你我皆顶着中队的名号，就有保境安民之责。兄弟们恐怕早已晓得老八正在云乡整军备战，早晚要踩我地盘，各位以为应该如何？"

张通甫原以为几句画饼充饥的话，会让他手下服服帖帖，必以他马首是瞻。他故意顿了顿，欲听听底下喽啰如何反应，不想底下竟鸦雀无声，众人你望着我，我望着你，一片死寂。把个张通甫气得眼里冒出火，咆哮着道："都聋了还是哑了？"

众人大气不敢出，你看看我我望望你，张通甫发作不得，只好做些连自己也不相信的动员，然后命令让何人守哪个隘口，何人打探共军动向等。

话分两头，当日我大部队沿鹿湖顶直下迫近白水乡，张通甫听见几声狗吠，断定是共军打过来了，当即吓得屁滚尿流。想想中队一众喽啰根本就指望不上，还是好汉不吃眼前亏，三十六计走为上，迅即沿后山密林逃往沙坪墟。其余一众喽啰群龙无首，哪里还敢抵抗，往天空放几排枪，作鸟兽散了。

听说大部队轻易拿下白水乡，五谷张开大嘴道："老八……明着踩……自卫……队……的地盘？"

才哥说："听亲戚说，老八先拿下白水乡，接着又赶跑宅梧二百多守敌，缴获了十多座粮仓的稻谷。"

人民抗日武装把粮仓打开将粮食都分给周边穷人，附近开平、高明还有新兴等地闻讯而来的穷苦人家喜欢不已。一边装谷子，一边大呼老八是大恩人，场面十分感人。

"又……分粮食？老八……什么……时候……都兴……分粮。"五谷对老八分粮最有兴趣，因为他实在是饿怕了。

"才哥……你再……遇着……那朋友，问实……我……我入伙……的事，什么……时候……能成？"

才哥说："朋友答应了的，这事能成，只不过是早晚罢了。"五谷根本就没心听，他在想，如果参加老八，是否可以得到一杆铁仔？于是打断才哥道："人……伙了……老八……能给……一杆……铁仔……吗？"

才哥说："当兵打仗，没枪可不成。"

才哥告诉五谷道："老八是穷人的队伍，家当只有少数几支铁仔，多数还是大刀长棍，铁禾叉，好的武器是长火铳，顶好的就几支老旧'七九'（步枪）了。"

老八队伍里有一首《游击队之歌》，是这样唱的：

没有吃，没有穿，

自有那敌人送上前，

没有枪，没有炮，

敌人给我们造。

才哥说，老八从无到有，从小到大，从敌人手中夺取武器，在战斗中不断壮大。

即便这么说，五谷还是拿不准才哥那朋友究竟能不能介绍他加入老八，反复问才哥道："你那……朋友……真……识得……老八的……大老板？"

"我那朋友当真认识老八。老八是共产党的队伍，共产党为人民谋利益，他们不兴讲老板，相反，老八还把像你我这样的贫苦人当成他们的老板呢。"

才哥又说道："我这个朋友识得各路的朋友，你若真有诚心参加老八，哪日见了他我再问问，让他打听下，队伍上若还需要人，一定介绍你去。"

"真的太……好了。"五谷有点急不可耐的样子。

"你又来了，可别像上次那样大呼小叫的。"才哥真担心五谷大大咧咧的，根本不怕被人知道惹麻烦。

五谷却不想听才哥唠叨，他认定老八是个好行当。

五谷最初想加入村里的更夫队，也即后来自卫队，可人家嫌他没有枪。他心里愤愤地说道："几支破粉枪而已，和果狸丁的武器一般无二，只打得死雀鸟的货，就用八抬轿子抬老子加入，老子还不稀罕呢。"

五谷猴急得天天追问才哥，怎还不去联系朋友？才哥说，已"寄声"过去了，人家事情多，大概要先做完手头上的事，有暇了才能为你做介绍呢。

才哥果然有门路，头天还要他勿要心急，才过得几日，才哥告诉五谷，有个好消息。一听说好消息，五谷即刻就激动得跳起来了。

才哥对五谷充满着期望，盼他在队伍上锻炼成长，干出一番事业，为盘洞村的父老乡亲争光，也不枉了他这个领路人的一番苦心。才哥让他收拾一下，最重要的还是养足精神。怎奈这家伙兴奋得不行，哪里还用得着休息。

五谷问才哥："老八……队伍……驻扎在……哪？还……在……上次……

分粮……那地……方？"

才哥道："队伍就在人民中间。"

"人民……中间？"

五谷当真不曾听说过，这个人民究竟在东在西，属哪区哪乡，是个大村落还是小山村，属高明抑或鹤山？才哥也真是的，加入老八而已，用得着神秘兮兮的？难道不能痛痛快快交代个明白？

才哥说："人民不是哪个村庄，人民是共产党的依靠。至于部队驻地，到了你自然就知道了。"

初夏的黄昏，夕阳也变得昏昏沉沉，刺眼的光芒此刻变得无比柔和，厚实的晚霞悬浮在后山顶，托起夕阳不让想它落下。

好不容易挨到天黑，村里人早睡，一口饭尚在喉咙里就呼呼响起了鼾声。

夜深人静，才哥领着五谷爬后山，顺着弯弯曲曲忽高忽低的山间小路，迅疾出发了。

我的乡亲们习惯把山称作"岗"，把沟叫作"坑"。说书的小时候就是人民公社里正式社员，干的头一份工作是为生产队放牛，村里通常叫"睇牛"。当然啦，正规的叫法，应该是畜牧员或者放牧员之类。

盘洞村四周沟壑纵横，有大把地方放牧。在下每日把黄牛或者水牛赶入后山，然后无须时刻"睇"着牛群。关键是隔几个时辰或者半天，要上山顶查看，勿使牛群糟蹋了"山坑"梯田上面的农作物。

好在这样的情况并不多见，因为长年累月的放牧，那牛也训练得习惯成了自然。傍晚时候，放牛的偶然去晚了，牛会成群走下山，走到沟底下把牛赶回栏里就行，工作毫无技术含量。

在下为生产队放牛那会儿，好奇远处山顶上有个"塔仔"（航标），曾经沿后山直往西南，到过皂幕山腹地。老辈人流传下来，皂幕山延绵千里。在下想，才哥送五谷去参军，走的恐怕正是这条路。

话说到了春暖花开满地青秧，山外遇着春头旱，盘洞村不受旱，但春荒几乎成了常态，断炊的人家日益多起来了。

天空晴朗，田埂上、小道旁的野草叶尖上不知什么时候已挂满了露珠，把路人裤腿打得湿透，让人不舒服。五谷和才哥两个走着走着，天越来越黑，忽然又爆了几声响雷，很快下起雨来了。大滴大滴的雨点噼里啪啦把两人淋成了落汤鸡，衣服湿漉漉地贴着身让人格外难受。

山路像洒过油一般，走两步跌一跤。才哥走前头，不停招呼五谷跟上，把个五谷摔得叫苦连天。两个人跌跌撞撞地走着，五谷忽然向才哥道："我看见了鸡笼坳。"

五谷说的"鸡笼坳"，是鹤山、高明两县交界的一个山坳。才哥叫五谷别吱声，这呆子心里老大不爽，埋怨才哥："晓得夜晚山路难走，为何不早点起程？如果傍晚时候出门，怕早到人民村了。"

才哥说："别乱说话，近居民区通常有军警设的关卡，尤其是那个水雷大队，就有一个小队驻扎在附近。另外还有乡村自卫队，为确保安全，我们得避过这些关卡。"

两人在山上绕来绕去，走了两个时辰还没出鸡笼坳，五谷怀疑走错了路，才哥没理会他。

雨不停地下，大水沿着山梁由上往下泻，平日干枯的沟壑，瞬间变作一条汹涌的河流，山泥裹着枯枝败叶一路冲刷，发出震耳欲聋的巨响。才哥让五谷往高处走，那呆子却唠唠叨叨道："如果……有人问……就不会……说是……过江……龙……的人。"

关于过江龙，他的名号曾经响遍皂幕山地区，这家伙死去许多年了，至今提起仍让不少人后怕。村里老一辈人说，那厮北边恶至三水县西南，东边恶至甘竹滩的东西马宁，南边恶至开平县的三埠、单水口，西边则包括'水尾'大部分地方。

那位，你道这个过江龙，即使真如老辈人说的算个人物，咋就东西南北恶遍大片地方？既然五谷提起，在下也需对此人做个简单介绍才是。

此公实属盘洞村已故人氏。大号盘耀龙，过江龙是个诨名。虽然这家伙已死了多年，然人们偶尔还会提起他的本事，名号尚在。

过江龙虽生于穷乡僻壤，却绝学不到父兄吃苦耐劳之一二，这厮从来不屑耕种，专一崇尚打打杀杀，初凭一身蛮力，单枪匹马于僻静处作案搂钱。渐渐身边聚了一班喽啰，自做了山大王。黑道上行走不曾遇到对手，博了个响亮名号。

过江龙长得虎背熊腰，身体壮实，唯眼窝凹陷，钩鼻窄额，小时候生疮，留下满头比地图还复杂的疤痕，生相要多丑陋有多丑陋。

说来有点奇怪，此人天生匪气，却又有个特点，其作案多到外间做去，很少祸害乡邻，以他自个儿的话说：老鼠不吃窝边禾。所以他在本地没太大民愤。

关于过江龙，有一则故事：

以前高明杨梅地方民间有个不好的习俗，大凡家里养了女孩子，不论出身或贫或富，生得美丑，几乎不与鹤山这边人家做儿女亲家。至于那些嫁过来的女人，大多是订过婚，圆房前死了丈夫或者是拖带着儿女的寡妇。

在下有个本家婶子，就从杨梅那边嫁过来。我猜想，婶子是在圆房前她男人死了。

我婶子是相亲嫁过来的，父母之命媒妁之言的年代，男女可以通过相亲缔结婚姻，一定是很时髦了。据说，婶子结婚之前见过相亲的对象。虽然自始至终低着头，双方没说一句话，婶子暗中瞟过那男人一眼，见人很靓，婶子自然满意。不过婶子做梦都想不到的是，当时来相亲的，是同村无论长相或是性格，都与我叔相差甚远的另外一人。

婶子晚年告诉在下，洞房之夜，夫妇俩拉扯起来，婶子抢过一只瓷枕，直接把我叔的手敲打得肿起来像一截水瓜,上演了一出"正当防卫"。然后连夜邀了另外一位娘家也是高明的婶子揣着几盒火柴,靠划火柴照路,逃回高明那边的娘家。

新媳妇竟然"走路"了,借下讨老婆的银两却赖不了,谁摊上这事也不会无动于衷。我叔捧着受伤的手肘上岳父家,刚问得一句他媳妇回来了不曾?我婶那母亲即接口道:"你老婆什么时候回来过?呵呵,你的老婆自家不看紧了,晓得上我这儿图赖,我正想问你,究竟把我女儿怎样了?"

"这,这话怎么说的?她伤了我,连夜逃跑了。你家不觉理亏,还要诬我图赖,这是哪家的规矩!"

话不投机,还没见着自家媳妇儿的面,反让人轰了出来,你说这有多丢人?有人说,如果过江龙肯说句话儿,恐怕找回你老婆就不是个难事。

也是事有凑巧,过江龙新近正与我婶子娘家那边的一个什么头目,为了一件鸡毛蒜皮的小事有过节,并且把有过节的另一方打得求饶并赔了一大笔钱才了事。听说村里两个年轻媳妇逃婚了,那家伙把名字写在卷烟纸上,外加口信:着即把新媳妇送回,否则整个村子有麻烦。让人带到我婶子娘家那村,随便往她家门口一扔,转身回来了。

一小片卷烟纸竟如两军对垒阵前下的战书。见了过江龙的纸条,所有人以为要大祸临头,族长自然不敢耽搁,立逼着我婶子他父亲,限时把我婶子送回盘洞。

我那以为逃脱罗网还在哭哭啼啼的婶子,被她父亲亲自送了回去。从那以后,我婶子害怕过江龙对她娘家不利,再没有逃跑过。真的,一次也没逃过。

婶子晚年告诉在下,她连夜逃回了娘家,邻村某人表示与她同去南海官山(西樵)那边织布厂打工,后来那人也打了退堂鼓。婶子就这样被娘家送回盘洞村来了。可惜之余,在下不得不惊叹,那时的一个乡下小女子敢爱敢恨敢抗争,以逃婚的行动反抗封建婚姻,的确让我佩服了她一辈子。在下问过婶子,那个邻村的"某人"是谁，婶子说，都是"老皇历"了。

婶子是个有理想有抱负，向往革命的年轻人，盘洞地下党支部就发展她入党，还在抗战的年代，她就成了盘洞村唯一的女地下共产党员。在斗争中锻炼，在学习中成长，婶子终于成长为可以独当一面的革命干部，不过此乃后话，暂且不表。

雨住了，人已弄得满身泥浆，山洪依然凶猛。蚂蟥从树叶底下弹出来，顺着袖口和裤脚钻进去咬人。才哥不时回头招呼五谷："小心走路，别跟丢了。"开头还听那家伙应声，后来竟没了声气。

又招呼了几回，还是听不到答应。不知道这家伙从哪里没跟上来，才哥在原地等了一阵，又招呼着，就是不见踪迹。这可不是开玩笑，才哥不间断地重复招呼着，摸索着往回走，去寻那五谷。

才哥往回走了一里多路，才寻到五谷。

两人从盘洞村一路走来，登高走低，踩着比人还高的野草、荆棘，绕过来绕过去的，早把人累得喘粗气。才哥嘴上不说，五谷早忍不住了，嘟哝着说："才哥……都……走大半……夜了……肚子……也饿……"

周围漆黑一片，两个人相对着，坐在厚厚一层湿透了的枯草上，一只雨夜出来觅食的什么鸟，在身后冷不防"吱"的一声啼鸣，着实把人吓了一大跳。才哥仰望天空，灰蒙蒙一片。天空好像没刚才那般漆黑却依然模糊，只依稀辨得出大山的轮廓。

这一望不打紧，只看到远处重重叠叠的大山，近处有一小块不算开阔但也不算狭窄的平坦地。才哥揉揉眼睛，努力辨别目所能及的景物，觉此地生疏，不免心里狐疑："这是什么地方，莫不是走岔了路，来到桑洲对开平原区来了？"

不过细看此地又非平原，模糊中周围都是群山巨大的轮廓，眼前地势颇为平坦。想来此处乃群山环抱之中一条稍见开阔的山沟。才哥以往走过附近一些地方，因急切之间，总想不起来这是哪里。

本来已经约好的时间，如果真的走错了路，见不着约好的交通员，怎样安排五谷？

"你晓得这是哪吗？"

平日里就是砸他三拳头也砸不出个屁来的五谷，才哥根本就没指望他会有什么主意。再说，除了和阿咩哥做过几个月的轿夫，除了杨梅路，他不可能到过更多的地方，即使他真对眼前地方有印象，才哥也指望不上他有什么主意。

天色渐明，估计离天亮没多少时候了，五谷仍然在低头沉思，才哥不免心急，催五谷道："天快亮了，不能再耽搁了，我们先往山上走，边走着边辨认下方向吧。"

"啊……我……来过……这里。"一直低着头的五谷突然高声嚷嚷着。

才哥吃了一惊，怎么也不相信他曾经来过这里，反问道："我都想不起来这是哪里，你晓得这叫什么地方？"

那家伙说道："我……记起来了，此地……烂泜湖。日本……仔……还没……来那……几年，老鼠……恩……使假……钱……去骗……人，雇我……做跟班……"

"就是五乡村胡须荣那养子？你两个使假钱？"

才哥头一次听五谷提起，原来这呆子与老鼠恩，竟有如此一段惊心动魄、性命交关的遭遇。

漫说是各位，即使说书的也看不出，这呆子看着呆，却也敢"伪造国宝"使假钱。各位，你道五谷与老鼠恩，使假钱不去市场，反走进深山里，这两个家伙要骗谁？欲知后事如何，且听下回分解。

第九回　小县城　老鼠恩神行鬼路
荒郊外　白面鸡旱地翻船

　　上回讲到才哥送五谷投奔老八，因雨后山洪阻滞，两个在山上绕来绕去迷了路。错过了约好的时间，见不着部队的人可是大件事。因为着急，才哥竟想不起眼前是何地方，无意间问五谷，那呆子竟说他曾经和胡须荣的侄子老鼠恩，骗人不成，反落入圈套，性命也几乎不保的经历。

　　鹤山人常常把阉鸡与补锅扯在一起，不是说阉鸡、补锅有什么关联，而是和人称多指曾火仔的有关。

　　多指曾火仔，手和脚加在一起总共有二十四指，他许久之前就在南岗墟真神潭边开有档口，干阉鸡和补锅的营生，至于哪是主营哪是副业，无人理得清。

　　他有个徒弟叫胡须荣，附近没谁不认识他，不光因他是我们村李兆吉的大舅子，还因这家伙还懂阉牛。

　　胡须荣八九岁起，天天去真神潭边帮多指师傅拉风箱，究竟拜没拜多指为师不得而知，但胡须荣总说他是师傅唯一的徒弟。那家伙以阉牛出名，至死也没执过阉鸡及补锅的手艺，以至于无可验证。

　　胡须荣以阉牛出名，挣下令人眼红的银两。此公为人最失败的地方有两点，一是厌恶媒妁，二是把嫖赌饮荡的侄了老鼠恩收做了养子。

　　老鼠恩与五谷相熟多年，胡须荣在世那会儿，老鼠恩为骗叔公的钱，曾邀五谷假意绑了自己，自导了一场"标参"（绑架），向胡须荣勒赎，可怜胡须荣被老鼠恩骗了一辈子大半的积蓄。

　　那次几乎丢命'烂湴湖'勾当的起因，是老鼠恩不知从哪处弄回一批假币，有法币，也有"西纸"（港币）。那厮来找五谷，进门即拍着五谷的肩膀道："老子今天来，实在是为了向你家伙的衫袋（口袋）里塞钱，你要多谢老子。"

　　五谷狐疑着道："你……说甚？"

　　老鼠恩说，他有个亲戚，凤尾岗人，名游提子，早年过埠发达了，想着落叶归根，于是由金山买舟回唐山，打算开牛栏，要他做买手。

　　买手是干什么的？买手一点也不简单，时常身携巨款"穿州过省"，很需要一个信得过的跟班。由五乡到盘洞，周围三村十八寨只五谷最可靠。许诺给他三四倍工钱，计划往高明、新兴一带购买牛只。

　　五谷心想："太阳从西边出来了，你家伙有"好嘢"会想起老子？"他以为老鼠恩哪是请他做什么跟班？不过有事求自己而已。

　　老鼠恩是什么人？这家伙早就看出来，五谷很在意几倍的工钱，遂装作很不在乎道："也好，原以为益下你'老朋'，哪知遇着一条吃饱的蛇，还是'食少啖，瞓多觉'好。老子出得这工价请人，哪里不是请？老子上别处请人去也。"

　　老鼠恩前脚迈出门槛，五谷从后拉住他道："几时……启程？"

　　老鼠恩道："这是小事，待老子请妥了跟班，再拣个启程日子得了。"

　　"不……说好了……请老……子……做跟……"

　　"你家伙不是不干吗？"

　　"老子……干……还不行……吗？"

　　话说老鼠恩早早起来，经米升塘下山，到村里叫上五谷，两个皆牛贩子打扮，到了杨梅墟上，入茶居吃了早饭，说不得蹦蹦跳跳，抬杠斗嘴儿，一路朝高明城而去。

行至城外文昌塔前天已黑了，打算入城住宿，五谷想找一家妓寨，老鼠恩则担心银钱失事。两个于城外争执不下，恰被潭边村一诨名白面鸡的鼠摸偷听了去，当即起了歹意，暗中跟踪二人至城里落脚处，然后联络另外两人，商量如何下手。

第二日早，老鼠恩后面跟着五谷，两个在高明街上东张西望，忽遇三个汉子，正是昨晚那鼠摸白面鸡和他联络来的另外两个人。三人自称卖家与中人，自称卖家的说："乡下的农场养了十多头大水牛，因如今遇了急难，不得已要急着寻买家，把牛都贱卖了去。"

老鼠恩听得有如此好事，岂不正中下怀？忙与卖家搭讪："老板足称养牛大户了。"卖者答道："正是，正是。"老鼠恩道："可是肥牛？"

"只只蟀仔（蟋蟀）一般肥。"

老鼠恩赶紧把五谷扯过另一边，小声道："真是踏破铁鞋无觅处，得来全不费工夫。遇着几个乡下佬，偏偏又是等钱救急，咱这正是出门遇贵人的福气，老子决意跟着他几个到乡下，与他做成这笔买卖。你老兄的任务，就是打醒十二分精神，能不能得手，还得仗仰老兄……"

五谷自认不蠢，不服气地道："老子……不漏气，赶牛，老子……最会，何须……你吩咐？"

老鼠恩心花怒放，眼见着轻轻松松得了一笔好买卖，他哪里知道，咬着香喷喷鱼饵的另一头了，几个索命的小鬼正等着他们呢。

"老板看清点，这里有个小水凼。老板小心着，前面小桥的石板有点松动，勿要扭崴了脚。"

白面鸡一路大献殷勤，老鼠恩也一路偷着乐，双方都把对方当个傻子。

五谷问白面鸡道："走……这么久了，究　　竟去……你乡下，还有……

几（多少）步路（多远）？"

白面鸡道："不远，望见前面那山，拐个弯儿就到了。"

"真……有牛……卖吗？勿……要……骗老子，白……走了……这一……遭哦。"

"老板开玩笑了，我们就是养牛大户，不卖牛还敢劳烦老板走动？"

老鼠恩狠狠瞪了五谷一眼道："走你的路，不说话没人说你是哑巴！"

白面鸡三个歹人一路上颠前颠后，哄老鼠恩两个直奔两县交界的泗云山区。老鼠恩不疑有诈，跟白面鸡他们过了一处山坳，行至半坡，白面鸡道："前面就到牛场了，天时酷热，两位老板也累了，稍稍歇息下吧？"

另外两个歹人听闻休息，即刻"嗨"一声，四脚朝天地躺倒在草地上。老鼠恩和五谷正累得喘气，见歹人东倒西歪在地上躺倒，也止步坐了下来。

老鼠恩和五谷两个刚坐下，白面鸡即冷冷地问二人道："老板行走江湖，怕是赚钱赚得不少，不似我等朝不保夕，找个钱刮痧都难，今日只想老板们借我等几个钱使使！"

白面鸡说着，躺在地上两个歹人像山蚂蟥一样弹起来，三个贼人三把杀猪刀已抵近老鼠恩两人胁下。老鼠恩哆嗦着问道："你们是什么人？"

"老子杀牛的。"

一个歹人过来只一摸老鼠恩，大喊道："好多钱哩。"

歹人押着两人朝山沟下走，下面较为开阔，沟底积年的野草，底层的早已腐烂，上面一层零零星星地长在铁锈色水上，这是鹤山人称作"烂涩湖"的沼泽。白面鸡和一个歹人站住，另一个歹人则继续驱赶老鼠恩二人往中间走。沼泽不算深，往前走了数丈，烂泥淹过小腿，五谷干脆停下来，扭头对押他们的歹徒道："喂……再……走……我们出不来了。"

歹人阴阳怪气地道："你们还想出来？不是我们老大说留全尸，老子在明城就赏你们一人一刀，还用得着山长水远送你来此？"

五谷道："老子……不……走了，你……奈老子……何？"老鼠恩也停下来道："钱银你也抢了，还要赶尽杀绝？"

歹人说："别说得难听了，这怪不得我们，怪你们太有钱。"

在下总把五谷叫作呆子，其实这家伙平日呆呆的，唯独打架斗殴却一点不含糊，实乃得益于他早年跟大癸哥练过功夫。那时他止步不前，实是等那歹人靠近，好来个出其不意。

好个不知死活的歹人，见两人不肯再往前，当空挥舞着杀猪刀嗷嗷吼叫道："相识点快走，横竖是个死，痛快点留个全尸，别等老子割你二人脑袋。"五谷心想："老子今天就同你搏一搏，谁死还不一定呢。"朝押他那贼人道："横竖……都是死，要割，……就割，老子……恰想做……个……无头……鬼哩。"

那歹人气得嗷嗷叫，五谷扎好马步等那歹人再近些，突然使头一顶，朝那厮狠狠一撞，歹人站立不稳，妥妥地倒在泥潭里四蹄乱蹬。五谷回身欲抢他手上尖刀，见已丢落泥塘去了，于是抬脚一踏，直接把歹人踩入稀泥里。

蹲在岸上的白面鸡和另一个歹人见五谷三两下便结果了他同伙，叫声不好，连滚带爬钻进后面的树林子跑了。等老鼠恩两个出了沼泽去追，早不见了歹人的影子。

五谷讲完他这一惊心动魄的经历，雨也不知什么时候住了。天边晨曦初露，眼见天已大亮，看来已不能按约定时间到达白水乡，才哥心里暗暗地道："白忙活了一整晚，五谷参军这事只能下次再说了。"

"我们回吧。"

"回哪？"

"回村。"

"不……不去……人民……村吗？"

才哥说，原来约定天亮前到达，现在去，见不着人，去了也无用。

五谷道："老话……说，官府都……有……三限，他……是哪路……朋友？那大……架子，竟……也过期……不候？"

才哥道："你不懂，怪我带错了路。我们先回村，下次再来。"

五谷还想说什么，才哥忽听见南面隐约传来一阵枪声，连忙制止道："别吵，听听是不是枪声？"五谷道："人家……捉狐狸，'烧炮'……呢。"

"不像，捉狐狸不会那么密集的枪声，你仔细听听，枪声还没停。"

五谷趴在地上侧耳听了好一阵起来道："不知甚人……在那边'驳火'（对打，意为打仗）哩。"

才哥暗暗地道："一大早就和敌人遭遇了，这不是好事情，十有八九敌人有备而来，这仗打得艰难了。"心里担心部队的安危，但又不能前去看个究竟，心更紧张起来，只好催促五谷道："我们回吧。"

来时兴致勃勃，回时没了一点儿劲，直行至下午才远远看见村庄，为免人见了起疑，才哥特意绕道星光村，还吩咐五谷道："如果有人问昨夜的事，对谁也不要说。"

五谷不以为然，心里埋怨才哥，认为才哥"唔识整识"（不懂装懂）。昨夜干脆让他那朋友好人做到底，亲自带我们去多好，白白辛苦走了一夜不算，还"荡失路"，好在老子认得"烂涩湖"，否则现在还在山里打转出不来呢。

回到村里懊悔不已。不久才哥那朋友又有"声气"（消息）来了。才哥道："今晚有任务，希望你参加。"

五谷道："老八……有声气了，这回可……别又……迷路了。"

才哥正式道："老八的队伍来了！"

原来，西江纵队有五百余人从中山开过来，与本地坚持斗争的双鹤游击大队在云乡胜利会师，随即狠狠打击新（会）高（明）鹤（山）地方反动势力。在云乡、宅梧、白水乡等地创建敌后抗日根据地，建立民主政权。民众受到极大鼓舞，大大激发了人民的抗日热情，不久，部队在宅梧宣布"人民抗日游击队"成立，我抗日军民习惯称其为中区纵队。

面对我敌后抗日根据地的建立，国民党军长邓某联合军统特务伍某，于罗定县召开"清剿奸匪"会议，制定"清剿计划"。调袁某的挺进纵队开往本县鹤城、南岗墟；李某的挺进纵队开往开平四九；保安部队七、八两团向高要陌土开进；江防大队开赴高明；国民党军则由罗定向云浮、新兴开进。表面是联合抗日，实则是便于制造事端，约束我党发展，以我中区纵队为目标的大包围圈正在形成，我中区抗日力量处在一个极为险恶的态势之中。

其时南岗墟附近仓下、坳合和安份等村分别驻有国民党鹤山、顺德、中山等三个国民党的县政府。挺进纵队司令部进驻南岗墟那白村，其主力特务中队刚从禄洞调来，驻扎在那白的月桥村。我中区纵队决定，趁敌人对我根据地未完成合围之前，攻打驻南岗墟的鹤山、顺德和中山三个县政府及挺进司令部，粉碎敌人的清剿计划，搞乱挺进司令部，策应特务中队起义。

新哥接受任务，掩护中区纵队人员进出南岗墟，侦察敌情和联络特务中队起义事宜。盘洞党支部除派出自卫队参加战斗外，还动员了本村青壮年，参加支前和救护伤员工作。

此战大获全胜，俘敌一百余人，缴获迫击炮一门、轻重机枪十余挺、步枪两百余支、电台两部和大批弹药。后经上级批准，三十多支步枪发给盘洞民众抗日自卫队使用。

乡亲们聚集在榕树下，听战士们讲战斗的经过，小孩子则趁机互相嬉戏打闹。部分战利品也搬回村里，堆在"乡约"（乡村议事场所）门口的"地塘"，派自卫队员守护。

我不止一次说过，乡亲们生性好奇，许多人第一次见着这么多的"靓铁仔"，一下子就来了精神，"嚯"的一声凑过去，被守护的自卫队员制止了。

见着搬回来那多铁仔，还一律是半新的"七九"（步枪），五谷羡慕得直咽口水，不过这都是人家老八缴的。这家伙不以为然，心里暗暗地道："止是那句话，打仗么，就像闲日'捉狐狸'一样，无论是谁，没有铁仔，手拿一截竹杠或者木棒也一样，都算你一份。才哥叫我'打南岗墟'，老子也去了。不爽的是老八不让老子冲锋，若随老子的意冲上去，肯定能'执到'十支八支铁仔。"

"五谷，五谷。"才哥到处找五谷。

"哎……才哥，找……我吗？我……看下……这多铁仔……呢。"

才哥拉那家伙近前道："别看了，天天想着参加部队，今日如愿了。你回去收拾几件衣服，说不定部队今夜就开拔了。"

"哦……老八说了……让我……入伙？"

五谷终于参军了，用他自己的话说，"揸枪揾食"才是大事。

有话即长无话即短。南岗墟战斗当晚送走了五谷，才哥依旧日复一日往返棠下与肇庆贩菜。不经意间已两月有余了，大地由一片鹅黄变成了满眼葱绿，又到了春暖花开时节。

"五谷随部队现在不知在什么地方，他能适应吗？"才哥担心五谷在部队上的情况。

原来，南岗墟战斗没过多少日子，国民党顽固派出笼了"第二期清剿计划"，纠合了国军两个团和保警三个团，以及"挺进纵队"、广扬守备区部队等一万余兵力，大举围攻我皂幕山抗日根据地。斗争尖锐复杂，部队战斗十分频繁。

人民抗日游击队司令部率主力一团西进后，形势更加严峻，敌人更加嚣张。农历新年前后，宅梧、白水乡等皂幕山抗日根据地相继失守。顽军在占据地区大肆劫掠过后，还向地方勒索巨款，强迫"赔偿"子弹费。

盘洞地处偏僻，百姓淳朴善良，爱憎分明，崇尚和追求正义，这些正是地下党支部对敌斗争的基础。当年冯先生慧眼识珠，发展了才哥等九人，稍后又发展了大锦哥等七人，地下党支部已有十六名党员了。

经过几年的斗争考验，盘洞党支部在上级党组织的坚强领导下，发动群众，宣传和执行共产党的抗日政策，发动和号召青年参军参战。掌握村自卫队，使之成为党领导的抗日武装。

因为斗争的需要，有的党员接受上级党组织指派，打入国民党区乡政权任职，小乡村的保、甲长基本上也由党员担任，才哥就是那时任国民党禄迳乡副乡长的。这对于我党了解敌情，掌握国民党的政治军事动向有很大的帮助。

地下党员任职的国民党的基层政权，实际成为为群众争取利益和保护革命同志安全的组织，被称为"白皮红心"政权。

地下党支部还遵照上级党组织的指示，开展发动群众成立"合作社"，积极推动减租减息，开办村小学，组织互耕队等多方面工作。

地下党支部的活动引起了敌人注意，一个时期以来敌人频频来盘洞村骚扰，才哥认为需及时召集党员们讨论一下，制定防范敌人的措施。

乡约位于村子中心，是一间春墙瓦顶的破旧房子，土墙四周数条裂缝又粗又长，由上往下裂。一支燃着的竹子插进裂缝中间，发出昏暗的光。

中共盘洞地下党支部自成立以来，在上级党的领导下，发动群众抗捐抗税抗丁，坚持要求和推行减租减息，影响越来越大。提起盘洞村，人们想到的是老八在这里很活跃，敌人称这里是"老八窦"（老八窝）。

才哥说："最近以来，顽固派以'剿匪'为名，频频进攻我们，勒索、劫夺我财物，威胁我安全。因为我们有效的防范，不跟他硬碰，敌人不但屡屡扑空，还让我们看准机会，像黄蜂一样蜇了他几下。至少到目前为止，敌人每回都是无功而返。"

忙了一个多月的春耕，乡亲们累得紧，一口粗粮野菜还在喉咙里，一只脚还吊在床沿，人已倒在床上响起了鼾声。夏夜屋子里静悄悄，听得见村前小鱼塘传来蛤蟆，还有那种青头小蛙的叫声。

才哥继续说："敌人越失败，他们就越不肯罢休。今晚召集大家来讨论一下，就是要总结前段的同敌人斗争的经验。"

大锦哥大声说道："还要怎么讨论？我们'走兵公'一直行之有效。他们不是来过几回吗？我们就跟他捉迷藏，他找我不着、逮我不到，反被我们寻个机会敲打了，这已经很了不起啦，还要作什么总结？"

"我们不能轻敌。"

"去年我们怕他尚且说得过去，上次打南岗墟上级奖励了我们三十支铁仔。今时不同往日，我们有这实力还怕他做甚？他不来不消说起，他若还来，这次咱就跟他对面打，打到他趴下为止。"

直至凌晨两点后，党员终于都倾向"小心无大错"的观点，决定从明晚开始，每晚除了加强自卫队村内外"巡更"外，另组织青壮年把巡更延至山上，防范敌人偷袭。

任务还没分派完，忽然村里狗吠得厉害，才哥心里一怔，众人也不禁紧张，正要出门了解，兜兜和另一个自卫队员上气不接下气地跑回村里，断断续续地报告："不好，那边有人'驳火'（交火）。"

两个自卫队员跑步回来报告有人打仗，究竟谁跟谁，在哪里？报告的队员说估计是兵公与什么人在山上驳火。各位，欲知后事如何，且听下回分解。

第十回　拉线炮　养牛人误打误撞
阻烧山　自卫队大显神威

上回讲到中共盘洞支部党员会上，大家统一思想认识，才哥正向各组分派任务，自卫队员兜兜和另一名队员，上气不接下气地跑回村报告：牛房（养牛场）方向枪声很密。一定是'兵公'（盘洞人称军人为兵公，一般多指国民党军警）与一伙什么人'驳火'（打仗）。

确定是兵公，因为只有兵公才有本钱烧那么密集的'铁仔'。

这事很蹊跷，石板坳那边上下九土两村，外加一个牛房，三处加在一起也不超过百十人，是高明杨梅最小的村庄，而且近半是东安来杨梅周边打工的泥水匠手艺人。这里群众基础薄弱，人穷胆小，国民党军警都懒得理会这类小村子，为何突然枪声大作，难道敌人真的由那边来偷袭盘洞村？不过，这也说不通，敌人既然偷袭，一路枪声大作又是什么意思，阻却兵公的又是什么人？

兵公比戏台上老倌出来得还频密，什么挺进纵队啦、什么省保警团啦，什么鹤卫总队啦，　时说伍某人，一时又说陆志坚，扛着"水龙炮"（捷克机枪）还动不动"发浪泥"（粤方言，意即发脾气、撒泼。这里实指机枪），三天两头来骚扰，劫钱劫粮劫财物又"锁人"（逮捕人），搞得满世界鸡飞狗跳。

众人细听了好一阵，听不到什么枪响，问兜兜道："哪有什么枪声？"

兜兜说："刚才明明枪声密集，哦，我知道了，一定是一方胜了，然后追打另一方打去了。的确听见很密集的枪声，我们才急忙回来报告的。"

肯定发生了敌情，但情况不明，才哥与党员们商议决定：由村自卫队跑步占据大坑顶，发现敌人要坚决阻击；其余人掩护群众"走兵公"，要保证每个人安全撤至山里；安排两人负责本村警戒工作，有情况鸣锣报警，使邻近村庄联防力量迅速来增援。

亨哥、珠哥负责转移群众，动员人们出村。东方都放亮了，转移的队伍松松垮垮的，还没过崩龙坳。

队伍已经够慢了，生鸡仔老婆又突然发疯，说把小儿子漏在村里头了，硬要转回去找。珠哥正劝那女人，停了不久的枪声，又"噼噼啪啪"地响起，且比先前更密了。

不知道谁喊一声："兵公来了。"听说兵公来了，有人拼命往山顶跑，有人就地钻草丛，甚至还有那么几个人往回跑，队伍一下子就乱了。负责转移的自卫队员没见过这阵势，张开手臂阻拦群众。珠哥、亨哥大声呼喊道："乡亲们，别乱跑，大家别乱跑，是我们这边'烧炮'，自卫队与敌人接上火了。"

那位说了，说书的你糊涂，你一会儿"烧枪"一会儿"烧铁仔"，我们好不容易听明白了，现在又说出个"烧炮"来，是何意思？

各位勿躁，容在下做一个小小说明：乡亲们喜欢捉狐狸喜欢玩铁仔。不说别的，单凭这数百人的村子，竟也养得活一家"枪械修造所"，不得不让人称奇。

"枪械所"老板是个聋子，技术堪称一流。据说所有种类所有牌子的铁仔，他大概都能"整"（修），尤其擅长整"猪脚仔"（一种土造短杆散弹火药枪）。经他手"整"过的铁仔，用他自个儿的话说，质量当然"滑漏夹其他"。

因做着犯禁勾当，铁仔铺不方便亮出宝号，乡亲们干脆称他家为"聋鬼烨整铁仔"，或者"聋鬼烨铁仔铺"。更传奇的，还数老板娘"聋婆子"。

传说有次官府来查禁，有人亲见聋婆子手提双枪，跃上铁仔铺二层小板阁窗台，跨上长年搭向后山的木梯，脚勾梯横手持双枪，乒乒乓乓向缉捕的兵公"驳火"，打得兵公晕头转向，人则早钻进林子逃去无踪了。

除聋鬼烨整铁仔，邻近还有一家兼营的"鸿记整铁仔"，不过，与聋鬼烨整铁仔比，鸿记就是个笑话。

寄居凤尾岗的鸿记平日走街串巷，吆喝"焊铜焊锡补锑煲"。某日，勾鼻可扛一支"凸勾"（火药枪击发部件）扳不动，偶尔扳上去了又常常勾不住的坏铁仔，欲往聋鬼烨铁仔铺，出来恰遇着鸿记，勾鼻可随口问了声："能'整'铁仔吗？"鸿记像做抢答题一般："怎么不能？太能了。"

勾鼻可啰唆是全村出了名的，揉了揉鼻子再问鸿记道："手工好吗？"

鸿记正式答曰："骨水（好）。"

勾鼻可想道："铁仔的凸勾扳不动，多是锈住了，总的说来应不属大问题。鸿记自认会整，谅也不至于不懂装懂。既相遇在此，也就没必要舍近求远，就叫他整一下，试试其手段亦未尝不可。"

把铁仔交与鸿记，勾鼻可转身回家忙别的去了。忙至傍晚，忽想起铁仔尚在鸿记的摊档修着，想来早修好了，怕鸿记左等右等不耐烦，遂一路小跑着去到大榕树下，到了那里，由近及远看了个来回，哪里有鸿记人影？围着大榕树转，才见着凸起地面老高的大榕树根的缝隙，散落着一堆拆散了的铁仔零部件。

打那次之后，鸿记足有半年多没来盘洞村了，人们都快忘了这位"大师"的存在。

人们喜欢玩枪，关于枪的话题自然也多，总是约定俗成，人们更多把枪称作铁仔，也称炮仔，叫枪的反而少。可见，把开枪叫作烧炮也属正常。

自卫队忙着把乡亲拢在一起，见自卫队的两名队员气喘吁吁从山上下来，珠哥急忙问："什么情况？"其中一名队员一手撑着膝盖，喘着粗气断断续续地说："天快亮时我们上到山顶，牛房的人……与一伙兵公正驳火……"

东安人说话，许多时候都喜欢用到一个"房"字，比如把厨房叫伙房，把学校叫书房，点心铺叫饼房，榨油作坊叫油房，养牛场叫作牛房也很自然。自从鸡笼迳开了养牛场，乡亲们将此地叫作了牛房。

"牛房统共才几个人，敢招惹兵公，不怕把他立时化作齑粉？"

后来才弄清楚此事的来龙去脉。原来，那日牛房人与之交火的，正是"挺进纵队"容志江部一个中队的兵公，中队长诨名撞死马。

撞死马中队奉命到宅梧、白水乡骚扰我抗日根据地，经马口坳、四堡一路撤回驻地南岗墟。据说该部此行是"凯旋"，故一路行来"百里火飞"，气焰嚣张弄出很大的动静。

盘洞人对容志江并不陌生，相传此人曾数次率喽啰来盘洞村骚扰，不过每一回都乘兴而来败兴而归，被上司狠狠训斥过很多回。那日途经高明井头村，容志江忽然记起来，此地不是与盘洞村交界吗，以往老子在盘洞村总捞不着便宜。"我就不信老八他会时常行好运。"容志江乘着酒兴，竟然萌生了再次偷袭盘洞村，报曾经的一箭之仇的念头。于是部署兵分两路，他亲率一路由马口坳直扑盘洞的大坪村，另外一路则由他的心腹撞死马领着，计划经杨梅九土村过分水岭，于岭上设伏，以期前后夹击。

撞死马这一队避开大路，头天傍晚到了杨梅九土村外，众兵公已困得不行，蹲在野地里哈欠连连，挨至夜半，忽传令开拔，只好强打精神，顺着杨梅河一路摸了来。遇着一独行的鼠摸，兵公把人逮住，简单审问了一轮，把枪栓一拉，迫那鼠摸做了向导。

鼠摸落入兵公手上，思量着不能脱身，正暗暗叫苦，等弄清楚了兵公不过要他带路去盘洞村，鼠摸一听乐了，兵公这是拿鱼腥恶心猫咪，鼠摸暗暗道："哼，让老子带路，你倒想得周全，老子也正好成全你。"鼠摸是个精怪，先装作没奈何，最后才顺水推舟，假意应承。

兵公们悄悄地沿石水河东面小溪溯水而上，朝盘洞村摸来，企图完成从西边包抄。中队长撞死马不无得意，半是训斥半是鼓劲地对底下兵公道："各位弟兄清醒些，我等任务是在分水坳的隘口静静地坐着。战斗一旦打响，则老八必定向西逃遁，我堵在隘口，那时老八命休矣。若是我等大意，放跑了一个老八，上司要老子的命，老子先要了尔等性命！"

说话间，鼠摸领着兵公来到小路尽头，往谷口望去，黑乎乎的两面峭壁，只闻淙淙流水声不断，总寻不着出处。脚下厚厚的枯枝败叶，人从上面走过窸窸窣窣作响。野竹子叶长满锯齿，浑身毛刺的野芒秆，枝叶长得横七竖八，遮天蔽日，从沟底直长至半山，果然一处"山穷水尽"的所在。

撞死马疑鼠摸领错了路，几次摊开行军图，捂着手电筒，压着图晃来晃去看了几回，狐疑着问那鼠摸："你小子是带错路了，还是有意领一条黑路糊弄我弟兄？"鼠摸连忙答道："长官不信人，小的怎敢带老总们走错？前面就到鹤山了。至于说到糊弄长官这一层，恐怕是天下最荒唐的事，小的即便有那狗胆，糊弄遍了天下所有人，亦断断不敢糊弄您大长官呐！"

撞死马照鼠摸屁股踹了一脚道："还不快走！"

鼠摸反手揉几下又痛又麻的尾脊骨，原想着有许多机会可逃脱，现实却是兵公看押得紧，没能得逞。抬头仰望"擒婆龙"上空，已大片泛白，不禁暗暗叫苦，叹一声道："黑夜里尚且无计，天愈加亮，日光日白的，只怕再无机会了。罢，罢，罢，肉在砧板上能怎样？还是老老实实把兵公带到地方，然后听他发落就是。人心都是肉长成，兵公或念老子辛苦效劳半夜，棘天刺地走过来，划得老子手伤脸花，放了老子也是有的。怕便怕兵公'打罢功德（法事），不要和尚，反要论功行罚，赏老子一颗'花生米'也无奈何。唉，命该如此也是没法，若留贱命一条，则祖上积德了。"

野芒长长的叶子堪比一把利剑，上面的锯齿锋利异常，兵公脸面和手足被划得鲜血淋漓，鼠摸领着兵公顺着斩山人（樵夫）踩踏出来的林间小道转来转去，走着走着，又回到了原来走过的地方。

兵公欺负百姓固然很平常，不过受这般苦楚对鼠摸说来却是头一遭，又不敢发泄，只得唉声叹气，叫苦连连。撞死马担心不能按时到达，一路上骂骂咧咧迁怒鼠摸。鼠摸无奈，少不得忍气吞声地在前面开路。

大凡做鼠摸者，首先得天性狡猾，然后警惕与疑心缺一不可，你不见那鼠摸平日走路，行两步停下来嗅一嗅，望一望眼前瞅一瞅身后，疑心堪比狐狸，总怕人识破他的面目。鼠摸抽了抽嘴角，歪着嘴领兵公爬坡靠近小道，忽然又停下来，向两边嗅了嗅，总觉有些异样。

鼠摸略一迟疑，忽然见尺多深草丛之下，有一根细细的线横牵在小道上，顿时让鼠摸惊得倒吸了一口凉气，暗暗大惊道："果然有陷阱。"

话说东安县老乡缩骨张来杨梅地方有些年头了，起先专做看火烧窑的营生，听说后来做了谁的养子，不过依旧做看火烧窑的营生。由他介绍，金牙坤等六七个东安老乡，东拼西凑地凑些钱，来此地做起了牛房，伙在一起人人都当老板兼做伙计。

场里长年饲养着五六十头黄牛、十多条土狗。老板们早晚除了依例爬上岗顶四处张望一轮，隔山盘点牛只，防它走失，其余时候则轮流到墟上找东安老乡喝两盅自酿土烧酒，日不西沉决不回去。那日子胜过在老家种田掘地。如此"江湖搵钱"，然后捎回东安养家糊口，倒也自在。

牛房经营有些年头了，一向"风平浪静"从未出事。十几日前，牛房老板如常起来打开柴门，一眼就望见山坡上所有的狗，请注意，是所有的狗，横七竖八地趴在草地上一动不动。感到异样，过去瞧瞧，即刻大惊失色道："天呀，这是怎么回事？"

"咋会一下子全死了呢？"摸摸狗身子已僵硬多时了。十多条狗啊，有的口鼻出血，有的满嘴泡沫，显然是遭人毒死的。东安人回想昨夜狗吠得特别凶，因为没出过事，就没理会。后来狗不吠了，大概率是那阵已遭人投了毒。

东安人不重视甚至不理会狗的警觉，结果出事了。除了十几条土狗，牛舍里还少了两头"大生牯"，连带拴牛索也不翼而飞。

"光天化日（事实是黑灯瞎火），一下子失了两头大生牯，这还得了？"

痛定思痛，还需"亡羊补牢"。于是乎，牛房老板们一夜之间从山坡以下装了许多"线炮"，散放在牛房四周山坡、牛路、溪边及荆棘共生的小树林中。

那位问了：线炮竟是个什么东西？

原来，许多年前我们乡间常有老虎、野猪那些凶猛野兽出没，这些野兽甚至大白天跑到村里叼家养的猪。细悠赞的小儿子光头林，就让老虎叼过一头猪。

光头林半点儿继承不了他老子的基因，或者说传统。你看他有多粗心？夜里睡觉总不关门，这早晚要出问题不是？某晚八点不到，人刚刚睡下，一只斑斓猛虎巡村，见光头林家门开着，大摇大摆地进屋，叼起几十斤重的猪淡定出门而去。乡亲们燃着火把敲响铜锣一路追去，那发瘟货淡定得很，边走边啃，人们没追上老虎，只捡到它吃剩的半边猪后腿。

线炮是射杀猛兽的方法之一，通常是选择野兽可能出没的小道，用一根长长的绳子连着火铳，一路伪装起来，然后往铳膛里填火药。当然，能填多少填多少，再填一些如粗铁砂、小片铁屑甚至耙齿之类，在射程内火铳口对准目标可能走过的方向，用细绳子系住火铳上的扳机，一处线炮便成了。

当然，装线炮是危险勾当，稍不注意会误伤他人，所以装线炮要天黑后确保山上没人才可布置，天亮之前要及时拆除，怕伤了早起上山的人。

东安人发誓：毒狗偷牛的贼人若敢再来，非活剐了他不可。除了牛房四周布了多处线炮，又紧急购回几支"猪脚仔"，人手一支日夜掖着，绝不离身。

鼠摸领着众兵公跨入一条小道，感觉草丛有被人踩过的又恢复了的痕迹。

鼠摸屏着呼吸细细搜索，果然见着又一根青麻扭的细绳子，横穿过草丛拦在小道上，晓得是牛房佬做的机关，他倒吸了一口凉气。略一迟疑，把脚缩了回去，心里暗暗地道："好险啊，饶是老子心细，若冒冒失失蹚过去，老子这鸡胸早被线炮轰得稀烂，还能活着站在这里？"

鼠摸到底是鼠摸，线炮非但没把他射杀，反而成全了这家伙，让他又一次逮着了逃跑的机会。

"怎么不走了？"兵公在身后催促鼠摸。鼠摸道："多大的雾（露）水，连眉毛都打湿透了。"撞死马骂道："绕了半夜，你小子就想把我们带往绝路，再不正经走，误我军情试试，信不信立时活剐了你？"

好鼠摸，不敢作声，学着沙洲上悠闲信步的长腿白鹤那姿势，高高抬起那一支瘦腿，跨过那根生死线，蹿到丈余开外，扭头望一眼，努一努嘴，究竟是让后面兵公跟上，还是暗示"老子先走了"？那意思让人难捉摸。

兵公不知前面有危险，还道是鼠摸害怕他们长官。遂强打精神，拖着浑身疲惫，跌跌撞撞地跟上。鼠摸暗里冷笑一声："别怪老子不提醒，老子这是山佬捉螃蟹——你死好过崖（我）死。"

想到线炮一响，走前面的非死即伤，后面的必然乱成一锅粥，这种机会很难得。过了这村就再没那店了，此时不跑更待何时？

好鼠摸贼眼一眨，掩饰不住东张西望，盘算着往哪个方向跑最安全。

兵公见鼠摸东张西望似不老实，正欲吆喝，鼠摸却开腔招呼兵公道："跟上了。"说完一个滚地龙已蹿出一丈开外，说时迟那时快，鼠摸身后"轰"的一声巨响，直如山崩地裂。后面兵公不知鼠摸触响了线炮，突如其来的爆炸把整队人马吓得屁滚尿流。鼠摸虽则已有防备，但慌乱中不提防踩中一颗散石子，脚下一歪打了个趔趄，"噼啪"一声栽倒在地，跌了个嘴啃泥。

底下陡峭如削，滚将下去不死也得"一身潺"（脱层皮），出于本能，鼠摸伸手抓住小道边上野草欲定住身子，却正是这一抓，应了那句无巧不成书的口号，真正赚了"一身潺"。

原来，牛房老板们因一下子被盗去两头大生牯、死了近十条狗，损失如此惨重，遂下狠劲收拾贼人，于是密布线炮群，单等那盗牛贼落网。

鼠摸轻松一跳避开头一处，以为"益了"身后的兵公，却再想不到，牛房老板们装的连环炮"轰隆隆"连发数响，铁屑向整面山坡射来。先不说他受不受伤，光是线炮连环爆响就吓得这伙兵公顾头不顾尾了，至于鼠摸滑落悬崖之下竟是摔死了，抑或毫发无损而逃之夭夭，再无人去追究。

兵公被线炮伤了五六名弟兄，战斗力顿失十之有一。但兵公毕竟是兵公，经过初时瞬间混乱，反应还算不差，撞死马嗷嗷叫着，喝令卧倒隐蔽。等他反应过来命令反击，才发现根本没有目标。乃怒目狰狞，朝天"砰砰砰"连发数枪，吼道："敌人在哪，在哪？"

牛房老板们折腾了大半夜，黎明前刚想打个盹，忽听得山坡上线炮连发，响彻山野，众人抖擞精神急急脚朝枪响处奔去，下决心必要逮住此贼，看他是谁。

牛房老板们刚爬至半坡，隐隐见有人匍匐于草丛中，不知谁喊了一声："可恨的偷牛贼藏在这里！"听说见着贼人，牛房老板们哪还顾什么三七二十一，开枪乒乒乓乓一阵乱射。

正恼火频频遭袭，却又不见敌人踪迹，撞死马这回看清楚了，伤他弟兄的，只是区区几名身份不明分子。那厮又气又羞，歇斯底里地狂叫道："丢那妈，可恶！可恶！匪贼不过数人，竟敢伤我兄弟。弟兄们狠狠打，给老子灭了他，一个不留。"

中了线炮的兵公，痛得打滚，比死还难受。没受伤的把颈子缩进衣领，大气不敢出，待他们战战兢兢地探出半个脑袋，敌人却早没了影。

牛房老板拿的都是猪脚仔，放一枪得填一回火药。等他看清楚了草丛里一色的"老虎皮"，这可吓得不轻，金牙坤喊道："偷牛贼假扮兵公了。"

不知谁喊道："不是假扮，就是兵公。"金牙坤顾不上往枪里填火药，跺跺脚喊声快散，众人早鸡飞狗跳地逃得无踪无影了。

"不可让他们跑了，给我狠命打。"撞死马下令打，兵公们发了狠，朝牛房老板消失的方向一轮猛烈射击。此举与其说是发泄愤恨，还不如说是对牛房老板们的离去送行。

撞死马连连喊道："可恶，可恶！"受伤的兵公不停地喊死喊痛，呻吟声声，把他激得暴跳如雷，吼道："丢那妈，你帮契弟，不曾放一枪一弹，反为人所伤，羞也不羞？老子尚且未追究尔等畏缩不前之罪，尔等反而喊生喊死动摇军心，再喊，老子补你每人一枪。"

唉，本来分头清剿盘洞老八的计划，经此一折腾因他撞死马处置不当而化作泡影。上峰不追责犹可，一旦追究起责任，后果可大可小，大则军法处置，小者也需破财才挡得了这灾。撞死马声嘶力竭吼道："起来起来，你班（伙）契弟，都起来，哪怕掘地三尺，也一定把匪徒给我找出来。"

众兵公战战兢兢地端着长枪，向着齐腰的野草东戳戳西拨拨，东扑西拍地总想寻这几个神出鬼没的神秘人来报复。

"报告，底下发现数间茅舍。"

兵公发现沟谷下一排黄土舂墙茅草盖顶的茅屋，赶紧向撞死马报告。

撞死马拿过行军图，查看了四五遍，此地就是一片荒野，没有村庄。那厮对图沉吟道："甚人在此荒野建了几间茅屋？难道是《聊斋志异》里的狐仙，在此幻化茅舍数间，做害人的勾当不成？"他断定，沟谷下那一排茅草屋，就是这伙身份不明分子的巢穴。

这伙身份不明分子太狡猾了，不能贸然行事，撞死马对众兵公做个合围的手势，把他弄得焦头烂额的身份不明分子果然藏在里面的话，生擒他们是轻而易举的。

这家伙还不算过分地蠢，众兵公正步步为营，蹑手蹑脚地包围茅屋。他则想："身份不明分子寥寥数人，不是突然袭击，能伤我近十弟兄？不是高山密林有利他藏匿，在我追击之下，他绝不可能从容逃去。今既逃遁，恐怕也不会躲回小茅舍。"

连日来牛房老板们昼夜巡查，已是精疲力尽，见天放亮，正想松懈，忽闻线炮响起，料定偷牛贼再来。兵公匍匐在草稞里被牛房老板们当成一群偷牛贼，朝他们一番狂射，立马伤了数人，正想乘势上前去捉贼，发现竟是一队兵公，晓得捅了马蜂窝闯下奇祸。三十六招走为上，领头的打个呼哨喊一声："散。"众人听得，撒开脚丫借着林深草密早不见了踪迹。

撞死马很懊悔，心想道："不明分子无论躲在哪里，他们一定还在某处盯着你，我如今去包围小屋，他在后面再一阵乱射，那时我真真是黄鳝上沙滩，不死也一身潺了。"

"停。"撞死马喊一声停，众兵公听令停止搜索。有兵公不解道："明明找着匪徒的巢穴了，咋又下令不攻了？难道长官要放匪徒一条生路不成？"

众兵公正迟疑，撞死马已生出一条毒计。只听他向一众手下大声道："所有人听着，这伙匪徒穷凶极恶，无端伤了我弟兄，误我军事，把我耽搁在此，对他一时难以讨伐。虑其会打冷枪，再伤我弟兄，为免误我军情，也为报伤我弟兄之仇，本队长已有了对策。"

兵公听了，不知长官想出什么计策来。撞死马继续说道："老子决定，放火烧了这山！"

撞死马未说得完，底下兵公"轰"一声议论开了，有说此计极好，也有说此计甚歹毒。说此计好的连说："好，好，好。"说此计歹毒的则小声嘀咕："看不出来，头目果然赛过刽子手，如此歹毒计谋，亏他敢出。"

敌人果然毒如蛇蝎，他们只要把野草点着，漫山燃起熊熊大火，谁能逃得？即使大火一时烧不过来，滚滚浓烟先就把人逼出来，最终也逃不过兵公的射杀，看起来，牛房老板只有死路一条了。

各位，众兵公正分头忙着点火，牛房老板们已大难临头，若非得神仙搭救，否则性命休矣。

那位，你是否还记得起，上回讲到那鼠摸识破牛房老板们布的线炮，想可以乘此逃脱。迟疑之间，胡乱答那兵公，今早"雾水"真大，把眉毛都打湿了。果然，兵公几处点火，捞起一把枯草，看着是干货，实在潮湿得很，捏得出水。划了半盒火柴也点不着，倒把手烧得起了泡，侥幸点着了，烧了簸箕大小，火还是熄了。

兵公报告撞死马："报告长官，柴草湿，引不着火。"撞死马不信："胡说，遍地枯枝败叶，哪里点不着？"

"报告长官，五月天草木青翠，枯枝败叶都是往年落到地上，沤了几年，落一场雨由上湿到底，日头又晒不着，上面看着是草，底下早化作泥土了，划完一盒火柴都点不着。"

"混账，尺多厚干草，怎么都化作湿泥了？"

撞死马弯腰捞起数条枯草，捏作一束抖了几抖，训斥兵公道："你班契弟没一个不是饭桶。'高要佬卖蒲席——你是生（活着）的还是死的'，老子不信，把草抖松了会点不着火？看老子点着了，把你扔入火堆，把你小子烧成金猪吃了。"

边训斥手下兵公，撞死马蹲下身，侧头侧脑，划一根火柴，伸到结成块的枯草下面去烤，草没点着倒先烫了手指，把他痛得龇牙咧嘴，气得把剩下的半盒火柴扔得老远。

兵公阿甲道："这草沤得太久，都失了油质，昨夜大雾，到处湿漉漉的，的确难引火。"

兵公阿乙想在长官面前表现，说道："下面小屋是樵夫建的柴草间，我们不如下去多找些干草，堆起来点着，风助火势，不愁烧不起来。"

撞死马好没来由，他不下命令，只说可以去抱些干柴草，众兵公皆是懒人，既然长官不下令，谁也懒得动。撞死马气得吹须瞪眼跺脚跟，近乎咆哮地道："就你们识得，老子就不晓得透干的草容易惹火？既知底下小屋有干柴草，就该早早地抱了来。旗杆似的戳着，难道要等老子下去替你抱了来？"

兵公被撞死马没头没脑地骂了个狗血淋头，又不敢顶撞，见他发话，不敢怠慢，趟过齐腰深的野草，一步深一步浅，向下边茅屋抱干柴草去了。

走到离小屋子不远，突然听到"哞"一声叫，走在最前的兵公们吓了一跳，停下脚步，后面见前面停下来，问道："怎么不走了？"

前面兵公大概从未种过庄稼，狐疑地道："不晓得屋子里有什么野兽，叫得这般吓人，该不是有老虎在里边呢。"

后面兵公笑骂前面兵公道："妈的，大惊小怪，屋里是你'伯爷'（粤人有时称父亲为伯爷）被人关在那里，叫你救他呢。"

前面兵公正要回骂，后面兵公继续取笑道："人生的老子，狗生的你，连黄牛叫都不识，还说是老虎。"

此地属杨梅乡桂村，又称九土，虽近村邻镇，但地处皂幕山腹地，崇山峻岭，除了野兽出没再难有产出，当地人素来不曾开发，连樵夫都很少来此采伐。金牙坤等数名东安老乡看中此地，是此地偏僻无人领管，漫说是牛房，即便做个动物园也无妨。

牛房经营了数年，也少有人晓得这里有座养牛场，何况过路的兵公？

兵公走到茅屋跟前，就着茅檐下小窗往内张望，见大群黄牛拴在屋内，揉揉眼睛再看，的确满屋黄牛。兵公张开大嘴，就差没惊掉了下巴，惊叹道："满屋子的牛！"

也是，兵公们天天讲清乡道剿共，还不是为了趁势从百姓那里抢粮食、劫财物、勒钱银？

兵公愣怔了瞬间，认定发现了一笔大财，报告给长官，至少会有个"发现之功"，赏两个小钱也是有的。遂对后面一个兵公道："就你走路最快，你去报告长官。"

那兵公问道："这里什么情况？"前面兵公没好气地道："这里什么情况你看不见？"兵公应一声"好哩"，说着，原路折回去了。

在下说过，牛房开张以来一直风平浪静，牛房老板也渐渐养成一个习惯，即每日中午站在山顶盘点牛数，点牛数不一定都能对上数，比如有三四只牛，虽然暂时见它不着，但每回那些牛都在同一山坳或卧或休闲。再比如，有几只调皮的，总喜欢"望岗青"，望着满山青绿，以为远处都是好水草，一山过一山地走出很远。傍晚有三五只不见回来也不要紧，明日再点数，昨晚走失的那几头，又回来了。

偷牛贼光顾过牛房后，老板们一日盘点好几次，且每次必须见着牛只，所有的牛傍晚一律赶回栏拴好，明日再放。众老板夜里则掖起铁仔每二人一轮，认真值班。老板们比以往任何时候都不敢马虎，这也没法子，风声鹤唳缺少安全感嘛。

都说忙中多出错，众兵公发现了这么多牛，忙着打发走路最快的兵公回去报告长官。等他上至半山，下面兵公才想起，这样一个内容不准确的消息去报告长官，长官要问起水牛还是黄牛，大牛还是小牛？头数统共多少，估计价值又几何？这些都一问三不知，此非但无功还要讨骂。

"待我几个进栏里看看，清点牛只再报告。"

"先等等，看看有多少牛再报告。"那个自诩心细的兵公大声朝山坡上呼喊，不过，去报告的兵公已上到大半坡，去上面比返回底下还近。

推开牛房的篱笆门，一阵又骚又臭的热浪扑面而来，兵公哪里受得了，忙不迭地掩着鼻子一轮怪叫。

因为这伙兵公，牛房老板们都自顾不暇，何况他的畜生？那些牛由昨晚关到今早，更不见主人来打理，牛也晓得不耐烦，两响线炮加一通"乒乒乒乒"的枪声，早把那牛惊得乱哄哄如临世界末日，几头"老生牯"拖着挣断了的半截牵牛索，踏着牛屎尿浆，甩来甩去胡乱地转，把牛栏弄得一片狼藉。

牛大多对颜色敏感，兵公浑身黄皮，与西班牙斗牛场那面红布同样扎眼。拖着半截断牛索的老生牯索喜搅事，正欲寻同类打架。忽见了几个陌生人，进来扭身子掩鼻怪叫，牛彻底地惊了，领头的老生牯哞哞叫着来回窜。兵公来回躲闪，牛群见了兵公的黄衣服更恐惧，以为人要杀它，拼命挣扎着夺门而出。

牛群窜上山坡，四散奔跑，平日温顺的牛此刻发了疯，见人就撞。靠得近的两三个兵公最先倒地，来不及爬起来，牛群已从他们身上踏过。兵公凄厉的呼救声，牛群更惊恐了，又踩伤了两人，场面要多恐怖有多恐怖。各位，欲知后事如何，且听下回分解。

　　牛房从谷底到半坡长满清一色的竹节草，这种草天生柔软，一阵风吹过即倒伏贴地，远远望去如一方织锦。人在上面走，脚下软绵绵得有点费劲，走过的地方，后面留下一条浅沟，像画家在一幅画上添了一条细长的小溪流，让人感觉到几分惬意。

　　上回讲到撞死马命众兵公往山坡下茅舍抱干草放火烧山，因兵公穿着一身黄色军服惊扰了牛群，伤了数人，没伤着的兵公只怨爹妈没生他四条腿，哀号着扑向那片竹节草丛。竹节草看着嫩绿柔软，不过，走在上面就不那么美妙了，至于逃命更是另一回事了。

　　牛群追逐兵公，撞死马远远地见了，不知什么情况，忙问："哪来这许多牛？"

　　刚刚从牛屋上来的兵公，正要报告，听长官发问，即刻报告道："报告长官，我一行数人，奉长官令往下去搬柴草，走到半路……"

　　这教科书式报告，撞死马听得一头雾水，认为兵公答非所问，怒向那兵公道："妈的，老子问哪里出来这许多牛？"

　　兵公不明白长官为何发火，继续报告道，撞死马很无奈，遂高声吼道："老子问你，哪跑出来许多牛？"

兵公原来不曾见着牛，见长官动怒，遂据实回答道："我没见着牛，是底下弟兄说我走路快，让我先上来……"撞死马打断兵公的话，吼道："老子是问你身后那些牛怎么回事？"

兵公心想，沟谷底下"伙计"把牛赶回来了，转身往下一望，妈呀，下去的兵公，像鸭子见了黄鼠狼，喊声凄厉，正四散逃命。

他不明白那么多疯狂的牛究竟是从哪里冒出来，更不明白他的伙计们，是怎样激怒了这群一生的名声都与老实扯在一起的牛。

被牛群狂追着到了那面半坡前，兵公慌不择路，毫不犹豫冲入竹节草丛。他们压根就不懂，那竹节草长得柔软而细长，在上面蹿着走尚可，若要跑起来，那脚踩下去容易，细长且柔韧的节草就如一张大网兜，把脚提起来难，脚踝被草网密密兜住，半天拔不出，如掉落陷阱一般。

回来报告的兵公看见底下的伙计被牛群抵着屁股狂追，想着他们若往这上面逃，牛群肯定也会追上山坳。这就很危险，想向更高处逃命，碍着长官不动，他也不敢跑，站在那里双腿抖得厉害，直如筛糠一般。

花开两朵，各表一枝。且说牛房老板们逃入山坡密林之中，来不及喘口气，就听见撞死马吆喝喽啰下去找柴草引火烧山。金牙坤说："妈的，今回捅马蜂窝了。躲着不是个办法，为今之计，先别想牛房了，留得青山在，不怕没柴烧，趁他火还没点起来，逃出去才是上上之选。"

那位问了，火比人快，兵公烧山，牛房老板还逃得出去吗？

在下告诉各位，过去山里人普遍没有防火意识，大山时常失火，甚至还有主动放火烧山的。事关烧山的好处显而易见，比如放牛的把山烧光，来春满山嫩草更好放牧；种田的把山烧了，厚厚的草木灰正好做肥料。至于伐薪烧炭的樵夫，大火烧尽了荆棘野藤，林子只留下通身乌黑的树干，砍一担柴，或者烧一小窑露地炭，肯定比平日省一半的时间和气力。

山里随意用火，山里人也常有被大火困着的时候。老辈人说，被火困在山上也有自救的办法，最简单就在被困的地方也放起火来，等远处的火烧近了，可以走进刚才点火烧过的空地上。牛房老板们不惧被火烧死，怕山火过后山上光秃秃一览无余，那时你逃得过大火，也逃不过兵公的子弹。

牛房老板们平日几口老烧下肚，胸脯拍得"嘭嘭"作响，临到有事，其实大多无甚主见。兵公烧山，总是怕死，矮仔耀道："与其坐着等死，不如趁早搏他一搏，只要爬上山顶就成功了。"

矮仔耀事实上成了众人主心骨，老板如黑夜中突见了曙光，抢问道："向山顶上逃？"

他们匿藏的"贼佬岭"不是山岭，是一条短山沟。沟谷大片矮乔木林子伴着荆棘，延绵至磨塘峰下，翻过山坳就是鹤山界。毕竟是矮仔耀，也只有他才想得到往鹤山这边去，过了那片荆棘就是生天了。

"兵公一时搜不到，我们沿沟而上，过了山坳就脱险了。"

刺林子野藤缠绕荆棘，荆棘横长穿过树丫，简直是荆天棘地。人只能匍匐着往上挪，求生的本能令牛房老板们不顾一切，争先恐后往林下空隙里钻，刺钩挂住衣裤，"哧啦"一声，即刻就成了布条，皮肉火辣辣地痛。矮仔耀低声吆喝道："不能歇，是死是活只此一举！"

好不容易爬到林子尽头，来到断崖底下，爬得快的从荆棘缝里探出那颗挂满是草屑和短刺钩的脑壳，侧目往崖上仰望，叹一声好高的崩崖。看看被划拉得血肉模糊的腿，叫一声："妈呀，老子没一块好皮肉了。"

说书人家乡四周高山上不少这种断崖，乡亲们叫它崩崖。众老板们早累瘫了，横七竖八地倒在那里再起不来了。矮仔耀不免焦急，望望断崖又望望躺倒在脚下的人，喊道："伙计们，不敢再歇了，都起身，攀崩崖。"

大炮标有气无力地道："唉，吊颈（上吊）还想着透口气呢，待我歇过了再说。"矮仔耀一听来了火："非常时期，你不走我可走了。"

肥仔荣也大口大口喘粗气，说"我，我不行了。"

鬼火成说："我说耀哥哩，兄弟们什么时候都不比今日狼狈，再说人也不是铁打的，不是还差几步的路吗？这也不比别处，刀削般立在面前，万一攀到半路那葛藤断了，或者滑了手摔下来，那时反要累事。依我说，先派个人上去探探情况，大伙趁此歇歇。"

金牙坤附和说："磨刀不误砍柴工，歇歇恢复下体力也好。"

矮仔耀不耐烦地道："谁去探路？"

鬼火成自告奋勇道："由我上去吧。"

"好，大伙儿就靠你了。"大炮标附和叫好，众人也赞成。

崖壁八九尺近丈高低，一株半藤半木的"柴皮藤"葱葱绿绿长势正旺。好一个鬼火成，抖擞精神，往手心吐一口口水，抓住柴皮藤垂下来的枝蔓一抖搂，阔大粗糙的叶片沙沙响成一片，鬼火成用力一扯，如猿猴般早弹上了崩崖的半壁。也难怪，这鬼火成身材短小，行动敏捷，生来就是个攀爬高手。

众人伸长颈子仰脸向上，眼睛一眨不眨盯着，心提到嗓子眼，见那家伙一眨眼工夫已经攀到那株长在崖顶的油甘子树下，手搭上结满果子的小枝条，还差一步就到崩崖了。大伙正要松口气，忽听见"啊"的一声惊叫，鬼火成瞬间不见了。

豆皮维嚷嚷着道："大虫担（拖）了牛成，牛成被大虫担了。"

东安人把老虎又叫作大虫？那发瘟的总喜欢在草丛或者覆盖了半面山坡的野藤蔓底下做窝。那年盘洞村一次打死大小四只老虎，起因是水柳村一名女人，来山坡上割柴草，完了扯一根野葛藤捆柴草担，惊动了藤蔓底下喂奶的母老虎，这母老虎以为有人要伤害它的虎崽，"嗷"一声扑出来，双爪一搭，硬生生把那女人的双乳撕了下来。

"大虫担了牛成。光天化日之下，谁信？"

豆皮维坚持老虎"担了"鬼火成。"我看见上面有个影，一闪人就不见了，不是遭大虫担了，难道鬼火成白日飞升了？"

"最没谱的就是你，见着个影，咋就说大虫担人了？"

"那影子就晃了一下，像个人弯着腰，黄黄的，不是大虫又是什么？"

嗜，豆皮维说什么话，见着个黄影子，初说像弯腰的人，再说又像有四条腿，还说是"狐狸狗"（鬣狗），是人是狗说不清。

"难道岭上还有兵公？"矮仔耀倒还冷静："本来就没见山顶上有人，豆皮维看到的影子莫非是兵公？不过兵公如此大动干戈竟是为了几头牛？"

有人吓得要缩回林子，忽然鬼火成从上面喊道："伙计们先别急着上来。牛房有救了，盘洞村老表来了七八十人，来帮我们打兵公哩。"

原来大晚哥带领民兵刚登上磨塘顶，听见"隆隆"几声轰响，乡亲们没几个不玩铁仔的，听声就知道是线炮，而且就在岭的另一边。

大耳哥说："牛房人线炮双响临门，怕是打到两头'老猪牯'（体型较大的野猪），不是任务在身的话，正好下去讨东安老板一餐山猪肉吃吃。"

大坎哥几个领着乡亲们"走兵公"，正走到对面的龙婆山，听见线炮响，即刻就怀疑敌人真从高明来犯了。

大晚哥说："现在什么时候了？早过了收线炮时间，牛房线炮响得不正常，怕就怕有敌人从高明过来。"大耳哥说："岭西是高明地，路难走，敌人万万不会从这来，我们警惕禄迳方向就够了。"

乡亲们躲兵公的地点正在附近，不怕一万最怕万一，大晚哥到底是"过底篾"（考虑周全的人），吩咐留下十人监视禄迳方向外，其余人随他抢占峰顶，若遇敌人坚决迎战，但不可乱开枪，看清楚了再说。

跑近贼佬岭快到峰顶的时候，岭西面又传来密集的枪声，众人应声随即隐蔽，向下面一望：好家伙，山坡上果然有情况，伴着枪声，好几十兵公在牛房山坡下乱作一团哇啦啦叫着。

兵公的举动令所有人大惑不解，"兵公怎么啦？是挺进纵队，还是别的什么部队？若是挺进纵队来扫荡，他们为何有路不走，跑到山上是何用意！"

忽遇着鬼火成，说牛房刚丢了牛，一伙兵公踩响了线炮。牛房老板以为是偷牛贼，与他们"驳火"，兵公恼了欲烧山。听说兵公要烧山，这事就大了，你想嘛，下面离山顶这么近，大火瞬间就到顶。不是开玩笑，这近的距离，连放火人自救都来不及，大晚哥们都有被烧死的危险。

"打，与其让山火烧死，还不如与放火的同归于尽。"生死攸关，大晚哥暗暗做着拼死的打算："必须打，哪怕自个儿拼光了，也要阻止兵公烧山。"几名党员表态道："为了群众，今天到我们牺牲的时候了。"

大晚哥道："下面兵公要火烧牛房，一旦点着了林子，牛房烧了，我们也烧成了'煨禾螣'。"

大晚哥他们计划趁此悄悄摸下去，从背后出其不意对兵公实施突袭。大晚哥提示各人："敌人武器胜我，但近身过招不及我，若果可能，坚决吃掉他。实在无把握，则不要恋战，各人分散向沟谷底下跑，甩掉敌人在杉树底（山沟名）集中。"

未经一战却伤了那么多的兵，他们竟是因何受伤？撞死马想此事断难向上交代，如今只有弄个天大的动静出来，方好交差。后来又越搞越砸，连一群黄牛都掺和欺负他，除了受伤的兵公躺在林子里喊痛苦，下面的兵公被牛群追。撞死马在山梁的高处，暂时安全，却哪里晓得有人从背后来袭击他。

大晚哥他们悄无声无息地摸过去，撞死马正喝问底下人，那牛群究竟怎么回事？大晚哥可着劲喊一声："开火！"

一时间"七九"（步枪）、"粉九"（鸟铳）、"短火"四五十支长短铁仔齐齐射向毫无防备的兵公，即时撂倒了几个。撞死马耳朵到肩膀都中了铁沙子，痛得捂住耳朵呜哇怪叫。

敌人乱了套，矮仔耀他们也趁机赶过去，人人提着猪脚仔，把兵公撵得满山坡抱头鼠窜。有那跑不动的，怕自卫队手中的禾叉，见那东西又尖又利，比鸟铳厉害多了，倘被它刺入心窝，即时就得见了阎王，没奈何唯有躺下装死。

与自卫队相比，兵公毕竟是国军，除了武器精良，作战经验也比自卫队多。大晚哥他们原也不想与他硬碰，只为怕他烧山，才走这危险一着。哪知一轮突袭，兵公表现如此不堪，伤了七八人，实出大晚哥意外。

兵公如此不堪，一触即溃，让大晚哥心中悬着一块石头落了地。那时还不知道这伙兵公是哪来的，鬼火成说兵公来偷牛，大晚哥没往心里去，真以为这伙兵公是来劫掠牛房的呢。大晚哥对牛房老板们道："兵公偷鸡不成反蚀了把米，已往杨梅逃去，谅他短时不敢再来。我们也该回去了，你们还是要提高警惕，小心他来报复。若有什么动静，你们就敲响铜锣，锣声传得远，我们会过来帮忙。"

夏日太阳出来得早，静悄悄地升起老高了，天空湛蓝湛蓝的，又是个晴好天气。大晚哥望着敌人逃去的方向，心想道："开头以为敌人由高明来袭，紧张了一会儿，原来闹了个大乌龙。当然啦，结果还是帮了金牙坤、矮仔耀等人的忙。"

以为没什么事了，大晚哥清了清嗓子向众人道："战斗了半夜，大家紧张了一回，也累得紧了。既然敌人已逃去，我们抓紧时间休息，半个钟点后再回村。"众人听说休息，有人刚坐下就睡着了。

清明时节，啾啾鸟鸣，一簇簇山花开得正盛，百灵鸟躲在林子里聒噪。

众人休息，大晚哥这才细想起鬼火成说兵公来牛房偷牛的话，觉得甚是可疑。"兵公若要劫掠，大可以随便借个什么由头，公开地勒索，何至于偷偷摸摸而来？这只能说明，兵公的目标不是牛房而是别的什么地方。难道……"

牛房东面是高明鹤山两县的界山，牛房与盘洞村分别在山的两边，对了，情况一定是这样。大晚哥猜测，这伙兵公的目标可能是盘洞村，因路过牛房误触了线炮，被牛房老板们认作偷牛贼，于是互相驳火。

盘洞村四周皆崇山峻岭，与山外联系仅一条尺把宽的小道，乃易进难出之地。假如与牛房驳火的兵公是偷袭盘洞村的话，那么这次袭击我们的敌人就不止一路。大晚哥担心：会不会还有另一路敌人，从北面进村，两路合围我们？这事不能大意。遂对众人说："今早情况反常，我估计这伙兵公不是要打牛房，他是另有目的……"

大耳哥打断大晚哥道："我就说了，牛房不过养几只牛罢了，是否金牙坤得罪兵公了，否则值得如此兴师动众去围剿他？"

"我说，兵公是计划袭击我们，可能走错路误打误撞进了牛房。如果不是金牙坤几个顶了一下，估计这伙兵公已经来犯我们村了。可以肯定，应该还有另一路来犯的敌人。"

四年前才哥受党的指派，当了禄迳乡副乡长，按昨夜的分工，他今早留在村里协调联络各个小组，以及万一敌人真入村了也好应付。

大晚哥吩咐两个自卫队员回去，把这里的情况，还有他的估计一并汇报给才哥。完了又分派其余自卫队员顺山顶向东运动，并沿途警惕，不忘瞭望观察，预防敌人从什么地方突然冒出来。

说话间，"砰砰"数声枪响从南面传了过来。大伙惊奇地问道："哪里的枪声，什么情况？"

"狡猾的敌人，果然几路来犯。"大晚哥心里一怔，坐实了自己的判断。大声说道："不要慌，枪响的方向应该在大坪村附近，照此判断，敌人可能由马口坳过长公坑一线来袭……"

话音未落，大坪村方向传来一阵急促的"当当当"声，这是各村用作联防的铜锣报警声。大晚哥说声不好，即带领众人跑步往大坪村，边跑边安排自卫队员，二人为一组，注意自身安全，隐蔽迎敌。发现敌人尽可能诱其上山，躲在暗处放冷枪。

那位问了：敌人果然兵分两路来犯盘洞村吗？在下回答：正是。

原来，从盘洞大坪村翻过长公坑，是杨梅三石村。三石村里有个人，诨名峭牙枕。请允许在下先纠正一下，峭牙枕应该是峭牙锦。高明话通常把锦字念成枕，叫顺口了，还称他峭牙枕就好。

峭牙枕上没老下没小，中间更没老婆，就"一支公"（光棍）。这家伙时常到大坪村来，来了就找万仔哥的小儿子大眼来，两人常一起喝烧酒。

这日，峭牙枕又带了他那小黄狗过来，找大眼来喝酒，两个还没喝就斗起了嘴，都争说自己好酒量，一直喝到太阳落了山。峭牙枕什么时候离开大坪村，实在没人注意。

峭牙枕平日从不着家，还敢在坟地过夜。这家伙当晚一步一摇晃，晃到长公坑，见路边有间烧炭人避雨的草棚子，于是钻进草棚子，蜷缩在一团干草上打起了呼噜。天快亮时，小黄狗沿着破棚子窜进窜出，吠得挺凶，峭牙枕懒洋洋翻个身，喝骂小黄狗："有甚值得吠的？别吵老子。"骂完又翻个身继续睡。

"大清早地吠吠吠，等下老子杀了你，叫你吠。"说罢没好气地爬起来，刚走出草棚欲看个究竟，冷不防沟谷下"轰"一声巨响，把个峭牙枕吓了一大跳，心想道："谁一大早打鹧鸪来了？"想想不对，鸟铳不可能那么响。峭牙枕是老山民，从响声就可以判断出来是线炮。

峭牙枕循声望去，长岭坑口许多兵公乱哄哄地正东张西望，望见一个军官模样的喝问："妈的，哪里打枪？"

兵公乱糟糟的，把个峭牙枕看得手痒痒的，也想凑个热闹。他躲在一棵杉树背后，举起随身带的粉枪，朝兵公所在方向，放了一枪，放开喉咙朝兵公大声道："老子在这边烧枪呢。"

容志江认为，以往挨打吃亏，问题在于盘洞村过于分散，老八在林子里盯着，你明明知道他躲在附近，却又剿不着他，待你转过身，他又朝你背后放冷枪。兵公即使攻进村里，还是捞不着便宜。

"伤其十指不如断其一指"，容志江此次偷袭宅梧、白水，回程时候突发奇想，打算从马口坳拐过来，趁天未亮兵分两路前后夹击，单单攻下盘洞最边沿的大坪村，也算立个尺寸之功。

原想着到了马口坳兵分两路，夹击大坪村，偏偏撞死马主动的过了头，带着他那一队从井头向盘洞一线运动，实现拿下大坪村的美梦。

从西北面的枪声判断，撞死马受阻了。容志江带的这一队人马又被人近距离伤了，刚想确定敌人在什么位置，对方又打了一枪。容志江吓了一跳，略一迟疑，对面山顶又"砰砰"连开两枪。容志江知盘洞人早有防备。你说老八布下这么一个阵，他究竟有多少人马？想至此，那家伙的心已凉了大截。

那位问了，刚才究竟谁在山上开枪？原来，自卫队上了鸡笼迳，那边枪声时响时停，什么情况不得而知。黑仔同另一自卫队员大碌木，一个扛着"七九"，一人提着大铜锣，沿着山梁往返巡逻。巡至长岭坑同长公坑之间，天已放亮，听见谷底狗吠不止，两人正四顾张望，忽脚下半山传来"轰"的一声巨响，循声见谷底下一队兵公，就像倒了一筐螃蟹，乱哄哄没头没脑地乱爬乱钻。

兵公已经快到村边了，这可不得了。黑仔、大碌木两人一商量，决定诱敌上山，阻止兵公进村。遂朝山下放了一枪，又点燃几个炮仗，接着一路敲打铜锣，向邻近村庄传递警情。

峭牙枕开枪开得兴起，又有黑仔和大碌木在对面做出动静，这一下可不得了，兵公喊道："山上山下都有老八，我们被包围了。"

一听说老八来了，兵公即时炸开了锅，既不敢向前，又不敢后退，更不敢去路边密密的林子。容志江想起以往几次来盘洞村，老八都仗着山高林密，躲进林子里放冷枪，兵公沾不着一点便宜。想起刚才北边打枪，心里嘀咕道："难道老八收拾了撞死马，又来对付我？"容志江是进退两难，只好命士兵就地卧倒，朝山上胡乱打枪，早没了之前"南北夹击""断其一指"的雄心壮志，还争什么尺寸之功？

再说那边大晚哥做出判断，听大坪村枪声铜锣声一齐响起，已知情况紧急，顾不上多说，即刻领着自卫队一路跑了来。见了黑仔两人，望见沟谷里的兵公，即命众人隐入树林子内放冷枪，耗着敌人。

兵公放了一轮枪，见山上没什么动静。容志江骂道："妈的，打了半天没见驳火，刚才真可能是哪个'雀仔佬'（猎人）试枪也说不定，是我们紧张过头了。"命令队伍继续前进。

山上的自卫队员，见兵公一动，"乒乒乓乓"又是一轮射击，兵公见子弹"嗖嗖"射来，逃无可逃，没奈何又缩了回去再不敢动。

都说兵不立险地，容志江进退不得，无计可施，想着再耗下去除了被动挨打，再无还手机会，不但不能取胜，还有可能被敌人吃掉消灭。

"得先离开此是非之地。"容志江不寒而栗，不敢再想尺寸之功，扯着鹅公嗓朝山上喊道："请问山上是哪部分？"

"你们是哪部分？"

容志江没奈何只好喊道："本人乃挺进纵队容志江部，奉军务路过贵地，欲借道通行，请地方配合工作。"

山上所有人"哄"一声笑了，大晚哥向底下高声喊："下面所有人听着，你既奉军务过境，理应知会地方，堂而皇之地经过，何人与你们冲突？我们不过是自卫队，什么军务杂务，本与我们无关。然而，我自卫队有保境安民之责，你等偷偷摸摸地来，本就不妥，复向我樵夫、猎户开火，威胁我百姓性命，幸我及时反击，否则我等已性命不保。深山野岭之中，你等奉的什么军务，是借口还是借道？不解释清楚就想出盘洞村，恐怕有点难。"

大晚哥一番指责，令容志江无言以对。沉默片刻，他又朝山上喊道："上面人勿误会，我们的确是挺进纵队，刚才开枪实在事出有因，既没伤着人，你等不可过于拘泥。老话说军令如山，容某人军务在身，不想纠缠，望你等以大局为重，让一道使我通过，勿再横生枝节。"

大晚哥道："你错了，你犯我境，还怪我们横生枝节为难你，如此霸道，看来不干一仗你不会罢休。伙计们，准备打。"

"别别别，别冲动，上面弟兄听我说。"

听说要打，容志江当时就慌了。心想，难怪人说盘洞村是老八窦哩，以为村里肯定会让他撤出，哪知对方要他"讲清楚"，否则喊打喊杀，大有"得理不饶人"的味道。没奈何只好放下架子，喊道："兄弟今日只是路过贵境，虽说无心，毕竟对乡民造成一点惊扰，容某在此说声对不住。但不希望某些人不依不饶误了事恐责任难负，所以还望兄弟让一让道才好。"

大晚哥道："你不来惹我，本来就没事。你要离开也行，我们听命于乡政府，乡政府说放你，我们便放你。"

"既如此，请兄弟向乡政府通报一声好了。"容志江掏手帕揩鼻尖上的汗珠。

大晚哥道："通报是你的事，要去快点，老子这里过期不候。"

容志江这厮是老狐狸，听大晚哥让他自去乡政府通报，认为自卫队不过是自找个台阶下，让他通过。喜出望外之余，这家伙仍不放心，趴在那里侧头侧脑袋往山上望，怕山上的人还会朝他开枪。看了半天，没发现什么动静，遂战战兢兢从躲着的一棵松树背后站起来，拿枪的手向眼前画了个半圆，没头没脑地喊了声"走"。

众兵公得令从地上爬起来，从林子里钻出来就跑。这时又听"砰砰"两声枪响，容志江头上帽子应声而落，顿时把他吓得面如土色，双腿一软瘫坐在地上。各位，欲知后事如何，且听下回分解。

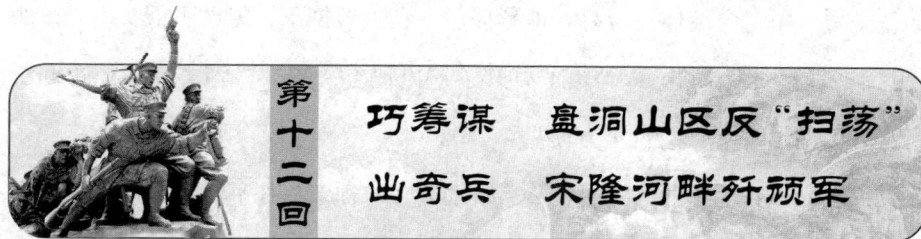

第十二回　巧筹谋　盘洞山区反"扫荡"
　　　　　出奇兵　宋隆河畔歼顽军

　　上回讲到国民党挺进纵队容志江的部队，由井头村兵分两路，打算合围盘洞村，撞死马那一队因路过牛房误中线炮，被牛房老板搞得狼狈不堪，又遭大晚哥他们袭击，被打得落花流水抱头鼠窜去了。

　　至于由容志江本人亲率这个那一队，初时倒也一路无阻，不多时悄无声息地到达了长公坑的谷底，晨曦中赫然望见雾霭中几间低矮的房舍，前面就是盘洞的大坪村。容志江心里道："老子到村边了，老八还在做梦，嘿嘿，老子这头功拔定了。"

　　兵公们进入布袋底一样的长公坑谷底，正得意忘形，早被我们巡山的自卫队员看在眼里，朝他一轮打枪和放鞭炮，弄出好大动静。兵公根本就见不着对方人影，想战不能战，欲要撤回，除了脚下小道边茂密的草丛外，稍远的山坡被大火烧光无处藏身，陷在沟底不敢动弹。大晚哥带领自卫队一到，居高临下向下射击，火力比刚才更加密集，敌人屁滚尿流，只恨地下没裂开一条缝。

　　容志江进退不得，最终不得不承认进入盘洞是"误入"，求"借道"让其离开。上面人朝山下喊道："你们枪炮上膛，分明是要人性命的勾当，好在我们发现得早，才没让你得逞。什么误入，鬼才信你哩。下面人听着，盘洞村是我们的家园，不是谁想进就进，想出就出的。我们信不过你姓容的，欲要离开，除非管事的同意，否则还得铁仔说话。"

容志江认为这不过是村民自己找台阶下而已，这厮心里暗暗地道："妈的，一帮刁民，今被你占着有利地形而已，在人矮檐下，怎敢不低头。老子跟你盘洞村的仇算结下了，等老子离开了这鬼地方，哼！"容志江边想边问山上："上面谁管事？请行个方便。"

山上问他："哪样才方便？"那厮匍匐在一棵老松树后面喘着粗气，朝山上喊道："既属误会还请别开枪，我们要起身了。"说完，拿枪的手朝头顶一挥道："弟兄们，咱们走。"

说着，容志江站起来指挥兵公前进，不提防"嗖"的一声，一颗子弹从山上射来，不偏不倚地击穿了他头顶的帽子。这一吓可不得了，"扑"一声趴下，气急败坏地朝山上又喊："你们这算哪一出？刚刚说让我们走，到我要撤了，你又开枪阻拦，你们究竟谁管事，请勿一再耽误我们军情。"

"呵呵，你铺话法（你说这话），你什么时候征得我们管事的同意了？"

容志江道："请你们管事的说话。"山上答道："找管事的去乡政府。"

"我们这正是往乡政府去，你们还要阻拦着，算什么？"

"底下兵公听着，"山上人警告道："我不跟你要嘴皮子，怎么说你们也是政府军队，打抗日的旗号却不思抗日，数次以剿匪为名跑到我们村，行勒索钱粮之实。我问你，匪在哪里？你说不出来，现在又以借道为名欲开溜，我亦允你，但得承认扰民。乡政府若同意你撤出，我们可以让你撤，需我方全程监督之下。现在限你派三人去联络，其余人原地等候。"

人在屋檐下不得不低头，容志江只得乖乖地带两个马兵公走出坑口，由自卫队员押着三人到大坪村小祠堂，去见大晚哥。

大晚哥见着容志江等说："为免你们耽误时间，我们的副乡长才哥马上就到大坪村了，有什么话等他来了你们谈，也省得跑到乡政府里去。"

容志江不自然地挤出一点笑容道："好，好。"

才哥以禄迳乡副乡长的身份，认识驻南岗墟国民党"挺进"部队个别人，也向他们提供过一些所谓老八在这一地区活动的"情报"。容志江与才哥尚算认识，听说才哥要来大坪村，以为这事好解决了，立马脸露笑容点头哈腰地道："这样最好，最好。"

才哥来了，假意与容志江寒暄几句，接着问那厮："你老兄带手下偷袭我盘洞村，究竟是怎么回事？"容志江叹了口气道："提起来丢人了，兄弟早前奉命前往宅梧。昨儿从宅梧回防，半道上听说这里有一股土匪，想着顺便过来剿了吧，哪晓得撞上了贵自卫队，把我一个中队的弟兄阻在了山沟。好在遇着你老兄，否则还真有点难说话呢。"

大晚哥说："他一队人马从马口坳、长岭坑偷偷摸过来，剿什么匪？"

才哥说："这里地偏人穷，我们多少年都在这里，从来没有什么土匪。当然啦，老八早前来过，但人家不是土匪，也仅仅只是行军路过，从不在村里停留。容大队长，你从哪里听来的消息，说我们这里有土匪？"

容志江被才哥说得羞愧难当，自嘲道："既然此地无匪，我们撤出好了。"

才哥反驳他道："这是你容大队长不对了，你们驻扎南岗墟，却从高明偷偷摸摸地来，我就问你匪在哪里？你既回答不出，民众就有理由怀疑贵部策划和实施了针对盘洞村的行动。"

容志江听得面红耳赤，做不得声。才哥继续驳斥他道："盘洞的民众说你没屙好屎，把你困在长公坑底，你知道是什么形势吗？近百弟兄的命比水还凉。你知我做了多少工作吗？"

大晚哥说："你要离开，可以，但必须约法二章，并由才哥担保，否则，什么后果你比我清楚。"

"哪三章？请讲。"

"第一，你方立即停火；第二，所有人不准靠近本村，不准登山，一律沿山脚绕道经过；第二，不准偷抢村民财物，包括一草一木，一果一蔬。"

"这属正常，容某答应。"

才哥假意对容志江说："我送送容大队长。"大晚哥知道才哥不过借此监视敌人离开罢了。兵公这次偷袭大坪村非但没得逞，反丢下三具尸体，我自卫队则无一伤亡。容志江偷鸡不成反蚀把米，颜面尽失，夹着尾巴如丧家之犬狼狈逃去。

盘洞人民粉碎了挺进纵队这次偷袭，容志江吃了哑巴亏，领教了盘洞自卫队的厉害，此后连续几个月都不敢再踏入盘洞村半步，盘洞村平静了几个月。

有话即长，无话即短。

转眼到了农历七月，夏收夏种忙碌了近两个月，七夕节前盘洞人插罢晚稻洗脚上田，比往年早了些日子。这正合了那些女孩子之意，村里三五个要好姐妹，趁机相约上山采油甘子、山莲米、野芭蕉等山野果子，为七夕通宵在夜空下"慕神仙"做准备。

与准备七夕节的姑娘们不同，操心柴米油盐的一家之主却不那么轻松，插罢晚稻，马上转入中耕除草、施肥等活了。鹤山地区尤其盘洞村一带都属山坑冷底田，要用蚝壳灰做肥料兼除虫。种田人家再难，总得筹钱买一两担蚝灰下田，否则庄稼便难有收成。

自从当了副乡长，才哥不便天天再走杨梅担了，想着买蚝灰的钱还没有着落，得趁上田之后几天稍有空闲再走一两趟肇庆，贩冲菜挣点钱买蚝灰下田才好。刚这样想，阿咩哥打门前过，才哥迎着他道："得贩几天菜挣点买蚝灰的钱呢。"

阿咩哥道："我也正想做几日担仔呢。辛苦了整个'七月造'（双夏农事），口袋'仙都不仙'（没一个钱）了。"

七夕那日下午去了新会棠下，两人买回八九十斤的大头菜，摸黑挑着往肇庆一路而去。道上两个人闲拉呱，倒不觉寂寞，不歇脚走了半夜，经过高明县一处叫簕竹仔的小山坳，阿咩哥提议歇下脚抽根烟。两人放下担子，边抽烟边聊着。当然，聊的自然也是生产、生活之类的内容。

歇过脚，两人上路过了小山坳，望见底下一马平川，稍远处，西江就如一条灰色长带，把朦胧的天地划作两半。

高要金利墟在羚羊峡下游，那里江面宽阔，江边有小木船，通宵达旦候在江边，专为兜搭过往旅客、担仔往返肇庆，人称"担仔船"。才哥提议前面改走水路："这俩月来忙收割连着插秧，人快累瘫了，这回不如舍点钱，'落'（上）担仔船，走一回水路可好？"

阿咩哥道："行，我只听人说，还真没来过金利，怎么走你做主就是。"

担仔船泊在江边候客，才哥和阿咩哥等了一会儿，有几个女担仔挑着几担货物上船来，得知几个女担仔自禄洞来，两人与女担仔互聊起来，无非问问对方带些什么货物，销路好与不好之类。

黎明时分客差不多满了，小船随即徐徐开行，沿途倒也风平浪静，听见岸上爆竹声声，阿咩哥疑惑道："七夕不算节日，况且今儿已初八了，难道这里人还在过节？"同船一个女担仔道："老乡有所不知，高要很多地方有个茶果节，户户走亲戚访朋友，家家开'大食会'招呼客人，一连闹足数日甚至半月，比我们乡下酬神打醮还要热闹许多。"

说话间担仔船到了肇庆城，船老板随便靠近一处近岸浅河滩，从船上拉下那段专为载客才添置的短窄木板充作跳板，搭在许久前已经坍塌了的码头麻石条上，算是平安到埠了。

两人挑着冲菜担子上了埠头，走前头的阿咩哥见了满地爆竹纸屑，扭过头说："才哥你看，遍地的炮仗纸，可见这里的茶果节果然隆重。"

才哥不解道："这种时候人们还有心思兴什么茶果节？"

说话间行近了杂货行，这是盘洞村贩冲菜的乡亲们惯常来此交货的杂货商行，老板姓罗，新会人，与才哥算是大老乡。有菜担来门口，罗老板见是才哥阿咩哥，抱拳向二人道："老乡来得巧了，今天大喜的日子，咱老乡先好好地庆贺庆贺，来来来，放下担子，先喝几杯。"

罗老板的举动把两人闹蒙了，惊异这里人咋的把茶果节看得如此隆重？才哥问罗老板道："我们见炮仗纸铺得满街巷，究竟高要的茶果节有什么来历，人们如此欢庆？"

才哥如此惊异，罗老板拍着他的肩膀异常兴奋，激动地大声道："兄弟，天大的喜事，全民族的喜事，小日本投降啦！"

"什么什么？"才哥怀疑自己听错了。

"前后一十四年啊，我们流了多少血受尽多少屈辱？如今终于赢啦！"

"日本仔投降了？"

"降了，降了，真真正正投降了，小日本的天皇向全世界宣读了投降书。"

"终于盼到了，我们盼到了。"罗老板告诉二人道："国家坚持了这么些年，损失惨重，千万个家庭妻离子散……"罗老板长长嘘了一口气，说道："店里有伙计多年没了家人消息，好在我们赢了。店里所有伙计都回家去了，家人在的回去团聚团聚，家人失散的回去寻找寻找。老哥们来得巧，我也算大难不死，见着胜利这一天了。往后百姓安居乐业，是国家的喜事，也是百姓的喜事，两位老哥今晚别走了，咱们再好好喝几杯庆贺庆贺！"

老板没认出阿咩哥，问道："这位兄弟看着面生，还没请教大名呢。"

阿咩哥赶忙答道："我跟才哥是堂兄弟。老板贵人多忘事，我的名字还是老板你给起的呢。"

罗老板纳闷道："我给你起的名字？"

"老板可能早把这事忘了，我一直用你给起的名字。"

阿咩哥以前贩过几回冲菜，也到罗老板这里交货，有次过秤时碰巧罗老板在店里，伙计问阿咩哥名字，阿咩哥报出："顺日"。罗老板当即就说："这名字不能用。"阿咩哥不解："爹妈起的名字，为甚不能用？"老板愤然道："日本仔毁我家园，杀我同胞，还要顺他？这样名字岂不是甘做他奴才？不妥不妥，顺也该顺我中华，应该叫顺华。"

听阿咩哥这一说，罗老板即刻就记了起来，有这么回事，遂长长地舒了口气，叹道："熬过来了，熬过来了。"

是的，都熬过来了。才哥在广州的那些年，听闻日本人在东北如何奴役我同胞，他心情沉重，盼军队把侵略者快快地赶出国门。后来，又闻七七卢沟桥事变，才哥变得愤怒，他真想去参军，上前线与日寇拼个死活。

广州沦陷前夕，才哥的一个朋友说，有抗先队到顺德乡下去，要到那里组织游击队与日本鬼子打游击。才哥按捺不住澎湃的心潮，想顺德有人组织游击队，那么鹤山也会有，就萌生了回乡参加游击队的念头。

才哥回乡不久，战工队的学生们来禄迳，向群众宣传抗日思想，又征得乡里某个有势力人的支持，把禄迳更夫队改组成为民众抗日自卫队。

不久战工队撤出，与战工队同在禄迳搞宣传工作的冯先生因不属战工队的人不便随战工队撤走，借了逃难的由头来到盘洞村。冯先生经过半年多的时间，在村里发展了才哥等九名共产党员，创建了中共盘洞地下党支部。因为那次"过埠"不成，才哥参加了革命。

妗母对才哥最好了。想到妗母，才哥的思绪又回到了那次过埠。

怪便怪自己，偏偏结识了马骝这混蛋。唉，当初如果不去泥河仔村与马骝话什么别，如果见了马骝做到"财不露眼"，如果那时真搜出马骝的藏身之地，唉，世人总喜欢说如果，但现实却永远没人看到过如果。

才哥一路打零工，历尽艰辛到了广州。开头去海珠桥帮人推三轮车上坡，去五仙门电灯局（电厂）抬煤，甚至到"果栏街"水果市场捡烂水果。解决了生存问题，然后打听、搜寻马骝的下落。寻了四年，连马骝个鬼影都不曾见着。

与其花那么大的精力找马骝，还不如用心思找一份稳定的工作。恰好有人介绍，芳村化地有家潮州人名贵成开的凉果作坊招人，才哥去了，总算安定下来了。

有一次，才哥送货路过天字码头时，听到有人喊他，一看竟是同村兄弟贵哥。贵哥紧紧拉着才哥的手，无限惊喜道："一直没有你的消息，原来你这家伙竟到省城来了。唉，兆吉老婆在村里说，从你没有了消息，你那妗母终日茶饭不思，人急出了病，变得恍恍惚惚、神经兮兮的，见了谁都自责，说让你过埠，如今连人也不见了，是她害了你，总追着人家打探你的下落，哪晓得你竟跑省城来了？如今'一天都光晒'（如今好了）。"

贵哥一番话说到才哥的痛处，至于当年出走广州的原因，才哥说当初失了钱财，不知如何向妗母做交代，那时想的仅仅为了追缉马骝，索回被盗钱财。才哥耷拉下脑袋自责："都是我不好，想着把钱找回来才敢见妗母。唉，都怨我，怨我不懂事，才造成这种结局。不是我，妗母也不会急出病来，是我害了妗母，实在对不起她老人家。我明后天就回去见她老人家，向她赔罪。"

才哥还从贵哥口里了解到，近几年家乡灾荒频频，连年歉收，乡下不能待，贵哥也是被迫进城的，目前在永汉大戏院工作，比在乡下好。

才哥没有回盘洞村，直接到了五乡村妗母家，妗母乍一见才哥，还以为在梦中，不停地揉着双眼不敢相认。当她确信从天而降站在她面前的，正是自己一直牵肠挂肚，一直寻找又无果的亲外甥时，老人悲喜交加，喜极而泣。

"妗母在上，外甥向你赔罪来了。"

才哥向妗母提起当日如何去见巡城马冯叔，半路上如何被泥河仔人马骝算计失了钱财，后来又如何历尽千辛万苦去了省城等经过一一讲与妗母。才哥跪在妗母面前说："都是我的错。"

妗母扶起才哥，自责道："你本来没见过世面，开头我就不该让你自己去找冯叔，而让冯叔来家接你就甚事没有。这事怪我，怪我啊！"

才哥说道："不怪妗母，怪我不懂事。"妗母说："开头我还以为你被人当作'卖猪仔'拐了去，你舅父在金山也一直打听你的下落，却始终没有你消息。你再不回来，我死了都不知以何面目见你的父母，好在你父母在天有灵，让你平安归来，回来了就好。"

说到以后，妗母表示，才哥早前刚起程就遇阻滞失钱财，可见不利外出更不利过埠。老话说，哪块田里的螺就该吃哪块田的泥，乡下人就是一只吃泥的田螺。妗母说："一个家得有个好女人，哪天我们找媒婆，着她留意哪家有合适的姑娘，许人家多些彩礼，总要给你聘个女人。男人成了家也就安定了。"

"要我说还是广州容易揾食，比乡下好得多，何况我也不想这么早娶亲。"

"哎哟哟，我的好外甥哩，你已经二十二岁了，还是个小孩子吗？若是别个早结婚了，只怕有孩子都晓得打酱油了。告诉你，妗母我已盼了许久，总要看到你成亲才算完满。"

"这……这……"才哥吞吞吐吐欲言又止。

妗母不解，心想："这孩子怎么啦，十八二十几的小伙儿会不喜媒妁，提起行聘非但不高兴还面露难色，这是为何？"妗母问他道："你真不想讨老婆？"才哥道："外甥我自幼就得妗母照顾，如今又要为我问媒行聘，就算外甥父母在世也未必能做得如此周到。外甥实在无以为报。"

"妗母不需要你报答，只要你听我安排就好。"

妗母执意为才哥娶亲，才哥告诉妗母，和他同在凉果作坊有个包装女工生性善良，且手脚勤快，是做工的好手，看着也挺合眼缘，心里自是喜欢。工友见他两人登对，也有意撮合。奈何才哥想自家贫穷，又飘忽不定，怕委屈了姑娘，故不拒绝也不主动，目前模棱两可、若即若离地处着。

原来外甥有喜欢的对象，妗母自是高兴，若非乡下与省城隔得远，否则明日就雇个花轿去把外甥"新抱"（媳妇）接回来。所以也就不讲什么三媒六聘之类，就在村里请他们族中一个老成男人，跟才哥去省城向女方提亲。

多少人寻找失散的家人，罗老板和店里伙计儿乎人人回乡寻亲，才哥自然也想起舅父一家。妗母早些年抱养了一个女儿，她们母女原先靠着舅父的侨汇生活，这些年因为时局的关系，侨汇不通，连音信也断了。才哥因为革命工作的关系，没见妗母和小表妹好几个月了。小日本终于投降了，我得去看看妗母娘儿俩，告诉她们小日本投降了，我们胜利了，而且舅父也该有消息了。

抗战胜利了，我们的部队现在怎么样，是什么情况？才哥想到五谷，这家伙打从那次在南岗墟战斗时参军，已过去大半年时间了，他在部队干得如何，都有哪些进步？

是的，也该说说五谷了。

参军前五谷就晓得"烧铁仔"，还因为长年累月在大山里行走，练就了一双铁脚板，这家伙走路从不穿"皮底"，无论陡峭的山崖或者野草横生的山道上，光脚板撵得黄猄（野山羊）满山跑。连队吕教官是见过世面的人，见了五谷竟连连称赞，说道："豺狗都跑不赢这家伙。"从此五谷多了个外号"追死豺狗"。这外号，五谷听了非但不觉不好意思，反觉追死豺狗是极好的名字，令他更有面子。

因时常"捉狐狸"，五谷除了可以不穿皮底，更令领导赏识他的还有这家伙"够眼界"（枪法准）。据说他打枪从来不瞄准，人们提起五谷，印象最深的就是这家伙最会烧铁仔。

关于烧铁仔，五谷参军前就有这么一段：话说果狸丁某日进山套果狸，踩散了草丛中一个鹧鸪窝，鹧鸪鸟惊飞了，留下一窝数只还未会飞的小鸟。果狸丁把小鹧鸪抱回家，养了许久，却只活下来一只。果狸丁就没打算那鸟会活下来，想不到那小家伙却没死。果狸丁除了逮果子狸，压根就不懂养鸟儿，鹧鸪鸟养着也只是养着罢了。

二叔婆家那猫让人讨厌，一日跑过来十多回，趁人不注意，隔着笼子把爪子伸进去抓那鹧鸪鸟。果狸丁很恼火，干脆把鸟笼提去屋后山脚下，挂在一棵野生酸荔枝树上。

也是合该有事。某日，为人吝啬，从来不肯借物给人的兆吉，竟破天荒把那支长杆细筒"铁仔"，拿出来让五谷"玩一玩"。五谷接过枪绕着村子转了起来，正欲寻个什么目标"烧一炮"。转到酸荔枝树下，忽听得树上"鹧鸪得呱呱"地叫得响亮，五谷暗喜道："老子今日有食神，鹧鸪鸟不在山里啼，竟飞来老子耳边聒噪，正好让老子炒了下酒。"

五谷循声望去，哪见得着什么鹧鸪鸟儿？前面枝繁叶茂厚厚实实的，树叶挡住了视线。五谷心里冷笑道："鹧鸪鸟呀鹧鸪鸟，老子这里一'炮'上来，看你还藏得住就算你本事。"五谷拉起龙头，装上"纸唥"，"嘭"地向鸟鸣处射了一枪。

枪响处哗啦啦飘落许多碎叶子，五谷那高兴劲儿就别提了，单等着鹧鸪鸟掉下来。不过半天都没见着掉下来鹧鸪鸟。不该呀，有我打不中的雀？

循声跑来的果狸丁，为了鹧鸪鸟与五谷吵得不可开交，两人都用铁仔互相指着对方，一个比一个说得狠。好在及时被人劝开了，否则两个一定打得不可开交。不过依在下说，两个仗着有人劝架，皆扬言要打爆对方的头，而且拨开劝架的人，做着真要动手的模样。

后来说到赔偿，果狸丁近乎咆哮着道："我与你无怨无仇，你竟打死老子的鸟，我倒要问你，我的鹧鸪碍着你什么了？你得赔我五担晚造谷子。"五谷道："五担少了，你家伙干脆去抢得了。"

有人讪笑五谷道："你家伙难得够'眼界'，那么密的枝叶，咋地瞄得这么准，一炮就中？"五谷答道："约莫响了一火而已。"

五谷刚到部队就懂得打枪，吕教官称赞他好枪法，新兵训练没过几天，领导看这家伙优秀，就安排他到三团，后来又调到手枪组，把那家伙都乐颠了。

重要的是参军到了部队，五谷大长见识了，盘洞村半辈子都不曾听到、见不到的各样事，在这里都可以见识到。比如部队每到一地，都会向群众开展宣传工作，阐述抗日形势，号召大家齐心合力，共同夺取胜利。群众纷纷来看望战士们，表示对抗日部队的衷心拥护，部队也常常和群众一起举行联欢晚会，会上军民载歌载舞热闹非凡。

部队上唱革命歌曲，不过五谷总唱不全，唯一能唱完整的就数《庆祝宅梧解放》这首歌了，真的，许多年以后在下也还听这家伙唱过：

静静地，大家摸"埋去"（过去），
地雷一响，敌人"失晒魂"（失魂落魄），
同志们大叫："缴枪唔使死"（缴枪不杀）！
天罗地网包住佢（他），
政治又进攻，
从此宅梧又解放。
………

有话即长，无话即短。

五谷参军几个月以来，打过大大小小一些仗，尤其是参军不久，他参加了歼灭顽敌书记坤和羚羊峡截击日军运输船的战斗。

日寇控制着西江的水上交通要道，运输船每日经西江上下运送军用物资。为打破敌人的这条运输线，部队决定由二、三团和独立营抽调精干，在羚羊峡袭击敌人运输船。

根据情报，高要陌土盘踞着一股国民党顽军，其头目林坤浑名书记坤，早就与日寇暗中勾结，且极力反共，该部除了在陌土欺负百姓之外，还不时窜到高明、鹤山我根据地抢掠。有此顽军在，对袭击日寇运输船是个障碍，故欲袭击敌船必先歼灭该股顽匪。

陌土乃高要县东南部重要商埠，初为陌土乡，清朝年间始成墟场，一九三七年改称镇。陌土地下多为高岭土，当地人称白蟮泥，是制作陶瓷的原料。陌土开墟和迅速成为重要商埠，得益于宋隆河从这里直通西江，水陆交通十分便捷。得天独厚的地理位置，工商业的迅速发展，镇内的浩源街店铺林立，商贾云集，乃高要县名副其实的重镇。

书记坤扯着陌土自卫队的旗号，手下六七十人均配枪，盘踞此镇包烟包赌，大发其财。他们以维护地方治安为名，沿宋隆河设卡，盘查、拦截、勒索过往商贾。这股势力欺男霸女、鱼肉乡里，乃地方一大害，为此百姓苦不堪言，对其恨之入骨却无可奈何。

某日，林坤部抓获一名小商贩，刑讯逼供之余，小商贩交代以前曾做过国军某长官的书记员。当时林坤一听就来了劲，心想："我姨丈不过怀集县（时属广西）一个党部书记罢了，就大把金银过手，他家的'夹万'（保险柜）装满'银纸'（钞票），塞满了黄货。乡下大屋青砖绿瓦，盖了一轮又一轮。这家伙做过的书记员比姨丈的书记还多个员字，可见其一定贪得了大把金银。"

书记坤认定小商贩就是个有钱的主。狠狠地说道："林某晓得你做过官，且不小，不过抓你却抓得没错，你若果然识相，当然你好我好，就看你识不识得了。"向小商贩勒索天价的赎金。

小商贩道："长官，我一介平民有多大的火烟？长官慈悲，饶了小人吧！"

书记坤正式道："来到这里，谁都求网开一面，须知国法森严，饶你不得，看在你我曾经是同行，对你已经客气了。"书记坤的外号由此传开。

书记坤一伙盘踞陌土，除了横行周边地区，还时不时窜至邻近的高明劫掠财物，骚扰我抗日军民，群众对其无不恨得咬牙切齿。正遇我部计划袭击日寇的补给船，而书记坤一伙盘踞于此，对我部袭击日寇实在有碍，于是部队决定，先歼灭该股敌人，也好为民除害。

花开两朵，单表一枝。那边部队如何安排人员前往侦察，制定作战计划等等暂且不提，单说书记坤去年年底前从江对面三水新得一妾，名唤缓缓，原系上海一名二四流交际花。"八一三"淞沪会战后逃离上海，一路漂泊南下至二水地面，乃定，于是重操旧业，如此混过几月，终为书记坤所纳。

此缓缓虽则长相一般，然涂脂抹粉，紫衫妖艳，最拿手挤眉弄眼，故作姿态卖弄风情，早把个书记坤惹得酥了半边身子。纳之怀里如得了元宝一般，新婚于镇上浩源街酒楼大宴宾客，连续热闹了几天。拿小妾当作宝贝，小心翼翼地哄着宠着，天天"美人美人"叫着，围着她打转。

缓缓出道于大都市上海，阅人无数，怎不晓得这厮什么德行？书记坤为陪美人，连手下喽啰天天做了什么也懒得理会了。那女人本来就是个花钱好手，自是恃宠而骄，朝着书记坤发嗲，今日看首饰金银，明日购胭脂香粉，浩源街上买不着，就吵着天天往肇庆跑，可着劲地买，好不快活。

书记坤特别迷信，听说莲塘墟有个叫盲泼的瞎子，精通卜术，还擅长摸骨。推演解读人一生命运，可以从三岁至寿终，无论福禄、姻缘、前程等等，所说无不应验。当然啦，六亲、七煞、劫数等也批得一点不差。功力堪比二十世纪二三十年代广州命理大师"金吊桶"。人疑其金吊桶再世，近乎神仙一类，至少称得上大师。

书记坤本打算把大师请来陌土，就家宅风水，特别自身的运数，想卜上一卦，求大师指点一二，看今生还有否更大的前程。

人说大师从不外出，事实上也从没有人请得他动，书记坤明白，随便请得动的就不是大师了。这家伙打算亲自去莲塘，当面请教盲泼大师，没奈何书记坤一直没抽得空闲。小妾缓缓是个花钱的老手，来陌土后时时觉着无聊，好在很快就是春节，方渐渐从无聊变开朗了。

缓缓日日想着她那一班风月场中姐妹，于是乎今天小红明天小凤后天又小乔小翠的，呼啦，一下子把众姐妹都邀了来，天天在浩源酒楼设席办什么"大食会"、生日会之类，从年底闹到新春，无一日消停，不搞个天翻地覆决不肯罢休。

书记坤跟小妾提起过几回，去莲塘拜访大师，可缓缓总说乡下地方尽是小路私路甚至连小路也没有，能有什么高人？

"个的（这个）地方嘻滴（一点）不好玩，吾不起（我不去）。"

书记坤道："我的美人乖，你就和我一起去吧。"

缓缓说："等阿拉的姐妹玩过这几天再说，好伐（好吗）？"

碍于美人的情面，书记坤只得把此事压后再压，偏偏小妾又真的多由头，元宵节过去没几天，茶果节又到了。如此一来，待过了茶果节，观音诞又来了，观音诞后面又有个三月三，怕美人乐此不疲没完没了。

某日，书记坤明知小妾不会与他同去，依然满脸堆笑着向小妾道："美人，明天我们该成行了。"

小妾在床上未起，听说要去什么地方，拥着丝绵被半坐半起地问书记坤道："起撒地方？肇庆伐？阿拉帮侬起（我跟你去）。"

美人瓠犀微露，樱唇半启，专爱说上海话在他面前撒娇。书记坤喜欢这缓缓就别说了，答道："唉，我的美人哩，去肇庆可以晚两日，请盲泼大师卜一卜前程不能再拖了。咱去莲塘回来，明天，最多后天，一定陪美人去肇庆总行了吧。"

"起！要起侬起，阿拉在窝里（家里）困觉。"

"真是个难服侍的主。"

小妾既然不肯去，书记坤唯有自己去了。挨至第二日，早起洗漱完上茶居饮了早茶，回到队部打算起程，忽想到外出需向副队长打个招呼，把队务交代一番，免得上峰知道了怪罪。然偏偏副队长大食懒与他面和心不和，老子是队长，偶尔外出下还须同你打招呼？书记坤不爽。

书记坤想道："老子在陌土镇虽称不上'一哥'，然毕竟负地方治安重责。上任以来打击匪盗，所有大小盗贼、奸匪望风远遁，换得地方清平，这些皆有目共睹。"

去莲塘办个小事儿也要向副队长打招呼？偶尔离卅一两天，又不是第一次了，用得着吗？提起我书记坤，老子就不信有人敢老虎头上叮蚤子，更不信会这么凑巧，走开一两日会有什么意外。"想罢，梁坤叫两个喽啰跟着，三人悄无声息地往莲塘方向速速去了。

书记坤去拜访盲泼大师，小妾乐得他不再来啰唆，拉过被子又呼呼困她的觉，直睡至午后方起。美人依旧在床上坐着，老妈子打来热水洗脸，她擦了一把，坐到妆台前扑粉描眉，又足足折腾了大半个时辰，才想起她一帮风月姐妹刚刚散了，书记坤又不在，百无聊赖，小墟场又实在无玩耍处。小妾烦恼得不行，抓起妆台上的底粉盒子，狠狠地朝地下摔去，妆粉撒了一地。

据侦察了解，书记坤见天驱赶着底下一众喽啰，撒散在镇里镇外向穷苦百姓征什么抗日捐、自治捐及身份证税等等苛捐杂税，不管哪个旮旯里都欲刮寻些油水出来。

陌土名义上是重镇，晚上却几乎没有夜市娱乐，然两月前两名喽啰夜出在镇上失踪了，活不见人，死不见尸。小镇弹丸之地走失了兵公，初疑两人是遭人暗算，这是很大件事。书记坤大发雷霆，声称生要见人，死要见尸。镇子上下翻了个遍，弄得鸡飞狗跳，内外查了半月始终无丝毫影迹，复疑两个兵公是携枪潜逃。书记坤大为火光，规定夜晚除了巡街和队部门岗之外，自卫队所有人夜晚一律不得外出，违者军法处置。

底下喽啰懒散惯了，这下夜晚都不能外出，连起码的自由都没有了，这不如同坐监一样呢？对规定甚为不满，却无可奈何，即使身为副队长的大食懒，亦不敢有微词。

自卫队一伙就像一群鸡，天黑一律关在笼子里，所有人不敢外出寻欢作乐。大食懒头脑简单，想着书记坤不在，其间如果出点意外，本人只是副队长，况且书记坤因私去莲塘没向他打招呼，上峰除了追究书记坤擅离职守之责，而他却几乎没有责任，大不了受个"诫勉谈话"吧？大食懒巴不得书记坤不在的时候出点什么意外。

兵公们"无王管"，众喽啰除了没人敢到墟上，早早便在祠堂正厅摆下七八张八仙桌，围着吆五喝六地喝酒或打麻将、推牌九、掷骰子，一时间屋里乱哄哄，乌烟瘴气。两个匪兵输光了饷银，没奈何躲在角落暗处，互猜明、后日天气是晴还是雨，以此定输赢，做起"期赌"来了。

春节前后我部从新兴回到高明，驻扎在小洞村。农历正月二十七，部队连夜奔袭，翌日傍晚已经运动到陌土外围。书记坤的自卫队驻扎在镇西北一座祠堂里，多年前已改建为学校，目下则做了书记坤一伙的巢穴。

夜里十时，部队悄悄摸进镇子。把书记坤老巢包围得如铁桶般严实。机枪手选择好射击点，独立营在外围警戒，确定手枪班突袭，全连支援，确保万无一失。

书记坤改建了祠堂，外廊设岗哨一人，刚换岗，下一轮换岗应该是两个小时后。我手枪班战士摸到祠堂外的操场边上，有意敲击木桶弄出响声，敌哨兵循声望着黑暗吆喝道："站住，那边是谁，干什么的？"

"村里茶果节，给队上老总们送濑粉来。"

"送濑粉？哪个村的？我咋没听说？"哨兵大声吆喝起。

"队长知道这事呢。"说话间，手枪班几名战士挑起箩筐担子，从隐秘处走了出来，装作送濑粉的朝祠堂走去。敌哨兵见几人从黑暗中出来，那家伙"哗啦"一声拉上枪栓，他大声断喝道："别过来，老子要开枪了！"

敌哨兵的大声吆喝，屋内的敌人恐怕已经被惊动了，真真应了"计划赶不上变化"这一句，对敌人进行突袭的计划已用不上了。但所谓箭在弦上不得不发，究竟我们的指战员怎样应对，又能否打赢此战？欲知后事如何，且听下回分解。

第十三回　搜残敌　好五谷无惧险况　存歹念　大泡和私截枪支

原文再续，书接上回。

一九四五年春节前后，我人民抗日游击队从新兴县返回高明，计划破袭日寇的西江水上交通线，决定在羚羊峡袭击往返肇庆的敌补给船。而要保证顺利实施此一作战计划，还存在一个严重的障碍。各位，你道实施此计划有何障碍？

盘踞高要南部重镇陌土的国民党林坤部——陌土自卫队。该队人员皆是地方上的泼皮无赖、赌徒、懒汉、小偷小摸乃至劫匪一类人物，平日打着维护地方治安旗号，巧立名目、强买强卖，以欺负百姓为能事，天天搞"清乡""剿匪"，闹得鸡飞狗跳。

羚羊峡有一段江面比较狭窄，是袭击敌补给船最理想的地点，指挥部决定在该处设伏。不巧的是，书记坤及其一众喽啰盘踞于陌土，羚羊峡亦正在其地盘内。部队在此设伏恐怕很难，先不说与其纠缠，至少保密也是个问题。因此，若袭击日船，必先灭书记坤。

正月二十七擦黑，是晚没有月亮，天空墨黑，伸手不见五指。部队由小洞村出发，长途奔袭，一路无话，按预定计划，悄悄将陌土自卫队包围起来，选择好了机枪射击位置。

等布置好了一切，就在发起攻击命令前，忽然听见敌人在屋里吵吵嚷嚷，还听到拍桌子的声音。想要弄清楚敌人为了甚事吵架，指挥员没有立刻发出进攻命令。

事后才知道，前段时间针对敌人的袭扰，也为了更加有效地打击敌人，我部队跳出皂幕山根据地，转至新兴、春湾等地活动。书记坤一伙得意忘形，到处吹嘘共产党游击队已被他们打散赶跑，再无力与其作战了。

副队长大食懒平日总听书记坤说起莲塘有个盲浸大师，研习六壬如何透彻，其摸骨算命之准简直赛过神仙，书记坤早有寻盲浸大师卜卦的打算。

今早就没见过书记坤，底下人告诉他："队长今晨带着两名弟兄出镇，向蛟塘方向去了。"大食懒料定，书记坤百分之九十九是往莲塘访盲浸大师去了。

老话说，军中不可一日无帅。当然，不管是书记坤还是大食懒，无论如何都不能与将帅相提并论。然书记坤不在，他这个副手需临时代理队长掌控和指挥部队，在此期间他最基本的责任，必须管控好这一众喽啰，不出意外，直至长官回营。

书记坤去的莲塘与陌土相邻，距离不过在十里八里远近，又是一早就出门，若单访什么盲浸大师，又何须去一整天？谁晓得这书记坤搞得什么名堂，挨至晚饭后许久仍未见人回，想来是被什么事耽搁了。当然，大食懒认为书记坤走时不声不响，是擅自离队，他回与不回自有上峰去管，与自己何干？

至于晚上不准当兵的外出，也是书记坤随意提出的，不过是他大发其淫威而已。当然，与肇庆这样的城市不同，陌土不过是乡下地方，本来就没有什么夜生活，对晚上不得离开队部的规定，大食懒也不计较。不过当兵的晚上无聊至极，对书记坤晚上不准离队外出的规定有诸多怨声。

书记坤至晚不回，大食懒巴不得当晚自卫队出点事才好。除了安排当夜大门岗哨外，其余完全放任不管，那些兵公乐得"无王管"，于是早早挂上一盏汽灯，把大厅照得"日光日白"（灯火通明），一众喽啰聚在灯下，吆吆喝喝狂赌胡吹起来，把个队部闹得乌烟瘴气。

　　大食懒想道：书记坤外出没向他做过半点的交代，此期间若发生意外，书记坤是主官，担责的首先应是书记坤。他甚至想把书记坤私自离队外出过夜之事往上面捅，上峰定然要追究这家伙的擅离职守之罪。

　　话说我部队依计划完成了外部包围，敌人已成了瓮中之鳖，正想对敌发起袭击。忽然听到屋里敌人吵吵闹闹起来，后来才知道，当晚敌人因娱乐、赌钱发生争吵，还差点动了手。

　　敌人的麻痹、松懈超过了想象。如此一来，反促成了我们出其不意控制敌人，来一个瓮中捉鳖，至少可避免在战斗中可能出现的伤亡。

　　要南地区乡村每年有过茶果节的习惯，但过节的时间各村又不尽相同，从农历正月到八月很不统一。几名战士假借茶果节之名，挑几副箩筐，说里面是濑粉、糕点之类，以给敌人送吃的为由，麻痹哨兵，或至少引开其注意力，乘机往敌人队部大门前靠。陌土自卫队的伙食本来就不好，还遭贪婪的长官克扣一些，常常连饭都吃不饱。遇着主动送上门的好食物，岂不垂涎三尺？

　　来到自卫队部大门前路口，黑暗处叮当一声，隔着空地我战士有意把锅铲铜瓢弄出响声，敌哨兵受到惊动，随即喝令："谁？口令。"

　　"你'伯爷'（父亲）！"战士回答喝问时不忘嘲讽敌人一回。

　　敌人一听，火了道："你说什么？再敢再说一遍！"

　　"村里给老总送食嘅嘢（吃的）。"广东方言"食嘅嘢"同"你伯爷"两者的发音相近，敌哨兵还在想村民刚才回答他"你伯爷"三字，显见是想沾他便宜。

　　一名战士放缓了语气向敌哨兵说道："庄稼人年头盼到年尾就得几日闲，这新年刚过，年味也淡了。好在我们村还有个茶果节，保长跟族中父老商议，自卫队肩挑保境安民之责，本想邀老总们来村里共庆茶果节，奈何老总们公务多多，未必能抽闲与我共度佳节。族长吩咐多做些糕点、濑粉，派我几个挑了来慰劳老总们。"

不巧的是，战士们偏偏遇着个很可能是狐狸托生的老兵痞子，这厮平日就是出了名多疑。听说乡村送来濑粉等食物，那家伙高声嚷嚷着，说他并不知什么茶果节，长官更没提今夜有食物送过来，不准我们的战士靠前去。

敌哨兵如此警惕，指挥员还在考虑是否强冲过去，连长再一次向敌哨兵喊话道："还请老总体谅我等难做，这天寒地冻的，我们本不想出来。送几碗濑粉罢了，本来就不是什么稀罕物，世上什么好吃食老总们都尝遍了，真没必要让我们漏更漏夜地送来。不过，贵队长官同我们保长已经谈好，今晚就要让老总们吃上濑粉，若我们就此转回去，保长为件事责罚我等，这才是大事。我等顶着寒风摸黑送了来，老总你又要我们挑回去，这不令我们难做吗？长官若不信我等，可以进去问问，便知是否有这样的安排。"

这兵公果然狡猾，心想这事万一真是书记坤这瘦狗忍不了热屎，喊人往队部送来吃食，老子若还不放行，这家伙以为老子有意与他过不去，那时少则把老子骂个狗血淋头，多则给老子一双小鞋，那时只有后悔的分了。兵公暗里想道："要不让几个村民把担子挑过来，放在祠堂门口，不让他们进去就得了。"这家伙认为他甚聪明，就让战士们过来了。连长带着几名战士挑着糕点、濑粉等食物担子从来路另一边黑暗处闪了出来，迅速向祠堂靠了过去。

影影绰绰下数条担子突然来到跟前，那兵公心里禁不住打了个寒战，刚想阻止，已经来不及了，一把杀猪刀抵在他肋下，敌哨兵被我军俘虏了。

简短审问过敌哨兵，供述与我早前侦察了解到的情况大致不差。

大门虚掩着，里边依旧吵吵闹闹的。战士们悄悄地摸过去推开大门，贴着照壁听了听，由两边冲进大厅，敌人依旧赌得正起劲，有几个为输赢正吵得不可开交，完全没想到巢穴竟被共产党游击队踏破了。同志们大喊："缴枪唔使死（缴枪不杀）。"

敌人听到要他缴枪才如梦初醒，遭这一吓非同小可，疑是天兵神将降临，一个个呆若木鸡，继血"妈呀妈的"一片惊叫，乱作一团。有的像无头苍蝇似的原地打转，有的不管方桌底下藏不藏得住人，撅着屁股往里钻。

这伙敌人手上连一根烧火棍也没有，只能乖乖地举手投降。这伙敌人手无寸铁，原因正是两名兵公挟枪私逃后，书记坤为防止再有逃兵携带武器逃亡，每晚把所有兵公的武器收缴上锁，由其亲信掌管钥匙，以保万无一失。共产党老八来得太突然了，好汉不吃眼前亏，数十兵公齐刷刷举起双手，乖乖做了俘虏。

大厅聚集的兵公大约四五十人，战士们参加过多次战斗，像这次不费一枪一弹，俘虏了这么多敌人的战斗，还是第一次。

北墙根摆着一张长供桌，连长跳上横头的太师椅，对在场的兵公喝道："所有人听好了，我们是人民抗日游击队，我军优待俘虏，任何人只要不抵抗并交出武器，我们将保证各位人身安全。"

花开一枝，话分两头。我部队战士没开一枪，干净利落地解决了战斗。至于收缴物资、押解俘虏等还需听令而行，这里暂且按下不表。

话说同志们冲入敌人队部大厅，里面所有人猝不及防，且又赤手空拳，哪里还敢乱动？唯一反应是稀里哗啦地怪叫，一边钻入还不如不钻的八仙桌底下顾头不顾尾。

各位，五谷平常给人的印象就是木讷，反应迟钝，说话结结巴巴半天挤不出一句完整的话。也是，他天生就是这个样，改变不了。不过也怪，这家伙除了削木屐的手艺全村最好，还有上山"捉狐狸"，无论搜索、追踪，还是围捕猎物，他都能与人配合默契。一杆铁仔拿在手上，指哪儿打哪儿，百步穿杨，绝对称得上神枪手，让人只有羡慕的分。

一声声喝令缴枪，敌人惊得嗷嗷叫着乱窜乱钻，场面有点乱。五谷可不理会这些，他目光扫过二进天井两边空荡荡的通道吼叫道："喂……老子……看见你……还敢……逃跑，不想活……了？老子……整死你！"

有战士听到五谷的吼叫，扭过头顾盼左右，没发现逃跑的敌人，搞不明白五谷一惊一乍究竟为何事。

其实，五谷确信见过道有个脑袋，在房门口晃了晃，揉揉眼睛再看，人却不见了。这家伙上山捉狐狸，很多时候不用见着猎物，只看草摆动的幅度，就能判断是狐狸跑过还是风吹过。刚才只是瞥了一眼，就知道天井院里藏有人，只是听到他的断喝又缩了回去罢了。

"老子瞧见你了，你还想逃脱……得了？"五谷不管许多，飞身追到过道，见有个房间门闭着，用力拍打那门，喊道："开……开门！"门！从里面锁着，推不开，五谷复用脚踹，骂道："再……再不开，老子……火烧，你契弟（你小子）……"

"别，我……开，就开……"听见房间里尖尖的说话声，随后听见拖动门闩的响声，五谷"哗啦"用力一推，里面"哎呀"一声，开门的人被撞得打个趔趄，向后连着退，差点没跌倒了。五谷一看，竟是个女的。

"女人也在兵营里混？"五谷首先想到的是戏台上的花木兰、女驸马一类女扮男装的故事。"今日真遇着个男扮女装的兵公哩。"五谷更加肯定眼前一定是个男扮女装欲逃跑的男人。

五谷"呼啦"一声，提枪戳向她的胸脯，把眼前这女人吓得不停颤抖，一步步退后，语不连贯地哀求道："好汉饶命，好汉，饶……命，别，别杀我。"

五谷冲她喝叫道："缴……缴枪唔……使死！"这女人听了赶忙道："我缴枪，我缴枪，我缴了就是。"

"我问……你……男扮……女装，是你一……人，还有……同党，人……躲哪儿……了？"

女人只道五谷问她书记坤去哪儿了，遂怯怯地答道："他去莲塘还未见回，房间里就我一个了。"五谷大声喝道："都……都跑了？就你……跑不脱？"

那女的依旧怯怯地道："不是逃跑，姓林的早上去莲塘，还未见他回。"

"敢骗……老子？"

"绝对不敢骗好汉，我说林坤确实一早去了莲塘，好汉没听清楚。"

"林坤？是男……是女？老子……晓得了，你……两个男扮……女装，跑路了。你个……衰公，长……着个……女人相。"

五谷此时才来得及细看这女人，一看她的胸部十有八九是用破布片垫着撑起来的，伸手就去掀她的衣服，那女人不躲反迎上去，说道："我本来就是女人。"

女子迎过来，五谷不由自主地退一步，目光触到妆台上的梳妆盒子。

"这……是……乜东东？"五谷过去拿起梳妆盒子，边仔细打量着边赞叹道："这，盒子，'骨水'（漂亮或小巧），拿来……干什么……用的？"那女人答道："里面装些胭脂水粉，女人用的。"

"你……真是……女的？"五谷宁愿相信这是个男扮女装的兵公。"你……既是……女人，却来……当……什么……兵公？"

五谷撞进来的一刹那，此女子就吓得花容失色，心想杀人不过是动动手指头之事，这次是逃不过了。好在此女虽是个末流交际花，但毕竟来自上海这样的大都市，风月场中摸爬滚打了有些年头，见识过些场面。

五谷撞进来没有立马杀了她，她立马就明白，男人都是财色二字上做文章的，面前这汉子当然也不例外，如此说来她再无性命之忧了。

"好汉冤枉小女子了，我哪里当什么兵？"

"不做兵……公，跑这里……干什么……来了？"

此女子见事有缓，就向五谷编造了她的过往："小女子祖籍广东，爷爷在无锡开米店，后来家道中落，家父转往上海谋生，小女子就生于上海。'八一三'日本人在上海打仗……呜……我无家可归了……"

都说嘴唇薄薄最会说，此女子长着两片薄嘴唇，果然会说："……从此颠沛流离，想着走一步算一步，以为到自己家乡就好了，哪知走难路上无尽头，历尽苦困回到广东地面，却不知爷爷的乡下在哪里……走投无路才跟姓林的做了小的。"女子说到动情之处，挤出几滴眼泪。

"跟谁……做……小的，做……几个……月了？"

五谷想道："跟班又叫小的，小的也叫跟班，老子早年就做老鼠恩跟班，同老板说话称小的。好家伙，姓林的兵公也雇了个小的。"

说话间，那女人变戏法似的手捧着一只首饰盒。五谷不懂那是个装什么的盒子，没有表现出太大的惊喜。"小女子跟着林坤才两三个月，这里有几件首饰，是他平日给我买的，都送给好汉，只求勿难为小女子就是。"

五谷喝问这女人："说了……叫你……缴枪的，你……有枪……没有？"

"哦，有枪，有枪，好汉刚叫缴枪小女子就要缴的，只是一紧张竟忘了拿枪给好汉。不过好汉还是先看完几件首饰，小女子再交枪给好汉就是。"

其实刚开始书记坤这小妾待在房里，听到外间乱成一锅粥，不知打进来的是什么人，待她打开房门的瞬间，被一杆"短火"顶着胸脯，嘴里叫着"缴枪唔使死"。这女人还道是土匪，人多势众"老鼠比猫凶"，或趁书记坤不在而袭击兵营，想要抢一些弹药。

五谷见女人捧在手心乌黑靓丽的小手枪，禁不住两眼放光，心想道："哦哦，这是一支什么牌子的？真是好铁仔。老子，识得烧铁仔这些年，长长短短，见过铁仔不算少，今天头一遭见这么漂亮的。"

的确，就说"短火"（手枪）吧，无非就是快掣驳壳、左轮，也有外号"市桥黄帝"李朗鸡私人兵工厂造的"大头大火""猪脚仔"等，五谷不是头一回见识枪。他忽然想起了果狸丁，那家伙也配说枪？老子也是今日才见这精致小巧的铁仔。恼人的是打从参加老八都好几个月了，总是没有时间，当然部队纪律也不允许，要不老子一定回盘洞村走走，哼，有你果狸丁眼红的时候。

"小女子不喜欢舞枪弄棒，姓林的硬要我留着这枪，说防身，别人家用它防身，在我这叫得物无所用，反担惊受怕，还是好汉拿了去的好。"

想着同样做跟班，姓林的兵公好阔气，请人做他小的，竟舍得送跟班一支靓铁仔。自己就没那么福气了，就为那回做老鼠恩小的，非但没得他多少工钱，还差点命丧"烂澨湖"。

看着这只靓铁仔，五谷想到了部队一切缴获要归公的纪律。不错，他本来就不反对上级的规定，不过他认为，今日的情形有点例外，老子冲进去搜索敌人，遇着这女人，她不是国民党兵公，只是姓林兵公请的跟班，老子也不晓得，喝令她缴枪，结果诈出她也藏着一支枪。

五谷认为，这女人把枪给他，他今日得到这支铁仔是意料之外的，让宋"知道员"（五谷原话，意指连指导员）说说，也不能说这一定算缴获的战利品，他有理由把铁仔留下不上交。

"谁在里面？谁？"

门外走道有人喊叫，五谷口里"哎，哎"地答应着，遂匆忙抓过书记坤小妾递到跟前的枪，还来不及撩起上衣把枪掖进后腰，喊他的人已撞了进来，五谷定睛一看，原来是大泡和循声找进来了。

各位问了，这不是曾经邀五谷去"打脚骨"不成，后来一个人跑去那个什么岭打劫，被人一脚端下山崖，装死逃过一劫的那个大泡和吗？说书的道：正是此人。那位又问了，后来这大泡和不是往新兴地方做人耕仔去了，为何又跑此间战场上来了？

说书的道：各位少安毋躁，此说来话长，容在下把此事细细说与各位。

原来，大泡和虽出身贫苦，却又不喜农活，从小就手脚不干净，且专吃窝边草，乡亲邻居被这厮偷了个遍。他做过两件事，令卖鸦片的侯调对此人恨之入骨。

侯调是山外上坑村人，年轻时就来到盘洞村，生活了几十年，连死了也是葬在灯盏坳下小山冈的半坡上。此公年轻时长得白白净净斯斯文文，不知什么原因，终没讨得个老婆，到死仍是孤家寡人一个。盘洞村有几丘总数不超过三斗（旧制，一斗约等于 0.5 亩）的水田是他买的，侯调来盘洞村耕作，耕作之余，也铺一张烟榻卖鸦片烟。

侯调在村里有一间低矮的土坯单间房子，中间砌一堵半墙隔开，前半间作厨房，后面铺一张阔矮木板床做烟塌兼做他的卧室。

据老人说，大碌木的老子绵豉章是村里公认的老资格"烟友"。大凡吸鸦片者都格外多新闻，这里的新闻是指吸食鸦片的人常常有许多"咸湿古"（下流故事）。比如本村鹤爷夜宿大坪村一间破砖屋里被一群女鬼围住索烟，还有不少令人捧腹大笑的古灵精怪的段子。侯调的"烟馆"什么时候皆是"高朋满座"，除了烟客，本村的大人、小孩总要把侯调的烟馆挤得满满的，就为了听鸦片烟友讲新闻。

某次，绵豉章偷了家里几十斤稻谷来侯调的烟馆换了两泡鸦片。绵豉章躺在烟榻上吞云吐雾一番后，讲起了禄迳村某人的小姨子，乘其姐上山采茶之机勾引姐夫，两人正要成其好事时，被其妻回转撞破二人好事。

讲的人大多无中生有，在此基础上自然还得添不少的油，加不少的醋。绵豉章演绎新闻讲得是抑扬顿挫声情并茂，听的人群中不时爆发出一阵阵哄笑。正在灶前的侯调耳朵被撩得痒痒的，这家伙收了火，把一块刚煮好的烟花膏留在锅里晾着，转身侧着脑袋张大了嘴听绵豉章讲新闻。

"烟膏，我煮好的烟膏呢？"新闻讲完了，侯调转过身，突然像患了急惊风一般，气急败坏地问众人："锅底那一团煮好的烟膏去哪儿了？谁见了？"

"一块烟膏？"众目睽睽之下一块烟膏放在锅里煮着煮着不见了，这事本身就是个新闻。人们面面相觑做不得声。侯调早没有了平日的淡定，歇斯底里地道："明明煮好一块烟膏，好好地留在锅里，如果不是哪个偷了去，怎会不翼而飞？"

"阿调，这么多的人在，谁会有这么大胆敢偷烟膏？我说烟膏不会丢，可能是你记错了放哪儿了，还是先找找仔细了再说吧。"

"烟膏刚刚还在锅里晾着，不在锅里也不是人偷了，难道它长脚跑了？"

正所谓"做贼心虚"，乡下人没见过世面，听说侯调失了烟土，众人面面相觑，看着谁都像个贼，做贼的固然心虚，没偷的也心虚起来，都怕被人怀疑，有人双腿微微发抖着。

老话说，失物多疑人，侯调铁定贼就在这间屋子里。如此一来，讲新闻的，听新闻的，屋子里所有人都脱不了干系。一轮议论下来，众人有了一个很合理的推定：假若侯调失烟膏为真，那么烟膏一定在现场某个人身上藏着，只有搜身才能破案。在场所有人都赞成逐个搜身，把偷烟贼搜出来，还大伙儿一个清白。

搜身从上衣口袋搜起，最后脱下宽大的裤子，搜的结果人人皆是清白之身。人们反将侯调骂了个狗血淋头，而侯调则哑巴吃黄连有苦难言，只得向人赔不是。不过他无论如何也想不明白：在锅里晾着的一块烟膏不明不白地没了踪影，还捉不到人，这鼠摸道行太深了。

各位，几十人挤在侯调那烟馆，众目睽睽之下，你道哪个小偷有如此道行，竟偷得如此干净利落，逐一搜身终也搜他不着，他是如何做得到的？

说书的道，这贼不是别人，乃是当时尚未成年的大泡和。

当日这厮听着新闻，一双贼眼骨碌碌乱转，见侯调只顾着听新闻，煮好的烟膏就晾在锅里。这大泡和一直拿眼角盯着那锅，心想用什么法子可以把那团烟土弄到手。后来发现柴炉子下有一堆小小的柴草灰，这厮暗想："有了。"巴眨着双眼，趁人们都专注在听新闻，不动声色地靠向灶台，反手伸到锅里，把那煮好的烟膏卷作一团抓出来，往那堆草木灰里一丢，然后挺了挺腰，继续听他的新闻。

大泡和这家伙年纪小小却"屎计"多多，即使找遍了包括土墙上的裂缝，整个烟馆内内外外所有地方，后来又对听新闻的所有人搜身，却始终没有想到去扒一扒那堆小小的柴草灰！

不过，大泡和就因为这块烟膏，被人狠揍了一顿。这家伙记仇，在某个月黑风高之夜，抱一堆柴火烧仇人的房子被人发现，几十个人像追豺狗一样追他，好在这家伙跑得快，如果当时稍微慢那么一点儿，怕不当场被剁成肉酱才怪呢。

大泡和躲起来不敢露头，仇家则日日打听他的下落，后来这家伙熬不住了，只好远走新兴县，替人作耕仔去了。

闲话少说言归正传。至于大泡和如何加入老八，又如何与五谷相遇暂且按下不表。

再说当晚同志们袭击陌土书记坤部，敌人根本就没有抵抗，战斗顺利结束。大泡和撞着五谷与书记坤的小妾缓缓两个面对面地站着，对五谷道："你家伙倒好，俘虏了一个兵公婆？"

"她不……是兵……公婆子，是兵公……请的……跟班……罢了。"

"缴到一支什么铁仔？拿来看看。"大泡和见五谷正往裤腰掖枪，一步上前，把五谷刚缴过来还没来得及看清楚的枪，拿到了自己手上了。

"好铁仔，真是好铁仔……老子正好赶上了。说，怎么分？"

"分分，分什么？"

"你忘了在家捉狐狸，不都是见人一份的吗？"

我的父老乡亲对猎物的分配有规矩，就是狗占一份之后，按实际参加围猎的人数分配，即使有人从开始到结束都没有参加围猎，但只要在分配猎物时在现场也能分得一份，乡亲们称这种分配方式为"见者一份"。大泡和何等精明的一个人？听五谷向他索回铁仔，已断定五谷欲截留这把枪。这家伙骨碌碌眼珠一转，反而想怎样谋夺了这支本属于五谷的战利品。

两个正为缴获的铁仔争执，听见过道上脚步声，大泡和说："有人来要见着。"忙不迭把枪插入最里层的裤腰去了。

有战士押着敌人经过门口，问他二人怎么还在此磨蹭，很快要撤出战斗了，为何还不押解俘虏往前面大厅？大泡和应声道："来了，来了。"随即拿枪往书记坤那小妾面前一晃，喝令道："快快走，别想耍赖，否则老子一枪"做呱你"（打死你）。"

五谷终于听明白了，大泡和跟他说村里"捉狐狸"，意思就是大泡和也见了这枪，他也要有一份。五谷心内愤愤地道："好一个见人一份，我呸，老子这枪可是从女跟班手上拿过来的，她不喜欢玩，自愿把铁仔给了老子，与你大泡和何干？"

五谷后悔刚才同那个女跟班扯得太久了，本来她想交枪那阵，他就该第一时间把她那支铁仔接过手，而且立马掖上身了。那样，大泡和根本就见不着铁仔，他上哪儿要见者一份去？

眼前也没什么好办法了，唯一能做的是回到驻地，立马就问那家伙要回铁仔。

你道那枪五谷从书记坤小妾手中刚要过来，还来不及细看，只知是靓铁仔而未识是什么牌子。然到了大泡和手中，那家伙看得清楚，是一支"勃朗宁短火仔"。靓铁仔在手，谅他也不能轻易还给五谷。

如果这家伙事后能把枪上缴部队，或者不上缴而归还五谷，可能甚事没有。殊不知就因为大泡和把这一支勃朗宁短火仔留在手中，竟酿出了一场几乎令整个中共盘洞党支部陷入灭顶之灾的大事件。各位，欲知后事如何，且听下回分解。

第十四回

销赃物　小混混出道受辱
黑吃黑　老泼皮夜半惊魂

上回讲了我部袭击陌土国民党林坤部，因事前侦察到位，突出奇兵，把敌人打了个措手不及而一举成功。该次战斗缴获敌人轻重机枪三挺、长短枪四十余支以及弹药一批，俘虏敌人五十余人。遗憾的是敌军头目书记坤不在，只抓了他的小老婆缓缓，书记坤是唯一的"漏网之鱼"。

书记坤小老婆告诉五谷，她是林姓的兵公"小的"，问她老板下落，她说姓林的去莲塘了，五谷那时还纳闷，老板去哪里，跟班的能不跟着。

有人告诉五谷，那女人说的林姓兵公，就是陌土敌军头目书记坤，那女人就是书记坤的小老婆。她不说是书记坤老婆，反说她是姓林的什么大呀小的，五谷把她当成了女跟班，被这女的骗得团团转。

才哥不止一回说过，老八是一支有铁一般纪律的队伍，他担心五谷懒散惯了，反复告诫这家伙要守老八的规矩，万不可违反纪律。对一切缴获要归公，五谷认为就是做人做事不可吃独食，就像在家捉狐狸见者有份一样。这家伙是懒散点儿，可本质还算不错，不似大泡和，是小事不要面（脸），大事不要命，贪小便宜，总想算计别人。

走杨梅担那阵，才哥对他说老八有多好，五谷从此就认定，好人才当老八，当得老八的就　定是好人。

五谷还以为，真正由国民党兵公手上缴的枪才算缴获，以至于认为那支"短火"不算缴获。五谷认为那个女人不是兵公，只是姓林的女跟班而已，以至于听到她要缴枪的表示之后，五谷认为这个女跟班不喜欢枪罢了。

这家伙心想道："首饰通常是戴在手上，或穿在耳朵下，还可以拴在颈脖子上。哪有女人腰后掖铁仔的？她说是那个姓林的硬把铁仔送她，她是'得物无所用'，否则她也不会把铁仔给了我。"

五谷后来才知道，那个缓缓竟是书记坤的老婆，管她大的小的，如果真是那家伙的老婆，性质就不一样了。他明白："那女人既然是书记坤老婆，就是个兵公婆子，从她手上拿过来的铁仔，是需要归公的缴获，不能私自留着，否则就是犯纪律。"

想把缴获的铁仔上交，可铁仔还在大泡和手里。

大泡和还跟人说那女兵公是他抓的，好不知羞。好在上级表扬五谷时说了，五谷不怕牺牲，一马当先追残敌，号召大家向他学习，大伙儿才知道是五谷抓的书记坤小老婆。这些都不重要，重要的是尽快向大泡和要回那支枪，不然要犯错误。

突袭陌土自卫队的胜利，群众受到极大的鼓舞。部队连夜对那些俘虏进行政治和形势教育，警告这些欺压百姓，残害无辜群众的人，必须立即改恶从善，若还执迷不悟，我军必严惩不贷。要认清形势，不要一条道走到黑。我们是讲政策的，若有谁继续作恶，我抗日军民对其所有罪行记得清清楚楚，到时将对其彻底清算。

经过教育，有人当即表示不再干了，部队即发给路费，把俘虏当场释放。五谷说："俘虏不能放，你放了他，他领了路费，转过头来还与你打。"五谷不明白，这些被俘虏的兵公没一个好人，为什么还要这么好地待他们？

不打不骂，人放了，还给他们回去的路费。五谷心里愤愤地道："就该枪毙他十个八个，特别是那个叫缓缓的兵公婆，为人最不老实，敢骗老子。"

部队撤出陌土，连夜逆江而上，开赴烂柯山区的河坑村。五谷看看行军的方向，凭他的经验判断，部队很可能会做短暂的休整。心想："这回要改善伙食了。"的确，五谷最关心的就是吃。

那位道：说书的，你道五谷总是关心吃的，不错，饿久了嘛，可以理解。不过你讲我部队正开赴烂柯山，若你说得不错，难道那个'山中方一日世上已千年'的观棋遇仙的烂柯山却在广东不成？

说书的道：人尚且有同姓同名者，山又岂会没有？今日在下说的烂柯山。两山虽同名，只是此烂柯非彼烂柯，彼烂柯在浙江衢州，有避世高人在山中隐居，誉为洞天福地。此烂柯则在广东高要县南，此山亦峰峦叠嶂，林木葱茏，虽无避世修仙高人隐居于此，但散落在附近有不少村庄。在下想，这一定是这些村民的先祖，慕其山清水秀，清静且远离尘世，于是开村定居，代代繁衍，也就他乡作故乡了。

闲话说过，回归正题。话说我部队连夜逆江而上，直奔烂柯山区的河坑村。听说同志们打了个胜仗，敲掉匪军书记坤部，人们欢欣雀跃，敲锣打鼓，热烈欢迎子弟兵的到来。一连数日，军民召开联欢会、庆功会，大家情绪高涨，欢庆胜利。

部队重视宣传工作，每到一地，所有战士都是宣传员，无论村口、井台、路旁或是晒谷场，同志们和三三两两的群众聊天拉家常，有说有笑，向群众宣传我党的军民政策，对群众进行形势教育，鼓舞和增强群众对敌斗争的信心。

群众围着我们的战士，让战士们讲袭击书记坤一伙战斗的经过。战士说起五谷一马当先冲向后堂搜索敌人，这家伙功夫了得，飞身跳跃腾空直扑入后进院子，冒着被敌人打冷枪的危险，搜索残敌。乡亲们惊得张大了嘴，竖起大拇指连连赞叹道："原来真有人会飞檐走壁！"

大泡和听大伙都在赞五谷，心里不舒服，嘴上说："这也叫功夫？'第九'（粤方言意即轮不到）啦，到我们村打听下，随便哪个不胜他许多？"

五谷与大泡和虽说是一个村出来，在五谷看来，与他亦仅仅是同村相识罢了，无交情可言。后来大泡和在村里消失了许久，再后来有人说，这家伙到新兴地方做耕仔去了。五谷竟再也想不起与他一起去小水潭捉小鱼、在榕树下打闹与嬉戏，又或者挤在侯调的烟馆听新闻的那些经历，甚至想不起与此人还是曾经的乡邻。

大泡和跟人说是他抓了书记坤的小老婆，有人替五谷不平，五谷只淡淡地说了一句："连这也同他计较的话，以后怕要日日都得同他计较呢。"

五谷真没想到在部队会与大泡和相遇，这家伙对五谷可热情了，问家乡谁谁谁的近况，大有他乡遇故知的那份激动。五谷则只顾着疑惑："才哥托朋友介绍我参加老八，但这家伙呢，他又是什么时候参军了，谁介绍的？难道也是才哥介绍的？"

与他说不上冤家路窄，上级可能出于他们同乡的关系考量，安排二人在一个班，五谷不得不服从，朝夕与这家伙待在一起，五谷很不舒服。

回到河坑村，五谷总怕上级发现他缴获不归公的事情，总想着寻个无人见着的机会，找大泡和把枪要回来再交公。不过五谷很快发现，平常就与人不大合群的大泡和，这些天总跟别人在一起，没机会要回枪。向这家伙索回铁仔，还真没那么容易。

好在机会还是来了，五谷因为嘴馋，某日下午借口找炊事班米叔说点事，其真正的想法是去看看，晚上是否安排有什么好饭菜。

经过村中井台，五谷忽见有个人在村外面山坡上转悠，五谷心想："甚人在那里转悠？哦，明白了，一定是当地老乡在'未蜜仔'。"

关于"未蜜仔"，我们村里人亦称"揾蜜仔"，即收拢野蜜蜂。盘洞村周边山里有不少野蜂群，通常在树洞或者石罅筑巢酿蜜。我的乡亲们进山，如果天气晴好的话，发现单只采花的蜜蜂，即可一路紧紧盯着，追踪它回巢，然后一整巢连蜂带蜜都收拾回来，用竹子编个圆桶形笼子，把蜂挂在屋檐下驯养。

当然啦，养蜂和未蜜仔都是技术活儿，一个非常有经验的养蜂人却未必会未蜜仔，而会未蜜仔的却未必懂养蜂。对收拢回来的蜜蜂，有个别不想打理，或者不会打理的，可以卖给别的养蜂人。

说起未蜜仔，五谷在家干过这活儿。他见有人在山坡上转悠，想是河坑村的老乡也干这营生，只不晓得人家如何"未"，说不定人家比我们更熟悉更有经验。靠前想去看看，不过很快他就发现那人根本就不是在未蜜仔，在晒谷场那边行三步扭两扭，瞻瞻前又顾顾后，像个戏台上的小丑，鬼鬼祟祟地令人生疑。

"只怕是个'鬼头仔'（刺探情报者）呢。"五谷见那人在山坡上晃荡，认为是未蜜仔，那人晃了数晃，他又想到那人是刺探军情的鬼头仔。

刚想那人是鬼头仔，那人却从山坡上下来了。五谷定睛一看：那不是大泡和吗？这家伙是跑山坡上躲老子来了。真是的，枪你都看过几日了，该还给老子了。

"就在这里堵他。"五谷初时怀疑，现在已经可以断定，这家伙自从强拿了他缴获的那支勃朗宁以后就一直躲着五谷。

究竟大泡和什么时候在哪里，又是怎样参加了游击队？各位不提，在下还真的忘了呢。趁五谷等在那里堵他，在下还得再说说大泡和那些陈谷子烂芝麻的旧事。

那日大泡和偷了侯调的鸦片，把鸦片丢进草灰堆里，瞒过了众人。说书的也真服了那厮，一个十四五岁的少年，小小的年纪，做鼠摸有那份从容与淡定，那种瞒天过海的本事，任谁也别想比得了他。

受人怀疑的时候，搜身是我的父老乡亲认为自证清白的最好办法，没有人认为有什么不妥。大泡和肯定也想到这点，他会把鸦片烟揣在身上才怪呢。侯调由头到脚，从前往后搜大泡和身上那会儿，这家伙笑着对侯调道："调啊调，你可要搜仔细啰。"

正所谓瘦狗忍不了热屎，大泡和第二日一大早，揣着偷来的鸦片烟去了水柳村，来到开在村中曲巷里的馨兰烟馆，两扇半开半掩的木门实在有点破旧了，好在还算厚实，烟馆里外都静悄悄的。

此类村中的"烟馆"一般是午后至晚上才有客，早上少有人光顾。那日只因盘洞村人光头林约了独食威，欲称一两担花生麸回去种烟叶，这是我们乡下以实物折价的高利贷，烟农从"放麸"人那里挑回去多少花生麸，待收获时则连本带利以烟叶顶账。独食威就兼做这行当，当日早早开门不为营业，实在是专等光头林。

大泡和插进衣兜的手紧紧地握着烟土，一双贼眼巴眨着，透过门口往里张望，恰被独食威见了，那家伙喝问大泡和道："喂，干什么的？大清早地跑这里想偷东西？"独食威显然不情愿有人闯入他的地盘。

"收烟不？"大泡和巴眨着眼睛向门口走过去，丝毫不理会独食威的态度。"你有烟？"独食威疑惑地看着大泡和说："你有烟？"

大泡和没回答独食威，依旧问道："收不收烟？"

独食威道："拿来看看，是好货再说。"

大泡和掏出鸦片递了过去，独食威接过手，见手捏成一团黑乎乎的东西，表面还沾满柴草灰。这家伙左瞧右瞧，凑到鼻尖底下闻了又闻，挑了一丁点儿揉成小粒，放在灯上烤着。最后以他的经验判断，货倒是真货，不过令人疑惑的是，鸦片从哪里来，怎么会在一个小孩儿手上？这家伙许久一声不响，车转身翻起白眼直勾勾地盯着大泡和。

见独食威盯着自己，心想快点把货卖了，遂催独食威："要还是不要？"

咳，大泡和想得简单了，这个独食威为人奸诈，经他手摸过的鸡蛋都得轻二两。他凭着认识外面几个做烟叶生意的老板，一直做烟叶贩子。后来也兼做"放麻灰"（放贷花生麸）高利贷，附近不少烟农通过他向老板赊贷花生麸种烟叶，收获的烟叶想卖个好点的价钱，都得求他介绍销售。

独食威因此很赚了些钱，早些年见南岗墟有鸦片烟馆，想到这生意不错，本村几个烟鬼也欢迎，于是拾掇出一间闲屋，也在村中卖起了鸦片。

当日盘洞村光头林约了独食威，来商议赊贷花生麸回去种烟叶，独食威正在等光头林。见了大泡和这烟土，这家伙一看就晓得是来路不明的"鼠货"，又见大泡和是个孩子，当即就起了坏心，要黑了他的鸦片。

大泡和开始不耐烦，独食威开口了："说，烟哪儿来的？"大泡和答道："我家地里收的。"独食威高声道："家里烟田割的？你是哪村的，家里种多少烟？见过罂粟长什么样？"

早年盘洞有人种罂粟，但人们只识是鸦片，根本就没人知道这东西又叫罂粟。大泡和红着脸回答道："我不识什么罂粟，但鸦片真是我们家种的。"

独食威大声夹恶地道："小兄弟，既是你家自种的烟，你家大人不来，竟要你来卖，你以为老子信你？说，哪来的鼠货？"独食威想把烟转个地方放着，遂从烟榻上抓过那块烟土，转身走向我们乡下叫作"书柜子"，但从来都没放过一本书，只是用作存放杂物的杉木柜子前，把烟土放进去，想了想又拿出来，随便搁了在书柜子顶上。

"这家伙怎么啦？横看竖看，这家伙不像好人，九成要骗我的鸦片。老子不卖了。"大泡和意识到不妙，嘴上说不卖了，边伸手要抓回那块鸦片。

他却不晓得独食威早有防备，见他从斜刺里出手，紧紧捏着大泡和抓着那块鸦片的手，这家伙用尽了劲，捏得个大泡和龇牙咧嘴地哭叫着撒了手。独食威冷笑道："鼠摸仔竟敢老虎头上叮虱子，跟老子玩花样。"

"鸦片是我的，我不卖了。"

"哈哈！还真有你这样的傻家伙。"独食威阴阳怪气地道，"还说烟是你的？滚，趁老子现在心情儿还不错，也懒得跟你计较，识相的话别在此'阻头阻势'，快快地有哪远滚哪远去，否则……"

"你欺负人，打脚骨。"

"打脚骨？哈哈哈……"独食威一阵狂笑，"有意思，你也懂打脚骨？有意思有意思，说说，现在老子算不算打脚骨？"

"你还我的烟，我不卖给你。"独食威也实在小瞧了大泡和。你想嘛，小小年纪就立志学村里恶人过江龙，总想干打脚骨勾当的家伙，由得你独食威欺负，那就不是大泡和了。

独食威弯腰捡掉落地上那块鸦片，大泡和叫着："你还我的烟，你还我烟……"攥着拳头扑过去，狠命捶打独食威的脊背。

这下激怒了独食威，转身扭着大泡和的手腕，狠狠地扇了几巴掌，又像拎小鸡一样拎起来再按下，又踢了他几脚，往屋外推。大泡和那个疼啊，一个劲地挣扎，奈何力气不及独食威，双手被他捉着，也挣不脱。独食威问大泡和："还敢说是你的烟吗？"大泡和撕心裂肺地哭喊着："就是我的烟，你还我的烟。"哭喊着，大泡和突然狠咬着独食威那手腕，硬生生扯下一块皮肉来。

遭大泡和这一咬，独食威痛得钻心，忍着疼痛狠甩几下，把手扯了出来，人跌坐到烟榻上，立马矮了半截。再看受伤的手，血水不断从伤口涌出，黑乎乎大片瘀血，看样子怕是伤到骨头了。血流到指尖，又滴落到脚下，灰沙泥土夯过的地板被染得一塌糊涂。

独食威根本就没有止血药，用一大撮红烟丝紧紧捂着伤口，鬼哭狼嚎地吼着："哎哟，痛死了，痛死了！"看独食威那样子，大泡和忍住没笑，心想道："此时不走更待何时？"

要逃离不难，难的是那块鸦片很值些银子，他计划几个月才逮着机会，冒了多大风险弄到手的，不能任由独食威强抢了去。大泡和俯身搜寻落在地上那块鸦片。独食威见了，再也顾不得伤痛，起身拦截。大泡和拼尽了吃奶的力气，迎着独食威，把人往里一推，独食威"咚"一声又跌回烟榻的硬木板上。

也是合该如此，大泡和还在找鸦片，独食威还在烟榻上喘粗气，邻居懵眼球从烟馆门口走来，独食威见着顿时来了劲，喊懵眼球："快，快来捉住这个野孩子，别他让跑了。"

原来，独食威邻居懵眼球一直患青光眼，下田劳动本来就很勉强，近几日又患了眼热病，睁不开眼，待在家里连门都很少出了。那早上听见烟馆一阵阵嘈杂，隐隐约约好像有人在吵架。这本来没有懵眼球什么事，但偏偏这个懵眼球生来爱管闲事，禁不住一点好奇心，循声摸了来，想听听到底发生了什么事。刚摸到巷口，独食威便隔空叫他，求他帮捉什么野孩子。

这个独食威也是的，明明知道他懵眼球患青光眼兼患眼热，连路都看不清，还喊他帮忙捉什么小孩？那家伙话音刚落，懵眼球还没来得及反应，忽然听见"呼啦"一声，一个影子伴着一阵风从他面前一呼啸而过，早跑远了。懵眼球不知向着独食威，还是自我解嘲道："帮你捉什么野孩子，这不荒唐至极吗？"问独食威道："你跟一个孩子伤什么和气？"

独食威火气盖过脸，狠狠埋怨道："不知什么地方来的野孩子，老子刚开门就来'寻趁'，比疯狗还凶。把老子的手咬了一块肉，咳，早喊你捉住他，不至于让这家伙白白跑了。"

怪他没拦住大泡和，懵眼球不悦地道："我都自顾不暇了，听见狗吠狗响地摸来看看而已。"问独食威："你因甚跟一个小孩子动了气？"

独食威愤愤地道："老子遭了打脚骨。"懵眼球那对青光眼睁得比铜钱大："真有这样的事？"

不提懵眼球独食威二人怎样说去，且说大泡和还在地上找他的鸦片，忽听独食威大声喊人，扭头正见着懵眼球挡在门口，这一惊非同小可，想到今天是老大的不顺，钱没赚到不算，鸦片也找不回来了。他懊悔，可有用吗？

所谓三十六计，走为上计，大泡和落荒而逃，一口气跑出村子，连滚带爬浑身泥水爬过一条小水圳，又被走来的光头林见着，光头林一愣，想道："这不是大泡和吗？"于是喊他："大泡和，大清早的怎么跑这来了？"

大泡和连吓带惊，不敢应声，一溜烟儿跑远了，留下光头林满脸的疑惑。

光头林带着满肚子疑惑到了"馨兰"，听独食威说遭人打了脚骨。他从独食威的神色里已猜测到了事情的大概情形：绝不可能是这家伙遭人打劫，反而是这家伙黑吃黑。

偷鸡不成蚀把米，大泡和鼻青脸肿身上青一块紫一块，还受了惊吓，吓出一场病来了。他懊悔，也恨透了独食威，更怪光头林，不是这家伙当晚就去了侯调的烟馆讲这新闻，全村人就不可能晓得侯调的鸦片是他偷的。

"咳，那个该死的独食威。老老实实做买卖有什么不好，偏要见财起意抢老子的鸦片。侯调更该死，明明晓得老子被独食威强抢了鸦片，人也被打了，这家伙不可怜我，还日日纠缠老子赔他的鸦片，害得老子浑身伤痛还不得安生。"

唉，大泡和想起这事就窝火。后来听人说，侯调为索回他的鸦片，去过几回水柳村，向馨兰的独食威由好声好气到恶语相向，都没能要回他的烟土。最后得他老同宗兄弟帮忙，要回了他的鸦片烟膏。

大泡和特别记仇，一弓还一箭，这事不能这么了了，他要找独食威报仇。某个月黑风高的夜晚，大泡和摸到馨兰，那时乡下房子大多没有窗户，门虚掩着，黑暗中听出来里面人声鼎沸，时不时还爆出一阵阵笑声。大泡和觉得来早了，等里面的人散了才好下手。

馨兰门前有一处菜园子，旁边有一块烂地，两三尺深的野草，菜园子尽头有个柴草垛。菜园子里蚊子扑面嗡嗡作响乱飞乱撞。也真难为了这家伙，大泡和往柴草堆里一躺，打算眯一会儿，等人散了好下手。哪知这一躺下竟睡着了，到他醒来看看天色，估计已是下半夜了。他急忙摸到烟馆，只见乌灯黑火，无论烟客，讲新闻的还是听新闻的，早散了。

大泡和上前撼了撼那门，木板吱吱哑哑地响，用力推了几下，那门纹丝不动。该从哪里进入？这家伙围着烟馆转了一圈，除了前面门头有个猫进出的"日字窗"之外，再没有一个窗户。

小偷有讲究，每次出门行窃，不肯空手而回。那大泡和不死心，沿着墙根又走了一圈，想揭开瓦片从屋顶下去，老实说他还没这个把握。当然啦，从墙上挖个洞钻进去也行。听说过江龙出道之初，就是从墙上开个洞，主家的一头黄牛从洞里牵了出来。这活儿大泡和也会，可惜过来时忘记带器具了。

大泡和进不了屋，下意识地推了推那门。独食威在里面咳了一声，喊道："谁？"当时把这家伙吓得吐了舌头。想道："好悬啊，刚才老子有多冒失，原来这家伙晚上还在里面守着，幸亏没用肩膀去撞那门，让那家伙逮着可不是开玩笑。"

遭他抢了的要不回来，更别说偷他的了。大泡和不甘心，想道："老子不要了那烟，干脆把这屋连独食威一起煨了，看他还敢欺负老子不？"

大泡和推了烟馆木板门已惊动了独食威，这家伙立马起身坐着，警惕有鼠摸。独食威竖起一对招风耳听了听，无丝毫动静，不过不敢再睡了。

乡下人家的厨房一般紧挨正房而建，鹤山人叫它"廊仔"。新建的一般有两只薄薄的木板门，老旧的廊仔连门也省了。人站在檐下，伸手就能摸到瓦面。大泡和从邻家廊仔抱来一捆干柴草，紧贴馨兰的木门板放下。向屋里喊道："抢我烟的，看你下回还敢打我脚骨！"划了根火柴丢在柴草上。

独食威没听到更大的动静，打个哈欠，自言自语地道："今夜风大，门都吹动了。"正想再睡，恍惚间从门缝里看到熊熊火光，心想火烛，顾不上穿木屐，却不忘提起放在床头那把杀猪刀，赤脚慌忙开门欲看看什么情况。哪晓得待他拉开门，大火向门头上蹿，火光映红了全屋。借着火光，独食威认出，门外站着的半大小子，竟是日前要卖鸦片烟，被他打跑了的那个野孩子。

独食威怒极了，吼一声："老子劈死你。"使尽平生之力，把手上那柄杀猪刀朝大泡和的脑袋狠命地扔了过去。

所谓仇人相见分外眼红，两人一个屋里一个屋外，中间就隔着一堆火。大泡和没想到，独食威会突然开门出来。于是心中一震，刚要避开，那刀已迎面呼啸而至，只听见大泡和一声惨叫倒地不起。大泡和这一声惨叫足以证实，独食威这一飞刀何等了得？若被它刺中，小命立时不保。倘若刺他不中，吓也得把人吓死，应了那句老话：莫鳝上沙滩，不死也一身潺。

　　令人吃惊的是大泡和倒地之后，独食威也发出一声惨叫。各位，这一刀是否劈中了大泡和？大泡和性命如何？这都平常，唯独这一刀还引来独食威一声惨叫，这就让人如堕五里雾中不知所以。各位，欲知后事如何，且听下回分解。

第十五回 河坑村 好青年追求进步
羚羊峡 游击队强击敌船

上回讲到大泡和偷鸦片事泄，侯调扬言砍死他，天天迫着那家伙赔他的鸦片，大泡和不得不铤而走险，想把鸦片偷回来，却又无从下手，遂起了烧死独食威报仇的念头。抱来些柴草架在烟馆门口点着，火苗在干燥的木板门上乱窜，大泡和立在烟馆门口冷笑道："老子是有名的光棍，你偏要学做无皮柴，敢黑老子的鸦片烟。今儿让你尝尝煨老鼠的味道，看你知死也未？"

木门板上火苗乱窜，独食威从屋里猛地打开门，隔着火光，独食威见有个人站在对面，因先时已从光头林那里知道，此人乃盘洞村的大泡和，正是这家伙放的火。遂不管它三七二十一，抢起刀朝大泡和扔过去。各位，两个人就门里门外的距离，若被独食威劈中，大泡和不即时见了阎王才是怪事呢。

再说门外大泡和，隔着火光见一柄明晃晃尖刀向他眉心袭来，早吓得三魂掉了两魄，本能地跃起避开。却不提防"嘚"一声，头撞到了低矮的屋檐，痛得那家伙·声惨叫，重重跌倒在地。

蒙眬中听得一声惨叫，独食威以为已一刀劈中大泡和，面对着熊熊大火道："小杂种，不看看自己有几斤几两，一只小小白蚁还妄想蛀我这百年的老宗祠，不自量力的东西。"

两扇木门板悬在门门两边烧得正旺，如两道火墙，摇摇欲坠，木门框也变得乌黑，往外冒烟。大火封锁了门口，呛得独食威口鼻涕流，喷嚏连连，那家伙想跨过那道火门，连续试了几次，都是冲到跟前不得不缩回去。好个独食威，急中生智摸来一团破旧衣服，紧紧地捂着口鼻，急得在屋里来回乱转。

木门板烧成了灰烬，哗啦啦往下塌，门口的火势已没了刚才吓人，也让独食威见到了生的希望。奇怪的是，此刻的独食威满腔恨意，还惦记着大泡和，想着出门再捅他几下，转了两圈找不到他的杀猪刀，才想起刚才为了劈大泡和把刀甩出去了。

各位，你道门头以下已无明火，独食威本来瞬间即可冲出屋外，但偏偏这独食威被浓烟熏得晕头转向，撞到过了火的门框，门头上通红的火炭哗啦哗啦往下掉，烫得那家伙厉鬼般嚎叫，最初跺几下脚，连木屐也跺掉了，一双赤脚被烫得生痛，人也倒在了门口。也是这家伙命不该绝，闻烟馆失火的邻居，从灰烬中救出了不省人事的独食威。

花开两朵，各表一枝。单表大泡和点着了烟馆门口的柴草，还来不及高兴，骤见独食威手执一柄明晃晃尖刀，向他掷出，大泡和急忙躲避时又偏偏一头撞上低矮的屋檐，痛得他满眼冒金星，人也摔倒在地。好在这家伙会装死，独食威向他掷过来那刀带着一股风，不偏不倚正插着离他躺得很近的泥砖墙。"我的妈哟，老子不是躺在地上的话，这一刀怕要正戳着心窝呢。"大泡和吓得尿了裤子了。大泡和怕独食威追出来要他命，顾不得伤痛，撒开脚丫子没命似的跑了。

大泡和连滚带爬也不知跑了多远，头上伤口一阵疼似一阵，就像有根钉子钉入他的头骨一样。越走越慢，两条腿像灌了铅抬不起来。前面山坡是一片乱葬岗，从这下坡转个弯儿，不远就是一排遮天盖地的大树林子。

树林子把村子遮得严严实实，一般外人很难想象还有人在这里面居住。大泡和实在累得紧了，走着走着竟跌坐在小道边上，先是大口大口喘粗气，继而长叹一声，仰面躺下一动不动了。

头顶满天繁星。忽然一阵凉风吹过，树叶子沙沙作响。虽是夏夜，大泡和还是打了个冷战。刚才还疼痛得紧，这阵冷风让他的头脑清醒了许多。想起今晚一把火烧了独食威那烟馆，他后脊骨不禁一阵凉一阵，暗想道："仇倒是报得干脆，鸦片却找不回了，而且今回是屙屁屙出了屎，弄出这么个大头佛（动静）。独食威肯定还要找他，那一定是刀枪侍候，是性命交关的事。捅了这么大的马蜂窝，看来盘洞村是不能再待了。

据闻大泡和爹妈能生，足足生了"一斤"（旧制一斤为十六两）人，但活下来的只有他一个。家中概无长物，只剩塌了大半边的破旧泥屋半间。这家伙暗暗地道："大丈夫四海为家，当年野猪光不也因此闯出去，成了开椰子师傅吗？不若老子也学那野猪光，到澳门、省城等大城市闯荡一番，说不定会有一个好前程。"

"没有比这更好的办法了。"说到去外面闯世界，大泡和犯了难，没有"路用"（盘缠）哪儿也去不了。怪不得人常说，一分钱难倒英雄汉，此刻自己就是那个被难倒的英雄汉。大泡和学野猪光去外面闯世界，是以后的事，眼前得先躲一躲，绝不能让独食威找到他，等过了这一段日子风平浪静了，再想办法弄几个钱，然后再谋划怎么办。

有了主意，还想再躺会儿的，那时村里鸡鸣，天际也渐露微白。大泡和怕被人看见，他翻身站起，跟跟跄跄走了几步，又摸了摸头顶，大半头皮都肿了，头发被血糊成一块，伤口比刚撞那阵还疼。这家伙自话自语道："老子与你势不两立。"骂的应该是独食威。

骂过独食威，大泡和从乱葬岗走下了坡，转个弯儿，早望见村边那片林子了，虽然不能再回那个破旧的泥坯屋子了，但大泡和还是有一种到家了的感觉。心情似乎比刚才稍好了点，也没刚才累了。只是肚子"咕咕"叫着有点难受，但这得忍着，到了后山再找找有什么野果子就好了。

开头几日，大泡和躲在后山，昼伏夜出，偷些尚未成熟的果蔬，壮着胆回他那破房子蒸煮，居然没有哪个见着。也是，以往这家伙经常十天半月不在村里"蒲头"，村里有他在不多，少了他刚刚好，故谁也不会留意他回不回村。大泡和躲进侯调烟馆前的柴草堆，想听听有没有关于他的新闻，结果什么也没听到，反弄得双耳痒痒的。

所谓拼死无大碍，拼着小事不要面（脸），大事不要命，这样人有什么奈何得了他？事实上，大泡和已经不再怕侯调，退一万步，即使被侯调堵在屋里了，大泡和只消说一句"要鸦片没有，要命倒有一条"，侯调又能怎么着？

躲在后山几日饥一顿饱一顿，还被野地里花斑蚊子叮得浑身上下满是包。侯调拿他没办法，也不见独食威来找晦气，大泡和又得意起来，自语道："都说好人怕烂佬，烂佬怕死佬，早晓得这么想，又何必弄这大的阵仗？老子也不白白躲了这一阵，真是的，老子就是那个死佬，老子怕谁来着？"

大泡和躲藏了数日，不见动静，渐渐地他觉得这事算是过去了，至于离不离开盘洞村已无所谓，不过原来逃向省城或者去港澳闯一番世界的愿望非但没变，反而变得更强烈和更迫切了。

盘洞的小孩子捕雀鸟很有一套，他们用一根长长的竹竿，往上面钉上一块小木板，当然有时也不用钉，直接用细绳子把小木板绑在竹竿上。小木板上涂一种能粘住雀鸟脚爪的土制树脂，把竹竿往山坡上一插，人则躲在阴凉处守着，飞过的雀鸟看见这个高高的小平台，总喜欢往上面停。

后山下来不几日，大泡和早早来到村外对面的山坡上，想粘几只鸟去卖，先买些粮食，筹些出行盘缠。经过一番忙碌，捶好树胶，涂在小木板上，插好几支小竹竿，选个隐秘的地方静等鸟雀自投罗网了。

"妈的，候老半天雀鸟毛也没落下一根，难道老子的命运这般不济？"大泡和烦躁、焦急，不时走出林子，又望望天空，搜索是否有毛鸡飞过。哪知毛鸡不飞来，人却来了。原来山坡下不远处有几人在休息。"怪不得总不见毛鸡飞来啦，原来有几个家伙赖在下面。"大泡和打算把那几人赶走，朝几人没好气地喊道："喂，你们几个能不能不在这歇？"

那几个人见大泡和满脸不悦，反问这家伙道："你这人怎么如此霸道，我们在哪里歇脚还要你管？"大泡和见几人当中有个裤腰突起，分明像铁仔之类，立马谨慎起来，满脸怒容消失，变得好相与起来，道："也没甚要紧事，只是你几个挡我粘雀仔（雀鸟）了。"那几人说："不知小哥在此粘雀，不好意思，我们就走吧。"另一个则问大泡和："这位小哥，你认识大泡和吗？"

大泡和听来人打听自己，心里"咯噔"一下，暗想道："一定那晚大火，独食威没出屋遭烟呛死了，底下那几个可能是他几个儿子，或者舅爷仔找老子抵命来了。"这可是天大的祸事，大泡和慌了神，想道："妈的，老子捅马蜂窝了。"好在这家伙很快就镇静下来，做到无事一般。对来人说道："啊，先生，我最认识大泡和。我家和他家紧挨着，村口第一条巷子第二间屋子是他家，我家在第三间，只不知各位找他为了何事？"对方回答道："没事，找他聊聊而已。"

"想骗老子，找老子聊聊，老子站他跟前也不认识，就凭他这么兴师动众的，绝对不是好人。"大泡和赞自个聪明，略施小计就把他们给打发了。望着几人转过山坳去了，大泡和惊出一身冷汗，前胸后背全湿透了。只怕刚才几个人一旦晓得找的大泡和在此粘毛鸡，转回来不把他剁成肉泥才怪呢。

大泡和此刻才真真正正地慌了，心里骂独食威："这家伙阴魂不散，死了还惦记老子。此地不可久留，三十六计走为上计，先避避风头再说。"大泡和不顾一切顺山坡直爬至山顶。

气吁吁好不容易爬到山顶，一屁股坐到一棵松树下。大泡和想，家是回不去了，该往哪里走呢？眼前是"古劳大海"（西江），身后是重重叠叠的大山。古劳大海像一条长长的布带横在那里，再远些灰蒙蒙地看不清。大山背后，想来应该是高明县。该去哪里？大泡和一时竟没了主意。

忽然想起他有个姨表兄，村里人说他这个姨兄近年跟着鱼仔森"捞世界"，有时还跟南海河清那边的捞仔往"海"中间"收行水"（勒索西江来往船只），想来日子还混得不错。

大泡和想："投靠表兄，求他带自己'揾食'只怕有点不妥。"因为大泡和父母死得早，和表亲也不来往了，可能见了面都不认识了，如今贸然去投靠他，先不说行不行，再者表兄也是做别人的"马仔"，人家敢不敢收留自己，还在两可之间。罢罢罢，快打消了这念头，老话说，车到山前必有路，他大泡和现在还在山顶呢，脚下就有路。

大泡和就是那次从村里消失的，至于这家伙去哪儿了，初时的确没有人知道。后来牛贩子宋喜来村里买牛，偶然跟人说起大泡和在新兴县水台乡下做耕仔。乡亲们认为不大可能，大泡和做耕仔？这家伙做捞仔倒还差不多。

对于大泡和，没有人留意他去了哪里，再说，他去了新兴便去了新兴，与他人何干，自然也没必要去证实宋喜说的这件事。

当年大泡和怕独食威追杀，一路逃到新兴县水台一户农家做了耕仔。直到前不久我部队打下宅梧国民党十多座粮仓，把粮食分给贫苦百姓并动员青壮年参军，这家伙就是那时来到部队，又恰好与五谷同在一个班了。

有话则长，无话则短。话说那日部队在河坑村作短暂休整，五谷看见有人在山坡上晒寮，行为怪异鬼鬼祟祟的，以为是"鬼头仔"，后来看清楚是大泡和，于是就在井台上堵这家伙，向他要"短火仔"。唉，世上事往往有凑巧的时候，这也就是为什么会有"无巧不成书"这句俗语的来由。

五谷正在井台等大泡和的时候，有几个青年领着一群半大不小的孩子也在找五谷，正碰上井台的五谷，于是问他："你是五谷师傅？"

"真奇怪了，他们怎么认得老子，还师傅了？"五谷一脸茫然，反问道："你们，咋……识……得……是老……"这家伙总习惯自称老子。

"师傅作战勇敢，飞身擒敌的经过我们都听说了，知道师傅飞檐走壁轻功了得。"原来河坑村人早年听人提过，盘洞村人多会武功，得知五谷在战斗中的表现，都议论这家伙会轻功，几个青年领着一群孩子，专找五谷想看表演轻功。"我们就想亲眼见识下师傅的轻功，请师傅表演一番吧？"

"什么飞……飞檐……走壁，不……不过……我可以……追得上……豺狗，倒是……真的。"小青年们瞪大眼睛道："跑得快过豺狗？"

的确，吕教官就很欣赏五谷能跑，干脆喊这家伙叫作追死豺狗。五谷非但不恼，还答应得格外响亮呢。班排讨论如何搞好群众的宣传工作和军民联欢出什么节目时，这家伙就说："这大……山区，野物……多，军民……联欢，我看……就……比赛……捉狐狸，捉到……狐狸了，起码……能改善……伙食。"

五谷的话引起哄堂大笑，有人说："五谷的优点就是能吃。"

某日，炊事班提前做饭了，连长说有任务，饭后出发，五谷问道："有甚任务？"有人答道："再回陌土。"五谷暗想："陌土打了胜仗刚来到河坑村，屁股还没坐暖又回陌土？哦，老子明白了，一定是书记坤回来了，见他的"黄蜂窦"（马蜂窝）给我们捅得稀巴烂，又听那个小老婆撺掇，故而再次"埋伙"（纠合）报仇来了。"

当然啦，任务不像五谷猜的那般。歼灭书记坤部之前，部队就决定袭击通行西江的日军补给运输船。书记坤部已解决，破袭日寇水上运输线的条件已经具备。部队来河坑村做短暂休息，就是为这一战做准备的。

日寇此时发动太平洋战争，其间遭到顽强抵抗，兵源已严重不足，举步维艰，急需打通南北交通，不得不在珠三角一带收缩兵力，控制住一些交通要道和西江沿岸，如江门、九江及肇庆等较大市镇和港口。广西前线所需大量军需，相当部分要通过西江运输。

以羚羊峡为分界，西江上游江面狭窄，水流湍急，下游则江面宽阔，水流平缓。河坑村的党员、群众以实际行动支持我军袭击日寇水上运输线的行动，他们详细地向我部队介绍了有关日寇运输船的情况。

群众反映，由三水至肇庆的日军运输船，每日一往返，风雨无阻。这是一艘几乎没有战斗力的运输船，皆不曾遇到过袭击，从未见有过任何护航力量。

要截击这艘并无多大战斗力的运输船，对我部队来说在清除了书记坤部的前提下，打掉日寇运输船难度不大。

农历正月寒风凛冽，是一年中最冷的日子，立春过后响了几轮闷雷，空气开始变得潮湿。正月二十九日，天阴沉沉的，到中午时分起了雾，雾霭无声息地由山谷向村庄弥漫，很快笼罩了一切。天擦黑，大雾变成了毛毛雨，部队由河坑村出发，下半夜赶到羚羊峡，天亮前完成设伏。

入夜，天气更加寒冷，毛毛雨没完没了地下，把人的眼睫毛都打湿了，山路也变得泥泞难行。不过部队情绪高涨，互相鼓励着，深一脚浅一脚地在崎岖山路上摸索着前进，下夜终于赶到了羚羊峡。

夜幕下，江水映衬着一段灰蒙蒙的堤围蜿蜒曲折，一直向西。设伏点是南岸一座低矮的小山冈，上面裸露的岩石罅缝稀稀落落长着些灌木。部队进入埋伏位置，恰如张开一张大网，单等日军运输船经过了。

同志们又困又累，都隐蔽在各自的战位上，紧盯着江面。五谷蹲在一棵小树底下，上下眼皮不停地打架，可黎明前的天气冻得他直打冷战，他蹲久了站起来活动一下，看见江对面一两点时明时暗的火光。五谷自言自语地道："说日本鬼子拿罐头当饭，那运输船一定装满了罐头，把它打下来就不愁没罐头吃了。"

"来了来了！"

临近中午，瞭望哨传来消息："运输船来了。"

从后半夜开始蹲守到这个时间，所有人除了冷，早饿得前胸贴后背了，一听说敌船来了，情绪顿时高涨起来，抖擞精神，准备大展身手了。五谷想道："老子已经冻了一夜，就等你开饭呢，发瘟的就不晓得快点。"

"在哪里？"浓雾笼罩着一切，分不清哪是江面哪是岸上。

"有亮光的就是……听到机器响了吗？啊……看到了，看到了……"

五谷站起身来双目紧张地搜索江面，越来越近，终于发现了一艘船从峡口往下开来，至于是鬼子的运输船还是别的什么船，眼下还很难判断。

"不是说这船靠南行么，怎么反走北面水道，该不是别的什么船？"

一直以来敌人的运输船下行总靠南而行，而眼前这船却一直靠向北面水道。指挥员不敢大意，待它驶近了些，证实正是我们要等的敌运输船。战士们屏住呼吸盯紧运输船，单等敌人靠近了好施展本领。

常言道，谋事在人，成事在天。或许这狗日的日军运输船命不该绝。本来依情报说，这艘运输船每次经过峡口，一直都走靠南岸水道，从不例外，偏偏这一次却大大地出人意料。从发现它到驶近前，这狗日的一刻都不曾驶过中心水道，一直靠北顺流而下。

这个突发情况，一下子扰乱了我军计划，须知道那时我军尚无炮火等重武器，袭击书记坤一仗虽有缴获，但仍是什么勃郎林、哈开斯之类轻重机枪，距离远了，实在难对敌船构成威胁。本来筹划得好好的战斗，敌人就在眼皮底下，打吧，打得他不痛不痒，不打，已经埋伏了十多个小时，消息走漏了，引起敌人警觉，再袭击恐怕就难了。

"难道就让他大摇大摆地过去不成？"

打又够不着，又不能放它过去，这事究竟该如何选择，指挥员一下子也没了主意。

不能就这样放它过去，指挥员决定依计划对敌人发起袭击。"打！"随着指挥员一声令下，乒乒乓乓一轮枪响，密集的子弹向江上敌船飞了过去。

随船敌兵根本就没想到会遭到袭击，故毫无防备，我一轮枪弹过去，当即慌乱起来，随船乱窜。再看船的右舷，已被枪弹击穿多处，运输船失去了平衡，在江心摇摇晃晃。

密集的枪弹射向江中摇晃不定的敌船。敌人仓促应战，敌指挥官叽里呱啦地叫喊着，敌人一部分人堵漏，一部分人朝岸上射击，运输船加快航速向下游冲去，渐渐地远离了我军火力射程。

"唉，还是让它跑了……"

战斗持续了二十多分钟，却没有击沉敌船，硬是在眼皮底下让它逃之夭夭。此战虽没有消灭敌人，也没有缴获，却是一场极为振奋人心的人民抗日行动，政治影响巨大。敌人一向视为通行无阻的西江水上运输线，经此之后再不安宁了，以至很长一段时间，日军运输船再不敢在西江上航行了。

有话则长无话则短。话说打过鬼子运输船后，部队返回高明，开始了正常的训练与学习。五谷心里老惦记着他的短铁仔，心情闷闷不乐。某天出操回住处的时候把大泡和堵在路上，也顾不得有人没人，张口就问道："呵哈……我那短……火，在你……那里……生根了？"

"什么短火，生什么根了？"

"我说铁……"看来大泡和这家伙是真的想赖他的铁仔哩。

"嘘……什么事咱兄弟间不好说吗？开口就高声大气的，也不怕别人听了？来来来，咱兄弟那边坐下来说。"看看，还在村里的时候，大泡和就"屎计"多多，五谷对他就没好印象。那家伙边说边伸出手来拖五谷。五谷挣脱大泡和，怒气十足地说道："谁……跟你兄弟……了？老子就……担心……"

五谷被大泡和连推带搡地上了田埂。大泡和忽悠五谷道："有什么为难的事儿，跟我说说。"

"老子的……铁仔呢？"

"在呢。"

"拿来。"

"我的好五谷，你不是疯了吧？截留缴获是大事，部队能饶了你？"

"老子……没截，只想……上交。"

大泡和眼珠一转说："早怎么不上交？现在要敢把铁仔拿出来，部队先就把你绑了，然后……说你是个傻仔你还不认！"五谷原想着要回铁仔会有点难，但只要坚持还是有希望的。不承想却架不住大泡和诡计多端，几句话就把个五谷说蒙了。这家伙为了稳住五谷，又说了枪由他暂时保管着，等人们不那么注意了就把枪交回五谷手上。

花开两朵，单表一支，不提大泡和什么时候把枪还给五谷。且说国民党顽固派总是想方设法要置我们这支抗日队伍于死地，尽管我们已经做了很大的忍让，但国民党军那个一五八师四七三团、"挺进""挺五"等顽固派依然纠合在一起，搞什么清乡、剿"匪"，时时寻找我们的麻烦，制造摩擦。

袭击日寇运输船后，人民抗日游击队主力执行上级指示，向两阳地区挺进。留守本地的二团以及独立营经过艰苦卓绝的斗争，终于迎来了民族的解放。日军投降了，战争终于结束了，人们欢天喜地迎接新的生活。

中国共产党领导的广大人民从此可以重建家园了。可是，国民党当局根本就没准备实行和平。用协定做幌子，欺骗和麻痹人民，为发动内战作准备。他们抢着往各敌占区派接收人员，妄图独吞中国人民的抗战胜利果实。

"明明我们打了胜仗，上级说不打就不打了，上级叫复员就复员了。"当初才哥说，老八是打鬼子的队伍，介绍他参加游击队时就说，等赶走日本鬼子，老百姓就有好日子过了，五谷相信而且记住了。"日本仔不是投降了吗？可老百姓还没过上好日子，那个什么四七三团、'挺进''挺五'，还有那个什么鹤卫总队，不是天天在找老八麻烦，日日制造摩擦吗？"五谷不解地说。

说实在的，五谷习惯了部队的生活，一下子要他复员回乡，叫他如何接受这现实？至少思想上就毫无准备，五谷陷入了深深的迷茫。欲知后事如何，且听下回分解。

上回讲到上级安排五谷复员回乡，说实话，这家伙参军数月来已适应了部队上的生活，习惯了同战友们一起经历枪林弹雨，欢庆胜利。"干得好好的突然就说要复员，不打仗了？"五谷老大不情愿地复员了。

五谷回到盘洞村，他第一时间去了禄迳，探望姑妈和表妹二妹仔，哪知她母女已人去屋空，五谷"摸了门钉"。问他们邻居，姑妈和二妹仔去哪儿了？邻居惊讶地道："你不是盘洞村二妹仔那个表哥吗？二妹仔年头就嫁人了，你没来喝一杯烧酒？"

"我……不知……道呢，她……嫁，嫁哪地……了？"

邻居道："听他们说是南岗墟那边西三洞什么村。"没人知道邻居口里说的他们是谁，也不清楚到底是什么村，这样的回答等于没说，而且让人更摸不着边。五谷再问那邻居："不知我……表妹夫……做……何生意？"

邻居告诉五谷，他只知二妹仔出嫁时见她妹夫来接亲，人长得不咋的，黑不溜秋，看着年纪在四十岁上下，年岁比二妹仔大很多，两个不般配，听人说还是个二婚。"

"我姑妈呢？"

"结婚没多久，二妹仔那老公连老婆带岳母都接到西三洞去了。有一次你姑妈回来，说晚些时候就到澳门去了。我只知你表妹夫老家西三洞，不清楚究竟西三洞哪村。"

"没事，我问……罢了。"

老公死了老婆再娶，二妹仔受委屈了，显见是五谷负了表妹。咳，男大当婚女大当嫁，五谷怪自己明明喜欢二妹仔，却总不敢向她表白，反去求灵巧那老虔婆做媒，白白错失了同二妹仔的一段好姻缘。姑妈又没个儿子，如果老子给她做个上门女婿，岂不正"合尺"（正好，刚好）？

五谷精神恍惚，深一脚浅一脚地回了村。

人有时往往连最近的事也记不住，却常常忘不了儿时的记忆。五谷记得小时候，每年春的脚步静悄悄，但气息却浓。头天见着大地偶尔只露出一丝鹅黄，早上醒来，满世界已变得一片碧绿。小溪两岸的蒲公英已去了枯萎，干枯的野草也生出嫩绿的叶尖，露珠滴落上面，折射着早晨太阳的光芒。大自然就是这样神奇，不管是否有人欣赏，寒来暑往，它依然灿烂。

春夏时节，大人牵牛荷锄，小孩子在后面欢欣雀跃，忙碌着逮蜻蜓、扑蝴蝶。好动的男孩吆喝起一群土狗，人声和狗吠交织，希望从草丛中轰出一只"白尾狗"，当然，白尾狗是我们的叫法，后来有识动物的生物老师说，那小家伙学名叫黄鼬。

二妹仔喜欢漫山的花朵，五谷带她上猪脊山，那里前山后坳开遍了火红火红的杜鹃花。两个小身影在花海里若隐若现。五谷攀上石崖，折下一大束杜鹃，忐忑地来到表妹面前，郑重地向她献出大束的花。

二妹仔接过花，先揽入怀中，再凑到鼻尖下深深地闻着。突然，她放下花束，张开双臂把五谷抱得紧紧地道："表哥真好，等我长大了就嫁给你。"

那情那景，就像在昨日，如今人去屋空，只给五谷留下满腹的惆怅。

国民党正搞清乡联保，悬赏缉拿像五谷这样的抗日复员军人。国民党鹤山县政府，把原来伪装抗日，实是迫害抗日军民的"自卫总队"，改名为"联防总队"。把复员的抗日战士诬为土匪，天天扬言"清剿"，限定复员的抗日战士必须登记自首争取从宽。

联防总队整天嚷嚷着对抗日复员人员进行清剿，话说得很吓人，五谷很长一段时间都是提心吊胆地过着时日。

才哥告诉五谷："盘洞村是有名的老八窦，国民党军警轻易也不敢来。不过，平日我们还是要多留个心眼，没事少去'趁墟'，免得国民党不来找你，你却往他们的枪口上撞。"

经过这些年的抗战，老百姓饱受战火戕害，再也经不起战争摧残了。人民渴望和平，我们党也渴望和平，为了顾全大局共产党一直忍让。大局是什么？大局是我们为国家为和平做出的忍让，忍让也是斗争的手段。

对这样的忍让，五谷就很不赞成，既然我们胜利了，还要忍还要让？忍他什么？又让他哪里？复员时领导说这不过是暂时隐秘，是积蓄力量，等候组织召回。终日提心吊胆，太难了，组织什么时候召回，我们还要等到什么时候？

人总要生活，眼下最实际的，是不要饿肚子。才哥说："你跟我上山烧炭吧，形势会有好转的时候。"

"顶硬上呀，鬼叫你穷呀。"咳，五谷想起了那句喊了许多年的劳动号子。

回到村里，五谷哪儿也不敢去，每日天未亮就进山，摸黑才下山，回到家里已经夜深了，比杨梅担辛苦许多。五谷不时地想起部队，那时虽然打仗危险日子艰苦，但有那么多战友在一起啊！如今度日如年，五谷常常自个儿发愣，连日子也忘了。心想什么时候才能出头？

有话则长无话则短。

一年多的日子，五谷日日跟着才哥进山烧炭，他并不知道，斗转星移，新高鹤地区在党的领导下，当初留下来的同志组成武工队，采取积极措施，组织和领导群众针对国民党当局展开反"三征"活动。

清明时节雨纷纷，五谷觉得奇怪，今年清明节是少有的大晴天，反而过后一连十天八天的阴雨天气。遍地泥泞，穿上自己削的加厚木屐，也走不了几步，泥水溅得两只裤管一塌糊涂。

人们披蓑衣下田，村里没有一个闲人。五谷父母没给他留下一升半斗的田地，他也懒得耕，这样天气烧不成炭，才哥吩咐他歇几日，然后就不见了踪影，五谷想道："才哥烧炭叫上我，出门做生意却总不带我去。"

"将军守水口"的侧边半山上，有一棵爬在荆棘上面，足足铺了丈把阔的野生金银花。每年这个时节长满了黄白相间的花蕾，从花蕾到花开得烂漫，整个将军守水口都闻得着那香。有人想过去采摘，看见老大一片荆棘先就怕了。多少年了，五谷每到花开时节都掖了钩镰，劈开那丛荆棘，然后一朵不剩地把金银花采摘回来，有时是鲜货，有时是干货，拿到龙口墟或沙坪墟的草药档口，换得几个钱。

今年又到了金银花花开时节，五谷心情不好，竟忘记了采那花，结果花开了，又谢了。才哥出去几日了，恐怕又是找他那个认识老八的朋友，做什么生意去了。

据说由九十九个小泉眼涌出的水汇成南北两支细流，从皂幕山深处一路千回百转来到盘洞村，在村前变成南北两条稍大点的溪流。盘洞村就在两支小溪之间的狭长地带，因此又有了盘溪这样的村名。

两条小溪汇合以后，遇上一座石山，溪流从这里折转向北，向邻村禄迳奔流而去。

出盘洞村这一段地势还算平缓，中间有一小段的水流比别处稍深，形成一个长条形的浅水小潭，这小水潭有个数字化的名字，叫作"三六九"。在下告诉你，这是整条盘洞河里鱼最多的一段，当然啦，只是小鱼，不过这也很不错。

天气晴好的时候，溪水清澈见底。小溪的鱼，小至几两大至斤多，最多的一种鱼叫作"火鳍"。除了火鳍，还有同样美味可供人下酒的"红眼鳍"和许多叫不上名字的小鱼虾。

一群群小鱼在狭窄的河床上觅食，偶尔有一片云彩的影子投向河里，就把小鱼惊得四散而逃，钻进水底下去了。

水里那么多的鱼，有人把这一小段溪水戽干，底下的淤泥都翻了个遍，连寸把长的泥鳅，还有小虾米都捉干净了，小水潭应该很久都不会再有鱼了。不过奇怪的是，只过了一夜，小水潭的水又变得清澈，水中又有了不少鱼，是从别处游过来的，抑或是戽鱼的人本来就没把鱼捉干净。

如果下了雨，溪水变得汹涌和浑浊，这时总有一群五六斤重的鲤鱼逆流而上，我们叫鱼群"上水"。今天把这一小段溪流中的鱼捉了，明天又有许多的鱼在水中追逐觅食，总也捉不完。

龙口墟每十日有三个"墟日"，我的乡亲们称"十日三墟"，即农历三、六、九就是墟日。这一段溪流叫作三六九，意思就是只需隔一个墟期，就有大把的鱼可捉。

盘洞村是有名的山坑冷底田，土层比蛤皮厚不了多少，什么庄稼都难长，更种不出菜。平常村里人采野菜当菜，日子固然难熬，如果有一顿鱼肉，人们已是满心欢喜了。开小铺的冬记着实可恶，那家伙卖酒总往里渗水。煮夜宵用的酱料和酒，他也非收现钱不可，一概不赊账。

下了整夜的雨，溪水变得浑浊，溪水涨了一半不止。山坑鱼仔不知跑到何处了，但毫无疑问，三六九一定少不了成群的大鲤鱼，鱼脊翅把水划出许多条长长的水波，拼了命往上游。如果有一根扁担在手，也能扑打下一两条。

五谷已不记得多久不见荤腥了，反正也是闲着，何不趁此去弄点荤腥回来？

五谷拖着一根盘洞人用来耘田、除草当拐杖用的硬竹子，到三六九跟前，一双大眼紧盯着浑浊的溪水，盼着下一秒会有几条大鲤鱼出来。他甚至把手上那根耘田棍高高举起，随时准备着，可保不会有鱼在他手上漏网。

"妈的，明明三六九是个鱼仔窦，平日里挺随便就可以捉许多鱼仔，今日怎么搞的？连鱼鳞也不见一片。"五谷唉声叹气，却又极不甘心，自言自语地埋怨着什么，今日怎会如此倒霉，出来大半天了连片鱼鳞也没捞到。五谷下意识地向小溪上下瞭望，忽然见小溪下游黄泥潭那边的小路上，有几个人朝这边走来。

山里人没别的本事，唯有认人最拿手。即使隔着老远，看看几人的行藏动静，五谷随即断定他们不是本村人。是本村人还好，否则这就有问题了。

那位问了，此话怎解？原来，盘洞村是鹤山县最为偏僻的山村，一条山路通到这里也就到了尽头。这里是皂幕山的深处，后面重重大山，再无别的去处了。这时候来人若不是专到盘洞来，那么他想到哪里去？

"都……傍晚了，还有……往村里……走，这是……谁哩？"

盘洞地处偏僻，素来民风彪悍，国民党轻易不来搅扰。如今快两年过去了，才哥还教他事事小心，特别要警惕陌生人。他想，眼前这几个人会不会是来找复员人员麻烦的国民党军警，抑或是社会上泼皮懒汉，专做鬼头仔的勾当。

五谷不知道对方是否发现了他，当务之急是马上躲起来。好在三六九沿溪边是茂密的矮树丛，还有深深的芒草，五谷觉着这实在是专为他而设的一样。这家伙甩手丢了那根耘田棍子，往路边矮树丛一闪，把自己连头带脚藏起来了。

这边刚藏起来，那边来人已经走近了，听闻脚步声，就快踩到他了。那家伙像鸵鸟似的躲在矮林子里捂着头大气不敢出，闭了双眼，心里暗念佛号，只盼那几人快点过去。

"别藏着，站起来慢慢走出来，再不出来我开枪了。"

"啊……别……开枪，好汉……饶命。"

真是越怕事就越来事。咳，就不应该躲起来，既然对方已经发现了自己，刚才就该逃跑，而不是躲着，五谷肠子都悔青了。

五谷浑身哆嗦着，来人几支"短火"戳着他的脊背，他吓得六神无主，想站起身，双腿在地上乱蹬一轮，总站不起来，只识得满嘴里连连叫饶命。

看这家伙模样，几个人几乎忍不住笑出声来，当中一个小个子捉住五谷连拖带拽把他从矮树丛里弄出来，喝问道："你是什么人，鬼鬼祟祟地在此干什么？"

"没……没什么……我……来……这里……捉……鱼仔……"

盘洞人把村旁的小溪流称为"海"最正常不过，让人觉得费解的是，我的父老乡亲又喜欢把"海"里的鱼，无论大小都一律叫作"鱼仔"。比如有谁偶然见小溪中有五六斤重的河鲤，到村里报告新闻，一定向别人发问道："你们见过哪里'海边'鱼仔最多？"听的人一定会反问他道："大惊小怪，有哪里能比'三六九'多鱼仔的？"

值得注意的是，我的父老乡亲说话有其独特所指，比如这里的"海边"，实际指小水潭本身而非岸上。报告发现鱼仔的人说："我昨日就见很多鱼仔出来晒太阳，每一条至少都有五六斤重。浮水的鲤鱼尚且至少五六斤，那么不游上来晒太阳的白鳝、塘虱等沉水鱼仔，恐怕得超过十斤哦。"

来人不相信五谷是捉鱼仔的，喝问道："捉鱼仔？春耕时节人人下田忙碌，你倒有空捉鱼仔，又没一件捉鱼仔器具，要骗谁呢？"其中有个小个子执着驳壳枪抵着五谷的胸口，一手紧攥五谷衣衫前胸警告道："若不老实，小心我铁仔要走火。"

"啊……别，我……全村最……老……实，不信……你去……村里……问所有……人，是不……是我……最……老实……"这家伙结巴老半天，却始终说不出个所以然来。惊慌中，小个子又把那枪往他额头戳了两下，立马又把五谷吓得嗷嗷乱叫，脸变得苍白，直如一张压在坟头上的白纸。

来人当中，有个四肢阔横，状如铁塔的汉子，跨前一步，示意小个子退下，问五谷："你是盘洞本村人？"

五谷一直不敢抬头，看不清这几人的面目长相，听说话的口气，这人没刚才那小个子凶。

不等他回答，那汉子再问道："你认识盘洞村哪个？"

五谷惊魂稍定，微微用眼角暗中瞄了下问他的汉子，发现此人脸膛黝黑，两颊至下巴长满浓密胡须，胡须底下不少深深的麻子印痕。一副标准的绿林好汉的样貌，暗暗惊道："这个比刚才那个更凶，我是死定了。"

死不可怕，五谷在部队打仗就没怕过死，怕的是落入国民党军警手里，用起刑来皮鞭夹棍，灌凉水烫炭火，没完没了地审讯，哪一样都比死可怕。

"快说，你都认识谁？

"谁……都……认识……是盘……洞……村的，我……都认识。"

才哥吩咐少趁墟，老子也没趁墟嘛。人家来到家门口抓你，躲不过只好自认倒霉了。好在这几个看着凶，却没有打他一下，枪也不再指着他了。五谷觉得这几个人不似那么凶神恶煞，反而慈眉善目和蔼可亲，完全不像国民党军警。没问他是不是老八，也没问是不是复员人员，更没对他动手。

五谷暗自庆幸，庆幸自己警惕之余，五谷又胡乱猜测起来："问老子都认识谁，真是的，难道村里会有我不认识的吗？打听这多人干什么？哦，老子知道了，这几个人是父子，也可能是兄弟。他们不为走难而来，就为走亲而来。五谷反问对方："所有人……我……都认识，只不……知道……各位到盘洞谁家走亲戚？"

先前用枪抵住他脑袋的那个小个子疑惑道："走难？走亲戚？走什么难？谁走亲戚？"

"还……不……是……你们。一不……走难，二不走……亲，难道……进山……玩……来了？"

来人不是抓老八的特宪人员，五谷就不害怕了，他又恢复了平常的心度，大大咧咧地回答道："我……是谁？你们……到村里……问……他们……都……知道……我五谷。"

"什么乱七八糟的，糊弄我们哩。"小个子被五谷的回答逗笑了，显见他刚才凶恶的表情是装的。

"我的确……叫……五谷，丰……丰登……不是，不叫……五谷……丰登，单……五谷……"

几人再被五谷逗乐了。五谷却乐不起来，觉得今日糟糕透了，捉他的人身上都带家伙，打，打不过，逃又逃不脱，被他一伙没完没了地缠着，告诉他老子大名他还不信，唉，真为难死人了。五谷无奈地望着那几个汉子，再次重复着道："我真……叫……五谷。不信……问……才哥。"

"才哥？哪个才哥？"

五谷为难道："各……各位，究竟要……怎么说，你们……才肯放过……我？"

来人知道这家伙不耐烦，但还是想多了解一些，那年长的为缓和一下气氛，向五谷赔礼道："小兄弟，我给你说句对不起了。我们只是问路，伙计有点啰唆了，请你还是别介意的好。"

"问路，要问我……我识……那多……的人？"

对方忍不住再问道："你说的才哥可是烧炭的才哥？"

对方一说起烧炭，五谷转怒为喜道："你们……早问我……就对了，才哥去……禄迌……管事。不去的……时候，我就跟……他进山……烧炭。"

听五谷说了才哥烧炭，有个面皮白净的接着话头说："太好了，我们就是打算问问这山里可有柴炭生意可做，既然你和才哥烧炭……"五谷却打断来人道："我就晓得……各位……也一定……是岑……谦……介……绍来……"

突然说出个岑谦，让那几人有点愕然，再问五谷："岑谦是谁？"

"岑谦都……不认识？人……住……'对面海'，做炭……贩，人还……好，不过……总赊……账。"

唉，还真是没法，遇着这么个呆子，半天说不出一句意思完整的话。

几个人互相对视了一眼，白净面皮说道："我们正是做柴炭生意的，而且很少赊账，听说附近山里有上好的地焗岗松炭，今日专门过来，想在这里收一批地焗炭仔。你既是本村人，你知道村里还有谁干烧炭的活儿？"

唉，老子还以为是哪路神仙呢，原来是收炭的生意人，五谷有点得意道："刚才……差点……让你们……吓死，各位……想收炭……都有。"

五谷怪几个贩子不早说起，早说来收炭，五谷就不必躲避，也不会吓成这样子。白净面皮问村里都有谁烧炭？五谷说："谁都烧……炭，但……谁都……不烧。"白净面皮问："此话怎讲？"五谷解释说，烧炭先得看季节，春天做烧炭的树木水分大，不好烧，烧出来的炭就不及秋冬天的好。说实在的，春天也没多少人用炭，不好卖，烧炭的人自然就少；秋冬树木水分少，烧出来的炭成数高，炭好，用炭的地方多，烧炭人自然就多。

"我是问你村里都有谁烧炭呢？"

"我不……正说……这事……吗？"

五谷不大满意来人打断他的话。歇了歇，这五谷又说："做什么活都讲个旺季淡季，比如冬天里用炭地方多，村里几乎人人都上山烧炭，比如现时'春水起'，山上山下湿漉漉，烧不成炭。还有，山外人不知道，我们这里每逢下雨天，山上有大把山蝗蜞（山蚂蟥）满世界乱蹦乱跳，钻人鼻孔、眼睛，从袖口、裤腿爬进去喝人血。春天里除了才哥、大锦哥和我之外，村里再没有谁干烧炭这活了。"

"我们正要找才哥、大锦哥做些柴炭生意，麻烦你带我们去见他们。"

五谷松了口气，想道："危险终于过去了，今日总算有惊无险。而且一下子遇着四个炭老板，即便他们不求我，我也一定带他们去见才哥。炭老板是烧炭者的贵人，可不能怠慢了他们。"

那位有点纳闷了，你道眼前这几个却是甚人，又是如何来历？若真是几个做柴炭生意的老板，却又怎么会腰间都掖着"炮仔"？

原来，这几位不是别人，白白净净那高个子姓温，是中共新鹤边区工委和新高鹤游击总队的军事干部，后来盘洞村老幼都称呼他"温仔"。那个黑大汉叫伍叔，满脸深深的麻子印痕，盘洞人称他伍叔，也是中共新鹤边区工委和新高鹤游击总队干部。另外两人分别是温仔和伍叔的警卫员。

四人奉总队之命到此开展武装斗争，筹建战斗部队。他们今早从白水乡游击根据地前来，行到黄泥潭附近，警卫员望见有人在小溪边不知做什么，躲躲闪闪的，行为怪异，遂引起刚才一番误会。

那位恐怕要问了，不是说"双十协定"签订后，我们的部队北撤，只留下少数人坚持之外，大部分都复员隐蔽了，甚至地下党都停止活动了，连才哥都日日带五谷进山烧炭，更时时嘱他不要轻易出山外去。怎么说话间又要开展武装斗争，还要筹建什么部队。

如果真要筹建部队的话，实在鼓舞人了。温仔、伍叔与盘洞地下党支部接上关系，按上级指示接管了党支部，并于当晚召开了全体党员会议。温仔在会上传达了中共新鹤边区工委和新高鹤游击总队贯彻党中央对南方各省的指示，以及广东区党委关于恢复公开武装斗争，积极发动游击战的决定。

各位，国共签订了"双十协定"之后，中共领导的东江纵队遵协议北撤了。尽管中国共产党尽了最大的努力去争取和平，但始终未能达成和平共处，消除内战的愿望。国民党政府一心想发动内战，签订的"双十协定"不过是其掩盖假和平真内战的面目。

"我们的忍让没能改变国民党对人民群众，尤其对复员人员的迫害。"当晚，盘洞村全体党员会在后山的晒寮召开，点燃的篱竹发出昏暗的红光。温仔在会上说："党中央原来对国民党的假和平是有防备的，如今和平无望，党中央指示南方各省，凡有可能建立游击根据地者，应立即建立游击根据地，不再采取消极复员政策……"

从当下的情况看，当初的复员政策的确不是个积极办法。就说五谷吧，本来部队里的一名革命军人，复员回到村里，为躲避敌人的搜捕，天不亮就上山里烧炭，摸黑许久才敢回村。两年时间，一直不曾公开露面，没去过南岗墟等墟镇，连邻村禄迳都很少去。

温仔向党员们介绍了当下高鹤地区武装斗争的情况："高鹤地区当初留下坚持斗争的同志，在年前就成立了有三十多人的武装基干队。打出高鹤人民抗争自卫大队的名义，在高明、鹤山、开平等边界地区开展武装斗争，对敌人进行了有效的打击。"

温仔说："部队紧密结合群众，反抗国民党的'三征'（征兵、征粮、征税）。为解决群众饥荒，攻打高明合水等地，击毙反动恶霸粮管所主任廖之衮。开了合水、蛇塘、巨塘等处粮仓，分给群众二十余万斤粮食。基干队还袭击了伪新高鹤三县联防队百多人驻守的更楼墟。"

基干队白天袭击了敌人鹤山宅梧区公所、区警所和税警队，最后也开仓分了敌人搜刮而来的粮食。

原先我们的游击根据地起于高明的合水、更楼，止于开平县的水井，这一狭长地带就像个黄蜂腰一般，谈不上战略纵深，回旋余地实在太小了，经受不起敌人的围攻，对于武装斗争极为不利。

上级对此做了发展新区的战略部署，提出了"饮马西江"的发展方向。

各位，从高明的二区到鹤山的宅梧、白水，再到开平的水井，此地区为当时中共新高鹤游击总队的活动范围，从地图上看，这一区域明显就是一处南北走向的狭长山区地带，无纵深可言，更没有回旋的余地。

该地区人贫、耕地少，解决部队粮食供应很困难，而西江沿岸一带较为富裕，发展这一地区对巩固老区具有重要意义。另外，西江还是一条重要的水上交通道，西江从羚羊峡始至古劳的石岩头一段，形成半壁天下，无论政治、军事和经济方面都至为重要。单从经济方面而言，每日的税收可达港币一万余元。

温仔、伍叔带来外面消息，使盘洞支部的党员们得知全国解放战争正取得节节胜利，当即大受鼓舞。当得知中共香港分局去年年底就向华南各省发出了

"放手大搞武装斗争"的指示，党员们情绪高涨，纷纷要求立即干起来。

请各位记住 1948 年 4 月 14 日，以书记温仔、副书记伍叔为首，一个全新的"高鹤边特区工委"宣告成立了。不久又成立了边特区武工队，并且迅速发展壮大，迎来了鹤山县的解放。

话说边特区工委执行上级"大搞武装斗争"的指示，讨论怎么干的时候，有人提出，既然上级要求"发展山区，饮马西江"，打出去是没有疑问的。现在的情况是，国民党龙口警署就在家门口，这个反动据点，就如一只拦路虎挡在那里，对我们打出去是个大的障碍，必须把它端掉。

温仔赞道："拿下龙口警署，弄出动静来，狠狠打击国民党反动派的嚣张气焰。公开打出大搞武装斗争的旗帜，放一个响亮的'开门炮'。"

国民党龙口警署，有一个叫跛脚四的巡官头目最为可恨，这跛脚四乃番禺人，四十岁上下，姓梁名文祥，不过很少人称他这个名字。因这厮在家排行老四，当面人喊他四哥，因其跛了一只脚，背后呼他跛脚四，或干脆省了中间一个脚字，称他跛四。

跛四自小不务正业，在村中撩鸡斗狗，稍长，更是吃喝嫖赌样样精通，把个老婆气得跟人跑路了。老婆跟人跑了不是大问题，跛四乐得无人与他吵闹。

身边再无人唠叨，跛四好不自由自在，只是"周身无文"。听说当沙匪"好捞"，这厮竟直奔本县沙田土匪啸聚之地，加入匪首梁苏仔的"广东堂"，做了一名小喽啰，专事抢掠、掳人的勾当，活得逍遥自在。

跛脚四作案每每凶狠用命，更兼为人狡诈，"屎计"多多，据说很得匪首梁苏仔赏识。因此惹人妒忌，一次在鱼窝头作案，打了黑枪，所幸只打碎了脚踝骨，足足痛了半年多，脚就是那回跛的。

抗日期间，这厮投到了"市桥皇帝"大汉奸李朗鸡门下，混了个小队长。一九四一年冬，李朗鸡勾结日寇，进攻共产党领导的西河游击队，被游击队打得七零八落。在顺德陈村，李朗鸡的队伍还被日寇飞机误炸，伤亡不小。

跛脚四那一次被打散了，这家伙不敢回市桥，先在勒流混了几个月。不过还没站得稳脚跟，听说因垂涎别人的老婆，想把那女人拐跑，事情败露，不得已辗转逃往鹤山。也算这厮有点能耐，走门路，在鹤山县警局谋了个差事，才把脚跟站稳了。

跛脚四贪婪成性，到龙口任职以来，在龙口墟公然包烟包赌，向百姓摊捐摊税，以缉私之名勒索过往商旅，以维护治安之名欺压良善，无恶不作，群众对他恨之入骨，敢怒而不敢言。

另外，此人更以反共闻名，跛脚四不曾见老八找他麻烦，以为共产党老八已经被消灭，至少是匿迹潜形了。狗胆逐渐大起来，时常叫嚣要清剿禄迳、盘洞等"匪区"，要消灭共产党老八。

不过此人到底怕死，虽在那里天天叫嚣，却不敢离开龙口墟半步，不敢到乡下去围剿。他的"政绩"，无非是收罗一些鸦片烟鬼、地痞无赖充当"鬼头仔"，到处侦探共产党老八的动向。把些真真假假的情报，拿去向上邀功，百姓虽恨之入骨，却奈何不了他。

温仔、伍叔就很重视支部党员们的建议。新成立的边特区工委负责人认为，可就此因势利导，发动群众，迅速扩大影响。另外，此战若能成功，龙口伪警署那长短二十余支枪，至少可以解决部分武器问题。

温仔对众党员说："我想这事可以决定下来，这是我们实行'大搞'开局的第一战，意义重大。要么不战，战之就一定要胜利。我们不能靠估计行事，行动之前，需要进一步摸清敌情。"

龙口墟外一块乱葬岗下，有个龙塘书院，国民党龙口警署，就驻扎在这里。龙塘书院由时任广州德国捷成洋行买办、人称七省染料大王的霄乡村人源龙曾牵头，为教育源姓族人子女，捐巨款办的一所学堂。书院坐北朝南，三面环山一面临河，有沙坪墟至鹤城公路从书院门前经过，不过那时难得有汽车通行，环境亦属幽雅。只可惜因战乱，书院已经停办好些年了，如今被占用为龙口警署驻地。

龙口警署共有三十余名警察，是鹤山警局的派出机构。因为盘洞、禄迳一带，自抗战起一直有共产党活动，当局的这种设置，正是针对共产党的活动而采取的措施。

跛脚四到任龙口警署署长之初，老大的不愿意。这家伙来鹤山几年，皆在县城任职。虽做小小巡官，但权力大，无论是治安、防火还是抓娼抓赌，都油水极大，捞了不少好处。

跛脚四做巡官还有一大收获，就是捞了个能干的老婆。据说那女子是南海九江人，不过说话又不觉有明显九江口音。可以证实的是，这个九江婆是从九江逃难到沙坪墟的。初时在沙坪墟摆地摊卖故衣，后来又说她嫁了人，认得她的人就再很少见她。不久又听说丈夫死了，九江婆就再度"出山"，不过这回她不再做故衣买卖，转而在沙坪墟北街口码头对过的北记饭店门口，摆了个卷烟摊售卖香烟。

这女人长得不算漂亮，不过皮肤却出奇白净，尚属耐看，可迷得住一般男人。这女人没有向人透露过她叫什么名字，别人就以地作名，叫她九江。

九江能说会道人见人熟，跛脚四本来就是色中饿鬼，对九江这个自来熟女人很是欣赏，不几天就被他勾搭上手了，两人很快成了一对野鸳鸯。

因为有跛脚四这一层关系，九江自然也就"小鬼升城隍"鸟枪换炮啦，把个卷烟摊换作了大烟批发档。虽然依旧还是一个小摊，但经营的货色和之前有天壤之别，发了大财。

那位，你说跛脚四来龙口当这署长，随时担心共产党老八来袭击，弄得自己反倒成了土匪一般，夜夜设双岗双哨还睡不安稳。再者又不可以天天搂着那九江婆，他当然老大地不愿意了。不过既然上峰作出这样安排，他自然不敢抗命，只好走马上任去了。

好在到龙口当署长，怎么说也算升职了，跛脚四想想也就释然了，于是摆出了一直少有机会摆的官架子。

"丢那妈（他妈的），你帮正一（正宗）'契弟'（粤方言：家伙、小子）全不知生死就识得'叹世界'（享受），从不识得做嘢（做事）……为什么龙口治安在全县最差？这除了禄迳、盘洞等匪区共产党活动得猖獗，也同你等得过且过有关。"

通常新官上任，都会有的一通勉励下属的话，可这话从他口中说出来，竟变作了对手下的训斥。

"共产党老八和一帮穷鬼要翻天，你们不清楚？共产党找我的麻烦，我便找你们的麻烦，你要不用命，老八要我的人头，我也只好先砍了你们的头！"

跛脚四第一怕共产党来要他的脑袋，白天把手下喽啰悉数撒出去巡查，不管你是做工的耕田的还是经商的，稍有怀疑就抓人，把龙口墟闹了个鸡飞狗跳，人人自危。到了晚间，更是风声鹤唳，把个二三十个人的警察所，竟外三层里三层设了几重哨，几乎动用了成半警力。

好在他到任这一段时间里，共产党老八没来找他麻烦。跛脚四觉得枉自紧张了一回，这厮又渐渐放松了警惕，一味专注他的发财之事。

至于九江，跛脚四想着拿什么话来说服这个女人，让她乖乖地到龙口来。不过想归想，有些障碍还是不易克服，这女人是个只认钱不认人、见钱眼开的主。早些天他就在她面前碰了壁，当时跛脚四对九江婆说道："我说宝贝，我现如今在龙口做个署长，再不能时时照看你的生意，不若你把烟摊搬去龙口墟，我也可以时时照看着。"

九江婆反问跛脚四道："到龙口墟开档，那边生意比沙坪墟好？果然好倒不说，若然生意没沙坪墟进账多，你补上？"这令跛脚四感到为难。

温仔是龙口本地人，为了多掌握一些情况，支部会后，他回了一趟龙口，把了解到敌人活动的一些情况，与伍叔等人进行讨论。

"我以去南安村探望我姐为名，曾近距离侦察，甚至还向那站岗的警察借火来着，都没引起那家伙的警惕。"温仔对这一仗充满信心。

"按说以盘洞支部全体人员，再从禄逐支部派部分党员，加上我们四个人，最多二十分钟就可以拔掉敌人这个据点。不过我考虑的是，既然我们的方针是发动群众，公开'大搞'，那么我们不妨就把动静弄得大一点。我的意见，号召盘洞群众参加这次战斗，这是发动群众最直接，也是最有利的机会。"

"是的，群众发动起来了，成立武工队就不愁没人。"

温仔、伍叔几人到了盘洞，村里人知道老八回来，要有大动作了，乡亲们兴奋的情绪溢于言表，他们聚集在老榕树下，想听听老八有什么具体的行动。

温仔对群众高声说道："跛脚四一伙白天在龙口墟内活动，晚上则不敢出动，三十多名警察全部躲在书院里头，只在门口设一人的固定岗哨，每两个小时一轮班。解决掉敌哨兵，收拾屋内敌人就如十指执田螺一样稳当了。"

在场的同志和群众一听温仔对敌情的介绍，都忍不住摩拳擦掌，纷纷要求参加战斗。"我们也忍跛脚四一伙够了，上级要我们大搞，那就迅速大搞起来吧。温仔同志，今晚就是收拾这帮家伙的最好时机，大伙早就憋足了劲，单等你下命令了。"

黑暗中，群情激昂，温仔随即命令队伍："出发！"队伍撒开脚丫子迅速向龙口进发了。各位，欲知后事如何，且听下回分解。

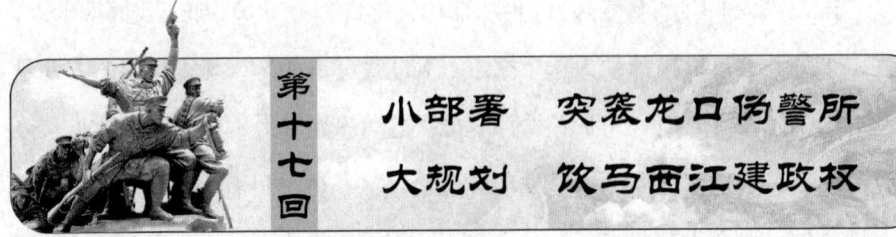

第十七回　小部署　突袭龙口伪警所
　　　　　大规划　饮马西江建政权

　　上回讲到高鹤边特区工委在盘洞成立，为尽快开展大搞武装运动和扩大影响，规划的第一仗便是攻打国民党龙口警察署。经过周密地计划和部署，决定由盘洞、禄迳两个支部的全体党员和盘洞村的部分群众参战。

　　戌时，通常是山里人上床歇息的时辰，尤其是雨天，人们睡得更早。这时，一支着装各异，操着火铳、禾叉甚至木棍的六十多人的队伍整装待发，温仔做过简短的战前动员，随即命令队伍出发。

　　满世界漆黑一片，又下着毛毛细雨，人们连自己的脚跟前也看不清楚。

　　一队人马快步向前，有人连着跌了几跤，但行军速度丝毫不减。

　　秘密行军最忌发出响声，而暴露行踪，但对于这样一支由贫苦民众，临时凑成的队伍，温仔、五叔等领导也不好责怪他们什么，只是提醒大家尽量不要弄出太大动静。好在队伍中人人都是向导，队伍从盘洞村出发，走牛栏迳，经黄泥坑、云顶岗两村中间的荒野山岭，避开沿途村庄，虽弄出点动静，却不至于有什么影响，队伍还是按预定的时间到达了龙塘书院后面的小山上。

　　各位，你别看这支临时凑成的队伍，他们在实战中的整体配合还是值得称道的。在下说过多少回了，盘洞人平日有很多机会"捉狐狸"。别笑话，我说的捉狐狸，即使捕猎老虎也叫捉狐狸。盘洞地方多野兽，甚至有老虎、野猪一类猛野兽，唯独没有狐狸，管它呢，约定俗成罢了。

我的乡亲们平日喜欢捉狐狸，也很会捉。

捉狐狸也像打仗一样，讲究布阵谋局，利用地形地物巧妙安排，最为关键的是众多猎人之间谁主攻谁警戒谁阻击，都有一套整体的安排。说我的乡亲会捉狐狸，不是说他们有多聪明，是我的乡亲们掌握着经历上百年积累下来的经验。

那时候我们山里的确多野兽出没，诸如小白鼻、乌脚、五七间等小"狐狸"不须提起，单说野猪、老虎等凶猛的野兽，我的乡亲们也照打不误。

尤其是野猪成群结队地在山涧或山脚下的庄稼地里觅食。有时候有饿急了的老虎，于傍晚会独自摸到村里来，见了一头猪或者黄牛崽，尾巴一翘，身子一捻，瞬间把猎物咬死，叼起来就跑。你说说，这足可以把人吓得尿裤子了吧？

说一件很了不起的事。我那盘洞村的乡亲，就曾在那个叫作"长水坑"的半山坡上，打死过一窝大小四只老虎。这事传遍了西江两岸，还上过当时香港"新闻纸"（报纸）的头条。

扯远了不是？好吧，咱就有话即长无话即短，废话少说言归正传。话说温仔、伍叔二人带着队伍到了龙塘书院后面的小山上。

龙塘书院外形看似一座三进院式建筑，实际上是前中后三座三开间屋宇。

前后建筑物之间的空地两边，筑有八九尺高的围墙，墙内空地类似天井，事实上是该建筑群的排水系统。三座建筑连成一体，后面两座也只能通过最前面的出口进出，龙塘书院整个建筑只有一个大门。

时间已过了午夜，书院内外静悄悄的，偶有青蛙冷不防"哇"地叫了一声，声音传得老远，夜显得越静了。

队伍神不知鬼不觉地推进到龙塘书院附近，几盏气死风灯有气无力地泛着黄光，还比不上洋蜡烛亮。龙口警察署上至署长跛脚四，下至一般巡警，早就睡得死猪一般。如无意外，十几分钟就能把敌人解决掉，但偏偏这个时候出现了意外。

本来盘洞、禄迳两个支部的党员，对攻打龙口警察署制定了完备的计划，都以为这许多人攻打个警察署，人多"虾"（欺负）人少，总是手到擒来。温仔、伍叔也一直考虑敌人只有一个哨兵，哪知遇着那个时间敌人刚好换哨，两个不知死活的家伙，竟倚在大门两边山南海北，没完没了的海聊，事实上变成了双哨，一个叫豆皮垣，一个叫生疯炳。

这一突发情况，一时让温仔、伍叔他们无从下手，倘任他们聊下去，不知要聊到什么时候。温仔灵机一动从地上摸起一块小石子，朝台阶最低一级的长石板用力一抛，只听"啪"的一声，引起豆皮垣的警觉，那家伙抬头望了望屋顶，说道："两只死猫夜夜叫春，把瓦面扒松动了。"生疯炳淫邪地问豆皮垣道："你怎知是猫？"豆皮垣不服气地回敬生疯炳道："不是猫难道是你？"

不能再拖了，温仔拉了下伍叔的手说道："这样等下去不是个事，还是动手吧。"遂低声命令警卫员余仔："你制服左边的敌人，右边的由我来对付。"

余仔点了点头，蹑手蹑脚摸了过去，快要靠近台阶的时候，恰被生疯炳无意扭头一望，把人看得真切。这可不得了，那家伙条件反射般跳起来扯开了喉咙叫道："有……老八，有……有老八。"声调恐怖凄厉，刺穿了夜空。

温仔下意识地叫了声："弊家伙（糟糕）！"

生疯炳这么一号叫，惊动了书院内的敌人。虽然队伍将龙塘书院围得密密实实，但我方除了温仔几个干部有四支"短火"，禄迳有三几支"七九"（步枪），最多的是鸟铳。其余不是禾叉，就是"竹升"（竹杠）或扁担。敌人一旦反击，人多更讨不着便宜，反挨敌人的打。

这是边特区工委成立后的第一仗，一定不能弄砸了。为今之计，只有迅速解决掉敌人哨兵，与敌短兵相接，才可取胜。正所谓"狭路相逢勇者胜"。你别看温仔白白净净一副读书人相貌，其行动却相当敏捷。只见他一个箭步跃上台阶，快速冲向倚在大门一侧的豆皮垣，以迅雷不及掩耳之势，重重一掌朝豆皮垣拖枪的手臂劈了下去。

豆皮垣遭此一掌，整条手臂顿时麻木了，"啊"的一声松了手，温仔见状接着腿一提，又望对方下盘扫过去。豆皮垣身后是一堵墙，退无可退，他出于本能，身子往左一闪，竟躲过了温仔那一记重脚。

那位问了：温仔长得白白净净一副读书人的相貌，能制服得了豆皮垣？

各位稍安，在下还应向各位稍稍介绍下温仔才是。

温仔虽由外县调入新高鹤游击队任武装干部，但他是本县人，家就在龙口农村。他幼年没少干农活，稍长，考入沙坪墟中学。与那时大多数热血青年一样，温仔要求进步，忧国忧民，向往革命，也萌生了投奔革命圣地延安的念头。等到初中毕业，温仔与数名青年学生经爱国人士介绍，投奔延安的愿望终于要实现了。那时温仔心潮澎湃，彻夜难眠，人未成行，心已飞到了宝塔山下。他紧张地做着出发的前准备，向长兄讨少许盘缠，历尽艰辛一路北上，很快到了武汉。人还未入城，就碰见大批撤离的平民，才知道国民政府已经宣布"我军自动退出武汉"。

按规定他们还需要到八路军武汉办事处开介绍信，但温仔他们哪里知道，此时八路军武汉办事处已在撤离武汉的途中，叫几个青年学生咋联系？几位同学只好暂时折返广州再另想办法。返广州后，温仔先做记者，后到珠江三角洲地区从事游击战斗。得益于几年游击战的锻炼，温仔积累了丰富的战斗经验。

温仔三两步跃上台阶，瞬间便扑到豆皮垣面前，豆皮垣右手肘被温仔重重一劈，长枪即应声脱手落了地。

豆皮垣先就吓破了胆，只想着逃命，本能地躲避温仔的拳脚，侥幸躲过了一脚。温仔又挥拳打了过来，好家伙，豆皮垣此一惊非同小可，如果让老八这一拳砸中鼻梁，鼻骨不折塌了才怪哩。

好个豆皮垣，又避过对方夺命一拳。反向大门口退去，欲逃入书院。

好个温仔，连忙向斜刺里一跃，正好在门槛外将那家伙截住，随即飞起一脚，向他猛扫。

豆皮垣逃脱无望而只能向后退，竟使温仔拳脚皆打空。身子失了重心，打了个大大的趔趄。豆皮垣看得真切，转身就跑，温仔顾不得许多，就势扑了过去，双手正好抓着豆皮垣的"衫尾"（衣服后幅）。那家伙还想挣扎，温仔已腾出手来，一杆枪抵着他干瘪的屁股。低声喝道："老实点，别叫唤！"

豆皮垣木鸡样不敢再动一下，更不敢回头，嘴里一个劲地道："不叫不叫，老八饶命，我不叫。"

这边温仔制服豆皮垣，民兵一拥而上，把那厮扎粽子般绑结实了不提。

再看余仔与生疯炳两个本就半斤对八两，战得正酣，谁也讨不着便宜，余仔短时间还真搞不定那家伙哩。

本来，余仔个头比温仔小，但人够机警灵活，又有几分气力，按说对付生疯炳这么一个骨瘦如柴，看上去病恹恹的家伙，实是手到擒来之事。不过一接手，余仔就明白了，这个生疯炳实非等闲之辈。

那位看官，你也是不知，原来这生疯炳，祖籍乃潮州大埔，鹤山立县之初其祖移民至此，历五六代人奋斗拼搏，到了他父亲一代，已积聚下殷实的家底。只是这厮尚未成年父母皆亡，无人管束，终日游手好闲，又结识一帮狐朋狗友白日出街入市，夜里做些偷鸡摸狗的勾当，几年下来，把父母遗下的家产败得精光。

后来，有武师来他村中"开盘"教授武艺，生疯炳又起了学些武艺助他撩是斗非的念头，可惜没钱拜师，想也是白想。

武师在村里"社学"开盘，生疯炳生了个心眼，无钱拜师却可以"偷师"。天天晚上到社学看人练武，把见着的一招一式也依样练一轮。几年下来，竟也学得几招拳脚功夫，尤其一套伏虎拳，练起来真个虎虎生风，赢得不少掌声与喝彩。

生疯炳因一些琐事由新兴县回到鹤山，那时适逢抗战胜利，国民党为对付共产党，正到处招兵买马。这厮得知这消息，不禁心花怒放，一心想穿上官衣，落个吃穿不愁。于是拿着些好处走门路，进警察局当了一名警察，做起了巡街盘查的勾当。

所谓物以类聚，人以群分，生疯炳与那跛脚四日夕走在一起吃吃喝喝，跛脚四与这生疯炳竟成了好朋友。跛脚四来龙口当署长，生疯炳自然也从沙坪墟来到龙口，成了他的左膀右臂。

那边温仔两下子把豆皮垣制服了，余仔却还在同生疯炳斗得不可开交，在生疯炳的攻势之下，余仔显然已经招架不住了。这边伍叔看得真切，喊一声："上！"众人听伍叔发话，"嗨"一声恰似平日里捉狐狸，高声呐喊着朝书院大门冲去。

再说生疯炳刚发现温仔与余仔的瞬间，心想敢来警署"搞事"者，除了共产党老八，甚人还有这胆？闲日里跛脚四成天把防老八挂在嘴边，却没遇着老八，今回老八真来了，方晓得老八果然厉害，"三十六计走为上计"，还是逃命要紧。可惜眼前被老八缠着，成了骑虎之势，也是无法。好在还有两下"散手"，还不至于吃亏，但急切之间轻易不能脱身。

正苦苦撑着，忽闻身后喊杀声震天，瞥见一大群不知执着什么兵器的大汉，呐喊着从黑暗处杀过来。生疯炳这一惊非同小可，好一个生疯炳不肯就擒，随即心生一计化拳为掌，假意向余仔劈了过去。余仔不知是计，见生疯炳照他脑门劈将过来，心中一慌侧身避开，那厮虚晃一枪，趁余仔躲避的瞬间，泥泞中打个滚，竟冲破众人围困，逃入黑夜之中。

再说这伙警察驻此两年多，天天喊清剿老八，一直不曾遇到，以至十分麻痹。三十多人在书院二进大厅打地铺，外面闹这么大的动静，竟没一个人想到危险已经临近。

有人翻个身，揉着眼睛问旁边人："外面这么嘈杂是怎么回事，该不是火烛烧着房子了？"有人连眼也懒得睁一下，怪别人吵："明早还要干活呢。"

"老八来了，都别动。"我的前辈们显然得益于他们平常捉狐狸的经验，靠着几支鸟铳、禾叉、扁担，就要控制大厅的敌人。

听说老八来了，听那声势，无论醒着的还在睡梦中的敌人，无不吓得魂飞魄散，只好声声求饶。有人操一把禾叉，把地铺上一床被子挑起来，一个瑟瑟发抖的家伙带着哭腔："妈呀"再看他身下，已湿了一大片。大泡和眼利（尖），认得那警察，正是上次在龙口墟强搜他的身，抢了他仅有的一钱零八厘银子的人。

大泡和特别记仇，正是仇人见面分外眼红，这家伙不声不响举起竹杠，对准抢过他银子的那警察劈头盖脸打下去。才哥见了道声不好，欲言语制止已来不及，说时迟，那时快，才哥慌忙斜置竹杠，使一头着地，硬扛着不使大泡和劈下伤人。

才哥刚扎住马步，大泡和那杠已然劈下，听见一声响，两支竹杠成十字"啪"地撞在一起，大泡和使尽了吃奶的力气，虎口当场就裂了，才哥也被震得双臂发麻。才哥喝道："住手。"大泡和骂骂咧咧地道："你若不挡着，我今天非把他打死了不可。"才哥道："打死他你可犯罪了。"

"我犯罪？"大泡和面红耳赤，老大不服气地道："他抢老子的钱！老子今天非拍扁他脑袋不可，你别挡着我。"说着，这家伙再次擎起竹杠要打。

那个俘虏抢了他一钱零八厘的银子，这话只是他一面之词，即使真有此事，也不至于下死手。可见大泡和九成九是借这个由头打人。

战前动员到出发五谷都没见大泡和，还以为这家伙不来参加战斗了。直至他殴打俘虏，五谷听见他那把鹅公一样的声音，才晓得这厮参加了这次战斗。正所谓无利不起早，五谷实在怀疑，这家伙是否想借参加战斗捞点什么？

敌人无防备，几十人突然一下子涌入，就如平日上山捉狐狸，虚张声势大叫大嚷，敌人根本就没有还手之机。

"房里面的人听着，快快开门投降。"等不到温仔发话，那些手执禾叉、竹杠甚至提着一柄大刀的，大声吆喝着往房间里搜索。七八支禾叉、竹杠叮叮咚咚撞那房门，又用脚使劲踹，叫骂声、吆喝声响成一片，场面相当吓人。

警察都在书院大厅打地铺，只有跛脚四一人睡厢房。那家伙一旦睡着即使打锣也唤他不醒，也许太累了或者这家伙从未遇过老八来袭而自认为安全。国民党是官大一级压死人，警察都在厅里打地铺，就他一个睡里面单间。这家伙睡熟了，直到六七支竹杠朝房门"乒乒乓乓"一轮乱撞，这厮才突然惊醒。

那家伙随即翻身坐在床沿，正不知外面为何这般嘈杂，想着骂人，那时房门已洞开，人们蜂拥而入，十余支禾叉、竹杠指向他，齐齐喝道："缴枪唔使死。"好个跛脚四，到底为匪多年，见过些世面，也经历过些惊险，当时见了都是些手执竹杠、禾叉的农民，竟不以为意，伸手去摘挂在墙上的枪企图顽抗。一个叫牛仔的党员看得真切，抬手一枪把跛脚四爆了头。

从一间房里押出来一对男女，经过审问，说姓温，是一对夫妇，自兴宁县来，欲向在此做警察的亲属借钱，昨日刚到。有人说："既然来投靠当警察的，谅他也是个坏人，不可留他性命。"有群众拿起禾叉要插下去。

温仔、伍叔制止众人道："我们有俘虏政策，对缴械投降的尚且一律不杀，何况此二人只是投亲借住在此，我们不能不问情由加以伤害。"后来经简单了解温姓夫妇所说不虚。限他夫妻明天返回兴宁。

这一仗从队伍出发至战斗结束仅几个小时，缴获二十余支枪和部分弹药，虽战果不大，但政治影响大。首战告捷就是最有效的宣传，群众受到极大的鼓舞，纷纷议论："老八回来了。"

这一仗极大地促进了新区发展，原来乡村中那些顽固势力，听说老八回来了，看风头不对，再不敢欺压穷苦百姓了。

最重要的是拔掉了龙口警察署，打通了山区通往沿江的通道，为实现"饮马西江"迈出了第一步。

有了部分武器，接下来的工作就是动员青壮年参军，建立一支区工委的武装队伍。接下来一场相当激烈的战斗，将要考验成立不久的区工委及其新组建的区武装。那位问了：是哪一场激烈的战斗？欲知后事如何，且听下回分解。

第十八回　拔据点　沧江畔干净利落
踞石壁　葵根山遭遇重围

　　上回讲到高鹤边特区工委在盘洞村成立的第二天，温仔、伍叔率领盘洞和禄迳两支部全体党员及盘洞村群众共六十多人，袭击了国民党龙口警察署，极大地震动了整个龙口地区，那些为富不仁欺压穷苦老百姓的地主恶霸也望风收敛，再不敢明目张胆地作恶了。某些"捞仔"见到群众发动起来的力量，也看风使舵，表示愿与老八合作了。

　　端掉敌人拦在我们家门口这个据点，打通了西江沿岸的通道，为这一地区大搞武装斗争开了个好头，为实现"饮马西江"迈出了重要的一步。袭击龙口警察署缴获了二十余支长短枪和一些弹药，为大搞武装斗争，组建一支特区工委的战斗部队（基干队）准备了条件。

　　高明县杨梅也是高鹤边特区工委要发展的地区，温仔等区委领导到沙水、石水活动，发动群众，因为袭击龙口警察署打出了名声，稍作一些发动，群众纷纷报名参军，不几天就组建了一支四十多人的区工委武装队伍。加上不脱产的民兵，以及由自卫队升格为区主力的"五山队"和"东山队"，为接下来扩大武装力量打下了坚实基础，为本地区人民的解放事业作出了不少贡献。不过此为后话，且按下不表。

　　有了一支像模像样的武装力量，随后新高鹤游击总队又派来干部，又给基干队配了一挺轻机枪，基干队实力大大加强。

桑洲是高明县辖下的一个小墟镇，是重要的农副产品集散地。该小镇坐落于西江与沧江河交汇处，扼沧江河咽喉，战略位置之重不言而喻。

小镇不知何时成墟，但因水陆交通便利，是"合兴渡"客货船的始发地。因水陆交通便利，小镇商业兴旺，颇见繁华，是国民党统治较为严密的所在，是高明县一个重要的反动据点。桑洲有自卫队、警察和各式护航武装，还是国民党广东保警十四团龙子邦部。攻打桑洲，拿下这个反动据点，对开辟西江沿岸新区意义重大，也是"饮马西江"战略的重要内容。

主动出击敌人无疑是对的，伍叔担心桑洲镇上驻扎的自卫队，警察所，保警团一个中队，区、乡公所和征税所这些反动武装，他们加起来也近二百人，仅靠区工委新组建的基干队，力量明显不够。温仔说道："伙计，等我们攒够了家底再打？"伍叔没作声，温仔这才说道："力量不够我们能不能请人回来干？"

打下龙口警察署缴获了部分枪支，除了组建半脱产的盘洞村民兵武装外，边特区工委又到高明沙水、石水等地宣传发动青壮年参军，组建起一支十余人枪的武装基干队，即后来中共高鹤边特区工委的"星华队"。

基干队在以后的斗争中不断发展壮大，到一九四九年一月总队攻打明城，"星华队"负责主攻伪县府，击溃敌人的保警中队，显示了强大的战斗力。基干队经过历次战火的洗礼，成为中共新高鹤人民解放军的主力部队，此乃后话，暂且不表。

"请人干？"伍叔不明白温仔说这话是什么意思。

温仔拍了下伍叔的肩说道："我们力量不够，难道总队也没力量打吗？"有实力才能威慑敌人，我们自己实力不够，温仔计划请求总队支援，拿下桑洲。

"哦，我明白了。"听温仔一说，五叔豁然开朗。这正符合上级"集中打击敌人，分散发动群众"的提法。随后，温仔把攻打桑洲的计划，向工委及总队领导作了汇报，请求总队支援。

上级一听，即刻觉得这个计划不但可行，且很及时，敌人正在老香山一带"扫荡"，这个时候攻打桑洲，敌人必定首尾难顾，其精心设计的这场扫荡也就破灭了。总队要求温仔尽快制订作战计划。

总队领导带领部队从白水乡根据地来到葵根山的七星岗。战前分析会上有人提出，目前控制桑洲的敌人无甚战斗力，即便保警团的龙子邦部也是杂牌军。有总队的支援，拿下桑洲没有一点问题。温仔说："所谓知己知彼方能百战百胜。准确的情报，对战斗的胜利能起至关重要的作用。为保证万无一失，还需对桑洲的地形，敌人兵力的分布等要做详尽的侦察。"温仔决定亲自进镇侦察。

桑洲每月的三、六、九日为"墟日"。温仔着一套"薯莨公"，一支二号左轮压在屁股后面，打扮成捞仔的模样。

初夏早晚多雾，浓浓雾霭吞噬着一切，眼前数尺即朦朦胧胧，稍远处竟一点也看不见。请了一名七星岗本村人做向导，温仔带上总队一名姓陈的小战士，三人下山直扑桑洲墟而去。

你可别小瞧了这小战士，人果然机灵，后来攻打桑洲时由他带领的第一梯队就表现很出色。为叙述的方便，在下姑且将这位总队的小战士称作陈队长好了。

温仔一行三人走到禾叉岗，浓雾已散去不少，视野开阔，那陈队长可能不曾见过海，见了山下白茫茫一片，惊呼道："山下有一片大海。"

温仔笑道："什么海，这是西江。"陈队长慨叹一句："这山水 片，西江够宽的。"向导说："平常没这么宽的江面，现在正是'西水'大，连堤围都淹了，眼前所见都是遭水淹没的农田。"陈队长不明白："西水？什么是西水？"

原来，历史卜每年这个季节广西多大雨，江水顺江而下，到这里地势平缓水流不畅，造成江水暴涨。洪水冲垮堤围，淹没农田，摧毁村庄，旬日不退。因为此为西江之故，当地人把这洪涝称作西水，也叫"西潦"。西水淹没之处颗粒无收，还常造成人员伤亡。

七星岗在葵根山半山腰，桑洲则在山脚下，出门翻过山坳，就望见桑洲墟了。不过两地距离虽近，路却有点难走。三人下到江边石岩头附近，望见桑洲墟竟像漂浮在水中的一座孤岛，脚下连路也没有了。踌躇间，有一只紧挨江边的小船自下而上。船主见了他三个，自然不肯放过赚顺水钱的机会，适时兜搭道："客人要去哪里，要不要搭艇？"

江面比平日宽阔了几倍，小艇载着几人经过葵根山脚下西岸的新墟时，看见朝南有间大屋，温仔问向导："那间大屋是什么地方，为何那么多人进出？"向导说："那是本地人矮仔坤经营的茶楼，平日进出的多是本地及邻近的捞仔，你没看进进出出的人都掖着铁仔吗？我们还是小心点。"温仔明白了，那些带着枪进出茶楼的大多是当地的捞仔，吩咐船主不要停船。船主道："晓得了。"

话音未落，就听见有人扯着嘶哑喉咙吼叫道："停船，停船，停下来！"温仔回头看了下，原来埠头斜插过来一只小船，向他们追了过来，船上两个人祖胸露乳，腰间扎着绉纱水带，都掖二十响快掣驳壳，凶神恶煞似的。

两船稍近，一个好像对温仔，也像对他三个道："你们还敢去桑洲，都说国民党近日搜查得严，不想命仔冻过水的，还是快快回去的好。"温仔还没答话，向导已赔着笑回答道："多谢兄弟提点，不过两位先生只想去桑洲转转罢了，无甚要紧。"并伸开手向二人叉开拇指和食指，作了个八字的手势。二人即刻明白，脸登时变了色，再不敢答话，退回去了。

桑洲黑鹅在附近颇为出名，许多家庭养鹅。若在平日农闲时节，光做鹅鸭、猪花牲口一类生意的就挤满了墟廊，至于吃的穿的用的各式摊档，连路都堵得密实。大概正如刚才劝温仔莫来桑洲那人说的，没多少人敢来"趁墟"。

墟场清冷异常，墟街上到处游荡着国民党军警和散兵游勇，比趁墟的民众还多。一个收税员正揪住一位"卖武佬"，立迫着他交"市场租"。

温仔三个一字排开走在墟场上，东问问西看看，那些国民党军警对捞仔见惯不怪，根本就不理会他们。温仔他们大摇大摆沿墟街逛了个来回，行到国民党区署附近，见一个矮门楼，穿过门楼，放慢脚步，沿着平缓的石阶拾级而上，见大门口站着一个哨兵，也是无精打采的。

区署是一座半旧建筑，门却坚固异常，哨兵的身后，有一道酸枝木造的"趟栊"，趟栊里侧是两扇厚重的大门。

陈队长蹲下身装作扣鞋踭，侧着头想看清楚里面情况，可惜一道木制的照壁隔着，什么也看不见。再看那哨兵，右手扶着枪，耷拉着脑袋，不停地打哈欠，右腿微弯，左腿踏着一张木制矮凳子，好像靠它支撑身子的平衡。

三人退下来，围着区署转了一圈，走第二圈才看清楚，建筑物的西面有道窄小的横门，没有人看守。陈队长上前敲得"卟卟"响，木板很薄，与大门差远了。

离开国民党桑洲区署，他们又到乡公所附近察看了许久。桑洲就这么大，地形也不复杂，温仔和陈队长及向导，三人捞仔打扮，且公然带枪，那些国民党军警把他们认作捞仔，不去招惹他们免得惹麻烦。

回时不再搭小艇，经西岸新墟时正值午间，路过来时见过的那间茶楼，向导小声说："此乃大天二的天下，两位小心，勿要多说话。"示意二人打开衣服纽扣。陈队长机灵，解开上衣纽扣，露出裤腰带上插着的短枪和日式手榴弹，紧紧跟在温仔身后。

还未靠近茶楼，就听见乱哄哄的，三人进入茶楼，烟酒饭菜的混合味直扑脸面。里面的人多数没穿上衣，即使披着的，也一律不扣衫纽。个个腰系绉纱水带，上面插着没有准星的白金仔左轮，或者快掣驳壳之类，枪倒是好枪，只是老旧到快掉了牙。见了陌生人，那些人个个表情怪异，戒备的目光毫无顾忌地一直追随着人身转，随时准备有事发生的样子。

温仔没有理会那些人的表情，径直走向一张茶桌，对那个干干瘦瘦贼头贼头、眉头夹得死虮子、一对小眼睛布满血丝，横蹲着长条凳子的家伙拱了拱手，说了声："兄弟让一让，打个尖。"然后从容落座。那家伙扭过头白了温仔一眼，老大不情愿地欠了欠身子，差点从凳子上跌下来。

有人交头接耳窃窃私语，早上劝他们不要去桑洲那两人正好也在，认得温仔几个，慌忙走到他的面前，比画着来时向导做过的手势，口中小声说道："他们是这个，这个来了。"

南海这边的地下党，恐怕早对这些人做过不少的统战方面的工作。那些刚才还吵吵嚷嚷，吆吆喝喝的家伙，即刻静了下来，再不敢放肆，可见南海这边地下党的统战工作做得有成效。

太阳偏西，最后的夕阳罩着江面，波光粼粼，耀人眼睛，连山坡也染成了橙色。温仔他们回到了七星坑，把上午侦察和了解到的情况向总队领导作了报告。

温仔说："桑洲有三处要进攻的目标，一是国民党桑洲区署及附近税站；二是乡公所自卫队和粮仓；三是国民党军设在西江石岩头收'行水'的关卡。"温仔建议把人员分为三队，各队明确任务，分头进攻三处目标。还向总队要求由他做前沿指挥保证此次战斗取得胜利。总队领导决定，当晚发起对桑洲之敌的袭击，随即下达了战斗命令。

五月二十五日，月圆之夜，月亮已从远处江心冒了出来，把山道照得如同白昼。

手枪组为第一梯队，目标是国民党兵力配备最多的桑洲区署。队长是上午随温仔去桑洲侦察敌情的陈队长。作为第一梯队的指挥，陈队长走在最前面，一路上向队员介绍周围的地形地物。队伍过大岗臂的时候，忽然传来"呜——"一声长鸣，把人吓了一大跳。

陈队长纳闷："响声从什么地方发出来的，是什么东西喊得如此大声更兼长气？"战士向江心望去，发现江心孤零零有一座建筑物，夜色中格外明亮。

"报告队长，海中间是一座大楼，上面灯火通明。"

果然见一座几层高的大楼立在水中，密密麻麻的玻璃窗透出光亮。小伙子心里"咯噔"一声，几乎蒙了："明明有座高楼大厦在那里，为什么早上侦察时看不见呢？就算我粗心大意没看见，难道温仔也看不见？"陈队长明白，正是那楼房向外发出的响声。

陈队长抓了几下自己的头发，觉得这是严重的失误，忙向后挥手："停，停！"

第一梯队停在半山腰，温仔带着由基于队和民兵组成的第二梯队从后面上来，见队伍停在半山，不知什么情况，很是诧异，问道："为什么停下来了？"陈队长报告说有情况。

"什么情况？"

"海中间有一座楼房，今早来的时候不曾见着。"

"楼房在哪？"

"那不是。"随着陈队长手指处，温仔向沧江河口望过去，忍不住笑出声来："你这个土豹子，那是什么大楼？那是一艘客货运输船，这是每日从桑洲开往广州的合兴渡。"

陈队长想起早上把西江当成海，刚才又把一艘船认作一座楼，也难怪温仔笑他土豹子，想想连自己都觉得好笑。

有话则长无话则短。众人笑过，队伍继续前进，不多时，部队已来到桑洲墟外。晚上九点左右，月亮已升至半天，地上纤毫可见，因为西水大涨的缘故，夜里找鱼捉虾的都不出来了。好在街上还有个别行人，陈队长叫住向导，吩咐身后各人拉开距离，扮作行人很快摸到了敌区署对面。

果然与预料的差不多，敌人麻痹，岗哨移入了屋内，大门外没有一个人。

如何打开区署大门，陈队长一时半会还真没什么办法。本来在路上就一直考虑，强行破门，但那大门坚固，一时半会难以攻入，与敌人交起火来部队伤亡不会小。占领区署大门真是个难题。

时候尚早，敌人区署大门虽然还半开着，不过"趟栊"却早落了锁，里面稀里哗啦一阵推牌九的响声，从照壁后面传出来，敌人赌得正起劲。

所谓"趟栊"是一种横推的栅栏，广州及珠三角地区一带旧式民居，用作防盗抢的一种保护设施。多用酸枝或其他实木制成，设在大门的门框处或紧贴门外。

陈队长一阵窃喜，快步跑上前手搭着横栊，一阵用力，哪知栊木却纹丝不动，才想起有人告诉他，打开趟栊也需要锁匙，而且里面落了"栊栅"的话，外面即使有锁匙也无法打开。

陈队长灵机一动，遂使劲拍打栊栅，大声喊道："开门，开门，县里有公函到。"恐里面听不见，连喊了几遍。

里面一个瓮声瓮气的声音飘了出来："边个呀"（谁）？"隔着半掩的大门，一个胖子一摇三摆，拖着两条腿向大门口挪着出来，边行边嘟哝着："什么公函要大晚上送？"说着，侧着身伸手去拉顶着的锁栅。

也是该当有事，那家伙肥胖，动作迟滞，拉了几回都没拉得起锁栅。眼角却无意往外一扫，瞥见门外不止一人，不似平日的信差，起了疑心，转身往里面拼命跑。陈队长喝令他站住，敌人哪里肯听？

陈队长连忙对身后战士说："跟我来。"带几个战士跳下石阶，转向侧面的横门。情急之下，几个人一齐用力踩那门，"噼啪"一声，木门板断成两截，掉落地上。战士正往里冲，敌人关了灯，霎时间周围漆黑一片，同志们只得摸索着追击敌人。

陈队长摸到楼梯处绊一跤，想敌人可能逃向楼上了，顺着楼梯往上爬，后面有个人催他道："快点，快点。"陈队长一听知是敌人，遂提腿狠命一瞪，敌人怪叫一声，滚下楼梯去了。

陈队长刚爬到楼上，就看见几个黑影窜来窜去，他顾不了许多，猛地跨前一步打开手电筒，见十多个敌人正蜷缩在角落里瑟瑟发抖。陈队长朝敌人断喝一句："缴枪唔使死。"敌人惊魂未定，听见叫他们投降，立马乒乒乓乓丢掉手中武器，战战兢兢地道："别开枪，别开枪。我投降，投降。"

战斗进行得格外顺利，温仔带领区队和民兵解决了敌乡公所，陈队长他们解决了敌区署和税所的敌人，押着俘虏走在街上，桑洲墟内的敌人也被第三梯队袭击大获全胜。

此战全程按预定计划顺利完成，漂亮极了。同志们兴高采烈，在墟街上又唱又跳。为庆祝拔除敌人据点的胜利，三梯队的同志响了一通机枪。

同志们当街又唱又跳，又在墟内外张贴告示。码头上的合兴渡，此刻正待起锚，忽听岸上一阵枪声，不知发生了什么事，旅客惊慌不已，胆小的躲进船舱不敢动，有的壮着胆上甲板打听情况，准备跳下去逃命。

船上多是四乡群众，也有不少省、港旅客，总队领导决定上合兴渡宣传我党的政策。于是领导上船同旅客见面，向他们宣传我党大搞武装斗争的意义，鼓励大家要敢于反抗国民党的政治统治和经济压迫，争取最后解放。旅客受到很大的鼓舞，热烈鼓掌，欢迎我军上船来宣传。

相传葵根山原称茶山，源于皂幕山余脉东北端，莽莽苍苍，绵亘百里，地跨高明、鹤山两县，止于西江边上石岩头。此山松涛阵阵，林木葱茏，山下田园阡陌，鱼塘桑基。虽谈不上名山大川，亦算宏伟壮丽，常不乏一些高人慕其风光而流连山中，一代大儒陈白沙，晚年就在山上结庐隐居。

因为石岩头阻挡，西江在此自北而折向东流。得益于西江水带来的湿气滋润，葵根山终年多雾特别适合茶叶生长，葵根山生产的茶叶甘爽、醇和，比别处的茶"香味远出数倍"。

今天的七星坑、道坪、大坑坪、锣鼓地、倒湾塘、磨塘等村落，正是当年种茶人最初的落脚所在，他们世代以茶谋生，村民至今仍以种茶为业。

我的父老乡亲都习惯称葵根山为山顶。葵根山的村庄就称山顶某某村。

桑洲一战虽然只是一场小的战斗，但从筹划到发起战斗，尤其是总队的同志从白水乡根据地过来，连日来确实忙碌了一番，部队该休整了。于是区队、参战民兵加上总队一共百余人，连夜回到葵根山磨塘村。

磨塘村是葵根山上最大的村落，它坐落于大山一处四面高中间稍低的山坳里，在村里差不多都望得见禄迳，一度还是禄迳乡的一个自然村。村民以耕山种茶为业。因村西头一块巨大的黑石扣在山顶，像极了一个磨盘而得名。村里有油糖杂货铺子，酒坊粮店等。村民世代居住在这里也习惯了，倒不觉有什么不便。

去时下山回时爬山，同志们都累得够呛，回到驻地人人倒头就睡，炊事班的同志摇醒战士们吃饭，刚摇醒一个，旁边一个又呼呼打起了呼噜。

盘洞人多是山顶的外甥，五谷母亲娘家正是磨塘村，不过外公早死了，舅父也不在了，他儿子阿狗是五谷亲亲的老表。阿狗除了喜欢捉狐狸，还喜欢舞狮子。那家伙有两支铁仔，一支是七九步枪，另一支是果狸丁那种只打得死雀鸟的鸟铳。听人说他头脑灵活，套山猪炸黄猄样样精通，尤其是打鹧鸪，有时候一上午能打到七八只，用铁仔挑成一串走下山，有时去古劳，更多时是去高明那边卖。日子过得滋润，种茶反成了副业。

五谷记得，还是日本仔没打过来那会见过，亲戚间不曾走动好几年了，这家伙还好吧？赶巧部队在磨塘村休整，五谷想去看看老表阿狗。

五谷顺村前那口鱼塘边走着，迎面见一个七八岁孩子从巷子口出来，随口问小孩道："阿狗在家吗？"小孩停下来答道："我爸在呢，叔叔找他甚事？"

"我是……你……表伯。"

那孩子一听，转身往回跑，边跑边喊："爸爸，表伯来了。"

俩老表多年不见，见了面自然亲热，不过也无非是近来身体可好，这些年又是如何过来之类。接着追忆各自的父母，互相感慨一番。提起"捉狐狸"，两个话就多起来了，那家伙翻出成桶火药，"打鹧鸪的火药。"又搬出整箱的步枪子弹，"打山猪得用这个。"把五谷羡慕得口水直滴。

"等打完了仗，哥就跟你捉……狐狸。"

阿狗道："快别想这勾当，老八为穷人，你跟老八干就好。有时我也想投老八，可就没人介绍，有人介绍我也去了。"

"投老八……不难，只要你……肯来。要……不……叫……才哥，介绍……也行。"

入夜，厚厚的云层包裹着月亮慢慢往下沉，都快压着树梢了，接着起了雾，且越来越浓。雾霭最先把山顶那黑磨盘遮住了，很快又吞噬了一切。

一只猫头鹰，泊在一棵高大的黄桐树上，睁着机警的双眼，频频转着脖颈，露水打湿了它的羽毛，那家伙也懒得打理一下。一阵阵从枪筒里溢出来的火药味，随空气飘了过来，那家伙受到惊吓，拖着凄厉的叫声向山下飞去，再也没有回来。

炊事班的人忙得不可开交，任谁都想得到今夜肯定要开拔。五谷想："晚饭才落肚，炊事班又要煮夜宵？"别人告诉他，夜里三点要转移。五谷嘟哝着："移就移嘛，老子什么时候掉过队？"

战士们都休息一整天了，哪还有人睡得着？五谷就更精神了，还在那里走过来踱过去的，忽然听到"百步梯"方向传来枪声，那家伙耳朵就是灵，一听坏了，前哨班一定遭遇敌人了。于里赶紧向伍叔报告："下……面……打起来……了。"

伍叔一听，以为是战士打架，当场就责怪道："什么时候了，还打架！"

五谷道："是……跟，敌人……打起来。"

温仔已冲了下去，听见百步梯方向传来的枪声和扭打声，心里"咯噔"一下，叫声不好，估计前哨班已被敌人咬上了。温仔不知道，这次来的敌人，是伪沙区公署专员邓文纠集起的省保警十四团，加上南海、新兴、鹤山以及高明四县地方反动团队共八百余人，他们趁夜包围了葵根山，妄图消灭我们。

新高鹤总队、高鹤边特区队和民兵加在一起也就百来人，被八百余人分几重包围起来，敌我力量如此悬殊，形势前所未有地严峻。接下来同志们将如何应对？欲知后事如何，且听下回分解。

凭险要　前哨班徒手接敌
逢绝境　基干队竟日坚持

上回讲到袭击国民党桑洲反动据点取得胜利，我新高鹤游击总队、高鹤边特区队及民兵百余人，连夜撤回葵根山磨塘村作短暂休整后，五月二十六日凌晨，部队正要转移突然接报发现敌人，并且前哨班已经接敌。

温仔一听，心里"咯噔"一下，下意识地说了一句："弊家伙（不好）。"

敌人来得太突然了，毫无征兆，大雾笼罩着整个山头，十步开外看不见对方。敌人是怎么发现我们的，从哪里上来？装备如何有多少人都不知道。

袭击桑洲后部队撤至葵根山休整的决定，温仔是有保留的，按他的想法，葵根山是新区，部队不应在此停留休整。但总队领导考虑的是同志们实在太疲劳了，葵根山停留就是让战士们稍加喘息，也没打算多待。

温仔本人喜欢出其不意，警惕性极高，深得战士们信任。十多年前，当地政府接待了原粤中纵队部分老同志，这些老游击队员踏上当年曾浴血奋战的战场，心潮澎湃感慨良多。回忆当年战斗岁月，有老同志说，当年跟着某首长"饱死"（即不管情况如何，让战士吃饱了再说）；跟着某首长"饿死"，遇到紧急情况顾不上吃饭，让炊事班挑着饭菜行军；跟着温仔首长"累死""跑死"，说的就是温仔指挥部队打一枪换一个地方，动不动就搞长途奔袭，有时一天转移数个地方。

这话有点调侃的成分，但也的确总结了那时部队领导不同的行事作风和指挥艺术。

自一九四七年底香港分局作出了放手"大搞"的指示以后，新高鹤区工委积极贯彻执行香港分局的指示，提出的总方针是"大胆放手发展，一切为了发展"，并且从几个方面做了大量工作。一是成立新高鹤人民解放军总队（也称新高鹤游击总队），"集中力量打击敌人，分散力量发动群众"。二是部署"开发高鹤山区，饮马西江"总战略。三是工作的中心是"搞好农民运动"。

合水宅梧开仓分粮，龙口警察署被袭……共产党在这一地区一连串的行动使敌人损失惨重。敌人针对新高鹤特区蓬勃发展的革命形势进行过多次"清剿"，都收效甚微。宅梧、龙口相继被袭，敌人是如坐针毡，坐立不宁，国民党沙区专员邓文匆匆由肇庆赶来南岗墟，连日派出特务，收买土匪、流氓刺探我部情报，准备下重手，"清剿"新高鹤游击总队。

桑洲据点被袭，引起敌人震惊，游击总队在葵根山休整，又引得敌人窃喜，邓文欣喜若狂道："共军攻我桑洲侥幸取胜，然后藏匿葵根山，以为神不知鬼不觉，却正好落入我邓某手掌心，谅共军今回插翅也难飞也。"当即纠集伪省保警十四团大部及南海、高明、新兴和鹤山等四县的反动武装八百余人，气势汹汹摸黑上了葵根山。邓文指挥敌人布下包围圈，只待黎明时发起总攻。

温仔本来就担心敌人偷袭，当晚把一个三人战斗小组放在"百步梯"。如此瞭望得远些，料不到夜里大雾，什么也看不清，前置哨三位战士坐在岩石上面，竖起耳朵留心静听周围的动静。听了许久，没动静，忽然有个战士问其余二人："你们闻到什么味道吗？真香。"

三人深深吸了口气，顿时警惕起来道："是'烟仔'（香烟）香味。不对，荒山野岭夜深人静的，什么人摸到大半山'食烟仔'（吸烟）来了？"

"万一有敌人摸上来可不得了，下去看看。"

　　三位战士摸索着滑下石壁，即听见细细的说话声，见到几个模糊的人影。战士迅速靠过去，轻声喝问："边个（谁）？"对方不回答。

　　无巧不成书，原来把守这里的敌人与我前置哨在一堵石壁的上下，敌人不知我战士在上面，我战士也看不见下面敌人。阴差阳错，敌人以为稳操胜券，用手心捂着火光偷偷吸烟，结果暴露了。

　　我前哨小组发现了敌人时，敌人也发现了我们，双方碰了个对面，开枪已经来不及了，情急之下，双方就扭打到了一起。刚刚五谷隐约听到的，正是敌我双方的战士们扭打咒骂一声。

　　听到前哨小组已和敌人打起来，也不知来了多少敌人，温仔率先领着基干队迅速冲向百步梯，那时敌人已由下而上发起冲锋，基干队利用地形阻击敌人。前哨小组徒手抢得敌人一门六〇炮，温仔见了大声夸赞："前哨班好样的，敌人的炮都缴过来了。"又指挥对敌人发起反冲锋，基干队居高临下，向敌人猛打猛冲，战斗是相当激烈。

　　进攻的敌人是保警十四团，开头还信心满满，一轮接触，见共军竟发起反冲锋，密集的枪声伴随着震天喊声，又看不见我军有多少人，哗啦一下子就退了回去，当官的拦也拦不住。

　　敌人的第一次冲锋被基干队打退了不敢再动，基干队向下搜索，发现敌人丢下的一挺机枪和两箱弹药。五叔走过来对温仔说："我们分分工，你守住百步梯，我去南面道口，我们互相策应，敌人就讨不到便宜。"除了百步梯还有两处道口，也是敌人进攻的必经通道。

　　伪省保警团头目龙子邦自恃是国民党正规部队，心高气傲，自以为高其他人一等。刚刚在桑洲损失了一个小队，急切想挽回颜面，故积极主动，气势汹汹，摆开阵势，扛着迫击炮，上来就吹响军号，枪炮齐鸣向我阵地进攻。邓文见了更是得意扬扬道："威武，威武，不愧是国军。国军才是围剿共产党的主力。"

不料第一个回合，就被共军打得晕头转向，败下阵来。邓文气急败坏地把龙子邦骂得狗血淋头："党国养了你等一班饭桶，堂堂国军竟被小小的游击队打得丢盔弃甲，亏你还有脸活着回来。"

正所谓知己知彼方能百战百胜，特区工委基干队是攻打龙口警察署以后才组建起来，大多数战士未经过正规的军事训练，严格地说还未遇到过战斗，头次上战场就打退敌人一次冲锋，已经很了不起了。当然，浓雾也帮了基干队的忙，敌人不知我方虚实，刚才打退敌人后，又发起反冲锋，就很难说我们不是赢在气势上了。温仔希望借此大雾，继续虚张声势，敌人就摸不着头脑了。

天逐渐放亮，浓雾却不散。温仔让各人检查弹药，以备敌人的反扑。说话间，爆豆似的枪声响起，山坡下密密麻麻有钢盔晃动，敌人第二次冲锋上来了。刚缴获的机枪派上了用场，温仔咬着牙命令架起机枪，不管打不打得中敌人，可着劲往下扫。敌人被打得敌人无法抬头，更别想往上一步，没奈何只得再次退了回去。

敌人方面虽不能前进一步，但人数数倍于我，又恃着装备精良，打算与我总队耗下去。邓文叫嚣道："共产党骨头硬倒是硬了，老子偏就不信，你硬得过老子的韧。老子就算围住不动，今日困他不死，明日也得把共军困死。弟兄们给我打，别把共军放跑咯！"

打退敌人一次比一次猛烈地冲锋，基干队的弹药已经不多了，敌人所以不能得逞，一半是大雾影响，一半是我军密集火力压制住了对方。如今敌人上不来，我们又突不出去，同敌人耗下去，子弹是打一发少一发，后果很不妙。

温仔正为弹药发愁，正可谓大旱逢甘露，磨塘村的群众抬着一箱箱子弹到阵地上来了。温仔大喜，拉着老乡的手连续说着："太好了太好了，部队有钱，乡亲们记着账，过几天都给大伙'找数'（给钱）。"

五谷那老表阿狗说："快别说钱的话，我们也是救自己。敌人攻不上来犹可，敌人上来了我们也好不了。区区几粒子弹，不打狐狸，就拿来招呼这群两脚狐狸。乡亲们知道老八是穷人的队伍，如果长官不嫌，我们跟老八共进退，我们现在，现在就投老八。"

乡亲们朴素的几句话令温仔十分感动，他大声对阵地上所有人说："同志们，为了他们，打！"此战后不少葵根山的青年参了军，为人民的解放事业作出了贡献。

葵根山属于皂幕山的余脉，屹立在西江边，它的东、西、北三面是高明、鹤山两县的水网地带，南面是小丘陵，看上去有点孤立。部队困在山顶，好在此山除了山顶较平缓，半山则陡峭，百步梯与其他两处山口也很险要。

打退了敌人几次冲锋，敌人无计可施，邓文对着大小喽啰一番歇斯底里地发作，又几次调整部署，把几个县地方团队调上一线，换下保警团督战，以为可以奏效。统计了一下，从凌晨开展进攻，共计九轮冲锋皆被共军打退。非但不能向前一步，反被游击队赶下去几百米。士兵怨声载道，保警团长龙子邦总嚷嚷着要吃了饭再战。邓文抬手看了看表，不得已下令生火做饭。

敌人暂时停止进攻，阵地静了下来，雾也散了。总队首长这才看清楚了，周围都是敌人，估计在千人以上，且还有增兵迹象。

与敌人对峙下去，假如敌人一旦增兵，我部队真有"一锅熟"（一锅端）的危险，首长决定挑敌人薄弱点突围。温仔是当地人，熟悉地形。总队首长，调过来一挺机枪，把打开突围缺口的任务交给了温仔和基干队。

有机枪支援，加上缴获的一挺，基干队战斗力大增。温仔把人分成两组，一半人照顾伤员和总队的女同志，他带二十多人和两挺机枪，一鼓作气往下冲。

单说禄迳党支部及支部控制的自卫队，听见葵根山上激烈的枪炮声，已知我部队与敌人激战，心急火燎却无一点办法。

原来，禄迳除乡长是地方势力头目外，才哥和另一个副乡长威哥，两人都是中共地下党员。不久前两人见一个国民党官员来乡政府，同乡长在房间不知谈些什么，两人嘀咕了半天。那官员走后，才哥威哥觉得这事与本乡有关，故两人也分外留心着。在我部队袭击敌人桑洲据点的同时，他们发现大批国民党部队来到附近，两人意识到可能与我部队活动有关。

盘洞村乃边特区委所在地，我部队袭击桑洲之后却没有返回盘洞村，才哥威哥分析，部队很可能上了葵根山，如果是这样的话，总队和区队就危险了。

唉，还真应了人算不如天算这老话。本来威哥已经安排了禄迳一名党员上葵根山，希望把部队带下山来，但偏偏这名家住葵根山脚的党员挨到晚上才上山，结果遇上大雾锁山，误打误撞，撞入了敌人的包围圈。

葵根山上激烈的枪炮声证实了才哥威哥的猜想。禄迳自卫队上了正对葵根山的一处山梁，山脚下是大批国民党兵，自卫队待在山上，从清晨到下午，一点办法也没有。

下午三点左右，茶洞一带枪声又起，山下的国民党军没头苍蝇似的骚乱，才哥他们的心又悬起来了。原来是温仔率领的突击队员，持两挺机枪开路抢下山，冲破第一道封锁，迎面遇到敌人的一个排，敌人面对游击队突如其来冲到眼前，根本就不敢抵抗，"哗啦"一声让开一条道。

温仔他们二十多人冲过敌人的封锁线，占据了茶洞村对面一座小山冈。敌人才回过神来，想起放跑了共军要受责罚，遂慌忙调转枪口，向着温仔他们远去的方向乒乒乓乓放了一轮枪。

被打蒙了的敌人没伤着温仔他们，反把枪弹都打到了把守茶洞村外围敌人的阵地上。外围守敌以为共军打下山来，慌忙还击，两队国民党兵隔着一片小树林，打得不可开交。敌人狗咬狗，够热闹的。温仔他们冲到茶洞村对面小山冈下，山顶敌人的机枪向下猛扫阻止我军。突击队当即还击，一鼓作气抢占了制高点，抢先向敌人后面猛扫，以掩护、接应总队。

外围这股敌人背后受到袭击，一下子蒙了，以为被游击队反包围，趴在林子里不敢抬头。里面的敌人这回得意了，当官的喊道："共产党游击队没子弹了，弟兄们，捉住游击队领赏钱，冲，冲过去抓游击队。"带头蹚过小河搜索起来，到看清楚了原来是自己人打自己人之后，双方互相指责，差点又打了起来。总队乘隙冲了出来。

禄迳党支部一直在关注战斗情况，见温仔带队冲下山夺取了小山冈，估计是我部队已开始突围，即安排自卫队去接应。他们看到禄迳旧村东南地头有大群的敌人在频繁调动，估计这部敌人会去堵截我突围部队，如果拖住它，我突围部队的压力就轻了。于是自卫队向山下拼命开枪，想拖住这股敌人。

禄迳旧村这股国民党军，是从山上换下来的保警团士兵，有的刚放下碗，有的还在吃，突然听到山上枪声大作，不知是谁大喊："共产党大部队来了。"这一喊不打紧，队伍即刻乱了起来，人人只恨爹妈少生了两条腿，你踩着我，我碰着你，逃过迳口直往杨梅那边退去。

煮熟的鸭子飞了，邓文气得像疯狗一样训斥下面那些虾兵蟹将："吃饭吃饭，你班'正一'（正宗）饭桶，就识得吃，放跑了共产党，都是你等的责任。共产党跑得了，你等跑不了，共军从谁的手里逃出去的？这事没完，要算账。"几县地方团队的头头都耷拉着脑袋，眼睛望着脚尖，大气不敢出，任由邓文起劲地骂。

邓专员说要追责，地方团队的头头们无所谓，都在想："上面支派我，说来协助剿共，我来了，剿得成剿不成共产党游击队是上头的事，不是我们责任。即使真要追责，共产党游击队从谁的阵前溜了就找谁，关我甚事？所以听你放放屁，显得我尊重你是个专员罢了。"

保警团的龙子邦却不耐烦，认为这些年都说围剿共产党，可收效甚微，正所谓"贱死贼翻生"，非但剿不完，反越剿越多。那家伙暗地里骂道："今日共军跑了，先赖你姓邓的情报失实，只说葵根山上一百多人的游击队，没说山下有千多正规军。好在老子及时撤出来了，否则今日被包围的不是共军而是老子了。追责的话，该先从你追起。就是上军事法庭，也是你邓专员先顶着。”

其实龙子邦明白，说他部队遭遇上共产党的正规武装，那是胡说，说共产党有整团的正规武装在本地区，是为糊弄上峰，为他撤往杨梅讨说法，根本是为掩饰自己临阵退缩罢了。这家伙阴阳怪气地道：“依我说，今日在场的所有弟兄都尽力了。有人说，煮熟了的鸭子飞了，这话言过其实。兄弟想问一句邓专员，谁煮的鸭子，熟了吗？山上共军多少兵力，有什么意图，你都没搞清楚，就兴师动众让弟兄们上去围剿，差点就中了共产党的奸计，这让兄弟如今提起还后怕。”

邓文知道这个龙子邦一贯高傲，可毕竟还在我的辖下，竟敢公然藐视上司，推卸自己临阵脱逃的责任。派出几十人的耳目，侦察共产党的动静，除了新高鹤总队，哪有共产党正规军，还千人之多？

新兴县反动团队头目濑尿虾道：“兄弟以为，共产党也不是天兵天将，今日若非大雾弥漫看不清楚，我军开头一轮炮击，共产党游击队就得报销在山上，也就没有后来让他们逃脱的机会了。卑职认为，共产党游击队虽然逃了，估计已元气大伤了。另外他们带着伤员，行动困难。卑职估计，他们应该还在附近一带山区隐藏，我们多派些人在本地访缉，要消灭他们还是不难的。”

“本地若真有共产党千多人的正规武装，被围的新高鹤总队何不固守待援，转而不惜拼死突围？”邓文不甘心失败是一个方面，更重要的是打了败仗，怕上峰不会轻易饶过自己。与其回去受查办，倒不如硬着头皮再搏一把。

濑尿虾估计不错，我部队竟日苦战，一轮轮猛冲猛打早就人困马乏了，能突围出来，算得上逢凶化吉。突出重围，部队向盘洞转移，伤员及部分女同志严重拖延转进的速度。温仔安排基干队员每人负责照顾一名伤员或一名女同志。五谷负责照顾一名叫“长洲王”的女同志，身材瘦弱的长洲王每走一步要停下来喘几口粗气，五谷嫌她走得慢，拖累大伙儿，蹲下来就想背她走，这女子偏说自己能走，气得五谷心里骂道："妈的，还说什么'长走王'，短走都走得这么慢，又不让老子背，成心让老子陪你受累。敌人不追上来犹可，要追上来，你哭都来不及！"

队伍绕过一座山，遇着前来接应的盘洞村民兵，把队伍带回村里。果然是老区的人民，见了子弟兵，像见到久别的亲人一样，各家各户忙碌着，把晒寮打扫干净，准备安排同志们休息，又为同志们张罗吃的喝的。

鉴于敌人随时可能尾随而来，总队领导决定留下区队和伤员在盘洞隐蔽，总队继续向四堡转移。

国民党沙区专员邓文，眼睁睁看着我总队跳出他的包围圈，自然不甘心失败。邓文自任沙区专员以来，第一件事就是要消灭辖区内的共产党。但自去年下半年以来，共产党没消灭，反而一下子冒出许多游击队武工队，今天这里开仓，明天又袭击警察署，后天枪毙了哪里哪里的钱粮主任。接二连三收到区内共产党活动的报告，也"清剿"过几回，弄得他焦头烂额寝食难安，惹得上峰不满到了极点，时不时训斥，甚至警告要对其撤职查办。

像个急红了眼睛的赌徒，邓文这次用足了老本，下足了功夫，派大批"鬼头仔"潜入我根据地、游击区侦察情况，妄图对我根据地进行致命一击。

说邓文是老狐狸，因其为人狡诈奸猾，老谋深算，但这家伙好大喜功，行事浮躁又显其低能。单说本次"围剿"我总队一事，尚未出发这家伙就在上峰面前拍了胸脯，立了军令状。如今竹篮打水一场空，丢了脸面还在其次，最要命的恐怕是上峰要对他撤职查办呢。

共产党游击队突围跑了，希望化为了泡影。如此打道回府，上峰一定不肯放过他，回去只好坐等撤职查办，不回去，又一时找不到共产党，邓文左右为难。

两广地方有句口头禅，说洗湿了头不得不剃。那个濑尿虾也认为，这支部队最大可能还在附近。邓文心想："与其回去坐等处分，不如继续博他一博。他就不信新高鹤总队会上了天，遁了地。老子多派人员访他踪迹，不剿灭了他老子誓不收兵。"

西三洞的薛仁贵是真正的大耕家，那家伙一口气在新哥的木屐店定了三张松木犁。新哥以回盘洞砍造犁木料之名，天擦黑就回到了盘洞，找温仔报告了邓文要派韦吾俊带队围剿盘洞的消息。

温仔安排新哥回南岗墟继续注意敌人去向，这边开会就如何对付敌人的"围剿"开会研究。大晚哥捋着袖子说："这个韦吾俊，在'挺进纵队'当连长到如今，来得还少吗？我们一回都没输给他。何况我们前段'大搞'已打出了名声，新建了基干队，加上民兵，今时再不同往日了。我正想他来'扫一扫'呢，韦吾俊也没什么新鲜的，他不来我还想去南岗墟找他呢。要紧的是新哥弄清敌人什么时候来。"

韦吾俊十多年前在国民党中央军当兵时，参加过对我中央苏区的围剿，被红军俘虏后离开过军队一段时间。抗战期间任国民党"挺进纵队"连长，驻扎在南岗墟，此人热衷与我抗日军民搞摩擦，父老乡亲对他恨之入骨。

就在此后一年，距我中国人民解放军占领南京不到两个月，这家伙还向我解放区前沿推进，出动一百六十余人偷袭驻南岗墟安分村的鹤山县人民政府机关，屠杀我总队战士；在水柳村抢掠老百姓财物六十余担，强拉民夫挑回沙坪墟。韦吾俊狂妄至极，把据点强设回南岗墟，扬言誓与民主政权干到底。韦吾俊之恶行激起我军民强烈愤慨，我总队六百余人强攻其南岗墟据点，将其逼出南岗墟，在墟外予以歼灭。不过此为后话，暂且略过。

大晚哥话音未落，才哥接着道："我们不怕保安营不怕韦吾俊，但经葵根山一战，我们伤了元气，基干队需要休整，我们还有伤病员，需要隐蔽，敌人来进攻的话，我们将变得很被动。"支委们经过分析，认为要做好应变措施，做好伤病员疏散隐蔽和治疗。才哥说："最好是敌人不来。"大晚哥反问道：

"敌人会听我们的？"

下弦月慢吞吞地从东山冒了出来，像个驼背的老者，把它惨淡的光洒落在树梢上，小昆虫在黑暗中燥热难耐，时断时续地叫。

才哥同大锦哥两人翻过东山至米升塘村，村里的人都搬到南洞鸡子地去了，村庄只剩下两间破旧大屋。他们两人今夜要去南岗墟，向保安营"报告"共产党部队经过盘洞村的情况。

时候尚早，两人打算先歇歇再行。他们走到一间废弃了的老屋前，这是一座泥坯老屋，屋顶有几处坍塌，望得见天空。惨淡的月光映照着黑乎乎的门洞，主人把门板拆了去，留下粗大的门槛。

走在前的大锦哥一脚踏进门槛，忽然"哎哟"一声，退了出来，半边脸火辣辣地疼。才哥打开手电筒，看见大锦哥脸上都是血，一条长长划痕从额角直划至鼻尖，血还往下滴。大锦哥忍不住骂道："妈的，把老子的脸划拉得疼死了。"那是一种叫长荮簕的长满刺钩的荆棘，划了大锦哥的脸。

两人低头弯腰穿过门洞，走过长满荆棘的天井，后面厅堂丢弃着一两件茶箩、竹笪之类制茶工具，也快被野草湮没了。成群的蚊子嗡嗡叫着直撞人的脸。才哥点燃一小堆干草，压一层湿树叶在上面，浓烟充满了房子，蚊虫即刻不见了踪影。

"你说韦吾俊会相信我们吗？"

"谁也没有十分把握，只能到时再说。"

支委研究如何对付敌人进攻，才哥的意见最好是想办法阻止不让敌人进村，大锦哥则主张向敌人提供一份假情报，吓唬敌人，使他放弃计划。大晚哥还是主张坚决迎击，打退敌人进攻。

各人看法皆不同，也没有谁说服得了谁，最后，温仔说："积极做好打的准备，但也努力尝试其他办法。"才哥说："既然龙子邦说附近有我们的正规部队，我们可不可以拿这个做文章？我是他们的副乡长，说有千多解放军来盘洞，敌人相不相信是一回事，但不至于怀疑我。只要能动摇他们的态度，他就不敢轻举妄动。"大锦哥道："我想不妨试试这办法，我是甲长，跟才哥一起去更合适。"

才哥、大锦哥在米升塘那间废弃老屋商量一些细节，才哥道："这事要做得真，恐怕少不了一招苦肉计。"

"苦肉计？什么样的苦肉计？"大锦哥不知才哥究竟想在敌人面前演一出什么样的苦肉计。"难道要把我捆绑了送到敌人那里？"才哥道："刚才你的脸面被刺伤提醒我，如果我们两个伤痕累累跑去向姓韦的报告，他有多大的可能相信附近有大批解放军？"大锦哥道："我还是不明白。"

原来才哥想到一个主意，说是两人在山上被解放军发现，逃跑中跌落山崖摔成浑身伤，在敌人面前把事情有多大说多大，只要敌人相信，我们的目的就达到了。

大锦哥终于明白，才哥的意思是自残，然后带伤到敌人面前表演，没有更好的办法之前，这一招或许可行。问题是如何自残，伤哪里，胳膊、手脚？

大锦哥睁大眼道："拿块石头敲破头壳，这个容易做得。"才哥道："不是敲破头壳，最好把手、足、前胸后背都刮擦伤，做成滚落山擦伤的样子。"

两人捡来几块斤多两斤重的石块，把衣服撕成几块，大锦哥拿起其中一块石头朝手肘用力一擦，浑身颤了一下，叫起来道："才哥哩，我自己下不去手，要不你来帮帮我？"

其实才哥也一样，坐在地上把两条腿放平，把石头贴紧着膝盖，使劲摩擦几下，擦破了皮肤，火辣辣地疼。要再下手，却再没开头那劲了。

也是，可以想得到，自伤的确有点难，只得折来两支布满刺钩的长苕籔，先互相鼓励一番，然后面对面蹲下来，大笑着你刮我一下，我钩你一下，直到两个浑身伤痕累累，才丢开荆棘，艰难地笑了笑。

启明星不知什么时候已挂在高高的天际，泛着淡淡的光。两人不由得打了个寒颤。大锦哥道："才哥哩，我身上火辣辣的，头也昏昏沉沉的。"才哥道："我也一样。老弟，为了同志们的安全，我们受这点苦不算什么。"那时天也快亮了。两人不敢耽搁，迎着晨风，忍着痛互相搀扶着，一拐一拐地向山下走去。

两人下山，见着敌人将如何应付？欲知后事如何，且听下回分解。

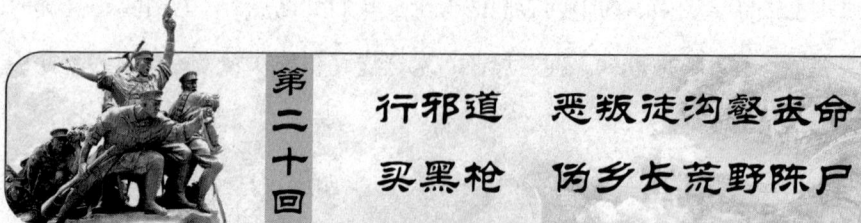

行邪道　恶叛徒沟壑丧命
买黑枪　伪乡长荒野陈尸

上回讲到我新高鹤游击总队突破敌之重围，在禄迳自卫队接应下，从茶洞经水柳村一路南行，到达四堡以北的山顶再次迂回，回到边特区工委所在地盘洞村。为摆脱一直尾随的敌人，总队决定再返回四堡，留下部分伤员在盘洞临时隐蔽，边特区基干队遂与总队分开。

恰在此时，南岗墟交通站新哥传回消息，敌人为寻找我突围部队，欲进攻盘洞村。边特区工委及盘洞党支部派才哥、大锦哥二人前去驻南岗墟的鹤山县保安营，以报告我军情况为由，试图诱导、阻却敌人进攻盘洞村。

才哥、大锦哥受命前往，为使敌人相信，经过废弃的米升塘村时，二人想到一出苦肉计，自伤后互相搀扶着下山而去。

邓文自葵根山返回南岗墟，躲进南岗墟炮楼，终日长吁短叹，闷闷不乐，连日来怒气攻心，忍不住喉咙一股腥气往上涌，吐了几口血。

这个邓文，也有点来历。邓文，字又生，台山县人，讲武堂肄业，陆大三期毕业。先后任广东省建设厅公路处处长、国民党集团军高参，一九四五年八月接替陆宇仁，任广东省沙区行政督察专员兼保安司令。

邓文进驻保安营据点，保安营副营长韦吾俊虽老大不爽，却不敢怠慢，唯恐照顾不周。偏偏这邓专员邓司令心情很坏，又接连吐过几回血，这下更把韦吾俊吓坏了，派人到乡下半买半抢回几只鸡，吩咐伙房用药材炖了，亲送至床前，作一番开解并安慰，盼他早日康复。

再次提到葵根山一战，韦吾俊劝邓文道："胜败乃兵家常事，司令又何必为一战而耿耿于怀？"传言新高鹤地区有人民解放军正规部队，韦吾俊虽不信，对他表面上是坚决支持邓文围剿我根据地军民。韦吾俊知道邓文现时不回肇庆，急欲消灭新高鹤游击总队，是为了将功折罪保住头顶乌纱。韦吾俊心想："你邓文联合数县行动，尚且对付不了共产党一个新高鹤总队，我韦某人跟你屁股后面起哄，那是妥妥的陆荣廷看相'唔衰揾来衰'（自讨苦吃）了。"韦吾俊所以热衷对我根据地"清剿"是假，想借机下乡去抢劫财物是真。

陪邓文聊至鸡鸣，韦吾俊正要回房间休息，忽听见炮楼底层哨兵大呼小叫地吆喝。书武俊不解道："炮楼外面是什么人，要干什么？"哨兵又喝道："边个？站住答话，口令。"对方回答："牙刷。"哨兵以为对方听不清，不耐烦地道："口令？"

"牙刷。"外面人还是如此回答。惹得哨兵发火道："你的确够'牙擦'（狂妄、霸道）了，信不信老子一枪'做呱'你？"听哨兵与外面人对话，韦吾俊听口音像是禄迳乡的才哥，连忙吆喝住哨兵道："我来看看。"

原来半月前才哥去新哥的交通站，在南岗墟见到韦吾俊，当时才哥曾套过保安营那口令，韦吾俊也把那几天的口令告诉过才哥。刚才敌哨兵盘问时，才哥有意用过期的口令回答，想法也是要惊动韦吾俊。

韦吾俊看炮楼外只有两人，听口音是才哥，就让哨兵开门，让他俩进来。哨兵拉开一条门缝让才哥大锦哥进入炮楼，韦吾俊一见两人模样，大吃一惊道："三更半夜的，你两个怎么回事，还浑身都是伤？"才哥长叹一声道："别提了，四堡连先生（医生）托人说有一头水牛想卖，约我俩去看，看完从四堡走到同我们村交界的山脊，忽然冒出许多拿枪的人，见了我们就追，幸亏我俩跑得快，否则今夜就见不到你韦营长了。"

韦吾俊问二人道："有多少人？都什么打扮？"

大锦哥挽起破袖子，捂着肿胀的头壳说："人可多了，站着坐着躺着满山脊，密密麻麻的至少有大几百上千人，普通人打扮。我们是死了返生。我们跑到翘坑尾，我若不摔倒，才哥也不会跟着摔，我两个从山脊直滚下沟底。韦营长，我们来报告，也是让你有个准备，别吃了那些人的亏。"

才哥和大锦哥带来的消息动摇了邓文"清剿"盘洞的信心，韦吾俊是就坡下驴，也不再提清剿的事了。

反正打那过后敌人再没踏入过盘洞村一步，邓文也由沙坪墟返回肇庆去了。上峰因葵根山一战追究其责任，邓文因"剿匪"不力，被撤去沙区行政督察专员兼保安司令之职，往香港做他的寓公去了。

有话即长无话即短。话说我部队葵根山突围出来后，基干队忙于摆脱尾随追踪的敌人，也忙着安排隐蔽伤病员，到折返盘洞的时候才发现，大泡和不见了。

大泡和究竟去了哪里？会不会突围时牺牲了？五谷道："不能，我在……沙……茶洞……晒地，还……见他……"

五谷说大泡和肯定活着，一个大活人不可能跑没了，最大的可能是那家伙中途跑什么地方睡懒觉去了。反对的人说，敌人还在后面追，任他再散漫再没纪律，也不至于停下来睡觉。退一步说，即使大泡和真的脱队半路睡觉，都好几天了，也不晓得回来？

葵根山突围后，磨塘村群众上山捡"洋落儿"，没听说谁见过大泡和或者他的尸体。生不见人死不见尸，有人担心，难道那家伙半路让敌人抓了去？

众人七嘴八舌地议论不见大泡和返回，五谷心想道："老子巴不得敌人抓了那家伙，让他吃点苦头长长记性最好。"才哥跟五谷聊起大泡和的下落，五谷道："那……家伙，一定是……做……响马……去了。"

才哥笑了，觉得不可能，问五谷怎会想到这上面来了？五谷说，许久以前墨村人打醮，请省城的名班演大戏，记得有一出《山东响马》，大泡和最羡慕那个响马单雨云了，跟五谷说长大了一定当"响马"。五谷人憨，却常常语出惊人，对大泡和迟迟不归队的原因，竟让五谷言中了。

原来，早几年我军在宅梧破了敌人粮仓，把粮食分给附近穷苦百姓那会，大泡和见有人报名参军，以为干老八"好捞"，也跟着人报名。干了几个月，受不了纪律约束，更受不过部队生活艰苦，想离开部队，恰遇着部队动员战士复员回乡，那家伙也就顺势溜回了家。

这次温仔、五叔领导高鹤边特区工委袭击国民党龙口警察署，一下子就缴了敌人二十多条枪，又见个别捞仔也主动找老八"合作"，大泡和就想："不妨先跟着干，有机会了老子也搞他一两支铁仔。"

不过，葵根山一战却把他吓坏了，于是突围出来后，这家伙就想："老子再不干老八了。"独自悄悄地携枪逃跑了。稍后，大泡和跟葵根山脚下的莺居仔、盲眼福一伙，做些偷鸡摸狗、诈人钱财的勾当，当了响马。

才哥专门去葵根山脚下他那表弟家，劝大泡和归队，可那家伙愣是一句也听不进。后来让他归还部队的武器，那家伙竟对才哥说："才哥你别跟着老八瞎嚷嚷，老子好歹两次干过那行当，也出生入死过，一支铁仔当给老子的人工不过分，老八还好意思让你来要我交枪。你回去告诉他们，有本事让他们自己问老子要。"

正所谓天要下雨娘要嫁人，对大泡和脱队不归一事，温仔说道："部队多他一个不密，少他一个不疏，咱不是请谁来干革命的。既然他要离队就随他去，但不能带走武器，必要时强行收回被他带走的枪支。"

正当才哥考虑怎样收回大泡和手上的枪支时，墨村人打醮其间发生了一件"大天二"假冒老八绑架归侨，勒索巨款，致我部队声誉受损的大事。温仔、五叔十分气愤，表示一定要迅速破案，严惩元凶，澄清群众对我党我游击队的误解。

原来，一段时间以来，为实现总队提出"饮马西江"的战略部署，温仔、五叔等高鹤边特区工委领导带领基干队，以威慑反动力量为目的，频频游弋于（高）要、（高）明、鹤（山）一带西江沿岸地区，以显示实力。

打醮，也叫"打功德"，最初指道士设坛为人祈福禳灾所做的法事，后来演变成鹤山地方的一种民俗庆典活动。

老八名声大振，有个叫鱼仔森的捞仔，此人冷血凶残，心狠手辣，曾随我部队活动过，因受不了部队约束，私自离队，又干回了偷鸡摸狗的老本行。后来他勾结大头勤、欧如周等"大天二"，假我部队之名，乘墨村打醮，绑架了菲侨任旭成，开出"西纸"（港币）十万元勒赎，否则撕票。

此事震惊远近，在社会上造成的影响极为恶劣。任旭成一家惶惶不可终日，极度恐慌。坊间亦众说纷纭，各埠侨胞一时间谈绑匪而色变，人人自危。群众真假难辨，更有少数人误听误信，致我部队声誉严重受损。

那边温仔、五叔派人侦办鱼仔森绑架侨胞一案未了，党支部收到消息，久未"蒲头"的大泡和，竟也打着老八的名义入水柳村劫物伤人，抢了独食威一支快掣驳壳。经向温仔、五叔汇报，决定由盘洞地下党支部惩处这个可恶的叛徒。

无巧不成书，温仔、五叔他们正在研究怎样惩处大泡和的时候，突然有了这家伙的消息。消息说，经"牛魔王"介绍，大泡和会于近日返回盘洞，同高明沙水地区副乡长兼自卫队大队长杜元周"斟"一笔生意。温仔随即安排民兵监视牛魔王的行踪。

第三天早饭过后负责监视的民兵来报，有个人肩挎"市篮"（竹篮）从后山下来，溜进了牛魔王家里。才哥一听，兴奋地道："到底还是来了。"估计来人应该就是过来"斟"生意的杜元周。吩咐民兵继续监视。大晚哥大锦哥几个党员也迅速进入后山悄悄埋伏，只等大泡和一到，便冲下去抓捕。

很多时候等人是一件令人讨厌的事儿，林子里许多蚊子、飞虫在头顶盘旋，大晚哥几个蹲在后山一动不动，足足静等了两三个小时，仍不见大泡和到来。大锦哥道："难道我们被发现了不成？"大晚哥道："不会，我有感觉，大泡和应该很快就到。"

这都'过昼'（过午）了，怕是不来了。"

"沉住气，心急吃不了热豆腐。"

"该来的不见来，早来的又一直没有动静，难道情报不准？"

直到下午差不多三点钟，牛魔王家那门"咿呀"一声开了，牛魔王双手撑住门框，脑袋伸出门外，往巷子两头望了望又缩了回去。接着走出一个人来，肩头挎着市篮，大伙儿以为是杜元周。一看竟是大泡和，众人差点没喊出声来。那么多双眼睛一直盯着，怎么就没看见这家伙进去呢？后来才知道，这家伙昨晚上就回了村，大早上就溜进了牛魔王家。

大泡和在前，杜元周紧随其后，两人快步向前赶路，脚下的枯枝败叶"噼啪"作响，宽大的唐装裤脚扫过埋伏着的人的鼻子尖。杜元周止步站定了说："最好能给我弄一挺"手提仔"（机枪）。"大泡和道："我的邓乡长，你以为老子开兵工厂造枪？实话跟你说，就卖给你几支'短火'，还是老子从老八那边弄来的，否则，能一百元一支？买烧火棍还差不多！出烧火棍的钱买我的靓铁仔，还要包你'过迳'（两县交界），你邓乡长执（捡）到了。我说邓乡长，你买是买了，只怕刚才'捂'（暗中给）了牛魔王不少介绍费吧。"

"他怎会有多支短枪？"原以为大泡和不过"骑"（赖）了部队一支枪，又怎会有几支枪卖给杜元周？这是之前没有掌握的情况。原来计划把两人分开处理，既然大泡和送杜元周过迳，干脆在分界处处决了两人岂不更好？大晚哥示意暂缓动手。

盘洞村那山巍峨险峻绵延不断，却从不改它葱茏翠绿。那水涓涓细流清澈见底，千百年来还在流淌。无论是否有人欣赏，那山、那水依然存在于天地间。两个行色匆匆的人步履紧密，贼一样穿行于密林，又不时顾盼左右，怕被人发现。

两人匆匆赶到了分界的小山坳，大泡和说："邓乡长人熟路熟，从这里过去就是牛房，你就算到家了。我大泡和还希望今后同你邓乡长做长久交易，只是不好再经过牛魔王一道手了。"说着把挎着的市篮递到杜元周手上。杜元周接过市篮回过头说道："谢谢和哥，我想以后我们有大把合作机会，和哥一旦有货了，就到杨梅茶楼，说一声找杜元周，我很快就会收到风。"

"两位好雅兴嘛。"大晚哥从一簇矮树丛中钻出来挡住二人去路，杜元周"啊"的一声，愣在当场做不得声。大泡和自恃本村人，装作没事人一般地说："什么雅兴，我们有点小事去高明。"

他见大晚哥手上铁仔张开机头，大泡和料再难脱身，那家伙毕竟做过几天捞仔，比那个姓邓的淡定。遂贼眼一翻，对大晚哥道："我知道老八找我，不就是让我交回一支铁仔吗，多大的事。今后不干老八了，还要铁仔何用，我现在就交。"

大泡和那点花花肠子谁都晓得，见他的手移向裤头，背后嘭嘭几声枪响，那家伙死狗般脸朝下扑倒在了山道上，吓得杜元周尿了裤子。

日子过得飞快，孩子们还在学校念着"兆丰年满地青秧"的时候，节气已到了大暑，盘洞村的早稻已经收割完了。因工作需要，才哥接到通知上调游击总队任新兵队大队长。当时正值双夏，村支部和民兵这边还有工作要做交接，故尚未去总队报到。

盘洞与水丰草美之地相去甚远，山外却有不少人靠来此砍柴割草为生，几日前连下了几场大雨，山洪把大堆山泥碎石覆盖了河岸。太阳终于出来了，而且比下雨前热烈，劫后余生的昆虫满世界乱爬，溪水恢复了往日的清澈，欢快地流淌，沿岸则留下满目疮痍的烂泥碎石。

天未亮，一群男女不顾了山道湿滑，进山讨生活来了。忽然有几名妇女大呼小叫来乡约报告，称一具尸体横在山坳下的小道上，吓死人了。

发现尸体是大件事，接报的民兵即刻通知才哥，才哥自然不敢怠慢，叫上大锦哥，跟着几个妇女进了山。刚过山坳，阵阵奇臭令人作呕，报案的妇女无论如何不肯再往前。才哥两人掩鼻走近溪边，果然见一具高度腐烂的男尸横陈岸边，很明显，是山洪暴发把尸体冲到了这里。大锦哥惊愕道："看着像杜元周，该不是谁把尸体挖来丢在这里了？"

大锦哥一说，才哥吓出一身冷汗，连忙问他道："你们把人埋哪里了？"

"大泡和当时要掏枪，我们在山坡就开了枪。"大锦哥望着那具男尸，语气放慢了道："杜元周吓得当场就尿了裤子，手挽着的市篮脱手翻侧在地，市篮里装着几支短枪。我们把他押到'坑底'（山沟）审问，然后在坑底结果了他。"才哥问道："尸体呢，你们把尸体怎么处理的？"

大锦哥说："追踪大泡和是临时定的，怕路上遇见人，我们装作入坑'戽鱼仔'。到埋杜元周时才发现，带去的两把锄头只能挖耳屎，挖不了土。见周围都是杂木林子，当时就没多想，随便找块空地，扔下尸体，锄些草皮压上，踩了几下，就回了。"

"进坑底看看。"长长的山谷林木青翠，遮天蔽日，才哥、大锦哥沿小溪往上，来到当日掩埋杜元周那块林间空地，哪里有草皮土堆，只留下几段大腿粗的树木枝干，连枝带叶卡在空地的边缘。

盘洞村地下党员们大多年轻，年龄大点的才哥、新哥、威哥才三十岁左右，大锦哥、大晚哥几个仅二十出头，在下很难说是否应了那句嘴上无毛办事不牢的老话。才哥心里的确怪大锦哥几个办事马虎，怎么埋人连坑都不挖，上面贴几块草皮能行？他更怪自己，作为党支部书记，事后听大晚哥汇报时，怎么就没有问得仔细点，甚至亲自到现场再看看呢？

大锦哥道："出了这么大的纰漏，怪我们没完成好任务。要不，赶紧找个地方把人重新埋了？"才哥道："每日那么多的人进山砍柴、割山草，还有采药的捉鸟抓蛇的，怕是大半个区都知道这事了。况且那几个妇女也已向地方（保甲）报了案，我们除了密切注意有关此事的动向，心理上有所准备之外，其他什么也不要做了。"

当然啦，荒野远离村舍，又是两县交界地方，发现个把死人，兵荒马乱的，敌人因此而盯上我们的可能性不大。才哥说："埋大泡和的地方，在通往高明的路边上，得马上挪个地方重新掩埋。"回村之前，他们又割了一大堆树枝，盖住尸体。

话说盘洞发现尸体由地方保甲逐级上报，国民党鹤山警察局受案，几名警员来到发现尸体的牛坑口，揭开盖着尸体的枝叶拍照，又蹲下从不同角度对尸身观察。

才哥问一名认识的姓易的警长是什么人，警长说，死者皮肉严重腐烂，一些突出的器官已经完全化了，长相也不能判定。接下来要确定尸源，恐怕也是走走程序而已，此类案大多是不了了之。走前嘱咐盘洞地方备副棺木先把尸体收敛，过几日无人认领的话，就地葬了就是。

发现尸体的地方处两县交界地带，寻找尸源的布告刚贴到杨梅墟，即有人来盘洞村认尸，表示他们父亲杜元周，失踪前曾与家人说要往鹤山，此后再未见返回，已失踪一个月了。

杜家人来到现场，围着尸体转了几圈，再蹲下身仔细察看，说像是杜元周，看相貌却不能确定。

杜家来人正在商量时，杜元周的儿子看见尸体腰间挂着一串锁匙，摘下来一辨，认得正是他家里的。如此一来，杜家人认定此尸即为杜元周无疑。于是一众人悲悲凄凄，展开带来的香烛纸钱当天烧了，留下人守着杜元周尸身，其余的回去筹办丧礼兼催促警方破案不提。

农历七月，骄阳似火。插下的晚稻秧苗返青得快，马上要中耕除草了。不过，盘洞的田多属山坑冷底田，尤其缺钾，乡亲们中耕除草时习惯用蚝壳做原料烧成的富含钾的"蚝灰"。每在中耕除草前，不管是现钱抑或赊账，都得买一两担蚝灰挑回来做肥料，叫作"担蚝灰"。不过，走遍鹤山，也只有禄洞人在沙坪墟开有一两间蚝灰铺。乡亲们一般逢沙坪墟日，成群结队去担蚝灰，一来趁墟，二来担蚝灰。

蚝灰"死重"，一般谷箩装谷装得堆起了尖也就一百二三十斤，而装蚝灰的话，装平箩口就足有两百斤，大多数人担蚝灰挑个两半箩就超过一百斤了。

蚝灰担子组成一支长长的队伍，前头的已经下了堤围，后面挑子仍未上肩。盘洞村先是通过老长一段宽不过三尺的田间小路，又折上一段筑得单薄的堤围，路弯弯曲曲，队伍一路晃晃悠悠，远处人望过去，宛如一条长龙在天地间。

担蚝灰通常在龙塘书院西侧的竹园歇脚，先头的已经过桥，快到竹园了，后面的人才刚行到那道两三尺宽的"文堂大水圳"，中间起码相隔一里以上。

担蚝灰的队伍中，走得快的阿照是个年轻人，已到了龙墟书院门口，马上就到竹园了，可以歇下脚了。这时从龙塘书院出来两个背着"七九"步枪的警察，径直来到阿照的面前，问道："什么名字？"对警察盘问，阿照没好气地回答道："阿昆。"警察复问道："确定是阿昆？"阿照气呼呼地道："都说了叫阿昆，难道还叫别的什么名字？"

这个阿照，讨厌警察盘问，随便报个什么名字不好，那家伙偏偏报他大哥阿昆的名字。警察听了，从屁股后面摸出手铐"咔嚓"一声把人锁了，说道："找的就是你。"阿照顿时一脸懵，挣扎着道："我不叫阿昆，不叫阿昆。"警察也不管许多，押着人进了龙塘书院。

警察抓了阿照进书院，又有小警察向担蚝灰的队伍走来，人们即刻丢了担子四散逃跑，边跑边喊："警察抓人啦，警察抓人啦！"大锦哥、富哥、威哥几个正跨过"文堂大水圳"，看见前面人往回跑，又喊着"警察抓人啦"。几个顿时警惕起来，连蚝灰担子也弃了，沿"文堂大水圳"过青岗村，绕过南岗墟，一路躲躲藏藏，挨到天黑才敢回村。

龙塘书院原来驻扎龙口警署，警署被我边特区工委拔除后，再无驻警。乡亲们担蚝灰路过龙口，多在书院西边竹园歇脚。这次警察选择在龙塘书院秘密设卡，专抓从沙坪墟担蚝灰回村的盘洞村群众，此举不可谓不精。

阿照等人被抓，震动了整个盘洞村，警察的行动如此精准，很容易使人想到是因杜元周被杀一案而起。偏偏在这个节骨眼上，温仔带领基干队参与总队的行动去了，伍叔也带几个人过江搞"统战"去了，大伙儿一时没了主心骨了。

才哥于当晚召集留下的党员及部分群众开会，商量如何救人。大多数人认为此事与杜元周被杀有关。杜元周从牛魔王家出来死于回去的路上，而且杜失踪以后我们曾审讯过牛魔王，有无可能是牛魔王向敌人告的密？这些都是胡乱猜测，始终毫无头绪。

最难的是不知道敌人掌握了哪些情况，什么原因要抓这些人？大伙儿商量了一晚上，也想不出应对的办法。才哥估计，敌人白天要抓的人绝对不止阿照一个，只是乡亲及时跑了，敌人的行动落了空。

今天扑了空，明天一定还会继续，可能要进村来抓人。马上要天亮了，依才哥的意见，现在就动员党员和部分群众进山躲一躲。才哥说："特别是男人，最好躲到高明那边的深山里，总之越远越好，避免被敌人的抓去。这只是权宜之计，等过了这一阵子，弄清楚了敌人想干什么再说。"事后证明，才哥的判断是对的。

盘洞党支部是个坚强的战斗堡垒，尽管商量讨论时意见不统一，但一旦形成决议，所有党员都不折不扣地围绕决议而努力工作。在全体党员的积极动员

和劝说下，村里大多数男人都进山躲避去了

　　才哥挑着一小担蚝灰，去小溪边上那块才种不久的沙底田，弯腰扯田埂上的牛筋草，双眼不时望一望村里。按支部会决议，他的任务是留在村里，如果警察进村，不管抓人还是找人，都以他禄逵副乡长的身份，尽可能打探杜元周一案的情况及进展。

　　某些自诩会写文章的人常常写些山乡早晨的鸟语花香，袅袅炊烟，黎明时分的一两声狗吠，周围显得多么的宁静。在下则以为，这大多是心里没装着事情的人的感受而已。什么鸟语花香，炊烟袅袅，有狗吠就不能说这个早晨有多平静。

　　乌鸦的叫声就让人很讨厌，乌鸦一声长长地啼鸣，满带凄厉从后山传来，让人生厌。才哥心神不定，下意识地擦干手，卷了一支手切的粗烟丝抽着。他十岁的大女儿从村里跑来，一双小手不停地挥动，喊道："警察刚抓了晚叔，妈让你快跑！"

　　"什么？"才哥双眼瞪得如铜钱般大，脑子里嗡的一声，心里紧张地道："大晚啊大晚，群众都进山去了，你一个党的支部委员，敢不执行支部的决定？"女儿跑到跟前，重复着妈让你快跑。才哥装作没事人似的，摸着女儿的小脑袋说："爸知道了，你快回去，免得妈担心你。"说完挥了挥手，让女儿回去。

　　是的，盘洞是老八窦，早就名声在外，敌人收买一些小偷懒汉、流氓地痞充当鬼头仔，从未间断打探找军民的消息，不能说敌人一点也不掌握我们的情况。大晚被抓，敌人有备而来，形势变得前所未有地严峻。

　　"跑，怎么跑，往哪里跑？"此事颇费踌躇。

　　"往哪里逃呢？"才哥想到早些年舅母让他"过埠"，要不是遭了马骝偷了他银钱，当年他就笃定去了金山，他如今也早成"金山客"了。才哥叹了一口气，自语道："还是走吧，早些年去不成，如今还得过埠去。"才哥决定去找舅母拿些钱，动身去金山。

才哥瞥了一眼田头还来不及撒下田的蚝灰，三两步跳过小溪，一口气爬上东山顶。舅母家就在山脚下的五乡村。同别的泥坯砖房不同，全村就数舅母家那座新建的水磨青砖大屋气派，才哥从山顶就望得见。

才哥把目光从山脚下收回，凝望着满目青山。

才哥忽然内心一颤。"我这是要去哪？"回想起在广州打工，听着"抗先队"员慷慨激昂的宣传，目睹广大民众出钱出力支援抗战的情景，他萌生了追求革命的过程。回想从十年前参加中国共产党开始，自己在党的领导下逐步成长，逐步坚定着对共产主义的信仰。沉默过后，才哥有一种深深的负罪感，心里责问自己："十年的艰苦岁月都走过来了，为什么在黎明前当逃兵？不行，大晚被警察抓了我要想办法营救他，回去和同志们并肩战斗。"

才哥从东山下来一路小跑着往回走，刚到村口便看见几个穿便衣的人出了村。到了近前，认得其中一个正是负责杜元周被杀案的易警长，警察用锁链搭着大晚的脖子，押着他带路去抓人。才哥大声招呼道："前面不是易警长吗，我兄弟没犯什么事，怎么把他也抓了？"易警长见了才哥，站定反问道："他真是你兄弟？"才哥道："亲亲的兄弟。"易警长道："他犯不犯事我不知道，可有人把他告了。"

"我兄弟就知干活吃饭，从不惹是非，你说人告他，可知告他什么事？"才哥打蛇随棍上地问易警长，想趁此向警察打探一下案情。易警长道："任乡长乃一乡之长官，我等皆是长官下属。人常说'生儿不知儿心肝，生女不知女心肠'，任乡长又焉知贵兄弟惹不惹是非？"

易警长说着，把才哥拉到一旁，有几分讨好的意味，拿出一纸命令，凑到才哥面前道："下属给乡长看看上峰的命令就晓得了。"

才哥瞄了命令一眼，只见到"着即缉捕后列图财害命嫌犯某、某、某到案"等文字。欲再看清楚些，易警长已收回那纸命令，装模作样把嘴巴凑到才哥耳边耳语了一番，听得才哥"啊"的一声叫，不无惊诧。

究竟易警长与才哥耳语些什么，为何把才哥惊诧于当场，大晚哥的命运又将如何？欲知后事如何，且听下回分解。

尾声　挽危难　党群兄弟穷计策
　　　救战友　图财泼赖反遭刑

上回讲到才哥从山上下来，走到村口遇着易警长领着几名便衣正押着大晚哥出村，迎上去招呼，说警察为何事抓我兄弟。易警长把才哥拉到一边，让其看了警察局缉捕命令，又附着才哥耳边耳语一番，才哥听了，方知截杀大泡和、杜元周事泄，当场惊诧不已。

原来，中共盘洞地下支部按上级指示，寻找脱队的大泡和，找回枪支，惩处这个败类。正苦寻不见大泡和的时候，才哥忽然收到消息，大泡和想要将几支枪卖与高明反动自卫队队长杜元周。这正应了多行不义必自毙这句话，党支部派出数位同志，终于在两县分界附近将大泡和、杜元周截杀，追回了枪支。

截杀两人后，才哥以为此事已告一段落，不料杜元周的尸体被山洪冲至路边而事发，国民党鹤山县警察局立案侦查。此事一出，才哥自然批评大锦哥大晚哥等几个参与行动的党员做事不密，同时责怪自己作为支部书记，对行动没有尽到检查督促的责任，欲补救却又苦于一时未想出较为妥当的办法。

杜元周尸体被洪水冲了出来，包括才哥在内所有党员，都以为只是处理杜元周尸体时埋得过浅而事发，所有人都忽略了一个致命的细节，即发现杜元周尸体之初，因尸体高度腐烂致家属不能辨认，按初时负责案件的易警长言，此案若无苦主，恐大多不了了之。谁料死者裤头那串旧式锁匙，经杜元周儿子辨认，正是其自家的锁匙。

杜元周儿子想他父亲身上连散碎银两都不见了，先就认定此案一定是贼人因图财而害其命，还有其父殒命于盘洞村，便断定匪贼绝不出盘洞及周边村庄。每日去警局催促破案并自出赏格，承诺凡目击本案凶杀现场，或提供嫌犯线索经查实者，赏大洋两百，决不食言。

苦主赏格一出，如往深水里丢下一块大石头，即刻引起了轰动。二流子生虫只是个诨名，这家伙姓盘，冠其姓即盘生虫，乡亲们唤人常常省略其姓。这个盘生虫，平常人们喊他生虫。

二流子生虫来到社学门口，恰遇识几个字的大一哥，求其断断续续念起赏格上面内容，生虫当时就惊叫起来道："纸上面当真说赏二百大洋？"大一哥道："白纸黑字，当真赏两百大洋。"生虫双眼睁得比牛眼睛还大。口里喃喃着："两百元大洋，世上还真有那么有钱的人？"

"两百元大洋，会不会是假的？"

大一哥道："两百大洋就是两百大洋，什么真的假的？"生虫求大一哥再念一遍听听。大一哥道："你怎么啦？突然关心起此事来了，你想领那两百大洋？"生虫答道："想，怎么不想。"

生虫表示想去领那赏钱，轮到大一哥把眼睛睁得老大，直盯着那家伙道："你知道这事谁干的？你看见了？"生虫原地退了两步，躲闪着道："没……不知道。"

"谅你也没这个福气。"

生虫对赏格表现出极大的兴趣，从早到晚就在社学门口徘徊，这本身就很不正常，只是这家伙平日木讷，还有点疯癫。问他是不是看见什么了，这家伙又不认，别人也只是笑笑，没人以为不正常。

几日后一个中午，生虫站在县警察局门口，鬼头鬼脑地东瞧瞧西望望，引起了门岗的注意，问他干什么？生虫伸长着颈子道："想问问在哪领赏钱哩。"

原来，当日下午生虫在牛坑口捉蛇，看见大锦哥等人带着几件"戽鱼仔"工具从半山走过，这本属正常，当时根本就没引起他的注意。直到大锦哥们过去不久，传来几声枪响，这家伙仍然没觉得有什么不正常，那是因为那时人多打雀鸟，山上响几"炮"最正常不过。直至社学门口贴出赏格，这家伙才将大锦哥大晚哥几个进山与"响炮"联系起来，推测他们几个与杜元周被杀有关系。几度起意最终还是鼓起勇气找到易警长："赏银两百大洋是真的吗？"接着再问道："我知道是谁作的案，说出来真可以领两百大洋？"

原来如此，才哥有些后怕。这个平时并不起眼的生虫，看着木讷，当知道揭发此事有赏钱，竟会细细回忆当日所见，慢慢推理，得出大晚哥大锦哥等人杀杜元周的结论。

惩处了大泡和与杜元周后，党支部已动员全村男人进山，特别是党员要撤到高明，避开敌人搜捕，为何警察却在村里抓了大晚哥？

实际情况是大晚哥被抓，是因为了一件小事，就是这个小疏忽，差点就给盘洞地下支部带来灭顶之灾。

本来那夜决议之后，党支部就动员群众进山躲避，分派每个党员负责多少户群众的撤离等等，都进行了落实。偏偏正是这个大晚哥，那几日患了发冷症，别人都进山了，他却认为躲那么远的山里，怕会加重病情。不如就在后山避一避，若军警不进村，也免得瞎忙活一番。大晚哥心存侥幸，看看东山顶一片橙色，太阳都要出来了，才慢吞吞夹了一件蓑衣，窸窸窣窣地钻进后山。铺开蓑衣坐了一会儿，想他老婆为他煮的苦蒿乌鸡蛋汤，又想军警未必会入村来，即使要入村，也不会来得这般早。于是他从后山下来往家走，正好在巷口与几名便衣警察迎面相遇，被警察稳稳地截住了。

才哥看见大晚哥，好想打他一顿解气。可现在并不是打他解气的时候啊。

说到打大晚哥一顿，才哥忽然想到警察抓他的理由，是认定其图财害命而非从事共产党活动，如此看来，这事有活动空间。不过，大晚哥显然还不知道其因何遭警察逮捕，必须想办法透露给他，让他心中有数。但怎样才能让他明白自己的意思呢？直白地告诉他，警察也肯定听到，不过才哥顾不了那么了。

"好你个不争气的！"才哥冷不防扬起手扇了大晚哥一巴掌，骂道："二三十岁人了，还整天吊儿郎当的，这下好了，人家告你图财害命了。"

才哥装着还要打，被警察拉开了，易警长劝才哥道："他犯不犯法，自有法院判决，你打他骂他又有何用？"才哥估计，这个易警长可能已经看出来才哥想向他兄弟传递些什么消息。才哥更是一不做二不休，继续骂道："说你图财害命，又不见你劫到钱回家。我问你，打劫得那高明人多少钱，要好好地向政府坦白，希望可以从轻发落……"

大晚哥只是不吭声，才哥担心他还是不明白自己的意思。竟想求这姓易的让他兄弟俩单独谈两句。

"易警长，你看我兄弟也不是他一个犯的事，要不我作个保，等你把那些人都抓起来了，那时我再送他去好吗？"

才哥话未完，易警长打断他道："按说你任乡长的面子我不敢驳，但你更清楚国法，以为我想抓你兄弟吗？斧头敲凿，凿入木，上面让我干啥我不能不干啥。上面叫我捕人，我好不容易捕了一个，你让我放了？换了你，你肯不肯？"

姓易的不肯放人是意料中之事，才哥退而求其次，说道："你看我兄弟让你一根铁链搭着，脸都白了。要不你别锁着，我保证他跟你们去行不行？"不知是这易警长真给才哥面子还是别的什么。易警长想："锁与不锁老子也不怕你跑了，老子倒要看看你弟兄俩搞得什么花样？"于是对才哥说："我可有言在先，除非你任乡长跟他一起走，一路由你看管。他要是跑了，我也只好对不住你任乡长了。"

才哥一听，正中下怀，这不是刚要上床，枕头就来了吗？连忙答应道："我跟我跟，唉，谁让我有这么个不争气的兄弟！"易警长道："好，我们就走吧。"

人解押到沙坪墟冯家祠，警察办交割去了，扔下大晚哥才哥没人管了。才哥小声对大晚说："警察抓你的原因弄清楚了，理由是谋财害命的刑事案而非共产党政治案。你要记紧了，千万不能承认共产党员身份，我回去马上想办法，你一定要挺住。"

回到村里都已经下半夜了。才哥的几个堂兄弟正等着，见了才哥都焦急地问道："这事怎么样了？"才哥急着要开党员会，研究这事，也的确不宜把党内的事向兄弟们谈，只淡淡地回应几个兄弟："兄弟们放心，现在也没说大晚什么事，只是叫去问问罢了。均哥知道两个堂弟是共产党员，对其他兄弟说："咱等等看，救阿晚非老八，没人有这个力量。"

支部党员会上，同志们一致认为，鉴于目前警察把杜元周一案定性为普通刑事案件，营救大晚哥通过打官司来解决还是可取的，问题是打官司特别是这一类人命官司，首先得请一个名律师。

打从高鹤边特区工委机关设在盘洞村以来，党的活动已半公开化。对于大晚哥的情况，均哥问才哥，老八那边有什么"动静"（决定）？才哥说："我们商量过，工作要逐项做，目前迫切要做的就是聘请律师，先把人保释了。"

均哥道："律师是现成的，鬼惑胡堂侄女的公公就是律师。"禄洞人鬼惑胡也是牛贩子，是均哥生意场上的朋友。

均哥说，鬼惑胡堂侄女她公公早年读燕京大学出来，一直在省城做律师，名气不小，近两年赋闲在家。有鬼惑胡出面，无有请他不动。

才哥计划去沙坪墟看看大晚哥，顺便再探探有没有新的门路。至于去禄洞请鬼惑胡，均哥说他一个去就行。

才哥去沙坪墟，见过大晚出来，没有新情况，随后又找过几个熟人，却无一处能帮上忙。才哥出门时就同均哥约好，中午在牛行碰面，然后一起去请律师。才哥看了看太阳，已快到中午了，想着均哥同鬼惑胡也应该快到了，于是朝牛行走去。

六七月的天气说变就变，刚刚还是烈日当空，刚走出墟，西北方天空乌云翻滚，接着下起了瓢泼大雨。出门时没带蓑衣，横风横雨一顶竹篾帽遮不住，才哥想退回墟内，看看全身都湿透了，干脆随它淋吧。

好不容易风住了，雨也变小了，只是不停，路上人影也不见一个。

才哥站在田埂想心事，那时均哥在牛行入口喊他，才哥迎上去看到只有均哥一个，问道："没请到鬼惑胡？"均哥道："别提了，一千年没去找他一回，今天去了，偏偏他就出了门。"均哥说，他到了禄洞鬼惑胡家，家人说一个几十年老友，数月前在水边埗头跌了一跤，伤得重，近几日怕是不行了。鬼惑胡一早出门，到新会棠下看老友去了，就算赶回来也很晚了。

请不回鬼惑胡，沙坪墟又无头绪，今天毫无收获，兄弟俩有点丧气。均哥说出门忘了带蓑衣，要入墟买蓑衣。才哥道："我倒记得，不过嫌累赘，结果淋成了落汤鸡，我还得买一件呢。"两人折返沙坪墟内，路过山货店，还未及开口，忽然店伙计高声喊起来："这不是兄弟家吗？好几个月不见，我都差点没认出来，来来来，坐坐坐，喝茶，喝茶。"

店伙计热情得有点过分，才哥均哥有点不好意思，怕他认错人，均哥问店伙计："你……"店伙计道："我是岗仔头的，去年还去'里头'拜过咱文达老太公呢。兄弟不认得我，我可认识你均哥。这位兄弟看着有点面善。来来来，喝茶，喝茶。"

原来店伙计与两人是宗亲，去年还去过盘洞村祭祖。店伙计又开口道："兄弟家就得常走动，来'趁墟'路过就进来坐坐，闲聊聊嘛。"从才哥们进店里，店伙计就没歇过口，话又来了："今日沙坪墟是'闲日'，没牛'落行'（进场），兄弟家去哪里，路过？"均哥说："刚从禄洞返回，淋得浑身湿透，来买两件蓑衣。"

"去禄洞办什么事吧？"店伙计的意思是从禄洞返回盘洞村无须绕来沙

坪墟。

均哥道："咱家兄弟遭人'拉'（逮捕）了，今日就为这事找人去哩。"

"把人'拉'到禄洞去了？简直不成了世界，哪里有匪徒这般大胆，光天化日也敢公然绑票？"店伙计显然误解了。"不过匪贼狡猾，既绑了人轻易也找不着。只可用钱去赎。"均哥道："不怕跟兄弟你说，是人家冤枉他杀了人，昨日被政府抓了。如今正在监（牢）里，我兄弟今日是想去找律师为兄弟打官司。"

均哥没说完，店伙计情绪激动地打断均哥的话道："我兄弟也会遭人冤枉！你不说我还不晓得，兄弟跟我说个来龙去脉，杀个把人的事，别说是遭人冤枉，即便真有其事，找咱六叔没有什么搞不掂的。"

"六叔？""正是六叔！"

"哪个六叔？"

"连咱六叔也不晓得，你没有搞错！六叔就是六叔，他要出头的话，没有搞不掂的事。"

六叔是谁，谁人是六叔？才哥和均哥都不曾听说过，若得他答应出头，什么样的事都能搞定，难道此人真有无边法力？刚才一进店才哥就感觉店伙计话多，果然就是个满嘴跑火车的，他的话听听就好。

才哥此时对那店伙计的话已不感兴趣，偏偏这店伙计继续唾沫横飞："六叔是本县参议长，还是省里议员，他要知道咱们兄弟被冤枉……"听到店伙计说这个六叔是本县参议长，还是省参议时，才哥这才想起来，还真有这么个人，叫任宜聘。遂截断他的话，问道："兄弟说的六叔可是任宜聘？"店伙计道："正是六叔。"

原来，店伙计说的六叔叫任宜聘，又名任英，与才哥们同宗，乃县内地方势力头子。才哥考虑，如果能借宗亲的名义，说动这个六叔拍胸脯，保释大晚，甚至左右杜元周案也不是不可能的。此时的任英，或者店伙计口中的六叔分明就是一根救命稻草。正所谓急病乱投医，多一条路总比少一条路好，何况现在还毫无头绪呢。才哥打算试试，若借助宗亲关系能解决，也不失为上上之策。

"兄弟是否知六叔住哪里？"

"知，怎么不知？就住北街口，再喝过杯茶，我同兄弟过去。"

说话间，才哥往店外望了望，雨不知几时住了，天空也比进店时明亮多了，只是时候却不早了。店伙计领着才哥均哥沿街拐了半个圈，来到北街口附近，三人只见着任宜聘老婆。那个被店伙计称作六婶的女人说："不巧了，几位昨日来就好，六叔今早刚往省城开会去了，听说要开得好几日呢，你们过几日再来吧。"

六婶的话一下子把才哥均哥两个急得在原地跺着脚打转。那位道：才哥们这岂不就像那些紧走慢跑来到码头，却眼睁睁见那船解了缆绳离岸的人一样？

大晚哥被抓有些时日了，一点动静也没有。才哥要找的关系也多少起些作用，杜元周案就一直拖着，无人问津了。拖了这些日子，才哥得去游击总队报到了，刚走到"将军守水口"附近，五谷那家伙气"咻咻"追上来，离老远喊才哥："才哥……巧了，我……我……参老八……那会……你……送我。你参军……轮到……我送……你……"才哥笑道："是有点巧，不过你参军比我早多了，听说当上排长了不是？成老革命了。"五谷心里说："什么老革命，你挑杨梅担的时候就是老八了，你才是老革命。"

别过五谷，才哥路过南岗墟，拐到木屐店。新哥告诉他，杜元周案审完了，大晚等被告因证据不足，被法院判决无罪，可能现在已回村里了。生虫那家伙，因诬告他人，被判了四年徒刑。

听到这消息，才哥长舒了一口气道："好啊，终于熬过来了！"

新哥忙纠正才哥道："你这不是还要走吗？"

才哥道："我知道，我知道，我是说这一段我们熬过来了。至于前面的路，不管还有多长，老伙计，我们一起走吧。只要跟着党，终会有走到目的地的那一天。"

2022 年 3 月 29 日